Liebe 1968

Alexander Bunde

Liebe 1968

Die Handlung und alle handelnden Personen sind
frei erfunden. Jegliche Ähnlichkeit mit lebenden
oder realen Personen wäre rein zufällig.

Bibliografische Information der Deutschen Nationalbibliothek:
Die Deutsche Nationalbibliothek verzeichnet diese Publikation in der Deutschen Nationalbibliografie; detaillierte bibliografische Daten sind im Internet über http://dnb.dnb.de abrufbar.

TWENTYSIX – Der Self-Publishing-Verlag
Eine Kooperation zwischen der Verlagsgruppe Random House und BoD – Books on Demand

© 2016 Alexander Bunde

Herstellung und Verlag:
BoD – Books on Demand, Norderstedt

ISBN: 978-3-740-70606-7

Illustration: www.pixabay.com

MIX
Papier aus verantwortungsvollen Quellen
Paper from responsible sources
FSC® C105338

Wenn Du auch in die Höhe führest wie ein Adler und machtest Dein Nest zwischen den Sternen, dennoch will ich Dich von dort herunterstürzen, spricht der HERR.
Prophet Obadja

1.

Die Sonne versteckte sich hinter einer milchigen Wolkendecke, die Straßen, ja, die ganze Stadt schien in einem eintönigen Grau zu versinken. Menschen hasteten mit eingezogenen Köpfen dahin, um sich vor Kälte und dem beißenden Wind zu schützen. Emil Weinberger fröstelte, als er sich an diesem kalten Märzmorgen hinter das Steuer seines Wagens klemmte und den Motor startete. Er stieg kräftig aufs Gas, denn seit einigen Tagen wachte sein Chef wie ein Cerberus auf sein Erscheinen, um eventuelle Unpünktlichkeiten zu ahnden. Emil war in einem Unternehmen beschäftigt, das mit Baumaschinen beim Wiederaufbau des zerstörten Wien nach dem Zweiten Weltkrieg gutes Geld verdient hatte. Seine Aufgabe war die Abrechnung von Werkstattarbeiten, ein Job, der Fachkenntnis und Genauigkeit erforderte. Was seine Arbeit zusätzlich erschwerte, war die schlechte Lesbarkeit der ölverschmierten Aufzeichnungen der Meister und Mechaniker.
Es mochte kurz vor acht Uhr gewesen sein, als er den großen Wagen in einer Parklücke abstellte und durch die breite Einfahrt des Firmengeländes trat. Er schritt an den im Hof abgestellten Maschinen vorbei zum Bürogebäude, das sich in einem Seitentrakt befand, stieg schnell in den ersten Stock, ging einen langen schmalen Korridor entlang und öffnete die letzte Türe. Kaffeegeruch und Zigarettenrauch strömten ihm entgegen, als er seine beiden Kollegen begrüßte. Da er nirgends seinen Chef erblicken konnte, wollte er schon erleichtert seinem Schreibtisch zustreben, als sich eine Tür an der hinteren Wand des Büros öffnete

und Gustav Kumpf, sein Chef, den Raum betrat. Sein schmales, glatzköpfiges Haupt wurde von zwei stechenden, tiefliegenden braunen Augen dominiert, die umso mehr auffielen, da seine Augenbrauen fast nicht sichtbar und sein Mund schmallippig war. Kumpf hatte an der rechten Schläfe eine schräg verlaufende, circa fünf Zentimeter lange Narbe, deren Ursprung eine Kriegsverletzung war. In der Firma munkelte man, dass seine Reizbarkeit auf seine Verletzung zurückzuführen war. Sicherheitshalber warf Emil einen schnellen Blick auf seine Armbanduhr. Es war Punkt acht Uhr.

„Guten Morgen, Herr Weinberger. Sie brauchen nicht auf die Uhr zu schauen. Wenn Sie bei Ihrer Arbeit so präzise wie bei Ihrer Zeiteinteilung wären, würde es mich freuen."

Emil fand es unfair, vor allen Kollegen kritisiert zu werden. „Könnten Sie mir bitte genau sagen, worum es geht?", entgegnete er ärgerlich.

„Worum es geht?", ereiferte sich Kumpf, „wenn Sie Ihre Abrechnungen besser kontrollieren würden, wüssten Sie es von selber."

Emil merkte, wie sich Kumpfs Gesicht vor Zorn rötete. Das war kein gutes Zeichen, schon begann er zu brüllen: „Ich muss jede Kleinigkeit nachprüfen. Ich habe es satt, schließlich habe ich anderes zu tun, als den Oberlehrer zu spielen und Fehler auszubessern!"

Wütend schleuderte er das Pack Papiere, das er gerade in den Händen hielt, Rechnungen und buchhalterische Belege, in die Luft. Perplex betrachtete Emil, wie die Papiere langsam zu Boden flatterten. Ohne sich darum zu kümmern, verschwand Kumpf in seinem kleinen Büro und knallte die Tür hinter sich zu. Nachdem sich Emil gefasst hatte, begann er kopfschüttelnd die Unterlagen einzusammeln.

„Nach diesem Theater brauchen wir, glaube ich, frische Luft", sagte Emil und öffnete das Fenster.

Seine beiden Arbeitskollegen wirkten ebenfalls bedrückt, es schien, als hätte Kumpfs Ausbruch ihnen die Arbeitsmotivation genommen. Peter war ein junger, dicklicher Mann, der leicht schielte und eine Zigarette nach der anderen rauchte. Der andere Kollege hieß Norbert, er war ein hoch aufgeschossener Typ, seine langen oberen Schneidezähnen und der halbgeöffnete Mund ließen einen beim Betrachten an einen Hasen denken. Geistesabwesend kritzelte er mit dem Bleistift auf einem Blatt Papier herum. Alle drei lümmelten lustlos auf ihren Sesseln herum.

Endlich zog Emil aus der untersten Lade seines Schreibtisches einen Auftrag heraus. Er hatte die Bearbeitung immer vor sich hergeschoben. Die Abrechnung einer Generalüberholung eines Motors war eine schwierige Aufgabe. Die lange Liste der ausgetauschten Ersatzteile und die schwer lesbaren, ölverschmierten Eintragungen der Mechaniker mussten erst entziffert werden.
Es wird schwierig sein, hier keine Fehler zu machen, dachte Emil. Weitere Schwierigkeiten mit Kumpf schienen vorprogrammiert.
Er war froh, als endlich Arbeitsschluss war. Nachdenklich setzte er sich in seine Citroën DS. Er konnte sich dieses große Auto nur deshalb leisten, weil der Bruder seines Freundes im Autohandel tätig war und es ihm zu sehr günstigen Konditionen verschafft hatte. Die DS war ein avantgardistisches Auto. Es hatte Vorderradantrieb und eine hydropneumatische Federung, war sehr bequem und besaß gute Fahrleistungen. Die Typenbezeichnung DS war eine Abkürzung für das französische Wort Déesse, was so viel wie Göttin heißt. Daher wurde dieses Auto mit dem weiblichen Artikel tituliert und man sagte daher immer „die DS". Früher war Emil mit dem Fahrrad ins Büro gefahren, seitdem er mit dem Auto fuhr, fiel die Möglichkeit, wenigstens ein

bisschen Bewegung zu machen, weg. Das führte dazu, dass sein ursprünglich sehniger Körper nach und nach die Spannung verlor und seine Muskeln weich wurden. Emil glaubte, dass er noch zu jung sei, um Übergewicht herumzuschleppen und suchte nach einer sportlichen Betätigung. Er wollte nicht nur Sport betreiben, um fit zu bleiben, nein, er wollte auch seine Körperkraft einsetzen, das Risiko, das Totalitäre des Seins oder Nichtseins, die Dramatik reizten ihn. Dies und ein fast zwanghaftes Bedürfnis, seine Stärke demonstrieren zu können, führten ihn zum Erstaunen und Entsetzen seiner Familie zu einem gefährlichen Sport, dem Boxen. Immer, wenn er einen Boxkampf sah, faszinierten ihn die Schnelligkeit der Bewegungen und die Geschicklichkeit der Kontrahenten sowie deren Bereitschaft, alles zu geben, entweder zu siegen oder unterzugehen.
Vor einem Jahr entschloss er sich daher, wenn auch entgegen dem schärfsten Widerstand seiner Mutter und seiner Schwester, mit dem Boxen zu beginnen. Bergmann, der Trainer im Boxclub, sagte ihm zwar damals, dass er für den Einstieg schon etwas alt sei und nicht über die athletischen Voraussetzungen verfüge.

„Du bist zwar groß und hast eine gute Reichweite, aber dir fehlen die körperlichen Voraussetzungen. Du bist zu hager und zu wenig kompakt für diesen Sport."

Trotz dieses Vorurteils ließ sich Emil nicht entmutigen und begann mit dem Training. Sehr schnell erlernte er die komplizierten Bewegungsabläufe und beeindruckte mit seiner Technik. Seine Rechte war hart, sehr hart, eine gefährliche Waffe. Doch trotz seiner Fortschritte unterband Bergmann Emils Ambitionen, mit dem

Kampftraining im Ring, dem sogenannten Sparring, zu beginnen.
„Du bist noch nicht austrainiert, deine Rechte ist zwar knallhart, aber insgesamt fehlen dir Power und Widerstandskraft, Angriffe zu parieren und Treffer zu verdauen."
Also musste sich Emil noch eine Zeitlang mit den Übungen an den Geräten und dem Einlernen von Bewegungsabläufen, die er gemeinsam mit Kameraden trainieren konnte, begnügen.
Nach dem unerfreulichen Zwischenfall im Büro hatte Emil das Bedürfnis, seinen Ärger und seinen Groll durch ein intensives Boxtraining abzubauen. Er steuert die DS durch Nebenstraßen die er oft als Abkürzung wählte. Die Straßenbeleuchtung warf einen trüben Schein auf die Fahrbahn und die dunklen, alten Häuser verstärkten in ihm ein Gefühl der Verdrießlichkeit. Das Clublokal war eine langgestreckte Holzbaracke und lag am Rande einer Gartensiedlung, Straßenlaternen erhellten mit ihrem fahlen Licht diese Vorstadtszenerie. Wenn die Straßenbahn in einer engen Schleife bei der Baracke vorbeifuhr, kreischten die Räder. Im Clublokal gab es eine kleine Kantine, eine Garderobe mit Duschen, einen größeren Raum mit einem Hochring und einen großen Gymnastikraum mit Übungsgeräten. Hinter der Baracke wurden im Sommer die Vergleichskämpfe mit anderen Vereinen ausgetragen. Es gab dort einige Sitzreihen mit Holzbänken. Im Winter und in der kalten Jahreszeit wurde meistens in Sporthallen gekämpft.
Als er ins Clublokal eintrat, wehte ihm ein säuerlicher Geruch von kaltem Schweiß entgegen. Nachdem er sich umgezogen hatte nahm er seine Übungshandschuhe aus dem Spind und begann das Training mit Schnurspringen und gymnastischen Übungen. Viele seiner Kameraden mussten in ihren Berufen schwere körperliche Arbeit leisten. Sie waren kräftige Burschen mit athletischem

Körperbau. Darunter war einer, der bereits wegen Strafdelikten mit dem Gesetz in Konflikt geraten und vorbestraft war. Wie so oft im Leben sich Gegensätze anziehen, war er vom smarten Emil beeindruckt. Der Bursche, er hieß Eduard, unterhielt sich gerne mit Emil. Eduard boxte bereits seit seinem sechzehnten Lebensjahr. Das war nicht nur an seinem drahtigen Körper, sondern auch an den typischen Gesichtsmerkmalen zu sehen, die von vielen Kämpfen zeugten. Er unterstützte Emil von Beginn an, gab ihm Ratschläge und machte auf Fehler aufmerksam. Ein anderer im Club fiel durch seine ordinäre Ausdrucksweise und durch seine Brutalität auf. Er hieß Konrad und boxte nicht nur aus sportlichem Ehrgeiz, er prügelte sich auch außerhalb des Clubs. Wenn er im Ring boxte, versuchte er, sich durch fiese Tricks Vorteile zu verschaffen.

An den Sandsäcken wurde unter der Aufsicht von Franz Bergmann intensiv geübt. Dieser gab von Zeit zu Zeit Anweisungen und demonstrierte die richtige Ausführung von Schlägen. Nun nahm Emil den Sandsack in Arbeit. Er bearbeitete den baumelnden Sack mit Haken und Geraden und trommelte gewaltig auf das Trainingsgerät ein. Jeder Kontakt verursachte ein dumpfes Geräusch und er stellte sich vor, Treffer bei einem imaginären Gegner zu landen.

„Hör mal", sagte Bergmann, der langsam herankam, „du hältst deine Ellbogen noch immer zu weit auseinander. Dadurch entsteht eine Lücke über deiner Gürtellinie. Ich würde dir binnen Sekunden eine Gerade verpassen, dass dir Hören und Sehen vergeht. Aber sonst bewegst du dich gut und deine Rechte ist ein wahrer Hammer."

Bergmann war untersetzt, die typischen Narben über den Augenbrauen und die verbogene Nase zeugten von vielen Gefechten im Boxring. Er hatte ein gutmütiges, fleischiges Gesicht und seine

entspannten Gesichtszüge wirkten beruhigend. Er merkte alle Fehler bei seinen Schützlingen und war für seine fachmännischen und treffsicheren Bewegungsanalysen in Boxkreisen bekannt.
„Ich werde dir einmal etwas sagen", Bergmann legte väterlich seinen Arm um Emils Schulter, „ich glaube, wir können schön langsam in den nächst höheren Gang schalten. Wenn du willst, kannst du mit dem Kampftraining beginnen. Du hast dich physisch stark verbessert, jetzt ist es an der Zeit, im Ring dein Können unter Beweis zu stellen."

„Es war mir auf die Dauer ohnehin schon langweilig, immer nur auf den Sandsack zu dreschen", sagte Emil, froh darüber, endlich in den Boxring steigen zu können.

„Aber Achtung! Das Üben an den Geräten ist zwar wichtig, aber doch sehr theoretisch. Beim Sparring werden sich laufend die Kampfsituationen ändern und Fehler bestraft. Und das wirst du spüren, obwohl beim Sparring versucht wird, nicht voll zu schlagen. Ich möchte nicht, dass sich jemand beim Training verletzt, es kommt mir auf eine gute Technik an", erklärte Bergmann. Er machte eine Pause und warf einen prüfenden Blick auf Emil.

„Von mir aus kannst du es heute probieren", sagte er dann, „boxe eine Runde mit Eduard, er ist ein guter Techniker und hat Erfahrung. Du kannst nur profitieren von ihm."

Im Raum, wo der Hochring stand, wurde intensiv geübt. Schläge trafen auf schweißtriefende Körper und der schnell gehende Atem der Boxer erzeugte ein pfeifendes Geräusch.
„Ich möchte, dass du mit Emil boxt", sagte Bergmann zu Eduard, „boxt eine Runde, wenn ihr wollt, eine zweite."

Dann wandte er sich Emil zu: „Achte auf deine Deckung, keinen Leichtsinn. Halte Eduard mit deiner Führungshand auf Distanz, bereite Angriffe gut vor, so wie du es in der Theorie gelernt hast. Eduard wird es dir nicht leichtmachen. Also fangt an, ihr seid dran."

Emil zog seinen Kopfschutz über und stieg in den Ring. Am Anfang war er verkrampft. Bergmann stoppte hin und wieder und verbesserte seine Bewegungsabläufe. Wenn Eduard mit seinen Fäusten durchkam, wurde Emil durchgeschüttelt. Er versuchte zwar mit seiner langen Linken auf Distanz zu boxen und wartete auf Möglichkeiten, seine Rechte einzusetzen, doch es blieb bei einem Versuch. Eduard jedoch gelang es immer wieder, in die Halbdistanz zu kommen und Emil mit Haken zu treffen. Es dauerte nicht lange, bis Emil einen Wirkungstreffer einstecken musste. Obwohl Eduard nicht voll durchgezogen hatte, sah Emil Sterne und verspürte einen stechenden Schmerz in der Nase. Eduard stoppte sofort und ließ Emil eine paar Sekunden Zeit, um sich zu erholen. Ein paar Augenblicke später kassierte Emil einen Leberhaken, ging zu Boden und krümmte sich vor Schmerz.
„Dein alter Fehler, Emil", sagte Bergmann, der ihn beobachtet hatte. „Die Ellbogen sind zu weit offen." Er betrachtete Emil kritisch. „Hast du genug oder willst du weiterboxen?"

„Weiter", stieß Emil mühsam durch den Zahnschutz hervor.

Sein Angriffswillen war nun entfacht und sein Stolz meldete sich, er wollte keine jämmerliche Figur abgeben. Seine Bewegungsabläufe wurden lockerer und er hatte noch genug Kraft, das Tempo zu erhöhen, und fand auch manche Möglichkeit, Eduard zu treffen. Bergmann beobachtete die beiden unablässig und gab laufend Ratschläge. Nach der zweiten Runde stoppte er.

„Na, ein Nehmer bist du gerade nicht, Emil. Frage nicht, wenn Eduard voll geschlagen hätte. Aber du hast ein Kämpferherz und in der zweiten Runde war ich zufrieden mit dir. Was dir fehlt, ist Erfahrung im Kampf. Daher ist jetzt Ringtraining angesagt. Ab in die Kantine mit euch beiden und trinkt ein Bier auf meine Rechnung."

Es war Ausdruck von Anerkennung, wenn Bergmann Bier spendierte. In der Kantine bestellte Eduard zwei Flaschen Bier bei Barbara, die die Kantine betrieb. Sie war eine reife, groß gewachsene, vollschlanke Brünette, mit Vorliebe trug sie Kleider, die ihre Figur betonten.

„Hast du dich von Franz Bergmann auch zum Boxen überreden lassen? Willst du dich ebenso verprügeln lassen wie die anderen hier im Club?", sagte sie zu Emil gewandt.

„Mach dir keine Sorgen Barbara, so schlimm war es auch wieder nicht", schwächte Emil lächelnd ab. Barbara sagte nichts, warf aber einen vielsagenden Blick auf Emil, bevor sie wieder an die Bar zurückkehrte.

„Hör nicht auf die Frauen, Emil", sagte Eduard, „die meisten sind gegen das Boxen, aber wenn sie einen Kampf sehen, sind sie fasziniert. Beobachte einmal Frauen bei Boxkämpfen, sie bewundern uns, sie leiden mit uns."

Nachdem Eduard sein Bier ausgetrunken hatte, stand er auf und klopfte Emil auf die Schulter. „Ich hoffe, es war nicht zu heftig für dich heute, aber glaube mir, nur bei einem harten Training lernt man. Sicherlich hätte ich mich zurücknehmen und dich

schonen können, aber dein nächster Partner würde dich dann umso erbarmungsloser auseinandernehmen. Ich glaube, es war eine gute Einstimmung für dich. Jetzt weißt du, was es bedeutet, im Ring zu stehen." Er verließ Emil und ging in die Garderobe.
Emil spürte noch die Wirkung der Schläge. Nachdenklich nippte er an seinem Bier, Barbara gesellte sich wieder zu ihm.

„Deine Nase blutet, Emil", sagte sie und wischte mit einem Papiertaschentuch vorsichtig das Blut weg. Dabei neigte sie sich zu Emil und gewährte ihm, gewollt oder nicht, Einblick in den Ausschnitt ihrer Bluse. Der Duft eines aufdringlichen Parfums strömte in seine ramponierte Nase.
„Das habe ich gar nicht bemerkt, ich hoffe, dass mir Eduard nicht die Nase verbogen hat", sagte Emil, stand auf und ging zu einem Spiegel, der an der Wand hing. Kritisch betrachtete er sein Gesicht, die Nase schien nicht weiter verletzt zu sein.

„Trinkst du noch Kaffee mit mir? Ich lade dich ein", sagte Barbara mit ihrer dunklen Stimme, als Emil zum Tisch zurückkehrte.

„Das ist sehr nett von dir, Barbara, aber dann kann ich die ganze Nacht kein Auge zudrücken."

„Vielleicht brauchst du das nicht", sagte Barbara zweideutig und lächelte. Emil war irritiert und tat, als ob er ihre Anspielung nicht verstanden hätte.

„Es war heute mein erstes Sparring, ich bin etwas angeschlagen, ich werde jetzt nach Hause fahren. Aber das nächste Mal gerne, Barbara", fügte er hinzu.

2.

Der Wecker läutete und läutete, endlich reagierte Emil und stellte ihn ab. Am liebsten hätte er dieses Ding zertrümmert. Gähnend schlurfte er zum Waschtisch. Bevor er mit dem Rasieren begann, schöpfte er aus dem Waschbecken mit beiden Händen kaltes Wasser, um sein Gesicht einzutauchen und um den Schlaf aus den Augen zu vertreiben. Kritisch betrachtete er sich im Spiegel, wie jeden Morgen beunruhigte es ihn, dass sich seine kräftigen schwarzen Haare in den Ecken bereits zurückzuziehen begannen. Emil war immer unzufrieden mit seinem Aussehen, doch die meisten, die ihn kannten, fanden ihn sympathisch und gut aussehend. Waren es die blauen Augen, die von dichten Augenbrauen überlagert wurden, oder die gerade Nase und die nach vorne gewölbte Unterlippe, die kühn und herausfordernd wirkten, oder vielleicht die leicht nach oben gezogenen Mundwinkel, der Anflug eines milden Lächelns?
Als die Großmutter starb, hatte er ihre kleine Wohnung geerbt und war er von seiner Mutter ausgezogen, um allein zu leben. Die Wohnung befand sich in einem schönen alten Haus aus der Gründerzeit, jener Epoche im 19. Jahrhundert, als im Zuge der Industrialisierung Hunderttausende aus den Ländern der Monarchie in die Hauptstadt zogen, um hier zu arbeiten. Gegenüber war ein unbebautes Grundstück, umrahmt von einer Holzplanke, überwuchert von Gräsern und Sträuchern und Tummelplatz für allerhand Getier. Wenn Emil aus dem Fenster blickte, sah er bei schönem Wetter in der Ferne die Hügel des Wienerwaldes und vom Frühjahr bis zum Herbst schienen die Strahlen der untergehenden Sonne direkt ins Zimmer und überzogen Möbel und Gegenstände mit einem goldenen Schimmer. Die Möbel waren alt, gut und gerne fünfzig Jahre, bis auf einen modernen

Schreibtisch, den seine Mutter gekauft hatte, als er noch zur Schule ging.
Als Schüler hatte er immer nur das Notwendigste getan. Ein bisschen väterliche Strenge hätte seinen Lernwillen sicherlich angeregt, doch sein Vater war nicht aus dem Krieg zurückgekehrt, nur mit Mühe und seiner Mutter zuliebe hatte er die fünfjährige kaufmännische Mittelschule abgeschlossen. Obwohl er seine Schwester sehr gern mochte, beneidete er sie wegen ihres angeborenen Ehrgeizes, denn sie tat, was er versäumt hatte, sie studierte erfolgreich und erschloss sich gute Entwicklungsmöglichkeiten.
Gegen Mittag rief ihn seine Schwester in der Firma an und lud ihn zu einem Fotoabend ein. Studienkollegen hatten einen Vortrag über Griechenland zusammengestellt, den sie in einem kleinen Saal der Universität präsentieren wollten. Emils Lust hinzugehen hielt sich in Grenzen, aber da er nichts vorhatte, beschloss er hinzufahren. Der Dia-Vortrag, obwohl wirklich gelungen, war nicht gut besucht, es war eigentlich eine geschlossene Veranstaltung, weil sich die meisten Besucher bereits kannten. Emil war beeindruckt von den antiken Tempeln, dem hellblauen Himmel, vom Grün der Vegetation, das im starken Sonnenlicht silbrig glänzte und vor allem von der tiefen Bläue des Meeres. Beim Betrachten der Bilder konnte Emil die Aura Griechenlands direkt spüren.
Unter den Anwesenden war eine junge Frau, die seine Aufmerksamkeit erregte. Was an ihr auffiel, war die aufrechte Kopfhaltung. Emil fragte sich, ob dies Ausdruck ihres Selbstbewusstseins war oder bloße Arroganz. Er konnte es nicht deuten, aber sie gefiel ihm außerordentlich mit ihren lebhaften und anmutigen Bewegungen, mit ihren blonden Haaren, die in schönen Wellen bis zur Schulter herabfielen. Ihre Lider waren geschminkt und verstärkten das helle Blau ihrer großen Augen, in denen eine melancholische Verträumtheit lag. Gerade dieses

Spannungsfeld zwischen ihrem selbstbewussten Auftreten und der Nachdenklichkeit, die über ihrem Gesicht lag, machte sie interessant, zumindest für Emil. Immer wieder wurden seine Blicke von ihr angezogen, er betrachtete die kleine geschwungene Nase und die vollen, leicht aufgeworfenen Lippen. Sie war vollschlank, ihre fast zu stark ausgeprägten weiblichen Rundungen waren nicht zu übersehen. Ein paar Mal hatten sich schon ihre Blicke gekreuzt und die Tatsache, dass sie sich nicht abwandte, ließ in ihm freudige Erregung aufsteigen, wenngleich ihre Miene nicht verriet, was sie dachte oder fühlte.
„Wir gehen jetzt ins Café gegenüber, kommst du mit, Emil?", fragte ihn seine Schwester nach dem Vortrag. Ursprünglich wollte er nach Hause fahren, doch er wurde von der Blonden wie von einem Magnet angezogen. Als sie das Café betraten, suchte er nach einem Vorwand, um sie anzusprechen. Sollte er fragen, wie ihr der Vortrag gefallen hatte? Doch dann fand er diesen Annäherungsversuch ziemlich platt.

„Haben Sie etwas dagegen, wenn ich an Ihrem Tisch Platz nehme?", fragte er schließlich und kam sich plump und unbeholfen vor, seine Stimme verriet Unsicherheit.

„Überhaupt nicht", sagte sie zu seiner Erleichterung mit einer angenehmen, weich klingenden Stimme. Emil dachte krampfhaft nach, mit welchem Thema er eine Konversation in Schwung bringen könnte und verwünschte sich, weil ihm nichts einfiel.
Sie half ihm aus dem Dilemma: „Waren Sie schon einmal in Griechenland?"
Endlich wurde Emil entspannter und begann, sich mit ihr zu unterhalten. Es entwickelte sich ein langes Gespräch über Länder die sie bereist hatten, sie diskutierten über aktuelle Themen und er stellte erfreut den Gleichklang ihrer Gedankengänge und Überlegungen fest. Er erfuhr, dass die junge Frau, die

vorhin die Diapositive präsentiert hatte, Eva hieß und ihre beste Freundin war. Eva war so wie sie eine Pharmaziestudentin, beide standen vor dem Abschluss ihres Studiums.

„Sag doch Du zu mir, ich heiße Anne", sagte sie und lächelte ihn an. Es war das erste Zeichen einer beginnenden Intimität und Emils Herz machte einen kleinen Freudensprung.

Anne begann zu erzählen, über ihre Eltern und die Apotheke, die ihnen gehörte, über die Schulzeit und über das Studium. Er hatte den Eindruck, dass sie trotz der Wohlhabenheit ihrer Eltern bescheiden erzogen worden war. Schon früh musste sie im Haushalt und in der Apotheke aushelfen. Ihre Offenheit veranlasste Emil, nun auch über sich und sein Umfeld zu erzählen. Er spürte eine immer stärker werdende Zuneigung zu dieser jungen Frau, ihre Ausstrahlung weckte in ihm angenehme Empfindungen.
Vom Nebentisch neigte sich Eva herüber und bot Zigaretten an. Anne bediente sich.
„Ausnahmsweise eine", sagte sie.
Emil nahm ihr die Streichhölzer aus der kleinen Hand und zündete die Zigarette an.

„Du rauchst nicht?"

„Nein, ich habe aufgehört, Sport und Zigaretten vertragen sich nicht gut." Emil hätte sich am liebsten auf die Zunge gebissen, das hätte er nicht sagen sollen. Er ahnte, welche Fragen diese Eröffnung nach sich ziehen würde und hatte sich nicht getäuscht.

„Welchen Sport betreibst du denn?"
Vorerst versuchte Emil, sich mit einer Verallgemeinerung aus der Affäre zu ziehen.

„Du wirst lachen, ich betreibe einen Sport zur Selbstverteidigung!"

„Da gibt es einige, ist es Judo?", bohrte Anne weiter.
Schon um zu wissen, wie sie reagierte, musste er damit herausrücken, dass er boxte, überlegte er.

„Nein, ich bin Amateurboxer", sagte er. Es klang wie ein Schuldeingeständnis und er lief rot an.

„Waas, du bist ein Boxer!", ein leiser Ausruf des Entsetzens entfuhr Anne, „ein brutaler Sport! Das hätte ich nie gedacht von dir!"
Ihre Reaktion war viel heftiger, als er befürchtet hatte, und das irritierte ihn.

„Ich bestreite noch keine Wettkämpfe", sagte er einschränkend, „ich bin derzeit nur Trainingspartner für die Kampfmannschaft."

Er machte eine Pause und taxierte Anne, um zu erfahren, ob ihr Interesse ihm gegenüber abgenommen hatte.

„Boxen ist Sport total, dabei geht es um Sein oder Nichtsein". Emil sah sich veranlasst, ein leidenschaftliches Plädoyer für seinen Sport abzugeben.

„Boxen erfordert nicht nur Geschicklichkeit, Schnelligkeit und Kraft, sondern auch ein gutes Auge und taktisches Talent. Beim Boxen lernt man viel über sich selbst, denn ohne Mut kann man diesen Sport nicht ausüben."
Anne schwieg noch immer und aus Angst, ihre Sympathie zu verlieren, trat er die Flucht nach vorne an.

„Ich kann deine Einstellung zum Boxsport verstehen", sagte er erregt, „meine Familie ist auch dagegen. Wenn du glaubst, dass ich primitiv bin, weil ich boxe, dann tut es mir sehr leid, gerade wenn du es glaubst, tut es mir leid, sehr leid, Anne", sagte er niedergedrückt und man sah ihm seine Verzweiflung an. Einem Impuls folgend nahm er ihre beiden Hände. Anne war sichtlich überrascht, doch ließ sie ihre Hände in den seinen ruhen und schaute ihm prüfend in die Augen, als ob sie einen Blick in sein Inneres werfen wollte.

Als sich die Gruppe zum Gehen anschickte, kam seine Schwester in Begleitung eines jungen Mannes auf ihn zu, um sich bei ihm zu verabschieden. Emil kannte den Mann nicht und es interessierte ihn im Augenblick auch nicht, er war zu sehr mit sich und Anne beschäftigt. Auf keinen Fall wollte er, dass Anne ihn verließe, ohne ein weiteres Treffen mit ihm zu vereinbaren. Er zahlte, half Anne in den Mantel und um sich zu versichern, dass sie ihm nicht entschwand, fasste er sie wieder bei der Hand und verließ mit ihr das Café.

„Gehen wir noch ein paar Schritte gemeinsam?"

Anne schwieg, hakte sich jedoch bei Emil ein, als er ihr den Arm bot. Sie schlenderten über die von vielen Straßenlaternen erhellte Ringstraße, die umliegenden Prachtbauten erschienen ihnen in einem angenehmen, gelblichen Licht. Tagsüber hatte der Föhn geweht, es war noch immer angenehm warm und man konnte den herannahenden Frühling erahnen. Starke Gefühle bewegten Emil, die sich scheinbar auf Anne übertrugen, denn ihre Schritte wurden immer langsamer, bis beide wie auf einen geheimen Befehl stehen blieben und sich küssten. Emil spürte die weichen Lippen von Anne, die sich warm und geschmeidig anfühlten. Schon nach ein paar Schritten küssten sie sich wieder. Sie wurden nicht müde sich zu küssen, immer wieder hielten sie an, um sich zu umarmen. Emil hatte einen Arm um die Hüfte von Anne geschlungen, eng aneinander gelehnt gingen sie verträumt durch einsame Straßen und Gassen der Innenstadt und schienen von der Umwelt nichts zu merken. Waren ihre Küsse anfangs zärtlich und innig, wurden sie in der Folge immer kühner. Träumerisch schlenderten sie Arm in Arm zurück, sich immer wieder küssend. Am nächsten Tag wollten sie sich wieder im selben Café treffen.

3.

Emil war schon lange vor dem vereinbarten Zeitpunkt im Café. Es war ein gediegenes Wiener Café mit Marmortischen, neben den Fenstern gab es Nischen mit gepolsterten Bänken, die mit bordeauxrotem Velours überzogen waren. Er setzte sich in eine solche und bestellte Wermut. Voll Ungeduld schaute er immer wieder auf seine Armbanduhr. Der vereinbarte Zeitpunkt war vorüber und er wurde nervös. Trotz der starken Gefühle, die sich gestern zwischen ihnen entwickelt hatten, war er sich über Annes wirkliche Zuneigung nicht sicher. Er hatte Angst, dass sie seine einfachen Verhältnisse irritieren könnten.
Endlich kam Anne, sie trug eine elegante Jacke aus Silberfuchspelzen und darunter ein modisches Kostüm, das ihren Körper betonte. Emil schluckte, seine Zweifel von vorhin wurden wach und er fragte sich, ob Anne, trotz allem, was gestern vorgefallen war, für ihn erreichbar sei. Noch während er überlegte, ob er sie zur Begrüßung küssen sollte, umarmte sie ihn und setzte sich neben ihn auf die gepolsterte Bank.
„Entschuldige bitte meine kleine Verspätung, eine Mitarbeiterin in unserer Apotheke ist krank geworden. Ich musste meinem Vater helfen und dann für morgen meinen Koffer packen."

„Ich hatte schon große Angst dass du nicht kommen würdest", sagte Emil.

Anne lachte. „Wie kannst du so etwas denken, Emil." Der Ober kam und fragte nach ihren Wünschen. Emil bestellte noch einen Wermut und für Anne eine Tasse Tee.

„Ich möchte nicht neugierig sein, habe ich mich verhört oder hast du tatsächlich vom Kofferpacken gesprochen?"

„Du hast richtig gehört, ich reise nach Genf. Mein Vater hat mir dort ein Praktikum in einem pharmazeutischen Unternehmen ermöglicht."
Diese Ankündigung traf ihn wie ein Schlag.

„Wir werden uns bald für längere Zeit nicht sehen können", sagte Anne bedauernd.
Emil gewann langsam seine Fassung wieder. Seine Stimme klang rau, als er fragte: „Was heißt bald, Anne?"

„Ich fahre schon morgen Vormittag und um dir die ganze Wahrheit zu sagen, ich bleibe sechs Monate in Genf."

„Es ist sicherlich sehr wichtig für dich und eine tolle Chance, aber ich muss das erst verarbeiten, ich glaube, ich habe mich in dich verliebt."
Es entstand eine Pause und Emil sagte dann, indem er die Worte langsam und eindringlich formulierte: „Ich werde auf dich warten."
Annes Gesicht überzog eine feine Röte. Sie lehnte sich an Emil und gab ihm einen langen Kuss auf die Wange.

Dann sagte sie besänftigend: „Emil es tut mir leid, wenn dir das nahegeht, mir geht es eigentlich auch so, aber ich kann das Praktikum nicht aufschieben. Ich komme sicherlich zwischendurch nach Wien und im Herbst bin ich für immer zurück ..."

Emil fasste ihre Hände und sagte eindringlich: „Komm Anne, gehen wir, es ist unser letzter Abend, setzen wir uns in mein Auto und küssen wir uns die ganze Nacht, damit wir uns nie wieder vergessen."

„Ich weiß nicht, ob das eine gute Idee ist", sagte Anne und ihre blauen Augen nahmen einen verschwommenen Ausdruck an.
Als Emil bezahlt hatte, nahmen sie ihre Mäntel und verließen das Café. Anne ging still neben Emil, der ihre Hand hielt. Er sperrte das Auto auf, ließ Anne Platz nehmen und setzte sich ans Steuer.
Als er den Motor startete, fragte Anne leise: „Wo willst du denn hinfahren, Emil?"

„Irgendwohin."

„Ich hoffe, du weißt, was du tust", sagte sie besorgt.

„Hab keine Angst, Anne, vertrau mir", sagte er und steuerte den Wagen Richtung Vorstadt.

„Du hast ein großes Auto, kannst du dir das leisten?"

„Ich habe es gebraucht gekauft. Mein Freund hat mir dabei geholfen. Sein Bruder ist im Autogeschäft tätig, es war ein Gelegenheitskauf."
Sie hüllten sich längere Zeit in Schweigen. Emil fuhr bei einem Gasthaus vorbei und blieb am Ende der Straße stehen. Von dort führte nur mehr ein Karrenweg in den nahen Wald. Eine Straßenlaterne warf ein fahles Licht in das Wageninnere, als er die Scheinwerfer abdrehte.
„Mit wie vielen Mädchen warst du schon hier, Emil?"

„Ich kenne dieses Plätzchen, weil meine Schwester und ich früher oft mit den Großeltern hier waren, wenn wir Ausflüge machten", und nach einer kurzen Pause, „wenn du möchtest, können wir aber wieder zurückfahren."
Anne sagte nichts, sie schien nachdenklich. Einige Zeit verging und Emil startete schüchtern einen Annäherungsversuch, er küsste Anne auf die Wange und nahm ihre Hand. Dann zog er Anne ganz nahe an sich heran und küsste sie auf den Mund. Als er ihren weichen Mund spürte und ihr Parfum ihn einhüllte, durchströmten ihn angenehme Gefühle. Anne umarmte Emil und erwiderte seinen Kuss.

„Anne, ich liebe dich, warum musst du mich verlassen, du brichst mir das Herz."

„Ich komme ja wieder", sagte sie zärtlich.

Sie erfanden immer neue Wege, sich zu küssen, und Emil spürte, wie sich in ihm alles zu drehen begann. Wie zufällig streifte er den Busen von Anne und nichts geschah. Auch als er ihren Busen anfasste, reagierte sie nicht. Da brach das Verlangen wie ein aufziehendes Gewitter über ihn herein. Seine Hand fasste unter den Rock von Anne. Seine Hand zitterte vor Erregung, als er sie zwischen ihre Schenkel schob.

„Anne, ich sehne mich so sehr nach dir, ich erleide Höllenqualen."

„Emil wir müssen vernünftig sein."

Sie löste sich von ihm und zog ihre Pelzjacke über ihren halbnackten Leib. Einige Minuten lagen sie eng aneinandergeschlungen. Emil überlegte, ob er seinem Verlangen nachgeben oder sich zügeln sollte. Doch Begierde überflutete ihn und war stärker als seine Bedenken. Er öffnete die Bluse von Anne, löste das Häkchen ihres BHs und zog den Pelzmantel weg. Ihr Busen war gut entwickelt und füllig für eine junge Frau, die Rundungen ihrer Hüften und ihre Schenkel ebenso. Anne versuchte ihren Körper zu bedecken, doch er hinderte sie sachte, brachte die Rückenlehnen der Vordersitze in eine horizontale Stellung und rückte näher zu Anne, denn die Lenkradschaltung war ihm im Weg. Dann beugte er sich über sie und versuchte, in sie einzudringen.

„Nein, nein, nein", stieß sie hervor und drängte ihn weg. Hastig deckte sie sich mit ihrer Jacke zu.

„Du bist sehr unvernünftig, Emil", sagte sie, aber es klang nicht böse.

„Ich will nicht vernünftig sein", antwortete Emil mit rauer, gepresster Stimme.

„Wir müssen jetzt zurückfahren", sagte sie, ohne darauf einzugehen.

„Ich kann mich nicht von dir trennen, ich begehre dich so sehr."

„Jetzt bist du nicht nur unvernünftig, sondern auch noch schlimm", sagte Anne in gespielt vorwurfsvollem Ton, „ich kenne dich erst einen Tag." Ernster werdend fügte sie hinzu, „wir sind sehr weit gegangen, lass uns die Grenzen nicht überschreiten, auch wenn es schwer fällt."
Emil seufzte.

„Ich habe eine Frau noch nie so geliebt wie dich. Aber ich möchte nicht, dass du etwas bereust. Ich werde auf dich warten und wenn es zehn Jahre dauern sollte."

Zärtlich fasste er ihre Brüste. Er spürte eine Veränderung bei Anne. Sie hielt ihn fest umklammert und ihre Fingernägel gruben sich in seinen Rücken. Da schob er sachte sein Becken unter sie. Sie berührten sich leicht und Emil suchte in den seltsam weit geöffneten Augen von Anne nach einem Einverständnis für das, was nun geschehen würde. Er fasste sie an der Hüfte und zog sie an sich. Langsam, fast millimeterweise ließ sich Anne herabsinken, bis Emil einen Widerstand spürte. Anne hielt einen Augenblick inne, doch dann fasste sie Emil fest an den Schultern, spannte ihren Oberkörper und mit einem kräftigen Zug ließ sie sich auf Emils Lenden fallen. Emil ließ ein paar Augenblicke verstreichen, und, ohne die Vereinigung zu lösen, richtete er sich auf und küsste sie mit all seiner Liebe, sie hatte ihm soeben das Kostbarste geschenkt hatte, das sie ihm schenken konnte. Dann begann er, sich vorsichtig zu bewegen.

„Bleib ruhig, Liebster", flüsterte Anne, hob und senkte behutsam ihr Becken, „aber sag mir bitte wann."

Emil tauchte in ein Meer wohliger Empfindungen, alles fühlte sich warm, weich und geschmeidig an. Bewegten sie sich anfänglich langsam und sinnlich, nahmen nach und nach die Intensität und das Tempo ihrer Bewegungen zu. Anne hatte die Augen geschlossen und schien wie in Trance nur mehr mit ihrem Unterkörper zu spüren. Emil ahnte, dass er bald die Kontrolle verlieren würde, er bewegte sich auf den Höhepunkt zu, er musste abbrechen, er hatte es versprochen.

„Jetzt", stieß er hervor.

Er packte Anne an den Hüften und wollte sie von seinen Lenden wegziehen. Doch sie löste sich nicht von ihm, alle Schranken waren nun niedergerissen, Emil glaubte zu explodieren und seinen Körper zu sprengen, als er sich in Anne ergoss.

Einige Minuten vergingen und offensichtlich wurde ihnen bewusst, was geschehen war. Sie hatten von der verbotenen Frucht gegessen und Emil fühlte leise Schuldgefühle in sich aufkommen. Sie kuschelten sich aneinander, gewärmt von Annes Jacke, die sie über sich ausgebreitet hatten.
Anne, als ob sie seine Gedanken erraten hätte, sagte bedrückt: „Wir haben mit dem Feuer gespielt und haben gebrannt. Ich hoffe, du kannst die Verantwortung übernehmen, wenn unsere Liebe Folgen haben sollte, du weißt, was ich meine?"
Emil umarmte Anne und sagte: „Hab keine Angst, ich kann dich jetzt nicht mehr, nach all dem was passiert ist, alleine lassen. Und ich kann ohne dich nicht mehr leben."
Eine Flut von Liebesbeteuerungen sprudelte aus ihm heraus und er drückte Anne fest an sich. „Ich gehe mit dir nach Genf und wenn ich dort die Straßen kehren muss oder sonst was."
Anne streichelte seine Haare und sagte nachdenklich: „Ach Emil, was für ein Dummkopf du doch bist, wie stellst du dir denn das vor?"

„Es ist ganz einfach", sagte er mit dem Brustton der Überzeugung, „ich kündige meine Anstellung, oder ich nehme Urlaub, oder ich werde krank, irgendetwas wird mir schon einfallen. Und dann fahren wir am Samstag mit dem Auto nach Genf. Du kannst deine Bahnkarten zurückgeben."

„Emil, Emil, Liebster, hör bitte auf zu träumen. So einfach ist das nicht. Du wirst nicht Hals über Kopf Wien verlassen können, du musst sicherlich deinen Arbeitsvertrag einhalten, abgesehen davon, wie deine Familie reagieren würde, wenn du plötzlich alles hinwirfst und weggehst."
Anne setzte sich auf und begann, sich langsam anzukleiden. Emil wollte jedoch eine Lösung und

sagte trotzig: „Ich kann und will mich nicht von dir trennen, wir gehören von jetzt an zusammen."

„Emil, Emil, Liebster, du bist ein hoffnungsloser Optimist", sagte sie und küsste ihn liebevoll. „Hoffnungslos?", stieß Emil hervor, „wie sollen wir denn weiterleben? Werden wir es ertragen können, uns zu trennen, morgen schon? Ich werde krank, wenn ich daran denke!"

„Und wie glaubst du, dass es mir geht? Ich spüre dich noch so stark in mir, als ob du ein Teil von mir wärst."

Anne schwieg einen Augenblick und sagte dann eindringlich: „Mein Vater hat sich sehr exponiert, damit ich diese Stelle bekomme. Er wäre total blamiert, wenn ich nicht fahren würde. Es ist unmöglich, ich kann jetzt nicht alles umstoßen."
Emil verfiel in eine tiefe Melancholie, mit vielen Seufzern begann er sich anzukleiden.
Anne küsste ihn zärtlich und streichelte ihm durch das Haar. „Emil, Liebster, es ist ja nur für ein paar Monate und zwischendurch werden wir uns sehen. Ich schreibe dir, wie es mir geht und wann wir uns wiedersehen können."
Emil fiel ihr um den Hals und drückte sie fest an sich als ob er sie nie wieder loslassen würde.

„Emil, wir müssen jetzt fahren, so schrecklich es auch ist, dass wir uns trennen müssen", flüsterte sie mit tränenerstickter Stimme.
Emil saß zusammengesunken hinter dem Lenkrad, als ob alles Leben aus ihm gewichen wäre. Er startete das Auto, seine rechte Hand suchte die ihre, Anne legte ihren Kopf auf seine Schultern, langsam steuerte er mit einer Hand das Auto durch die leeren Straßen, um den Augenblick des Abschieds

hinauszuzögern. Die Fahrt kam ihm viel zu kurz vor, als Anne auf einen schicken Kleinwagen deutete.

„Dort steht mein Auto, Emil."
Emils Kehle war wie zugeschnürt, mit fahriger Hand kritzelte er seine Adresse auf einen Zettel und gab ihn Anne.

„Sag mir, wann ich nach Genf kommen kann. Ich möchte dich so schnell wie möglich sehen."

„Gib mir ein paar Tage Zeit. Aber sobald ich mich eingelebt habe, können wir uns sehen. Du wirst mir sehr fehlen, Liebling."

„Lass mich nicht zu lange warten, vergiss nicht, dass ich dich sehr liebe."
Sie umarmten sich und küssten sich lange.

„Wann fährt dein Zug?", erkundigte sich Emil.

„Um elf Uhr fünfzehn. Aber es ist besser, wenn wir jetzt Abschied nehmen. Morgen begleiten mich meine Eltern und die kennen dich ja noch nicht."

„Also gut, ich wünsche dir alles Gute, Anne, ich liebe dich, ich liebe dich …", er wiederholte diese Worte immer wieder, während er Anne umklammert hielt.

„Wir müssen uns jetzt voneinander losreißen. Pass auf dich auf, Liebling, bitte riskiere nichts beim Boxen, vergiss nicht, dass ich dich liebe." Mit einem letzten Kuss verließ sie Emil.
Emil konnte sich nicht aufraffen, den Wagen zu starten. Er schloss die Augen und fragte sich, ob alles nur ein Traum gewesen war.

4.

Am nächsten Tag war Emil schon früh im Büro. Er wollte schnell seine vordringlichen Arbeiten erledigen und dann zum Bahnhof fahren. Sehen wollte er Anne, nur noch einmal sehen. Aber dann verwarf er diese Idee, es würde seinen Abschiedsschmerz noch einmal entfachen. Mit einem Seufzer nahm er wieder seine Arbeit auf. Als sein Chef erschien und ihn so früh an der Arbeit sah, fragte er erstaunt, aber nicht ohne einen Schimmer von Hohn in der Stimme:„Sie sehen ja gar nicht gut aus Herr Weinberger. Vielleicht vertragen Sie das Arbeiten nicht!" Am liebsten hätte Emil eine patzige Antwort auf diese Anzüglichkeit gegeben, aber er war viel zu apathisch, um sich auf eine Konfrontation einzulassen.

Am Abend konnte er trotz seiner Übermüdung nicht einschlafen. Auch gingen ihm viele Gedanken durch den Kopf. Er wollte sich beruflich verändern weil er sich einbildete, mit einem besseren Verdienst seine soziale Stellung verbessern zu können und mehr Akzeptanz in den Kreisen von Anne zu finden. Am nächsten Tag ging er gleich nach dem Frühstück Zeitungen kaufen und studierte die Seiten mit den Stellenangeboten. Er antwortete auf fünf Anzeigen. Seine Gedanken schweiften immer wieder ab und er musste sich immer wieder von Neuem bemühen, sich auf die Stellenangebote zu konzentrieren. Als er seine Bewerbungsschreiben endlich verfasst hatte, nahm er einen neuen Briefbogen und versuchte, seine Sehnsucht nach Anne in Worte zu fassen. Er beschrieb mit solcher Intensität seine Gefühle, bis ihm die Finger vom Schreiben schmerzten, und er erschöpft in seinen Sessel zurücksank. Um irgendetwas zu tun, entschloss er sich, in den Boxclub zu fahren, dies weniger aus Freude am Sport, sondern viel mehr, um seine Einsamkeit zu überwinden.

Beim Eintritt ins Clublokal grüßte ihn Barbara, die gerade Getränke servierte, mit einem Zwinkern. Arme Barbara, dachte er, aus uns beiden wird kein Liebespaar, wie sehr du auch deinen Charme versprühst. Er ging zu seinem Spind, zog sich um und ging zur sogenannten Birne. Das Training mit der Birne ist relativ schwierig. Eine Birne, so wie sie im Boxsport verwendet wird, schwingt nach hinten und kommt mit der gleichen Geschwindigkeit zurück. Im Augenblick des Zurückkommens muss sie erneut getroffen werden. Eine weitere Schwierigkeit besteht darin, dass in der kurzen Zeit des Zurückschwingens auch die Schulterdrehung durchgeführt werden muss. Emil hatte nie Schwierigkeiten bei diesem Training gehabt, aber heute spürte er, dass er verspannt war und nicht den richtigen Rhythmus fand. Bergmann kam vorbei und sah Emil eine Weile mit prüfendem Blick zu.
„Komm her", sagte er und zog Handpolster über seine Hände, im Fachjargon der Boxer wurden sie Tatzen genannt.

„Wir führen jetzt Schlagübungen durch, achte auf meine Tatzen. Probiere die rechte Gerade zum Körper und den linken Haken zum Kopf. Achte auf die korrekte Winkelung der Hände beim Haken und auf deine Beinarbeit."

Das Training mit Handpolstern erforderte hohe Konzentration. Emil begann zu ermüden. Doch Bergmann hörte nicht auf und bewegte unablässig seine Tatzen, die Emil unter Berücksichtigung der korrekten Technik zu treffen hatte. Da seine Bewegungsabläufe langsamer wurden und die Schläge unpräziser, brach Bergmann das Training ab.

„Am Beginn warst du gut, gegen Ende bist du eingegangen. Was ist mit deiner Kondition los?"

„Ich habe ein Stimmungstief, ich muss mich erst wieder emporrappeln", sagte Emil außer Atem.
Bergmann warf einen langen Blick auf Emil.

„Wenn dich etwas drückt, trainiere so intensiv wie möglich, gehe bis an deine Grenzen, investiere deine Energie bis zum Limit und du wirst sehen, es wird dir helfen."

Zu Hause las er noch einmal den Brief, den er bereits vorbereitet hatte. Er dachte an die Begegnung mit Anne und an die Leidenschaft, die sie wie ein Sturzbach fortgerissen und alle Barrieren gebrochen hatte. Anne war mittlerweile in seinen Sehnsüchten in eine Sphäre entrückt, die nicht real war.
Am nächsten Tag wachte er sehr spät auf. Es währte einige Zeit, bis er sich aufraffte aus dem Bett zu steigen und sich seiner Morgentoilette zu widmen. Er warf einen Blick auf die Uhr. Er war zum Mittagessen bei seiner Mutter eingeladen. Sie wohnte mit seiner Schwester in einer kleinen Wohnung in einem Innenbezirk von Wien. Emil war dort aufgewachsen und kannte jede Gasse, jedes Haus. Er musste an seine Schulzeit in der tristen, von Entbehrungen geprägten Nachkriegszeit denken. Seine Mutter hatte es irgendwie geschafft, durch weite Fahrten auf das Land im Tauschwege einige zusätzliche Lebensmittel zu beschaffen. Ihren Rucksack mit schweren Eisennägeln gefüllt, die ihr der Großvater gab, ging sie von Bauernhof zu Bauernhof, um Nägel gegen Eier, Butter und Fleisch einzutauschen. Er und seine Schwester mussten daher auch in der bittersten Notzeit nach dem Kriege an keinen Entbehrungen leiden. In ihren Jugendjahren war Mutter hübsch, fast eine Schönheit gewesen. Sie war

eine große Brünette von gutem Wuchs und die jungen Männer aus ihrer Umgebung, sofern sie nicht an irgendeiner Front ihr Leben riskierten, interessierten sich für sie. Heute noch war sie eine attraktive Frau, wenn man ihr auch die Mühen ihres Existenzkampfes ansah, silberne Fäden durchzogen ihr Haar, das seitlich zurückgekämmt, oben jedoch gelockt war. Diese Frisur unterstrich ihr schmales Gesicht und gab ihr ein vornehmes, fast erhabenes Aussehen. Ihre Augen strahlten Sanftheit und Ruhe aus. Nach dem Tod seines Vaters gab es den einen oder anderen Mann, der sie trotz der beiden Kinder gerne geheiratet hätte, sie hatte jedoch keine dieser Avancen angenommen. Ihr Leben galt ihm und Andrea. Seine Schwester war immer die Beste in der Schule gewesen und studierte auch jetzt zügig und ohne Zeitverlust Englisch an der Universität. War Emil ruhig und zurückhaltend, so war seine Schwester das Gegenteil. Sie liebte es, im Vordergrund zu stehen, und war sehr mitteilungsbedürftig. Aufgrund ihres Humors war sie sehr beliebt. Ihr Hobby war, auf einer Amateurbühne Theater zu spielen. Sie war wie alle in der Familie Weinberger groß gewachsen, hatte lange Beine und einen majestätischen Busen, ihr Körper drückte Vitalität und Unternehmungsgeist aus. Ihr schwer zu bändigendes schwarzes Haar, das sich an den Schläfen leicht kräuselte, war meist am Hinterkopf zu einem Pferdeschwanz zusammengebunden. Sie hatte eine runde, schmale Stirn und einen kleinen Mund mit vollen, hellrosa Lippen. Die klugen, hellblauen Augen wirkten milde, die hochgezogenen Mundwinkel suggerierten Humor und Lebensfreude. Seine Schwester war eine Erscheinung, die die Blicke der Männer magisch anzog, sie hatte eine Aura, die auf ihre Umwelt ausstrahlte, und es war nicht verwunderlich, dass man ihre Nähe suchte und gerne mit ihr zusammen war.

Als Emil in den zweiten Stock zur Wohnung seiner Mutter emporstieg, dachte er an die Worte die Mutter unlängst zu ihm gesagt hatte. Sie hatte gemeint, dass sich sein Vater im Grabe umdrehen würde, wenn er erführe, dass er boxte. Sein Vater war ein guter Fußballer gewesen, kam jedoch – wie es beim Fußball oft vorkommt – mit Blessuren nach Hause. Daher wollte er nicht, dass Emil auch Fußballer würde. Und nun war er Boxer geworden! Emil konnte die Bedenken seiner Mutter sehr gut verstehen und geriet jedes Mal in einen Gewissenskonflikt, wenn er sie besuchte. Um ihre Sorgen zu zerstreuen und auch, um seinen Sport zu rechtfertigen, sprach er über die Vorteile des Boxens, den Verteidigungsaspekt, die Förderung von Charakter, Mut und Risikobereitschaft und die körperliche Ertüchtigung.

Emil trat in die kleine Küche und setzte sich auf die gemütliche Eckbank, auf der man sich so wohlfühlen konnte. Seine Schwester überfiel ihn mit einem Redeschwall und wollte wissen, was es Neues gab. Emil kam jedoch nicht zum Reden, denn Andrea fing an, über dies und jenes zu berichten und plauschte ohne Unterbrechung. Mutter betrachtete ihn diskret, während sie das Essen servierte. Sie war nicht eine von jenen Müttern, die alles über ihre Kinder wissen wollte, mit ihrem Feingefühl und ihrem mütterlichen Instinkt merkte sie ohnehin, was sie bewegte. Und sie würde ahnen, was der Grund seiner Veränderung sein könnte.

Als er die Seinen verließ und auf die Straße trat, blendeten ihn die Strahlen der Sonne. Es war ein weißes, kaltes Licht, die Strahlen waren noch zu schwach, um der Kälte etwas anhaben zu können, die Zeit der goldenen Sonnenstrahlen, die wärmten und reiften, war noch nicht gekommen. Ein schneidiger Wind wehte, Emil hielt sich den Kragen seines Mantels zu und ging zu seiner DS, um nach Hause zu fahren, einem einsamen Abend entgegen.

Seit der Trennung von Anne waren mittlerweile fünf Tage vergangen. Endlich war der erste Brief angekommen. Sie schrieb ihm, dass ihre Firma für sie ein kleines Zimmer in einem Wohnhaus in der Genfer Altstadt gemietet hatte und dass sie im Labor als Hilfskraft arbeitete. Mit der Verständigung tat sie sich schwer, weil sie ihre Französischkenntnisse total überschätzt hatte; glücklicherweise sprachen die meisten Kollegen auch Deutsch. Der Brief endete mit folgenden Zeilen:

Mein Geliebter, ich möchte dich so schnell wie möglich wiedersehen. Sobald ich hier einen Überblick gewonnen habe, kannst du mich in Genf besuchen. Du sagtest mir, dass du noch niemals eine Frau so geliebt hast wie mich. Ich sage dir, dass du der erste Mann bist, den ich liebe und ich keinen anderen mehr lieben kann und lieben werde.
Deine Anne

Emil war überglücklich, als er diese Zeilen las, er nahm den Brief, den er bereits begonnen hatte, und fügte hinzu:

Anne, Liebling, soeben habe ich deinen Brief erhalten, der mich zum glücklichsten Menschen unter der Sonne macht. Du bist die Einzige auf Erden, die ich immer lieben werde. Ich hoffe, dass all unsere Träume in Erfüllung gehen und ich nie irgendwo anders aufwache als in Deinen Armen. Ich werde dich immer lieben, denn du bist mein Leben.
Dein Emil

5.

Emil arbeitete viel und trainierte hart. Bei seinen Trainingsrunden gab er sich bis zur totalen Erschöpfung aus. Bergmann kam auf ihn zu und sagte:

„Emil ich möchte deinen Trainingseifer nicht stoppen, aber du darfst nie vergessen, dass Boxen auch ein technischer Sport ist. Kraft ist wichtig, aber sie muss kontrolliert eingesetzt werden und darf sich nicht aus einer Anspannung entfalten. Anspannung führt zur Verkrampfung der Muskeln und dadurch werden die Bewegungsabläufe langsamer. Bleib locker. Vielleicht bin ich schuld, weil ich dir gesagt habe, du sollst bis ans Limit gehen, aber du musst auch auf Entspannung achten."

Als Emil den Club verlassen wollte, sah er Barbara, wie sie mit Konrad und anderen Kameraden beisammen saß und mit ihnen scherzte. Als sie Emil sah, stand sie auf und fragte: „Na, kein Bierchen heute Abend?"

Sie strahlte ihn an. „Setz dich doch zu uns!"

Konrad versuchte, eine gleichgültige Miene aufzusetzen, was ihm aber nicht gut gelang. Er hatte schon lange ein Auge auf Barbara geworfen, sie schien jedoch seine Sympathien nicht zu erwidern. Emil widerstrebte es, mit diesem Rowdy an einem Tisch zu sitzen.

„Heute nicht, Barbara, ich muss dringend nach Hause", sagte er und verließ den Club.

Eines Tages trudelten die ersten Antworten auf seine Bewerbungen ein. Unter anderem lud ihn ein amerikanisches Unternehmen, das in München eine Tochtergesellschaft besaß, zu einem Vorstellungsgespräch ein. Man wollte auch in Österreich einen Vertrieb für Baumaschinen aufbauen und war auf der Suche nach geeigneten Mitarbeitern.

Am Samstag sollte dieses Gespräch stattfinden. Emil stand früh auf, um sich darauf vorzubereiten. Er hatte nicht viel Erfahrung mit Vorstellungsgesprächen und überlegte mit welchen Fragen man ihn konfrontieren könnte. Als er in dem Nobelhotel eintraf, saßen schon an die zehn Bewerber in der großen Lobby in Warteposition. Er warf einen flüchtigen Blick auf seine Konkurrenten und versuchte, seine Chancen einzuschätzen. Er mochte eine Stunde gewartet haben, als ein kleiner, glatzköpfiger Mann mit geschäftiger Miene auf ihn zukam und sich als Albert Altmann vorstellte.

„Ich werde Sie jetzt unserem Generaldirektor, Herrn Benno Toralt vorstellen. Darf ich Sie bitten mir zu folgen", sagte er und lächelte gekünstelt.

Sie gingen in ein kleines Konferenzzimmer mit noblen, dunkel furnierten Möbeln. Ein wuchtiger Holztisch stand in der Mitte, umgeben von bequemen Sesseln, deren Sitzflächen mit dunkelgrünem Velours überzogen waren. Beim Fenster stand rauchend ein älterer, sehr elegant gekleideter, weißhaariger Herr. Er trug eine dunkle Hornbrille und betrachtete Emil kalt und forschend. Als Altmann Emil vorstellte, streckte ihm der Generaldirektor widerwillig die Hand zum Gruß hin. Emil ergriff die Hand, doch diese schloss sich kaum zu einem Händedruck. Da niemand das Wort an ihn richtete, sah sich Emil veranlasst, das Gespräch zu beginnen. Er tat dies, indem er sich für die Einladung zum Vorstellungsgespräch bedankte. Seine beiden Gesprächspartner übergingen seine Eröffnung und kamen gleich auf den Punkt. „Erzählen Sie uns doch einmal etwas über Ihre Ausbildung und über Ihre Tätigkeit", sagte Toralt.

Er hatte eine abgehackte, trockene Sprechweise. Emil war erstaunt über die unpersönliche, fast feindselige Haltung der beiden, vor allem über die von Toralt. Er ließ sich jedoch nicht aus dem Konzept bringen und resümierte seine Branchenkenntnisse, nachdem er seine schulische Ausbildung kurz angerissen hatte. Dann versuchte er darzulegen, warum er diese Position anstrebte und warum er glaubte der richtige Mann zu sein.

„Wir produzieren in den USA Frontlader und vertreiben diese in der ganzen Welt", sagte Toralt

sachlich, „so auch in Deutschland und nun bald in Österreich."
Er stellte Emil nun gezielte Fragen. Emil bemühte sich, präzise und klar zu antworten.
Ein Wohlwollen glitt über die Züge des Generaldirektors, als er sagte: „Wenn wir uns für Sie entscheiden, werden wir Sie vorerst gründlich in München einschulen. Gewisse Erfahrungen haben Sie ja in der Branche, trotzdem müssten Sie viel lernen, denn unsere Maschinen sind technisch sehr kompliziert. Außerdem müssen Sie wissen, wie unsere Organisation funktioniert und unsere internen Abläufe kennenlernen."
Er wandte sich zu Altmann: „Haben Sie noch Fragen an Herrn Weinberger?"
„Sprechen Sie Englisch, Herr Weinberger?", wollte Altmann wissen.
Emil erzählte, dass er neun Jahre Englischunterricht erhalten und in Englisch maturiert hatte. Außerdem war er mehrere Sommer auf Sprachferien in Südengland gewesen. Altmann verwickelte ihn in eine Unterhaltung in englischer Sprache. Emil versuchte möglichst fehlerfrei zu sprechen, doch oft suchte er nach treffenden Vokabeln.
„Na ja, Oxford-Englisch ist es nicht, aber ausreichend. Es ist auch nicht so wichtig, Sie werden nur fallweise auf Ihre Kenntnisse zurückgreifen müssen."
Dann wollte Altmann wissen, wie hoch sein Gehalt war. Emil sagte wahrheitsgetreu, was er derzeit verdiente.
„Da werden Sie bei uns weit mehr verdienen", sagte großspurig Generaldirektor Toralt.
Er nannte einen Betrag, der Emil schlucken ließ; es war fast das Doppelte seines derzeitigen Verdienstes. Nach sechs Monaten und nach neun Monaten waren weitere Steigerungen fix eingeplant.
„Wann könnten Sie bei uns anfangen?", wollte Altmann wissen.

„Wenn ich meinen Resturlaub nicht mehr konsumiere, könnte ich Mitte April bei Ihnen beginnen", erklärte Emil.
„Das wäre nur von Vorteil, je früher, desto besser", nickte Benno Toralt, „wir sind bereits auf der Suche nach dem geeigneten Standort in Wien, wenn wir diesen gefunden haben, starten wir sofort. Wenn Ihre Ausbildung in München zu Ende sein wird, sind wir in Wien bereits voll operationell."
Nach einer Pause sagte er: „Wären Sie bereit, neun Monate in München zu leben?"
Neun Monate sind lange, dachte Emil, aber von München konnte er fast jedes Wochenende nach Wien fahren, um Anne zu sehen.
„Ich würde sehr gerne in Ihrem Unternehmen arbeiten, Sie können mit meinem hundertprozentigen Einsatz rechnen", sagte er schließlich.
„Na gut, dann geben Sie uns noch ein paar Tage Zeit, damit wir uns das noch einmal überlegen können. Sie hören kurzfristig von uns", sagte Toralt und dieses Mal war sein Händedruck fest und kräftig.

6.

Emil fuhr in aufgeräumter Stimmung in den Boxclub. Nach dem üblichen Aufwärmtraining kam Bergmann auf ihn zu.
„Ich habe dich und Konrad für einen 3-Runder eingeteilt. Komm in einer halben Stunde zum Ring."
Emil hatte eine Abneigung gegen diesen ordinären und unrein boxenden Halbkriminellen, er misstraute seiner Fairness und bereitete sich daher besonders intensiv auf das Sparring vor. Als er zum Ring kam, wartete Konrad bereits auf ihn und musterte ihn mit seinen kleinen, tiefliegenden Augen. Der Oberlippenbart verlieh seinen Zügen einen

bösartigen Ausdruck. Er verzog sein kantiges Gesicht zu einem höhnischen Lächeln.

„Na, jetzt zeig einmal, was du kannst, Bubi", sagte er spöttisch.

Emil wollte sich durch diese verbale Attacke nicht aus der Ruhe bringen lassen. Er unterdrückte seinen Ärger und versuchte, sich auf das Boxen zu konzentrieren.

„Noch etwas, Bubi, lass die Finger von Barbara", sagte er mit einem drohenden Unterton. Emil wollte grob werden und diesem Rowdy ebenfalls ein paar Gemeinheiten an den Kopf werfen, kam aber nicht mehr dazu. Der Ring war frei und sie wurden aufgefordert zu beginnen.

Konrad war nicht groß und boxte nah am Gegner. Seine Schläge hatten aus der Halbdistanz einen kurzen Weg zurückzulegen und kamen schnell. Meistens stand er frontal zum Gegner, was den Vorteil hatte, dass beide Fäuste einen gleich langen Weg zum Ziel hatten. In der ersten Runde geschah nicht viel. Emil war konzentriert, nutzte seine Reichweite und hielt Konrad auf Distanz. In der zweiten Runde wurde das Tempo verschärft. Konrad scheute kein Risiko und schlug hart, was eindeutig gegen die Vorgaben von Bergmann war, der keine Härtetreffer wünschte. Konrad wollte ihn k.o. schlagen, das war nun klar. Aber Emil hatte nicht erwartet, dass es fair zugehen würde. In der Tat gelang es Konrad, Emil in der Ecke zu stellen, und drosch auf ihn ein. Es sah nicht gut aus für Emil. Mittlerweile hatten viele im Club ihr Training unterbrochen und sahen bei dieser eigenartigen Auseinandersetzung zu.

Eduard, der besorgt das wilde Kampfgeschehen beobachte, rief ihm zu: „Raus aus der Ecke, raus."

Aber Emil konnte sich nicht befreien, Konrad hatte ihn ordentlich an den Seilen festgenagelt. Zum Glück endete die zweite Runde.

Bevor sie zur dritten Trainingsrunde antraten, versuchte Eduard auf Konrad einzuwirken.

„Du verhältst dich vollkommen falsch, du schlägst viel zu hart, ich glaube, ihr hört besser auf", sagte er eindringlich zu Konrad.

„Das geht dich einen Dreck an, ich mische mich auch nicht in dein Training", sagte Konrad herablassend.

„Du verdammter Trottel", stieß Eduard hervor, „ich hole jetzt Bergmann."

Die dritte Runde begann so, wie die zweite aufgehört hatte. Emil versuchte zwar, seine Reichweite auszunutzen und sich nicht in der Ecke stellen zu lassen, jedoch Konrad wurde immer verbissener. Emil fürchtete, dass er k.o. gehen würde. Konrad nahm auch Treffer in Kauf, alles was für ihn zählte, war der bedingungslose Angriff. Er suchte nun im Nahkampf den offenen Schlagabtausch, eine Kampfform, die bei Amateuren eigentlich nicht üblich war, schon gar nicht im Training. Wie ein Stier stürmte er vorwärts und mit einer Serie von Haken drängte er Emil in die Seile und schlug auf dessen Doppeldeckung ein. Emil spürte eine warme Flüssigkeit in seinem Mund, es schmeckte nach Blut. Er fühlte seine Kräfte schwinden, seine Bewegungen wurden langsamer und Konrad traf immer öfter. Emils Nase blutete stark, sein Gesicht war blutverschmiert.

Aber er sah noch eine Möglichkeit, den unvorsichtig agierenden Konrad zu stoppen, bevor er unterging. Er mobilisierte seine letzten Reserven. Konrad stellte Emil wieder in der Ecke und schlug einen Haken nach dem anderen und vernachlässigte in seinem Vernichtungsdrang seine Deckung sträflich. Dass war die Chance von Emil, die Unvorsichtigkeit Konrads machte ihn verwundbar. Wie ein Tiger, der zum entscheidenden Sprung auf sein Opfer ansetzt, lauerte Emil auf eine Gelegenheit. Zwischen seinen Fäusten sah er, wie die Deckung von Konrad offen wie ein Scheunentor war, das war purer Leichtsinn. Jetzt oder nie, dachte er. Gedanke und Aktion waren eins, als er blitzartig eine rechte Gerade abschoss, in die er sein ganzes Körpergewicht legte. Er traf punktgenau Konrad am Kinn, dessen Kopf zurückgeschleudert wurde, die Knie brachen ihm ein, der Mundschutz flog im hohen Bogen aus dem Ring. Wie vom Blitz getroffen ging er zu Boden und rührte sich nicht mehr. Plötzlich wurde es still. Nun betrat auch Franz Bergmann die Szenerie.

„Kaltes Wasser und einen Schwamm", befahl er barsch. Man reichte ihm einen Kübel hinauf. Vorsichtig wusch er Konrads Gesicht, bis dieser die Augen öffnete.

Bergmann stieg langsam aus dem Ring und blickte böse in die Runde.

„Die beiden wollten nicht trainieren, sie haben im Ring ihren Privatkrieg ausgetragen. Das war in höchstem Maße unsportlich."

Dann wandte er sich an Emil und Konrad und blickte die beiden Kontrahenten verärgert an. „Sollte es noch einmal vorkommen, schließe ich euch aus dem Club aus. Dann könnt ihr euch woanders prügeln, aber nicht mehr hier, habt ihr verstanden?"

Konrad blickte Bergmann mit glasigen Augen an, während Emil versuchte, mit einem kaltnassen Handtuch im Nacken den Blutfluss in der Nase zu stillen. Er war weit davon entfernt, stolz zu sein, betreten verließ er den Trainingsraum.

7.

„Es freut uns, Ihnen mitteilen zu können, dass wir uns entschieden haben, mit Ihnen eine Zusammenarbeit zu beginnen", stand in einem Brief, den er nach einigen Tagen aus München erhielt. Man teilte ihm den Arbeitsbeginn mit; sogar eine Untermietwohnung hatte man für ihn reserviert.

Seine Freude steigerte sich in einen Zustand der Euphorie, als er den zweiten Brief öffnete.

„Wenn du es einrichten kannst, komm bitte nächstes Wochenende nach Genf. Bitte teil mir so schnell wie möglich mit, wann du eintreffen wirst. Du fehlst mir sehr, mein Liebling, ich sehne mich so nach dir", schrieb Anne nebst vielen Zärtlichkeiten.

Emil war im siebenten Himmel, er fragte sich, ob er soviel Glück auf einmal verdiente.

Am nächsten Tag klopfte er an die Türe von Kumpfs Büro und trat ein.

„Herr Kumpf, kann ich Sie kurz sprechen?"

„Ich habe wenig Zeit, um was geht es?", sagte dieser und beäugte Emil misstrauisch.

„Herr Kumpf, es tut mir sehr leid, aber ich werde die Firma verlassen. Hier ist mein Kündigungsschreiben."

Eine Weile sagte Kumpf gar nichts.

„Das überrascht mich", sagte er verärgert, „Sie haben in der letzten Zeit gute Arbeit geleistet. Wir hatten Sie für eine Gehaltserhöhung vorgemerkt. Hoffentlich bereuen Sie Ihren Schritt nicht, denn bei uns hätten Sie etwas werden können, wenn Sie sich weiter angestrengt hätten."

„Ich war gern in der Firma, aber ich habe ein sehr gutes Angebot bekommen, dass ich annehmen werde", sagte Emil mehr aus Rücksicht als der Wahrheit entsprechend.

„Sie werden ja wissen, was Sie tun", bemerkte Kumpf kühl, „jeder ist seines Glückes Schmied, wie es so schön heißt. Geben Sie mir Ihr Kündigungsschreiben, ich werde die Generaldirektion in Kenntnis setzen."

Emil überreichte sein Kündigungsschreiben.

„Bei wem werden Sie denn arbeiten?", wollte Kumpf wissen.

„Ich werde in einem amerikanischen Unternehmen im Verkauf arbeiten, mehr möchte ich nicht sagen und bitte um Ihr Verständnis."

„Wie Sie wollen", sagte Kumpf beleidigt und wandte sich ab.

Am Freitag war Emil bereits eine Stunde vor Abfahrt des Zuges am Bahnhof. Als der Zug eingeschoben wurde, suchte er den Waggon, in dem sein Platz reserviert war und schleppte seinen Koffer in das Abteil. Für die Nacht hatte er einen Liegewagen reserviert. Emil fiel ein korpulenter Mann in mittleren Jahren auf, der Zigaretten rauchend am Gang stand und aus einer Bierflasche trank. Der Mann begann ein Gespräch und berichtete von seinen Verkaufserfolgen. Er war Textilingenieur und verkaufte Maschinen an Spinnereien und Webereien. Sie plauderten eine Weile und suchten dann das Abteil auf. Die Liegen waren mittlerweile vom Schaffner heruntergeklappt worden. Die Mitreisenden machten sich bereit ihre Schlafstätten einzunehmen. Das Abteil war überheizt und die Luft versetzt mit Düften verschiedener Aftershaves und Körperausdünstungen. Emils Liege war ganz oben, der ungewohnte, enge Schlafplatz und die schlechte Luft ließen Emil lange Zeit keinen Schlaf finden. Seine Reisebekanntschaft war bereits eingeschlafen und begann leise zu schnarchen. Irgendwann verfiel Emil in einen traumlosen Schlaf. Gegen sieben Uhr morgens weckte ihn der Schaffner.

„Wir sind in einer Stunde in Zürich", meldete er.

Emil war stark verschwitzt, die Unterwäsche klebte an ihm, außerdem wurde er von Kopfschmerzen geplagt. Er schlüpfte in seine Hose und ging zur Toilette. Der penetrante WC-Gestank verschlug ihm fast den Atem, dem Wasserhahn konnte er nur mehr ein paar Tropfen entlocken, um sich das Gesicht zu erfrischen. Ein unrasiertes Gesicht mit rot geränderten Augen blickte ihm aus einem dreckigen Spiegel entgegen. Kaffee wäre jetzt gut, dachte er und ging in den Speisewagen. In Zürich stieg er aus und wechselte den Bahnsteig, stellte seinen Koffer

ab, spazierte herum und zog die frische Morgenluft ein. Der Zug nach Genf fuhr ein, viele Reisende stiegen aus, Emil konnte einen Fensterplatz ergattern. Langsam stieg seine Nervosität, immer wieder warf er einen Blick auf seine Armbanduhr. Versunken in seine Gedanken betrachtete er die vorbeiziehende Landschaft. Der Zug schlängelte sich in großen Kurven durch eine hügelige Landschaft, durchzogen von Wiesen und Wäldern, frisches Grün schoss überall hervor, der Tag versprach ein schöner zu werden. In knapp vier Stunden würde er Anne in Genf wiedersehen, Zweifel begannen an ihm zu nagen, sie kannten sich ja kaum, dachte er. Ein unbewusster Seufzer entrang sich seiner Brust und ließ die im Abteil mitreisenden Personen erstaunt aufblicken. Als der Zug in Genf einfuhr, herrschte am Bahnsteig ein Gedränge und Gerenne. Sein Herz klopfte wild, als er nach Anne Ausschau hielt. Dann sah er sie, sie stand am Ende des Bahnsteigs, nahe dem Ausgang und versuchte ihn, unter der Menschenmenge zu erspähen.
„Anne, hier bin ich", schrie Emil und stürmte auf sie zu, sein Herz schlug ihm im Hals.
Als Anne ihn erblickte, wich die Anspannung aus ihrem Gesicht.
„Emil", flüsterte sie und fiel ihm in die Arme.
Lange hielten sie sich umschlungen und brachten kein Wort hervor. Die Leute mussten einen Bogen um sie machen und warfen ihnen entweder verständnisvolle oder ärgerliche Blicke zu.
„Anne, du hast mir so gefehlt", sagte er bewegt, ohne sie loszulassen.
„Du mir auch", sagte Anne gerührt und ihre Stimme klang brüchig.
Sie verließen das Bahnhofsgebäude und gingen zum Taxistandplatz. Erst jetzt betrachtete er Anne genauer. Sie war in einer kurzen schwarzen Jacke und einem Rock, der hinten geschlitzt war, gekleidet. Der Kragen der Jacke war mit einem

kostbaren, dunklen Fell ausgestattet. Ihre blonden Haare kamen dadurch besonders gut zur Geltung.

„Du kannst dich bei mir frisch machen und dann lade ich dich zum Mittagessen ein", schlug sie vor.

„Nein, kommt nicht infrage, ich lade dich ein", widersprach Emil.

Sie blieben eine Weile schweigsam, hielten sich aber fest bei den Händen. An der Place des Philosophes hielt das Taxi, Anne wollte dem Chauffeur einen Geldschein reichen, doch Emil hielt sanft ihren Arm zurück und erkundigte sich nach dem Fahrpreis. In gebrochenem Deutsch, mit starkem französischem Akzent nannte der Chauffeur den Betrag.

„Daran wirst du dich gewöhnen müssen, hier spricht man Französisch, aber die meisten Genfer verstehen Deutsch und viele sprechen beide Sprachen."

Place des Philosophes war ein großer Platz in der Altstadt von Genf, umrandet von gepflegten alten Bürgerhäusern. In einem dieser schönen, alten Häuser wohnte Anne. Sie benutzten einen uralten, wackeligen Lift und fuhren hinauf in den dritten Stock. Als Emil Annes Wohnung betrat, strich ihm ein zarter Duft um die Nase, der ihn an Annes Parfum erinnerte. Durch das große Wohnzimmerfenster blickte man in einen begrünten Hof, in dessen Mitte eine Platane stand. Das Bett war mit einem duftigen blumengemusterten Überwurf überzogen, auf einem niedrigen Tischchen standen zwei Tassen und in der Mitte eine Vase mit einem kleinen Strauß Frühlingsblumen. Über die Lehne eines Fauteuils hingen Dessous von Anne, die sie offensichtlich vergessen hatte wegzuräumen. Sie errötete leicht, entfernte flink ihre Sachen und ließ diese im Kleiderkasten verschwinden.

„Ich habe versucht, die Wohnung mit ein paar Kleinigkeiten zu verschönern", sagte Anne gekünstelt.

Es war eine neue Situation für beide. Sie standen sich zum ersten Mal am helllichten Tag gegenüber.

„Anne, ich mache mir Vorwürfe dass ich bei dir so mir nichts, dir nichts, hereinplatze." Emil stand verlegen in der Mitte des Wohnzimmers und wusste nicht so recht, was er anfangen sollte.

„Wenn du willst, kannst du ja in eines der sündteuren Hotels gehen", sagte sie lächelnd und ein milder Zug legte sich auf ihr Gesicht, „aber dann wäre ich sehr traurig."

Anne schlang beide Arme um seinen Hals und bedeckt sein Gesicht mir kleinen Küssen.

Nachdem er geduscht hatte, zog er sich um. Anne bewunderte seine Muskeln, die wie stählerne Stränge seinen Körper modellierten.

„Wie stark du bist", sagte sie. Emil nahm sie in die Arme und küsste sie. Seine Sinne erwachten und er presste sie an sich, bis er ihren Körper spüren konnte.

„Wir sollten eine Kleinigkeit essen", sagte sie leise und löste sich langsam von Emil.

Da es schon spät war, gab es im Bistro Chaumière nur mehr Snacks und Salate.

„Nimm salade niçoise", schlug Anne vor, „er ist reichhaltig und erfrischend zugleich. Es sind Eier, Thunfisch, Sardellen und die verschiedensten Salate drinnen."

Also bestellten sie salade niçoise und einen kleinen Krug Rotwein. Anne berichtete von ihrem Praktikum, sie hatte sich gut integrieren können, nur mit dem Französisch haperte es, sie hatte daher im französischen Kulturinstitut einen Sprachkurs belegt. Emil dachte, dass nun der Augenblick gekommen war, um über seine berufliche Veränderung zu sprechen.

„Ich habe mich bei einem amerikanischen Unternehmen beworben, das Niederlassungen in Europa besitzt. In Österreich wird ebenfalls eine Tochtergesellschaft gegründet und stell dir vor, sie haben mich für den Verkauf ihrer Baumaschinen aufgenommen. Ich werde das Doppelte meines jetzigen Gehaltes verdienen, aber ich muss mich neun Monate in der Niederlassung München einschulen lassen."

Anne sagte einen Moment lang nichts. Emil merkte, dass sich die Freude über seinen Aufstieg in Grenzen hielt.

„Dann werde ich vor dir in Wien sein und wir werden weiter getrennt bleiben", meinte sie dann.

„Ich werde dich jedes Wochenende in Wien besuchen, es sind nur 450 km von München nach Wien und die Autobahn ist fast durchgängig", beeilte sich Emil zu versichern.

„Was möchtest du dir in Genf ansehen?", fragte Anne, deren Stimmung einen leichten Dämpfer erhalten hatte. „Möchtest du am Ufer des Genfersees spazieren, oder gehen wir zur Place Neuve, oder besuchen wir die Kathedrale St. Pierre? Wir könnten den Turm besteigen und den herrlichen Ausblick genießen."

Aufgrund des schönen Wetters entschieden sie sich für eine Promenade am Ufer des Genfersees. Es war ein milder Frühlingsnachmittag und sie schlenderten Hand in Hand zwischen den vielen Spaziergängern entlang des Sees. Die Wasserfontäne war in Betrieb und produzierte Regenbogen in der untergehenden Sonne.

„Wenn du nicht müde bist, dann würde ich noch gerne die Kathedrale mit dir besuchen", sagte Emil. Sie nahmen einen Bus und fuhren zur Kathedrale. Der Aufstieg zum Turm war nicht mehr möglich, sie entschieden sich daher, in die Kirche einzutreten. Andächtig schritten sie durch das Kirchenschiff und zündeten eine Kerze an.

„Hast du dir etwas gewünscht?", fragte Anne.

„Ja", sagte Emil, „dass uns nichts und niemand auf der Welt trennen möge." Sie blickten sich tief in die Augen und Emil drückte fest Annes Hand.

„Ich möchte mit dir heute Abend in ein gutes französisches Restaurant essen gehen", sagte Emil, als sie die Kirche verließen.

„Die sind aber sehr teuer, Liebling", warf Anne ein, „lass uns die Rechnung teilen."

Doch Emil protestierte heftig. Sie betraten ein Café und Anne bat um einen Telefonjeton. In holprigem Französisch bestellte sie im Restaurant Pavillon du Lac für sieben Uhr einen Tisch.

„Wir haben einen Tisch mit Blick auf den Genfersee, er ist am Abend so schön, wenn sich die Lichter im See spiegeln."

Bis zum Abendessen nutzten sie die Zeit, um durch die Stadt zu schlendern.

„Ich möchte dir etwas kaufen, such dir etwas aus, Anne", sagte Emil, als sie bei einem der vielen Juweliergeschäfte vorbeikamen.

Anne war gerührt. Sie zierte sich. „Nur wenn ich dir auch etwas kaufen kann."

Anne gefiel eine zarte Halskette mit einem kleinen, in Gold gefassten Saphir, Emil entschied sich für eine Halskette mit einem Kreuz aus Gold. Sie waren beide so glücklich, dass sie vermeinten auf Wolken zu schweben, als sie ihren Spaziergang fortsetzten.

Im Restaurant Pavillon du Lac bestellten sie Fisch und tranken dazu eine Flasche Chablis. Angeregt durch den hervorragenden Wein unterhielten sie sich prächtig und der Gesprächsstoff schien ihnen nicht auszugehen. Als sie den letzten Tropfen Chablis getrunken hatten, kehrten sie mit einem Taxi in Annes Wohnung zurück.

Nachdem sie die kleine Wohnung betreten hatten, legte Anne eine Schallplatte auf und öffnete eine Flasche Rotwein.

„Komm, machen wir es uns auf dem Teppich gemütlich", sagte sie und breitete sich auf dem Boden aus. Emil tat desgleichen und legte seinen Kopf auf ihren Schoß. Von Zeit zu Zeit nahmen sie einen Schluck Wein und stellten die Gläser auf dem kleinen

Tischchen ab. Der Wein, die romantische Musik und Anne, die ihm zärtlich durch das Haar strich, wirkten wie ein Zauber auf ihn. Als die letzten Takte der Platte verklungen waren und die Nadel ein kratzendes Geräusch von sich gab, erhob sich Anne und ging ins Badezimmer. Er musste eine Ewigkeit auf sie warten. Endlich erschien sie in einem langen, weißen Nachthemd, die blonde Haarflut fiel auf ihre Schultern herab. Sie lächelte Emil zu und machte es sich in ihrem Bett bequem. Als er seine Abendtoilette erledigt hatte, blieb er vor dem Bett stehen.
„Anne, du bist mir so entrückt, ich traue mich gar nicht, dich anzufassen."
„Komm, entspanne dich", sagte sie leise, „wir haben die ganze Nacht für uns."
Behutsam legte sich Emil neben sie. Anne öffnete seine Pyjamajacke und ließ ihre Lippen über seinen Oberkörper gleiten.
„Wie hart dein Körper ist."
Wieder streiften ihre Lippen seinen Körper entlang bis zum Nabel und zum Bund seiner Pyjamahose.
„Hast du etwas dagegen, wenn ich das entferne?", ihre Stimme hatte einen fernen, geheimnisvollen Klang.
Als Anne ihre Hände über seinen Körper gleiten ließ, zog er sie an sich, küsste sie und legte behutsam seine Hand zwischen ihre Schenkel um das zarte Spiel zu beginnen. Schnell wuchs sein Verlangen ins Unermessliche, langsam drang er in sie ein.
„Ich kann dich in mir spüren, ganz stark", hauchte Anne.
Emil ruhte in ihr, spürte dieses weiche, samtige Gefühl, merkte, wie sich das Blut auszudehnen begann, bis er förmlich mit Anne verschmolz. Rhythmisch, intensiv, stark und tiefgehend liebte er sie. Die Lustlösung kam gemeinsam, gewaltig, total, unbeschreiblich. Emil war wie von Sinnen, er schaffte es nicht, sich rechtzeitig zurückzuziehen.

„Hast du aufgepasst, Liebling?", fragte Anne schüchtern, als sie sich etwas beruhigt hatten.
„Es war so unermesslich schön, vielleicht habe ich eine Sekunde zu lang gewartet", gestand er, „aber mach dir keine Sorgen, wir werden bald heiraten."
Sie ruhten einige Minuten. Annes gut proportionierter Körper, ihr Rücken, ihre Hüften und die runden, gut geformten Oberschenkel ließen sein Herz wieder schneller schlagen. Er näherte sich Anne, schob ihre goldene Haarflut beiseite, liebkoste sie an ihrem Nacken. Die Darstellung ihrer intimsten Zonen schien sie selbst in einen starken Erregungszustand zu versetzen. Sie richtete sich langsam auf und kniete sich vor Emil, senkte den Oberkörper und stützte sich auf ihre Ellbogen. Emil versenkte sich mit einem scharfen Stoß, doch seine Bewegungen waren in der Folge behutsam, denn er wollte Annes Entzücken bis zum Äußersten treiben. Mit jeder seiner Bewegungen drang er immer tiefer in Anne ein. Er merkte, wie Anne durch die Kraft seiner Stöße nach vorne gedrückt wurde, er fasste sie fester in den Hüften und hielt sie gegen sich gepresst. Als er spürte, dass er nicht standhalten konnte, ohne sich in Anne zu ergießen, erhöhte er das Tempo und drang heftig, fast aggressiv in sie ein.
„Komm jetzt, bitte", presste sie hervor.
Und er kam. Und wie er kam, trotzdem blieb er unter Hochspannung und es schien, als ob sein Höhepunkt kein Ende nehmen könnte. Es bereitete ihm bereits leichte Schmerzen, immer wieder in Anne einzudringen. Bis zur totalen Erschöpfung kosteten sie ihre Vereinigung aus, bis sie mit glühenden Leibern, schwer atmend und schweißgebadet, nebeneinander liegen blieben.

Als Emil aufwachte, musste es schon spät am Vormittag sein, die Sonne schien bereits beim Fenster herein. Der Platz neben ihm war leer, doch er konnte Klappergeräusche aus der Küche vernehmen. Anne kam mit einer Schale Kaffee und setzte sich auf den Bettrand. Sie hatte ihre Haare zu einem Pferdeschwanz geknotet und war vollkommen nackt. Emil richtete sich im Bett auf.

„Hast du gut geschlafen, mein Liebling?", wollte Anne wissen.

„Ich habe so traumhaft gut geschlafen wie schon lange nicht."

Anne reichte ihm die Schale und Emil trank in kleinen Schlucken den heißen Kaffee. Dann stellte sie die Schale auf das Nachtkästchen, drückte ihn sanft ins Bett zurück und begann seinen Körper mit kleinen, zärtlichen Küssen zu bedecken. Emil berührte seinerseits Annes Körper, aufmerksam, liebevoll, erregt. Alsbald vereinigte er sich mit ihr mit Zurückhaltung, denn er wollte die Einswerdung mit Anne so lange wie möglich genießen. Die Süße der Gefühle war unbeschreiblich.

„Was möchtest du tun, Liebling?", fragte Anne nach einer Weile.

„Gehen wir eine Kleinigkeit essen, dann könnten wir einen Spaziergang machen, wenn du willst", schlug Emil vor.

Sie gingen in das Restaurant „Le petit pain" und aßen ein hervorragendes, zartes Entrecôte. Anne erzählte, dass sie in einem Jahr ihr Studium abschließen würde.

„Dann werde ich die Apotheke meiner Eltern übernehmen, mein Papa möchte bald in Pension gehen."

„Wenn wir eine Familie gründen, brauchst du nicht zu arbeiten, lass das deine Angestellten machen. Ich werde viel Geld verdienen, damit wir ein angenehmes Leben haben."

Anne blickte ihn liebevoll an. Sie schien ihn zu bewundern, mit welcher Überzeugung er von der Verwirklichung seiner Pläne sprach. Langsam legte sich der bevorstehende Abschied auf ihr Gemüt. Sie wurden schweigsamer, rückten dafür aber ganz eng aneinander und hielten sich bei den Händen.

„Wo gehen wir hin, Emil?", fragte Anne als sie das Restaurant verließen.

„Gehen wir auf der Seepromenade spazieren, es ist so schön dort."

Sie schlenderten langsam auf dem gepflegten Gehweg am Seeufer dahin. Emil wurde immer wortkarger, der bevorstehende Abschied begann ihn zu belasten. Anne plauderte hingegen ununterbrochen, offensichtlich um Gedanken an den Abschied zu verdrängen. Es wurde Zeit zurückzufahren, um Emils Gepäck zu holen.

„Ich mache uns etwas zu essen, während du packst", sagte Anne, als sie die Wohnung betraten. Emil sammelte seine Sachen ein und warf sie in den Koffer. Währenddessen hatte Anne einen köstlichen Imbiss auf den Tisch gezaubert.

„Dieses Wochenende war traumhaft schön. Ich bin dir so dankbar", sagte Emil. Er setzte sich neben Anne und nahm sie in die Arme. Anne schnupfte verstohlen, in ihren Augen standen Tränen.

„Ich denke schon an unser nächstes Wiedersehen, sonst kann ich die Trennung nicht ertragen", sagte sie stockend.

Emil küsste ihr die Tränen weg. Sie saßen einige Minuten eng umschlungen nebeneinander, blickten sich in die Augen, küssten sich.

„Wir müssen fahren, es ist höchste Zeit", seufzte Anne.

Sie verließen die Wohnung und stiegen in ein Taxi. Anne lehnte sich an Emil und weinte leise in sich hinein. Es blieb ihnen nicht viel Zeit bis zur Abfahrt des Zuges. Sie rannten zum Bahnsteig, Emil suchte den Waggon mit seiner Reservierung und warf den Koffer in das Abteil. Dann stieg er wieder aus dem Zug und nahm Anne in die Arme.

„Geh nicht weg, Emil, verlass mich nicht", sagte Anne und klammerte sich an Emil.
Nur im Unterbewusstsein nahm er die Ankündigung für die Abfahrt des Zuges wahr. Als dieser einen Pfiff ausstieß und sich in Bewegung setzte, stand er noch immer am Bahnsteig und hielt Anne in den Armen. Er küsste sie ein letztes Mal und lief dem fahrenden Zug hinterher, sprang auf die Stufen des Waggons und winkte der zurückbleibenden Anne, bis ihr Blondhaar nur mehr ein kleiner Punkt in der Ferne war. Emil stand noch immer am Trittbrett, obwohl der Zug mittlerweile an Geschwindigkeit gewonnen hatte.
„Anne, Anne, Anne", schrie er und überlegte, ob er nicht abspringen und zu Anne zurückkehren sollte. Doch der Zug brauste bereits mit hoher Geschwindigkeit dahin und er musste die Hoffnungslosigkeit dieses Unterfangens einsehen. Nur mit Mühe konnte er die schwere Waggontüre öffnen, indem er sich gegen den starken Fahrtwind stemmte, denn der Winddruck war enorm. Erschöpft kroch er in das Waggoninnere und stand noch lange am Gang, bevor er es wagte, seinen Platz im Abteil einzunehmen.
Nach Mitternacht traf der Zug in Zürich ein. Als er in den Zug nach Wien umstieg und ihm der Schaffner seine Liege zeigte, schliefen die Mitreisenden schon bis auf einen jungen Mann, der ihn leise, aber freundlich grüßte. Emil versuchte, keinen Lärm zu machen, als er über die schmale Leiter in die oberste Liege kroch. Nach einiger Zeit verfiel er in einen ohnmachtähnlichen Schlaf.

8.

Er stieg in Wien aus dem Zug und hatte das Gefühl, eine Ewigkeit fort gewesen zu sein. Dabei waren nicht einmal drei Tage vergangen. Er hatte den Eindruck aus einer anderen Welt zurückzukehren. Zu Hause angekommen griff er zum Telefon und rief seine Mutter an.

„Kann ich morgen Abend zu dir kommen, ich muss dir etwas erzählen", fragte Emil.

„Natürlich kannst du kommen, aber ich werde doch nicht bis morgen warten müssen, um deine Neuigkeiten zu erfahren", drängte seine Mutter, „sag es mir kurz am Telefon."

Obwohl Emil schon lange alleine lebte, war sie beunruhigt, als sie von seinem bevorstehenden Auslandsaufenthalt erfuhr. Sie sah tausend Gefahren auf ihren Liebling in der Fremde zukommen und machte keinen Hehl daraus.

„Mutter, mach dir jetzt keine Sorgen, morgen kann ich dir alles erzählen und du wirst sehen, dass es eine gute Entscheidung ist", versuchte Emil ihre Bedenken zu zerstreuen.

Am nächsten Tag fuhr er direkt vom Büro zu seiner Mutter. Schnitzel wurden gerade herausgebacken, als Emil die Wohnung betrat. Andrea war auch da und buk einen Apfelstrudel. Emil aß mit großem Appetit und trank auch einige Gläser Wein. Bald spürte er die Wirkung und wurde gesprächiger. Seine Mutter und Andrea nutzten seine gute Stimmung aus, um Details über sein Wochenende in Genf zu erfahren. Wenn er über Anne sprach, versuchte er, so neutral wie nur möglich zu klingen, um seine Emotionen zu verbergen, was ihm jedoch nicht gelang. Er war sicher, dass Mutter und Andrea gemerkt hatten, dass er über beide Ohren verliebt war.

„Anne hat mir erzählt, dass sie dich kennt. Wo hast du sie kennengelernt?", fragte er Andrea.

„Eva ist mit Anne befreundet, beide studieren Pharmazie im selben Semester. In der Mensa haben wir uns einmal getroffen und Eva hat mich Anne vorgestellt. Außerdem haben wir uns beim Dia-Abend gesehen, wie du weißt", antwortete Andrea.

„Jetzt erzähle uns etwas über deine neue Stellung", sagte Mutter ungeduldig.

Emil schilderte, was er über seine neue Firma und über seinen Job wusste.

„Die Anforderungen sind hoch, aber ich verdiene gutes Geld und dafür werde ich mich voll einsetzen."

Mutter war nicht überzeugt, dass er den richtigen Schritt getan hatte.

„Bald werde ich euch beide verlieren, Andrea hat auch einen Freund", sagte Mutter betrübt.

„Kenne ich ihn?", erkundigte sich Emil.

„Du hast ihn kurz im Café nach dem Dia-Abend gesehen", sagte Andrea, „vielleicht erinnerst du dich? Er heißt Alexander und studiert Architektur. Nächsten Samstag gibt es eine kleine Party bei ihm, du bist auch eingeladen. Komm doch hin, das wird dich ablenken, es ist ja nicht lustig für dich, allein am Wochenende herumzuhängen."

„Ich glaube nicht, dass ich kommen werde", sagte Emil, „vielen Dank jedenfalls für die Einladung."

Andrea warf einen Blick auf ihre Armbanduhr. „Ich muss jetzt gehen, ich habe eine Verabredung mit Alexander", sagte sie, „überlege es dir noch einmal wegen Samstag."

Als er mit seiner Mutter allein war, äußerte diese ihre Sorgen wegen Andrea.

„Ich glaube, sie ist in diesen Alexander sehr verliebt. Es würde mich interessieren, was er für ein Typ ist. Junge Männer mit viel Geld sind immer eine Gefahr für ein Mädchen. Du kennst ja deine Schwester, sie hat ein leichtes Blut. Es wäre schlimm, wenn sie an den Falschen kommt und sich vielleicht ihr Leben verdirbt."

„Du möchtest also, dass ich zu dieser Party gehe und mir ihren Freund näher anschaue?"

„Das wäre eine gute Gelegenheit. Du hast einen guten Instinkt, du wirst sicher merken, ob er ein ehrlicher Bursche ist. Wahrscheinlich mache ich mir umsonst Sorgen und er ist seriös und hat unsere

Andrea wirklich gern. Vielleicht ist er aber ein Playboy, der ihr den Kopf verdreht, und wenn es ihm gelungen ist, nimmt er die Nächste."
„Alle sind nicht so, Mutter, mach dir einstweilen keine Sorgen. Aber wenn es dich beruhigt, gehe ich hin. Sag Andrea, dass ich komme."

Emil hatte keine große Lust, am Samstag zur Party zu gehen, aber er hatte es seiner Mutter versprochen. Irgendwie konnte er sie verstehen, sie war beunruhigt, sie wollte wissen, mit wem sich seine Schwester eingelassen hatte. Nachdem das Boxen ohnehin eine Quelle ständiger Besorgnis für sie war, wollte er wenigstens einmal etwas tun, um ihre Sorgenlast zu erleichtern. Der Samstag war ein schöner Tag, als Emil sein frisch gewaschenes Auto durch das noble Wohnviertel zum Haus der Familie Harting steuerte. Die leicht ansteigende Straße war von Bäumen gesäumt und verlieh im Sommer mit ihrem grünen Kleid der Gegend noch einen zusätzlichen Charme. Das Haus der Hartings war beeindruckend mit seinem großen Vorgarten und der steinernen Treppe, die zum Eingang führte. Er läutete, die schwere, mit geschnitzten Ornamenten verzierte Holzpforte öffnete sich und Emil stand dem Freund von Andrea gegenüber. Er erkannte ihn sofort, es war der junge Mann, der seine Schwester damals beim Dia-Abend begleitet hatte. Sein freundliches Lächeln strahlte Sympathie aus, als er Emil begrüßte. Er führte ihn in eine kleine Empfangshalle und von dort in einen großen, nobel eingerichteten Salon, in dem sich an die zwanzig junge Leute aufhielten. Wertvolle Chippendale-Möbel zierten diesen Raum, zusätzlich hatte man für die Gäste Sessel und Fauteuils aufgestellt. Im Hintergrund war ein kleines Buffet angerichtet, es gab verschiedene Getränke, von Fruchtsäften und Limonaden bis hin zu Wein, Bier und auch härteren Getränken. Aus dem benachbarten Raum hatte man die Möbel bis auf eine Kommode, auf der ein Plattenspieler stand, entfernt, um Platz für eine Tanzfläche zu schaffen. Als Andrea ihn erblickte, fiel sie ihm überschwänglich um den Hals, offensichtlich war sie bester Laune. Alexander stand neben ihr und warf ihr liebevolle Blicke zu. Emil betrachtete sie verstohlen und musste sich eingestehen, dass sie gut zueinander passten und Alexander bis über beide Ohren in sie verliebt war.

„Meine Mutter ist begeistert von Andrea", sagte er, nachdem er einige Worte mit Emil gewechselt hatte, „sie wünscht sich keine andere als Schwiegertochter". Emil betrachtete ihn. Er war groß, noch schlanker als er, in seinem Gesicht fielen die schön geformten Lippen und die emporstehenden Wimpern auf, die seinen Augen einen offenen Blick verliehen. Er hielt sich aufrecht, wirkte selbstbewusst, ohne überheblich zu sein, und machte mit seiner tiefen, wohlklingenden Stimme einen ruhigen, ausgeglichenen Eindruck. Nicht ohne Stolz erwähnte er, dass die Eltern bereits auf der Suche nach einer Wohnung für ihn und Andrea wären.

„Wir bekommen die Wohnung als Hochzeitsgeschenk, wenn wir unsere Studien abgeschlossen haben, wird geheiratet", sagte er, schlang seinen Arm um die Hüfte von Andrea und küsste sie. Emil fragte sich, warum ihm Alexander das alles erzählte, ahnte er vielleicht den Grund seiner Anwesenheit?

Emil freute sich über das Glück der beiden und war froh, seiner Mutter darüber berichten zu können. Er wollte aufbrechen und ließ den Blick über die ausgelassene Gesellschaft schweifen, als er wie elektrisiert innehielt. Eva und Gregor waren ebenfalls unter den Gästen. Es waren die beiden, die die Dias von Griechenland präsentiert hatten, als er Anne kennengelernt hatte. Eva war eine gute Freundin von Anne. Was wäre, dachte er mit Bestürzung, wenn sie seiner Anne berichtete dass er in ihrer Abwesenheit Tanzvergnügungen besuchte? Emil wollte nun unverzüglich die Party verlassen, doch da kam Stefanie, Alexanders Schwester, mit einer jungen Frau im Schlepptau auf ihn zu.

„Darf ich dir Nicole vorstellen?", sagte sie, schob die andere in seine Richtung und sagte scherzhaft, „bei Emil bist du gut aufgehoben, er ist Boxer und wird gut auf dich aufpassen." Typisch meine Schwester, dachte Emil, sie hat allen erzählt, dass er boxte, und wurde verlegen.

„Ist das wahr?, das finde ich super. Boxen fasziniert mich", sagte Nicole und nahm auf einer Sitzbank Platz. Emil blickte sie erstaunt an. Endlich eine Frau die keine Vorurteile gegen Boxen hat, dachte er. Nicole hatte ein schmales Gesicht, die kleine, leicht geschwungene Nase war nach oben gerichtet und verlieh dem Gesicht ein katzenhaftes Aussehen. Dieser Eindruck wurde verstärkt durch die weit geschwungenen, leicht nach oben gezogenen Augenbrauen, die am Ansatz ihrer Schläfen endeten. Ihr Teint war dunkel und die zurückgekämmten, am Hinterkopf zusammengebundenen kastanienbraunen Haare ließen ihre feinen Ohren erkennen. Nicole sprach viel, die romantische Hintergrundmusik und der Rotwein schienen sie in beste Laune zu versetzen. Sie plauderte ohne Unterlass und erzählte, dass ihr Vater eine Tierarztpraxis in Mödling habe. Sie studierte Leibeserziehung und Geschichte im selben Semester wie Stefanie. Offensichtlich war sie von ihrer Wirkung auf Männer überzeugt, denn sie versuchte permanent, ihre körperlichen Vorteile zur Geltung zu bringen, bewegte sich schwungvoll, schlug die Beine übereinander, einmal das linke über das rechte und dann wieder umgekehrt, wobei ihr der schwarze Rock immer mehr nach oben rutschte und ihre langen, schlanken Beine bis weit über das Knie zu bewundern waren. Emil fragte sich, ob sich Nicole für ihn verstärkt zu interessieren begann. Sie trank viel, bereits ihr drittes Glas Rotwein, während er noch beim ersten Glas war. Nicole war fasziniert, dass er

Boxer war. Ihr Interesse war echt und ihre Fragen animierend, sodass Emil mit einem gewissen Eifer über seinen Sport sprach. Er erzählte, dass die verschiedenen Schläge eine bestimmte Beinstellung und Körperhaltung erforderten und das Erlernen dieser Bewegungsabläufe nicht einfach war.

„Boxen ist vielmehr, als nur auf einen Gegner einzuschlagen", sagte er und verglich Boxen mit dem Fechtkampf. Beide Sportarten erforderten höchste Konzentration, Beherrschung der Technik und vor allem Schnelligkeit und ein gutes Auge.

„Für mich ist Boxen kein brutaler Sport. Ich verabscheue Schlägereien im Ring, ich bin eher ein Anhänger der technisch reinen Kampfart mit präzisen Wirkungstreffern, die den Kampf schnell entscheiden können. Mein Trainer sagt, dass ich eine extrem harte Rechte habe", vermeldete er nicht ohne Stolz.

Nicole blickte ihn bewundernd an. „Wurdest du schon einmal entscheidend getroffen?", fragte sie und duzte Emil.

„Ich darf noch nicht bei Wettkämpfen antreten. Im Training boxe ich gegen meine Clubkameraden, da schlagen wir nur mit halber Kraft, um uns nicht zu verletzen. Außerdem tragen wir immer einen Kopfschutz, trotzdem habe ich schon ein paar Mal einen harten Treffer einstecken müssen. Aber wenn so etwas passiert, brechen wir das Training sofort ab."

Musik aus dem Nebenraum tönte an ihre Ohren. Einige Gäste schwangen bereits das Tanzbein. Heißer Rock'n'Roll wechselte mit langsamer, sentimentaler Tanzmusik. Emil dachte krampfhaft nach, wie er sich von der gesprächigen Nicole lösen könnte, er hatte die Mission seiner Mutter erledigt und wollte nach Hause fahren. Gerade als er aufstehen und sich von Nicole unter einem Vorwand verabschieden wollte, blickte sie ihm direkt in die Augen.

„Wir sollten auch ein bisschen tanzen gehen", sagte sie einladend.

Emil war verwirrt. Hölle und Teufel, er wollte keine Kontakte mit anderen Frauen. Er liebte Anne. Obwohl er gerne und gut tanzte, versuchte er es mit einer Notlüge.

„Ich bin kein guter Tänzer", sagte er trocken und hoffte, in Ruhe gelassen zu werden.

„Probieren wir es", beharrte Nicole, stand auf und ging, ohne eine Antwort abzuwarten, in den Nebenraum.

Es blieb Emil nichts anderes übrig, als ihr zu folgen. Jerry Lee Lewis sang die Ballade vom Wunderknaben Johnny, der neben den Bahngeleisen saß und Gitarre spielte. Der Rhythmus war zündend. Als Jerry infernalisch in die Tasten seines Klaviers drosch und *„gogogo Johnny go, Johnny be good"* plärrte, die Gitarren kreischten und das Schlagzeug hämmerte, geriet Nicole fast in Ekstase. Sie warf ihren Oberkörper vor und zurück, neigte sich extrem nach links und rechts, wobei sie von Emil weggestoßen und dann wieder herangerissen wurde. Beide tanzten mit kurzen und schnellen Rockschritten genau nach dem höllischen Rhythmus, sie beanspruchten immer mehr Tanzfläche für ihre ausufernden Figuren und tanzten immer wilder. Emil war längst vom zündenden Rhythmus und der unbändigen Nicole angesteckt und vollführte tolle Figuren. Mittlerweile waren die anderen Paare auf diese außerordentliche Tanzdarbietung aufmerksam geworden, die meisten hörten zu tanzen auf und betrachteten mit Bewunderung die beiden Könner. Dann legte Stefanie eine langsame Nummer auf und drehte das Licht ab, die Tanzfläche war nur mehr durch die Lampen des Nebenraumes erleuchtet. Die meisten Paare schlangen sich eng aneinander, manche begannen sich zu küssen, als Paul Anka sang *„Put your hands on my shoulder"*. Emil wollte Nicole bei der Hand nehmen und die Tanzfläche verlassen, doch Nicole schlang wie selbstverständlich ihre Arme um seinen Hals, schmiegte sich an ihn und schien in der romantischen Musik aufzugehen. Als Nicole ihre Wangen an die seinen legte und ihr Parfum ihn einhüllte, bemerkte er den missbilligenden Blick von Eva. Eva war an und für sich ein hübsches Mädchen, doch ihre forschenden Blicke gaben ihrem Gesicht ein starres, strenges Aussehen. Emil fiel es wie Schuppen von den Augen: Eva könnte Anne berichten, was sie gesehen hatte, und das würde ein total falsches Licht auf ihn werfen. Er sah seinen verhängnisvollen Fehler, doch die Dinge nahmen nun ihren Lauf. Nach einigen Takten löste sich Nicole von Emil und bog ihren Kopf zurück. Sie schaute ihm direkt in die Augen, es war ein zärtlicher, erwartungsvoller Blick, es war die Einladung, nein, es war die Aufforderung zum Kuss. Kaum merklich näherte sich ihr Mund seinem Gesicht. Teufelswerk, wenn sie ihn küsste, konnte er doch nichts dafür, dachte er verzweifelt und begann innerlich zu beben. Und Nicole küsste ihn, es war ein heißer, schmachtender Kuss. Sie berührte mit ihrer Zunge seine Lippen. Gegen seinen Willen spürte er, wie sich ein süßes Gefühl in ihm auszubreiten begann, er war total durcheinander. Als die letzten Takte verklungen waren, drängte er Nicole in das Nebenzimmer.

„Nicole, ich muss dir etwas sagen."

Nicole setzte sich ganz nahe neben Emil, schlang die Arme um ihn und küsste ihn erneut. Emil begann zu stottern.

„Nicole, ich konnte nicht damit rechnen, dass du dich für mich interessierst, sonst hätte ich dir gleich sagen müssen, dass ich gebunden bin. Ich bin heute nur hergekommen, um Alexander kennenzulernen. Er ist mit meiner Schwester befreundet und ich wollte nur wissen, ob er ein netter Kerl ist."

Nicole sagte lange Zeit gar nichts. Tränen stiegen ihr in die Augen.

„Ich werde jetzt nach Hause fahren", sagte sie dann leise.

Sie stand auf und ging zu Stefanie und wechselte einige Worte mit ihr. Andrea kam auch hinzu.

„Nicole fühlt sich nicht gut, bring sie bitte nach Hause. Du kannst ja nachher noch einmal vorbeikommen", bat ihn seine Schwester.

Der Schuss war nach hinten losgegangen. Nicole protestierte sofort.

„Nein, nein, das will ich nicht. Emil soll bitte hier bleiben, so schlecht geht es mir auch wieder nicht, ich schaffe es allein. Bitte, bitte, lasst mich alleine gehen", sagte sie fast flehentlich.

„Kommt gar nicht in Frage", sagte Andrea. Sie meinte es gut mit Nicole, die wahren Hintergründe kannte sie ja nicht. „Emil bringt dich jetzt sicher nach Hause, keine Widerrede mehr."

Es blieb den beiden nichts anderes übrig, als gemeinsam die Party zu verlassen.

„Bitte lass mich allein nach Hause fahren. Ich nehme mir ein Taxi, leider habe ich nicht genügend Geld. Kannst du mir etwas borgen? Stefanie gibt es dir wieder zurück."

Die Situation beschämte ihn über alle Maßen.

„Ich kann dich jetzt nicht allein nach Hause fahren lassen, das würde ich mir nie verzeihen. Komm, gehen wir zu meinem Auto und fahren wir." Von Nicole kam keine Reaktion. „Nicole, sei bitte vernünftig, wir kennen uns kaum, vergessen wir das Ganze und lass uns nach Hause fahren", entschlüpfte es Emil.

Nicole blickte ihn herausfordernd an.

„Noch nie habe ich mich vor einem Mann so gedemütigt. Ich muss furchtbar abstoßend sein, dass du mich so behandelst."

Emil merkte, dass die Komplikationen kein Ende nahmen. „Nicole", sagte er flehentlich, „versteh mich doch, ich habe eine Freundin, die ich liebe und die mich liebt. Hast du noch nichts von Treue gehört?"

Nicole sagte wieder nichts.

„Komm, ich bringe dich jetzt nach Hause", sagte er eindringlich, bot ihr den Arm und wartete, ob sie bereit wäre, mit ihm zu gehen. Sie zögerte einige Augenblicke.

„Ich möchte lieber ein Taxi nehmen. Du brauchst mir nichts borgen. Meine Eltern werden bezahlen." Sie riss sich fast von Emil los und entfernte sich schnellen Schrittes.

9.

Emil schlief schlecht. Gedanken an den verhängnisvollen gestrigen Abend bewegten ihn. Die Gefahr war groß, dass Eva seiner Anne schrieb, was sie gesehen hatte.

Am nächsten Tag rief er bei seiner Mutter an und wollte Andrea sprechen.

„Ist Andrea schon aufgestanden, Mutter? Ich brauche dringend eine Telefonnummer von ihrer Freundin."

„Nein, sie schläft noch. Sie ist spät in der Nacht von dieser Tanzparty nach Hause gekommen."

Mutter packte die Gelegenheit beim Schopf und erkundigte sich über Alexander.

„Also mir war er sehr sympathisch. Er scheint zu wissen, was er will, und er hat Andrea sehr gern. Die beiden sprechen von Heirat, seine Eltern sind schon auf Wohnungssuche für die beiden. Es würde mich nicht wundern, wenn sie sich bald verloben würden."

Mutter schien beruhigt zu sein.

„Bei der Gelegenheit möchte ich dich fragen, ob du nächsten Donnerstag am Abend Zeit hast. Wir möchten für dich ein kleines Abschiedsfest organisieren."

„Das wollt ihr wirklich tun? Es freut mich natürlich sehr, aber notwendig ist es nicht", sagte Emil bescheiden. Im Augenblick hatte er auch andere

Sorgen. Er schloss das Gespräch mit der Bitte um Andreas Rückruf.
Kurz vor Mittag rief Andrea an. „Sag einmal, was war denn mit Nicole los? Sie schien sich gestern so gut mit dir zu unterhalten und dann wollte sie plötzlich nach Hause, ich glaube nicht, dass sie krank war."
Emil wollte den Vorfall nicht verheimlichen.
„Das ist ja gerade das Problem. Sie hat mit mir einen heftigen Flirt begonnen. Ich bin aber vollkommen unschuldig, ich habe sie in keiner Weise zu irgendetwas ermutigt,
aber …"
Andrea unterbrach ihn. „Eine blöde Situation. Aber du wirst nicht ganz schuldlos sein Bruderherz, ich habe euch beobachtet."
„Nicole hat zwei oder drei Gläser Wein relativ schnell getrunken, vielleicht hat sie das beflügelt, ich weiß es selber nicht", sagte Emil resignierend. „Als ich ihr gesagt habe, dass ich eine feste Beziehung habe, wollte sie plötzlich nach Hause. Das Problem ist, dass sie mich geküsst hat und Eva hat es gesehen. Eva ist Annes beste Freundin, die beiden stehen auch in Briefkontakt. Ich befürchte, dass sie Anne über den Vorfall einseitig informieren könnte. Ich muss daher sofort Eva anrufen und ihr erklären, wie das gestern gelaufen ist, bevor sie Anne schreibt. Es wäre eine Katastrophe, wenn Anne etwas erfahren würde. Du verstehst, Anne und ich lieben uns sehr, ich kann es dir ja sagen. Ich weiß nicht, was in diese Nicole gefahren ist, sie hat mir die bittersten Vorwürfe gemacht, dass ich sie zurückgewiesen habe. Was ist das überhaupt für ein Mädchen, diese Nicole?, das würde mich wirklich interessieren."
Andrea ließ ein paar Sekunden verstreichen. „Stefanie hat mir erzählt, dass Nicoles Eltern viel Geld haben, der Vater ist ein bekannter Tierarzt. Nicole kennt ihre Wirkung auf Männer und spielt gerne mit dem Feuer. Vor Kurzem hat sie sich von

ihrem Freund getrennt, das erklärt vielleicht ihr Verhalten von gestern."
„Ich habe auch den Eindruck gehabt, dass sie erwartet, dass sich immer alles um sie dreht. Aber ich muss jetzt Eva anrufen, um die Situation zu klären. Kannst du mir ihre Telefonnummer geben?"
„Kein Problem. Aber vielleicht ist es besser, wenn ich zuerst Eva anrufe und ihr erkläre wie das Ganze zu werten ist. Nachher kannst du die Angelegenheit noch einmal ins rechte Licht rücken. Wäre dir das so recht?"
„Ja", antwortete Emil erleichtert, „das ist eine gute Idee. Aber bitte schnell, ruf sofort bei ihr an und gib mir Bescheid, wie das Gespräch gelaufen ist."
Schon nach ein paar Minuten kam der Rückruf von Andrea.
„Schlechte Nachrichten, Emil. Eva und Gregor sind heute für eine Woche auf Urlaub gefahren. Leider weiß niemand wohin. Die Eltern wissen nur, dass die beiden nach Italien gefahren sind."
„Nicole hat mich ganz schön hineingeritten. Ich kann nur hoffen, dass Eva keine Dummheiten erzählt. Bitte halt mich auf dem Laufenden, wenn Eva sich melden sollte."
„Vielleicht solltest du die Flucht nach vorne antreten und Anne unterrichten, was vorgefallen ist, bevor sie es von Eva erfährt", schlug Andrea vor.
„An das habe ich auch schon gedacht. Aber wie soll ich es glaubhaft erklären? Erstens ist es sonderbar, dass ich in ihrer Abwesenheit Tanzveranstaltungen aufsuche, zweitens ist es eigenartig, wenn ich mich beim Tanzen vergnüge und andere Mädchen küsse. Ich kann erzählen, was ich will, ihr Vertrauen wird erschüttert sein, das ist das Mindeste. Es ist eine Katastrophe."
„Jetzt übertreibst du aber", versuchte Andrea zu beruhigen, „wer weiß, ob Eva schreibt und wenn ja, ob sie diesbezüglich etwas erwähnt."

„So wie ich Eva einschätze, glaube ich schon, dass sie das tun wird. Sie hat mich beim Tanzen so vorwurfsvoll angesehen."

„Mach dich jetzt nicht fertig, Emil", beschwichtigte Andrea ihren Bruder noch einmal.

Eine Woche verging, Emils Nervosität wuchs ins Unermessliche. Er wartete auf einen Brief von Anne, aber kein Brief kam. Die ganze Woche hatte er versucht, Eva telefonisch zu erreichen, erfolglos. Endlich am Samstagnachmittag erreichte er Eva. Ohne Umschweife begann er sein Problem darzulegen.

„Ich möchte ganz offen und ehrlich mit dir reden, Eva. Du weißt, dass Anne und ich uns lieben. Vorigen Samstag gab es einen Zwischenfall, der zu Missverständnissen Anlass geben könnte. Ich wollte schon nach Hause gehen, als Nicole unbedingt mit mir tanzen wollte. Sie hat mich geküsst, ohne dass ich sie dazu ermuntert habe, das schwöre ich. Ich habe ihr dann sofort gesagt dass ich nicht frei bin. Das ist die Wahrheit."

„Das sagst du nur, weil dir jetzt dämmert, was du angerichtet hast. Wahrscheinlich ist dir bewusst geworden, was Anne für eine einmalige Frau ist. Ich muss dir schon sagen, dass mich dein Benehmen vorige Woche sehr befremdet hat. Ich kenne Anne, seitdem wir beide Pharmazie studieren, also schon einige Jahre. Seit ich sie kenne, hat sie nie einen wirklichen Freund gehabt, bis du gekommen bist und ihr innerhalb kürzester Zeit den Kopf verdreht hast. Du kommst dir offensichtlich unwiderstehlich vor und musst es bei allen probieren, die dir über den Weg laufen. Wahrscheinlich hast du Nicole auch den Kopf verdreht. Sie war ja Feuer und Flamme für dich, wie sie dich nur angesehen hat! Und du hast ununterbrochen auf sie eingeredet. Und du willst mir erzählen, dass du sie zu nichts ermuntert hast!"

Emil war perplex. Er brauchte ein paar Sekunden, um diese Anschuldigungen zu verdauen.

„Das ist ungeheuerlich, was du da sagst. Du hast keine Ahnung und überschüttest mich mit Verdächtigungen. Ich kann dir noch einmal versichern, dass ich aktiv nichts zu dieser Entwicklung beigetragen habe. Um alles, worum ich dich bitte, ist, Anne nichts zu erzählen. Es ist nichts zwischen Nicole und mir. Ich habe Nicole gesagt, dass ich Anne liebe. Wenn Anne etwas über diesen unglücklichen Abend erfahren sollte, wird sie das missverstehen, aber was viel schlimmer ist, sie würde total enttäuscht sein und ihr Vertrauen in mich verlieren. Grundlos verlieren, denn ich liebe Anne."

Eva schien verunsichert.

„Du musst verstehen, Anne ist meine beste Freundin. Ich konnte es vor meinem Gewissen nicht verantworten, Anne darüber im Dunkeln zu lassen, wie du dich in ihrer Abwesenheit mit Nicole amüsiert hast und wie ihr euch geküsst habt. Ich möchte nicht, dass Anne ausgenutzt wird."

Emil war bestürzt.

„Ein Wahnsinn. Ich bin außer mir. Du hast es ihr es also gesagt. Du hast dich aufgrund deiner oberflächlichen Beobachtungen zum Moralapostel aufgespielt. Du weißt gar nicht, was du angerichtet hast, du hast mich verleumdet, du fürchterliche Tratsche."

„Sag einmal, was erlaubst du dir, mit mir so zu reden, du hättest dir früher überlegen müssen, was du tust oder besser bleiben lässt, ich …."

Evas Ton wurde aggressiv, doch Emil unterbrach sie.

„Es tut mir leid, Eva, Anne wird das nicht verkraften, was du ihr angetan hast. Du allein bist schuld, wenn Anne mich verlassen sollte, du trägst die Verantwortung, du hast unsere Liebe zerstört. Diese Schuld soll dir ewig wie ein Mühlstein um deinen verräterischen Hals hängen."

„Die Verantwortung trägst du allein, Emil, versuch nicht, mir Gewissensbisse aufzuerlegen."
„So einfach ist das nicht, Eva. Du wusstest, wie stark mich Anne liebt, und es musste dir klar sein, was deine Information bei ihr bewirken würde. Du hast sie aus ihren Träumen, aus ihrer Liebe, aus ihrem Glück herausgerissen. Das war ein großer Fehler, ob du ihn im guten Glauben oder nicht gemacht hast, ändert nichts an seiner Tragweite. Das Drama ist, dass nichts von dem, was du Anne erzählt hast, der Wahrheit entspricht. Ich kann dich nicht aus der Verantwortung entlassen, zu groß ist das Leid, das durch deine unüberlegte Vorgangsweise entstanden ist. Ich habe genug von dir."
Eva widerte ihn plötzlich an, kraftlos ließ er den Hörer auf die Gabel fallen. Lange blieb er grübelnd vor dem Telefon sitzen, dann ging er zu seinem Schreibtisch und versuchte in einem Brief den Sachverhalt dieses verhängnisvollen Abends ins rechte Licht zu rücken. Er schrieb, dass er auf Geheiß seiner Mutter bei diesem Fest gewesen war, um den Freund seiner Schwester kennenzulernen und berichtete, wie Nicole sich ihm an den Hals geworfen hatte. Tausendmal schwören wollte er, dass er unschuldig sei und nichts zu dieser verfänglichen Situation beigetragen hätte, denn er liebe sie mehr als sein Leben und wenn Anne ihn verließe, wäre sein Leben zerstört.
Schreib mir bitte schnell, damit ich in den nächsten Zug springen kann, um dir alles zu erklären , schrieb er, verlor sich in viele Liebesbezeugungen und sprach von Höllenqualen, die er erduldete.

Mittlerweile war die letzte Woche angebrochen. Im Boxclub hatte sich Bergmann viel Mühe gegeben, um einen stimmungsvollen Abschied für Emil zu organisieren. Emil dankte Franz Bergmann, sprach ein paar Abschiedsworte und lud seine Kameraden zu Bier und Würstchen ein. Im Laufe des Abends ging er von einem Tisch zum anderen, um mit allen ein paar Worte zu wechseln. Obwohl eine gute Stimmung herrschte, konnte Emil sich nicht so richtig von seinen Sorgen lösen. Er wirkte bedrückt und seine Gedanken schienen woanders als bei dieser Abschiedsfeier zu sein.

Die Feier mit seiner Familie und Alexander war in einem kleinen, aber guten Restaurant am Stadtrand geplant. Emil fuhr nach dem Büro bei seiner Mutter vorbei, um sie abzuholen. Als sie im Restaurant eintrafen, waren Alexander, Andrea und Stefanie bereits anwesend. Aber es war noch jemand da: Nicole. Emil blieb vor Bestürzung fast das Herz stehen.
„Wer hat denn die Idee gehabt, Nicole einzuladen?", raunte er leise seiner Schwester zu, als er den Mantel seiner Mutter auf einem Kleiderhaken aufhängte.
„Niemand. Sie hat von Stefanie erfahren, dass wir uns heute treffen. Sie hat keine Ruhe mehr gegeben und wollte unbedingt kommen", sagte seine Schwester verhalten.
Als sie gegessen hatten, überreichte man Emil ein Abschiedsgeschenk, eine gediegene Reisetasche aus Leder.
„Emil, wir wünschen dir in deiner neuen Stellung viel Erfolg", sagte Alexander, „wir wollten dir dieses kleine Abschiedsgeschenk machen, weil wir glauben, dass du es gut gebrauchen kannst. Komm bald wieder, wir werden dich sehr vermissen."
Plötzlich stand Nicole auf.
„Emil, ich habe auch ein kleines Geschenk für dich. Ich hoffe, es gefällt dir."
Sie überreichte Emil ein kleines Päckchen. Emil wusste nicht, wie er sich verhalten sollte. Er befand sich in einem Zwiespalt. Einerseits schmeichelte es ihm, dass Nicole ein solches Interesse an ihm hatte,

andererseits verursachte es ihm Gewissensbisse. Er liebte Anne und nun drängte sich schon wieder Nicole in seine Beziehung.
Stefanie und Nicole machten immer wieder Versuche, eine Unterhaltung mit Emil in Gang zu bringen, doch er war nicht sehr gesprächig.
„Könnte mich jemand mitnehmen?", fragte Nicole zaghaft, als sich die kleine Gesellschaft zum Aufbruch bereit machte.
„Vielleicht bist du so nett und bringst Nicole nach Hause", sagte Alexander zu Emil gewandt, „ich nehme deine Mutter und Andrea mit, Stefanie fährt sowieso mit mir."
Alexander glaubte offensichtlich, Emil gefällig zu sein, wenn er es arrangierte, dass dieser Nicole nach Hause brächte. Emil hatte nicht die Härte, diesen Vorschlag zurückzuweisen. Schweigend ging er mit Nicole zu seinem Auto. Schon wieder klebte Nicole an ihm. Zugegebenermaßen war Nicole sehr hübsch, das konnte er nicht verneinen, aber es interessierte ihn nicht, für ihn war Anne die schönste Frau. Während der Fahrt versuchte Nicole, ihn immer wieder in ein Gespräch zu ziehen, doch er beteiligte sich nur mit einem brummigen Ja und Nein. Nach einiger Zeit gab Nicole ihr erfolgloses Bemühen auf und schwieg. Sie fuhren einige Minuten durch die nächtlichen Straßen, als Nicole ihn bat, das Auto anzuhalten.
„Warum?"
„Bitte", sagte Nicole nachdrücklich.
„Nein, wir fahren jetzt nach Hause", sagte Emil energisch und fuhr weiter.
„Dann lass mich sofort aussteigen", sagte Nicole heftig.
„Also gut, was willst du von mir?" sagte Emil gereizt.
„Fahr bitte da hinein."
Emil fuhr auf eine schwach erleuchtete Baustelle. Das Auto schaukelte auf dem holprigen Weg auf und

ab. Er stellte das Auto neben einer Bauhütte ab, ließ aber den Motor laufen.
„So und jetzt küss mich, Emil", sie wandte sich ihm zu und blickte ihn herausfordernd an.
Emil gab ihr einen Kuss auf die Wange und wollte den Gang einlegen und weiterfahren.
„Das soll ein Kuss sein?"
Nicole zog langsam den Schlüssel aus dem Zündschloss und ließ diesen im Ausschnitt ihres Pullis verschwinden. Dann schlang sie ihre Arme um Emil und küsste ihn lange. Emil blieb passiv. Plötzlich zog Nicole ihren Mantel aus. Sie küsste Emil noch einmal, heftig, wild. Emil hielt sich nach wie vor zurück und blieb stocksteif sitzen. Nicole zog ihren Pulli aus und küsste Emil noch einmal. Dann öffnete sie ihren BH.
„Was machst du da, Nicole?"
„Küss mich, Emil, bitte", sagte sie gedämpft.
Nicole schmiegte sich nun eng an Emil, nahm seine Hände in die ihren und führte sie zu ihrem Busen. Sie biss Emil leicht in die Lippen und küsste ihn gefühlvoll. Gegen seinen Willen wurde er von Verlangen erfasst und er tappte reflexartig unter ihren Rock. Sie hob ihr Becken, ohne zu zögern zog Emil ihren Slip nach unten.
„Willst du mich lieben?", fragte sie leise und einschmeichelnd, „heute ist keine Gefahr."
In starker Erregung fixierte er ihre Schenkel und begann sich seiner Hosen zu entledigen, als er gewahr wurde, was er im Begriff war zu tun. Ewige Liebe hatte er Anne geschworen. Obwohl er bis zum Zerreißen gespannt war, gelang es ihm, der Versuchung zu widerstehen. Er wandte sich von Nicole ab und vergrub seinen Kopf in beiden Händen.
„Was hast du, Emil?", fragte Nicole, zog ihn zu sich und küsste ihn sanft. Als Emil schwieg, lehnte sie sich zurück und betrachtete Emil nachdenklich.
„Wann wirst du begreifen, dass es mit Anne aus ist?"

In ihren Augen glänzten Tränen. Als keine Reaktion von Emil kam, begann sie sich langsam anzuziehen. Dann warf sie ihm mit einer verächtlichen Geste den Startschlüssel zu. Emil zog seinen Hosengürtel zu und startete. Nicole hatte ihre Lippen zusammengekniffen und blickte starr durch die Windschutzscheibe. Mit kurzen Anweisungen dirigierte sie ihn durch die Straßen, bis sie bei einem hübschen Haus mit einem großen Garten ankamen.

„Mein Adresskärtchen ist im Buch, das ich dir geschenkt habe. Wenn du willst, kannst du mir einmal schreiben", sagte sie kühl.

Ohne Abschiedsgruß verließ sie Emil. Am Eingangstor war ein Türschild angebracht, darauf stand zu lesen – Albert Sisci – Tierarzt. Sie ging auf das Tor zu, sperrte auf und schritt mit ihrem elastischen Gang durch den Garten auf das Haus zu. Emil blieb eine Weile im Auto sitzen. Er fragte sich, was Nicole dazu trieb, ihn mit allen Mitteln gewinnen zu wollen. So wie sie aussah, musste sie doch viele Gelegenheiten haben, die tollsten Männer kennenzulernen.

Als Emil am Freitag zum letzten Mal den langen Gang im Bürogebäude zum Ausgang schritt, dachte er nicht ohne Nostalgie an die vier Jahre, die er hier gearbeitet hatte und die Erfahrungen, die er sammeln konnte und die nun eine Grundlage für seine neue Karriere waren. Das stimmte ihn letztlich versöhnlich, trotz Druck, Kumpfs Aversion und trotz der schlechten Bezahlung. Eine düstere Vorahnung bemächtigte sich seiner, als er, entgegen seiner Gewohnheit, immer mehrere Stufen auf einmal zu nehmen, langsam in seine Wohnung zum dritten Stock emporstieg. Hastig öffnete er den Briefkasten und entnahm ihm einen Brief, dessen Absender er sofort an der Handschrift erkannte. Schnell schloss er seine Wohnung auf, warf die Tür zu und öffnete mit zittrigen Fingern den Brief. Anne schrieb, dass eine Welt für sie zusammengebrochen war und dass sie es bereute, ihm vertraut und sich ihm hingegeben zu haben.

„*Ich frage mich, was du für ein Mann bist, der, wenn man ihn allein lässt, sofort in den Armen einer anderen Frau landet. Ich mache mir Vorwürfe, so schnell auf dein Drängen eingegangen zu sein und dir soviel von meiner Liebe geschenkt und meine Ehre geopfert zu haben. Denn offensichtlich kann man sich dir nicht anvertrauen, weil du unzuverlässig bist.*"

Annes Ankündigung, dass sie ihren Wohnort gewechselt hatte und sie für ihn unerreichbar war, schmetterte ihn vollends nieder. Als er fertiggelesen hatte, ließ er den Brief zu Boden sinken. Eine dumpfe Niedergeschlagenheit bemächtigte sich seiner. Es war ihm, als ob alles Leben aus seinem Körper gewichen wäre. Nach einiger Zeit las er den Brief noch einmal. Anne hatte sich ihm nicht nur entzogen, sie hatte an ihm gezweifelt, an seiner Treue, an seiner Verlässlichkeit, an seinem Vermögen, eine Beziehung zu führen, an seiner Stärke, an seiner Festigkeit. Er fühlte sich nicht nur verletzt, sondern geächtet. Hatte Anne seine echten und aufrichtigen Gefühle nicht gespürt? Wie konnte sie nur eine Sekunde an ihm zweifeln, wie konnte sie das nur tun? Er nahm sein Sakko vom Haken und verließ die Wohnung. Ganz bewusst setzte er Fuß vor Fuß und konzentrierte sich auf seine Schritte. Es tat ihm gut, in dem Zustand der inneren Leere, welche der Brief von Anne bei ihm ausgelöst hatte, Boden unter seinen Füßen zu spüren. Langsam strebte er dem nahen Schloss Schönbrunn zu. Nachdem er das große schmiedeeiserne Tor des Schlosses passiert hatte, strömte ihm der erdige Geruch von frisch angelegten Blumenbeeten entgegen. Er liebte diesen Geruch, es war ein ganz spezifischer Geruch, den die Erde nur ihm Frühling von sich gab, wenn die ersten Sonnenstrahlen die harte Erdkruste erweichten und die Erdfeuchtigkeit sich mit der Luft vermischte. Um ihn herum erwachte die Natur zu neuem Leben, doch er bewegte sich wie in Trance den geschlungenen Weg zur Gloriette empor. Mittlerweile war es dunkel geworden, die Stadt lag mit ihrem Lichtermeer zu seinen Füßen. In Gedanken versunken betrachtete er die nächtliche Silhouette seiner Vaterstadt und beschloss den Rückweg anzutreten.

Zu Hause nahm er einen Briefbogen und begann zu schreiben. Seine Hand zitterte, als er die ersten Sätze zu Papier zu brachte. Er machte sich Vorwürfe, dass er sie damals in Genf verlassen hatte und dass er nun vollständig von ihr abhängig sei, da er nicht wisse, wo er sie erreichen könne. *„Irgendwann werde ich dich wiedersehen, dich in meine Arme nehmen, dich berühren und mich nie mehr von dir trennen."* Mit diesen Worten beendete er seinen Brief und andressierte ihn an die Wiener Adresse von Anne.

Als er sich zur Ruhe begeben wollte, läutete das Telefon. Erregung schnürte ihm den Hals zu. War Anne am Apparat?

„Hallo", rief er erwartungsvoll ins Telefon.

„Hallo, Emil, ich bin es, Nicole. Ich möchte mich von dir noch einmal verabschieden", klang die helle Stimme von Nicole durch das Telefon.

Es dauerte einige Sekunden, bis Emil seine Enttäuschung meistern konnte.

„Hallo, Nicole, das ist aber nett, dass du anrufst", sagte er endlich.

„Ich wollte dir noch etwas sagen, bevor du wegfährst. Es geht um den Vorfall in deinem Auto. Ich weiß selber nicht, was in mich gefahren ist. Bitte denk nichts Falsches von mir."

„Das tue ich nicht, wirklich nicht", sagte Emil rücksichtsvoll, obwohl er seine Zweifel bezüglich der Ehrbarkeit von Nicole hatte.

„Das beruhigt mich", Nicole machte eine Pause, dann sagte sie zögernd „ich muss dir noch etwas sagen, Emil, ich kenne viele Männer die mir nachlaufen, aber ich denke immer nur an dich. Und du denkst an Anne, die nichts mehr von dir wissen will, ist das nicht verrückt?"

Wieder entstand eine Pause. Nicole lag nicht falsch, mit dem was sie sagte. Emil wollte ihr weder Hoffnungen machen, noch sie zurückweisen.

„Morgen fahre ich weg und es wird lange dauern, bis ich zurückkehre. Du wirst mich schnell vergessen und jemand anderen kennenlernen."

Nicole überging diese Anspielung.

„Es wäre schön, wenn du mir wenigstens aus München schreiben könntest, wie es dir geht. Versprich es."

„Ich verspreche es."

Nicole ging weiter in die Offensive: „Und wenn du nach Wien kommst, um deine Mutter zu besuchen, dann musst du mit mir ausgehen".

„Wenn genügend Zeit bleibt, dann treffen wir uns. Aber vergiss nicht, dass ich wahrscheinlich nur ein paar Stunden in Wien sein werde."

„Eine Stunde wirst du ja wohl für mich Zeit haben."

„Lassen wir es an uns herankommen."

„Wie du glaubst, Emil."

Ihre Stimme klang deprimiert.

„Entschuldige, dass ich angerufen habe, aber ich musste dir sagen, dass ich nicht so schlecht bin, wie du vielleicht von mir denkst. Auf Wiedersehen, Emil".

Emil legte auf. Es war Balsam auf seine wunde Seele zu wissen, dass es Frauen gab, die sich für ihn interessierten, nachdem Anne sein Selbstvertrauen stark beschädigt hatte.

10.

Emil wohnte in einem südlichen Außenbezirk von München. Zwischen modernen Wohnanlagen waren noch alte Bauernhöfe zu finden, die landwirtschaftlich genutzt wurden. Es waren Gewerbe- und Industriebetriebe angesiedelt und es gab auch Reste eines alten Dorfkerns zu sehen. Emil war bei einer netten Witwe einquartiert, die ihm sein Arbeitgeber empfohlen hatte. Sie war eine ältere, aber vitale Dame an die siebzig. Jahrzehntelang hatte sie als Ordinationsassistentin ihren Mann in der Arztpraxis unterstützt. Auffallend an ihr waren ihre fleischigen Arme und die großen, jedoch gepflegten Hände. Trotz ihrer matronenhaften Erscheinung wirkte sie distinguiert in ihrer geschmackvollen Garderobe, ihre ruhigen und gelassenen Gesichtszüge ließen Lebenserfahrung und Klugheit erahnen.

Sein Zimmer empfand er auf Anhieb gemütlich, es war nicht groß, hatte jedoch ein sehr breites Fenster. Wenn man die Vorhänge zurückzog, sah man auf einen Platz, dessen Name sicherlich von dem herrlichen Lindenbaum abgeleitet war, der in der Mitte emporwuchs. Seine Stube, wie sie von der Witwe bezeichnet wurde, war mit dunkelbraunen Möbeln aus Massivholz eingerichtet. Neben einem Bett mit Nachtkästchen, die gegenüber dem Fenster standen, war es mit einem Kasten, an dessen Mittelteil ein großer Spiegel angebracht war, einem Sofa und einem Tisch sowie mit einer kleinen Kommode möbliert. Obwohl er sich immer Verkaufsunterlagen mit nach Hause nahm, um diese zu studieren, drückten Einsamkeit und das Stillschweigen von Anne auf sein Gemüt.

Die ersten beiden Wochen im neuen Unternehmen waren schwierig gewesen. Er musste sich erst an die Veränderungen gewöhnen. Viele Mitarbeiter hatten einen bayrischen Dialekt, aber es gab auch Schwaben und solche, die von Norddeutschland ins schöne Bayern gekommen waren, um dort zu leben und zu arbeiten. Vom Exportleiter Altmann hatte er einen Ausbildungsplan erhalten. Zuerst war er im Ersatzteillager tätig gewesen und danach mit einem Kundendiensttechniker, einem gewissen Buchinger, quer durch Deutschland getourt. Mit Buchinger verstand er sich sehr gut und scheute sich nicht, überall anzupacken. Es war ihm keine Arbeit zu schwer oder zu schmutzig. Unangenehm wurde es nur bei Schlechtwetter, wenn der Boden nass und schlammig war und sie an den verschmutzten Maschinen hantieren mussten, um diese zu warten oder zu reparieren, heikel durfte man nicht sein. Emil spitzte immer die Ohren, wenn Buchinger sich mit den Baggerfahrern unterhielt. So erfuhr er, was diese an den Maschinen schätzten und was sie kritisierten. Seine Erfahrungen notierte er in einem dicken Heft, um sie später für die Argumentation an der Verkaufsfront nutzen zu können.

Nach einigen Wochen hatte er sich gut eingelebt und Zweifel, dem neuen Job nicht gewachsen zu sein, waren von ihm gewichen. Von Anne hörte er noch immer nichts. Aber Nicole hatte ihm geschrieben, sie erinnerte ihn an seine Zusage: „

„Vergiss nicht, dass du mir versprochen hast, mich anzurufen, wenn du in Wien bist. Ich freue mich schon so sehr, dich zu sehen."

Emil gab sich einen Ruck und beantwortete den Brief, versprochen ist versprochen, dachte er.

Das Alleinsein wurde immer mehr zur Last für ihn. Zudem fehlte ihm das Boxtraining und er fühlte sich nicht wohl in seiner Haut. Als er eines Abends wieder alleine in seinem Zimmer saß, erinnerte er sich, dass er, als er einmal in München unterwegs war, bei einem Sportverein vorbeigekommen war. Dieser bot eine breite Palette von Sportmöglichkeiten, und es gab dort auch einen

Boxclub. Kurzerhand fasste er einen Entschluss, kramte in seinen Unterlagen, bis er den Zettel mit der Adresse fand, und fuhr los. Der Boxtrainer war ein gewisser Hannes Kleiber. Dieser war mittelgroß, mit einem kräftigen Bauchansatz und einer Bürstenfrisur. Er mochte so um die vierzig Jahre alt sein. Wie die meisten Trainer musste auch er einmal ein aktiver Boxer gewesen sein, denn sein Gesicht war mit den typischen Kampfspuren gezeichnet. Mit lauter Kommandostimme gab er seinen Schützlingen Anweisungen und schimpfte wie ein Rohrspatz, wenn sie diesen nicht Folge leisteten. Emil verfolgte kritisch das Training. Die Boxer hinterließen bei ihm einen starken Eindruck und er bereute schon, hierher gekommen zu sein. Die sind viel zu stark für mich, dachte er bescheiden und wollte die Halle verlassen, als Kleiber ihn bemerkte.

„Was kann ich für dich tun?", fragte er freundlich.

Nun blieb Emil nichts anderes übrig, als seinen Wunsch vorzutragen.

„Ein Wiener, der boxt, ach, du liebes Lieschen", sagte Kleiber amüsiert, aber es klang nicht spöttisch.

„Wir sind zwar im Moment ziemlich voll", setzte er mit jovialer Stimme fort, „kampfmäßig trainieren darf man bei uns erst nach längerer Vorbereitung und entsprechender Kondition."

„Ich stelle keine Ansprüche, ich bin gerne bereit, mich als Trainings- und Sparringpartner zur Verfügung zu stellen. Das Training fehlt mir sehr, aber ich sage es gleich: So gut wie ihre Leute bin ich leider nicht."

„Mach dir keine Sorgen, es gibt wie überall Stärkere und Schwächere", sagte er freundlich, „komme morgen abends, unser Arzt soll dich untersuchen und dann machen wir mit dir einen Konditionstest. Wenn alles okay ist, dann zeigst du mir, was du kannst. Ich werde dich auch im Ring testen, und

wenn du zu uns passt, dann kannst du mit unseren Jungs boxen."
Am nächsten Tag versicherte der Arzt Kleiber, dass Emil in guter körperlicher Verfassung sei. „Gut", sagte Kleiber, „hast du deine Sachen dabei?"
Emil bejahte.
„Dann zieh dich um und melde dich bei mir."
Nachdem er sich umgezogen hatte, suchte er Kleiber auf, der wie immer bei den Übenden stand und seine Anweisungen mit lauter Feldwebelstimme kundtat. Dann wandte er sich Emil zu.
„Jetzt zeig uns einmal deine Wiener Schule", witzelte er.
Emil ging zu einem Sandsack und begann diesen mit Schlägen einzudecken.
„Jetzt gehen wir zur Birne", befahl Kleiber.
Emil begann die Birne zu bearbeiten und versuchte, die Birne nach jedem Schlag beim Zurückpendeln erneut zu treffen.
„Und jetzt eine Runde mit mir."
Kleiber setzte sich einen Kopfschutz auf und stülpte Handpolster, die sogenannten Pratzen, über. Mit seiner korpulenten Figur ähnelte Kleiber eher einem Bären als einem Boxer.
„Zeig uns einmal, wie die Wiener boxen."
Emil setzte sich ebenfalls den Kopfschutz auf und stieg mit Kleiber in den Übungsring.
„Also Emil, mich nach Möglichkeit nicht treffen, aber dafür die Pratzen umso öfter", sagte Kleiber grinsend.
Die anwesenden Boxer schauten zu. Kleiber gab sich große Mühe Emil alles abzuverlangen er bewegte sich trotz seines Gewichtes schnell und geschickt. Emil schlug präzise, arbeitete gut mit den Beinen und boxtechnisch machte er ebenfalls eine gute Figur.
„Ja, das ist in Ordnung", sagte Kleiber, „ich glaube, wir können dich nächste Woche ins Sparring einbauen. Nutze diese Woche, um ausgiebig an den

Geräten zu trainieren, um deine Kondition zu verbessern, du schnaufst ja wie eine alte Dampflokomotive."

11.

Emil war froh, dass er nun eine sinnvolle Freizeitbeschäftigung hatte und im Boxclub aufgenommen worden war. Dort trainierten auch viele Amerikaner. Es warenamerikanische Soldaten, deren Einheit über eine Boxerstaffel verfügte. Die Amerikaner benahmen sich, als ob der Club ihnen gehörte, sie waren laut und lachten viel. Wenn man ihnen beim Boxen zusah, hatte man den Eindruck, dass es für sie mehr Spiel als Sport war. Sie unterbrachen oft ihr Sparring, schienen sich über irgendetwas köstlich zu amüsieren, um dann wieder locker weiterzuboxen. Alle waren ausnahmslos gut durchtrainiert, ihre Bewegungen geschmeidig wie jene von Raubkatzen. Ab und zu ließen sie ihre boxerischen Potentiale mit extrem flink vorgetragenen Angriffen und ebenso wirkungsvollen Paraden aufblitzen. Unter den Amerikanern war ein Schwarzer, der Emil wegen seiner ausgewogenen Gesichtszüge auffiel. Er hatte ein ovales Gesicht und eine schmale Nase und schöne, tiefliegende Augen. Leichte Spuren von Auseinandersetzungen im Ring waren aber festzustellen, vor allem an den Augenbrauen. Seine extrem kurz geschnittenen Haare waren leicht gekräuselt. Wie Blicke oft eine magnetische Wirkung haben, dürfte er gemerkt haben, dass Emil ihn interessiert beobachtete. Er wandte sich um und blickte Emil geradewegs in die Augen, sodass dieser keine Zeit hatte, den Blick abzuwenden.
„Hello", brachte Emil schüchtern hervor.
„Hello, keine Lust zum Trainieren?", fragte der hübsche Schwarze auf Deutsch.

„Ich bin neu hier. Ich muss erst meine Kondition verbessern, bevor ich mit dem Boxen beginnen kann."
„Du bist aber nicht aus dieser Ecke, das höre ich an deiner Aussprache."
Emil war perplex über seine Beobachtungsgabe. Der Schwarze sprach mit einem starken Akzent, aber fast fehlerfrei Deutsch.
„Ich bin aus Österreich, Austria", erklärte Emil.
„Marvelous, Austria, ein schönes Land. Bist du vielleicht Tiroler?"
„Ich bin aus Wien, ich heiße Emil."
„Alan mein Name, Leutnant in der US-Infanterie. Ich boxe im Mittelgewicht, du wahrscheinlich auch, wenn ich mich nicht irre."
Emil war angetan vom unkomplizierten Wesen des Amerikaners. Im Verlaufe der Unterhaltung, die sich zwischen den beiden entspann, erzählte Emil, dass er bei der Münchner Niederlassung eines amerikanischen Unternehmens angestellt sei.
„Ich kenne die Firma, ihre Produktionsstätten sind in Illinois, dort wo ich zu Hause bin."
Sie gingen in die Kantine, um sich ein Bier zu genehmigen. Alan berichtete, wie er zur Army gekommen war. Er war Lehrer und bei seinen Schülern sehr beliebt gewesen, doch nie waren seine Vorgesetzten mit seinen Unterrichtsmethoden einverstanden gewesen. Dreimal musste er die Schule wechseln, zuletzt war er in einer Hilfsschule für geistig zurückgebliebene Kinder. Obwohl die Kinder durch seine originellen und praktischen Unterrichtsmethoden viel schneller lernten als durch die vorgegebenen Lehrpläne, musste er auch dort seinen Sessel räumen. Die beruflichen Probleme zogen immer Spannungen in seiner Ehe nach sich. Esther, seine Frau, ebenfalls Lehrerin, träumte von einem schönen Haus und gehobenem Lebensstandard, aber die Unterbrechungen in Alans Karriere schoben die Realisierung ihrer Träume

immer weiter hinaus. Eines Tages ließ sie sich von ihm scheiden. Alan ging zur Army und gleich nach der Grundausbildung war er nach Deutschland versetzt worden.

„Es ist so schön hier. Die Seen, die Berge, alles herrlich", sagte er und seine Augen leuchteten.
„Wie hast du es geschafft, so schnell Deutsch zu lernen?", wollte Emil wissen.
„Während meines Studiums am College habe ich einen Deutschkurs besucht. Außerdem bin ich schon drei Jahre hier und ich hatte ein Girlfriend in München, so lernt man am schnellsten", sagte er und lächelte vielsagend.„Und du, hast du schon ein Mädchen in München kennengelernt?"
„Meine Freundin ist derzeit in Genf und macht dort ein Praktikum." In Emils Stimme schwang ein trauriger Unterton mit.
Alan dürfte das gemerkt haben und warf einen prüfenden Blick auf Emil.
„Genf ist ja nicht weit weg von München, da kannst du sie ja von Zeit zu Zeit wiedersehen."
„Um ehrlich zu sein, habe ich sie schon seit Monaten nicht mehr gesehen, leider gab es ein Missverständnis zwischen uns. Sie hat mir daraufhin mitgeteilt, dass sie mich nicht mehr sehen möchte, zumindest für eine Weile."
„Das tut mir leid. Liebst du sie noch?"
„Ja, sehr", sagte Emil leise.
„Es geht mich zwar nichts an, aber es muss schon ein gravierendes Missverständnis gewesen sein", sagte Alan mit einem Anflug von Neugier.

Emil überlegte, ob er die Geschichte erzählen sollte, doch sein Gefühl sagte ihm, dass er diesem Mann vertrauen konnte. Zögernd begann er zu erzählen, aber dann sprudelten die Worte aus ihm heraus. Verwundert stellte er fest, dass es ihn erleichterte.
Alan hörte aufmerksam zu.

„Manches Mal kommt ein Zwischenfall oder eine Katastrophe, um uns zu zeigen, dass die Bäume nicht in den Himmel wachsen", sagte er philosophisch.

„Es scheint ein Naturgesetz zu sein. Ich habe viel Glück auf einmal gehabt, ich habe Anne kennengelernt und einen tollen Job hier in München bekommen. Aber jetzt habe ich ein Tief", klagte Emil.

„Ich wünsche dir, dass sich deine Freundin bald bei dir meldet", sagte Alan mitfühlend. „Ich habe auch geglaubt, dass ich in Deutschland eine neue Lebenspartnerin gefunden habe. Christine und ich waren sehr glücklich, leider haben ihre Eltern mich abgelehnt, vor allem ihre Mutter war gegen unsere Verbindung. Sie hat Christine regelrecht erpresst, mit mir Schluss zu machen. Christine wollte sich aber von mir nicht trennen, sie wollte unbedingt mit mir von München wegziehen und woanders leben. Ich habe um eine Versetzung angesucht, aber so schnell ging das nicht. Christine wollte es nicht verstehen, wir hatten deswegen andauernd Diskussionen und Meinungsverschiedenheiten. Zum Schluss haben wir nur mehr gestritten und eines Tages hat sie mir mitgeteilt, dass es aus ist."

„Leidest du noch unter der Trennung?", wollte Emil wissen.

„Ich habe sehr gelitten, Christine ist eine tolle Frau."
Er schien an Christine zu denken und seine Augen wurden feucht.

„Ich weiß, was Trennung bedeutet. Es tut immer weh, wenn Liebe im Spiel ist. Wahrscheinlich bin ich nicht mehr fähig zu lieben. Ich glaube, ich habe meine Gefühle schon alle verschenkt. Seit der Trennung von Christine habe ich einige Frauen kennengelernt, aber mein Herz war nie davon berührt."

„Die große Liebe kommt nicht oft. Aber es gibt viele tolle Frauen und es gehört auch Glück dazu, die

richtige zu treffen, du musst nur fest daran glauben."
Alan lächelte.
„Jetzt möchtest du mir Mut machen. Ich sag dir, wenn das nicht stimmt, dann schlage ich dich k.o.."
Jetzt musste auch Emil lachen.
„So einer bist du also. Ich versuche, dich moralisch aufzubauen, und du bedrohst mich!"

Emils nächster Ausbildungsschritt rückte heran. Durch seine bisherigen Kontakte wusste er, dass die Verkaufsabteilung gut strukturiert war. Sie war das Herz des Unternehmens, hier hatte man sehr gute Leute eingesetzt. Als der Tag für den Wechsel gekommen war, meldete er sich bei der Sekretärin des Verkaufsleiters an. Freundlich lächelnd reichte sie Emil die Hand.
„Ich bin Elena Dalaros, die Sekretärin von Herrn Collins. Sie sind also der neue Kollege für die Wiener Niederlassung."
Sie lächelte Emil noch einmal zu.
„Wir haben von Herrn Altmann den Zeitplan für Ihre Ausbildung bekommen. Sie werden mindestens drei Monate im Verkauf tätig sein. Ihr Lehrmeister wird, wenn ich das so sagen kann, Herr Schmid sein. Kennen Sie Herrn Schmid?"
Emil verneinte.
„Kommen Sie, ich zeige Ihnen sein Büro."
Emil war viel zu aufgeregt, um den wiegenden Gang dieser Frau, deren Hüften elastisch hin und her schwankten, zu bewundern.
Am Flur begegnete ihnen ein schlanker Mann mit schütterem, zurückgekämmtem Haar, Anfang vierzig.
„Sie können nur Herr Weinberger sein. Ich bin Dieter Schmid", sagte er und schüttelte Emil die Hand.
Emil fiel Schmids überaus gepflegte Kleidung auf. Sie war weder modisch noch schick, doch der Bug seiner Hose war frisch gebügelt, der Hemdkragen

gestärkt, die Krawatte exakt gebunden und seine Schuhe blitzten. Nach ein paar höflichen Erkundigungen über Emils Eindrücke und Befinden öffnete er die Tür und ließ Emil eintreten. Im Büro gab es zwei Schreibtische, die gegenüber aufgestellt waren, ein weiterer stand zwischen den beiden Fenstern und ein anderer an der gegenüberliegenden Wand neben der Eingangstüre. Letzterer war der neue Arbeitsplatz von Emil.
„Wir teilen uns dieses Büro mit Frau Reuter, unserer Schreibkraft, und mit Herrn Müller. Unsere Abteilung ist für den Verkauf der Frontlader zuständig, die die Hauptumsatzträger unseres Unternehmens sind", sagte er nicht ohne Stolz.
„Ich habe gehörigen Respekt vor der großen Produktpalette und den vielen Sonderausstattungen."
„Sie werden alles lernen", beruhigte ihn Schmid. „Zuerst werde ich Ihnen etwas über die Organisationsstruktur unserer Abteilung erzählen, ein bisschen später machen wir eine Runde zu den anderen Abteilungen, um sie bekanntzumachen."
Nach und nach trafen auch die anderen Kollegen ein. Fräulein Reuter war blond, ungefähr 25 Jahre alt und etwas dicklich. Sie plapperte fast ununterbrochen. Emil hatte den Eindruck, das alles, was ihr in den Sinn kam, von ihr sofort artikuliert wurde, ungeachtet, ob es für die anderen interessant war oder nicht. Der andere Kollege hieß Berthold Müller und war ein typischer Bayer. Er war Anfang dreißig und wirkte massig. Vor nicht allzu langer Zeit spielte er noch Eishockey. Auffallend waren seine hellblauen Augen und der Haarkranz mit den feinen blonden Haaren, denn er war bereits weitgehend glatzköpfig. Er hatte ein gutmütiges Gesicht, was nicht so recht zu seinem Wesen passte, denn im Grunde war er ein Streit und Ränke suchender Mensch. Nach den ersten Worten die Emil mit ihm gewechselt hatte, stellte er schon unverblümt Fragen. Müller wollte

unter anderem wissen, wie viel er bei der Wiener Firma verdient hatte.

„Bitte seien Sie mir nicht böse, Herr Müller, aber das möchte ich nicht sagen."

Müller verzog keine Miene. Eine Weile schwieg er, dann revanchierte er sich für Emils unbefriedigende Antwort l mit einer Provokation.

„Warum sind die Österreicher nur im Schisport gut und im Fußball so schlecht?"

„Österreich ist ein kleines Land. Die guten Spieler bleiben nicht bei uns, sie gehen ins Ausland, zum Beispiel spielen einige bei deutschen Clubs. Dort wird mehr bezahlt als in Österreich, das dürfte der Grund sein."

Schmid mischte sich ein.

„Wenn du im Moment keine weiteren Fragen zu österreichischen Sportlern hast, dann werde ich mit Herrn Weinberger eine Vorstellungsrunde machen."

Er führte Emil von Büro zu Büro und stellte ihn vor. Manche Kollegen begrüßten ihn freundlich und wechselten ein paar Worte mit ihm, andere waren zurückhaltend und wandten sich schnell wieder ihrer Arbeit zu. Im Vorzimmer des Verkaufschef Collins saß Elena Dalaros, die Emil schon am Morgen kennengelernt hatte. Sie trug einen engen, knielangen Rock, der ihre Beine, die in hohen Stöckelschuhen steckten, gut zur Geltung brachten. Sie hatte kräftige, schwarze Haare, die sich an den Enden leicht wellten und ihre Schultern berührten. Ihre Lippen waren in einem kräftigen Rot geschminkt. Sie wirkte reif, ihr Alter war schwierig einzuschätzen. Als Schmid fragte, ob Collins einige Minuten Zeit habe, sagte sie: „Er wird sich für unseren charmanten Wiener Zeit nehmen müssen, da werden wir ihn erst gar nicht fragen."

Sie öffnete eine Tür und kündigte Emil und Schmid mit den Worten an:

„Herr Schmid möchte Ihnen Herrn Weinberger, den neuen Mitarbeiter für die Wiener Niederlassung, vorstellen."
Richard Collins hob den Blick und legte ein Schriftstück beiseite.
„Hereinspaziert", sagte er einladend mit einer tiefen, rauchigen Stimme.
Collins war sehr groß, etwas korpulent und stark ergraut. Er hatte ein kantiges Gesicht, sein stark hervortretendes Kinn verlieh ihm einen harten Ausdruck. Er war Amerikaner, lebte aber schon über zehn Jahre in Deutschland und war mit einer Deutschen verheiratet. Emil hatte schon einiges über ihn gehört. Er war in der Branche ein richtiges As. Begonnen hatte er seine Karriere als Verkaufstechniker im Außendienst und war sowohl in den USA als auch in Deutschland tätig gewesen. Toralt, der Generaldirektor, hielt sehr viel von ihm, immer, wenn wichtige Entscheidungen zu treffen waren, beriet sich Toralt mit Collins. Collins war beliebt und gefürchtet zugleich. Wenn alles lief, war er sehr jovial, wenn aber einmal etwas nicht klappte, schimpfte und brüllte er fürchterlich. Er musterte Emil von oben bis unten.
„Herzlich willkommen in unserem Team. Ich hoffe, es gefällt Ihnen bei uns?" Er wartete nicht auf eine Antwort und sprach sofort weiter. „Wir werden uns Mühe geben, Ihnen ein Maximum an Wissen und Informationen zu geben. Was wissen Sie denn schon über unsere Firma und über unsere Maschinen?"
Es klang wie eine Prüfungsfrage. Emil versuchte, detailliert einen Bericht über seine bisherigen Erfahrungen und seinen Wissensstand zu geben. Collins unterbrach ihn jedoch schon nach ein paar Sätzen.
„Wichtig ist, dass Sie alle Maschinen kennen und vor allem, dass Sie wissen, wo und wie sie eingesetzt werden und welche Vorteile unsere Marke gegenüber unseren Mitbewerbern bietet. Wenn wir

Sie mit unseren Verkaufstechnikern auf die Reise schicken, werden Sie lernen, wie man den Bedarf erhebt, um ein gezieltes, mit starken Argumenten ausgestattetes Verkaufsgespräch zu führen. Da müssen Sie die Ohren spitzen. Denn in Wien wird Ihnen niemand sagen, wie Sie sich vor Ihren Kunden verhalten müssen, da stehen Sie alleine an der Verkaufsfront. Also nutzen Sie die Zeit, Ihre Einschulung kostet eine Menge Geld und wir wollen eine gute Investition getätigt haben. Ich werde mir laufend von meinen Mitarbeitern berichten lassen, wie es bei Ihnen vorangeht."

Dann wandte er sich an Schmid und sagte: „Ich schlage vor, dass Sie Weinberger so schnell wie möglich selbständig arbeiten lassen. Ich halte nichts von langen Erklärungen, der beste Lehrmeister ist die praktische Arbeit."

Er blickte Emil prüfend an.

„Am Anfang wird Ihnen der Kopf rauchen und Sie werden wahrscheinlich Fehler machen. Aber aus Fehlern lernt man. Wenn Sie ein Problem haben, kommen Sie zu mir, meine Tür ist immer offen. Ich wünsche Ihnen viel Erfolg."

Er stand auf, blickte Emil in die Augen und verabschiedete ihn mit einem festen Händedruck.

Der Mann war tüchtig und das erwartete er auch von seinen Mitarbeitern. Was bei ihm zu zählen schien, war Leistung und Erfolg, Rücksicht und Toleranz waren wahrscheinlich Fremdwörter für ihn.

Wie es Collins angeordnet hatte, war die Einschulung kurz, schon nach ein paar Tagen musste Emil selbständig arbeiten. Schmid reichte ihm eine Anfrage von einem Außendiensttechniker.

„Probieren Sie diese Anfrage selbständig zu bearbeiten. Wenn Sie sich irgendwo nicht auskennen, fragen Sie mich."

Emil war sich bewusst, dass er nun seine Feuertaufe zu bestehen hatte. Er merkte das verstohlene Grinsen von Müller und auch Fräulein Reuter schien neugierig zu sein, wie Emil auf seinen ersten Arbeitsauftrag reagierte. Es war ihm zwar nicht alles klar, aber er wollte möglichst vermeiden, Schmid oder gar Müller um Hilfe zu bitten. Schritt für Schritt versuchte er, das Angebot zu erstellen. Er arbeitete noch daran, als sich Schmid schon erkundigte, ob er damit fertig sei.

„Ich muss noch einen Punkt abklären", sagte Emil.

„Gut, wenn Sie alles beisammen haben, diktieren Sie Fräulein Reuter den Text", ordnete Schmid an.

„Können Sie bitte so nett sein und das Angebot aufnehmen", fragte er höflich Magdalena Reuter, als er mit seiner Arbeit fertig war.

Fräulein Reuter, die normalerweise an Anordnungen im Befehlston von Schmid und Müller gewöhnt war, begann sich zu zieren.

„Natürlich werde ich so nett sein", sagte sie und versuchte, seinen Wiener Akzent zu imitieren, „aber jetzt geht es nicht."

Ironie schwang in ihrer Stimme mit und offensichtlich fand sie es lustig, Emil hinzuhalten, und auch Müller, der breit grinste, schien es zu gefallen,. Auch simple Schreibkräfte haben ein Machtpotential und werden zum Problem, wenn sie nicht kooperieren, stellte Emil fest und merkte wohl, dass die beiden ihn auflaufen lassen wollten.

Der Arbeitstag neigte sich dem Ende zu. Als er bei Elena Dalaros vorbeiging, stand die Türe ihres Büros weit offen.

„Herr Weinberger, was ist los?, sie machen ein Gesicht wie sieben Tage Regenwetter", fragte sie.

„Heute ist alles schief gelaufen."

„Kommen Sie rein, erzählen Sie."

Als Emil einen besorgten Blick in Richtung Collins' Büro warf, sagte sie beruhigend: „Herr Collins ist nicht da. Setzen Sie sich, Herr Weinberger, ich mache Ihnen Kaffee."

Emil setzte sich auf den Stuhl neben ihrem Schreibtisch und hoffte, dass der Kaffee nicht stark sein und ihn am Einschlafen hindern würde. Als Elena Dalaros mit dem Kaffee aufkreuzte, konnte er den Duft eines teuren Parfums wahrnehmen. Alles an ihr wirkte üppig, vor allem ihre weiblichen Attribute und ihr auffallendes Make-up. Sie war eine mittelgroße, sehr gut gewachsene Frau und dürfte schon lange in der Firma tätig sein. Man sah ihr die Reife einer Mitt-Dreißigerin an, ganz feine Fältchen in den Augenwinkeln und zwei zarte senkrechte Furchen um den Mund waren untrügliche Zeichen. Ihre großen dunklen Augen, die von langen Wimpern überschattet wurden, wirkten bedachtsam. Die Nase war schön geschwungen, aber ein bisschen lang, der weite Mund umrahmt von vollen, sehr rot geschminkten Lippen. Dem Namen nach musste sie griechischer Abstammung sein, Deutsch sprach sie mit einem amerikanischen Akzent. Sie begann zu plaudern und erzählte von den aktuellen Lieferschwierigkeiten und den langen Lieferzeiten. Collins war in die Zentrale geflogen, um zu versuchen, Lieferzeiten abzukürzen.

„Und wie läuft es bei Ihnen?", fragte sie dann unvermittelt.

Emil wollte nicht viel sagen, denn er hatte das Vorurteil, dass Sekretärinnen prinzipiell neugierig waren, um ihre Chefs mit Informationen versorgen zu können.

„Herr Schmid hat sich viel Mühe gegeben, mich einzuschulen. Heute hat er mir zum ersten Mal eine Anfrage zur selbständigen Bearbeitung übergeben, das Angebot muss nur noch getippt werden. Leider hat man keine Zeit für mich in der Abteilung."

„Wahrscheinlich hatte Fräulein Reuter viel zum Schreiben?"

„Ich hatte nicht den Eindruck, wenn ich ehrlich bin."

„Wieso?"

Emil konnte nun seinen Ärger doch nicht mehr unterdrücken und sagte: „Sie hat sich den ganzen Nachmittag mit Müller unterhalten und köstlich

amüsiert. Ich glaube, die beiden wollten mich provozieren."
„Wenn man Ihnen morgen das Angebot nicht tippen sollte, dann kommen Sie zu mir. Ich werde Ihnen das Angebot schreiben."
Ihre Blicke trafen sich, ein Anflug von Röte überzog Emils Gesicht.
„Das ist großartig von Ihnen, aber Sie haben sicherlich genug anderes zu tun."
Elena Dalaros strich sich ihre Haare aus der Stirn und sagte leichthin: „Ach, wissen Sie, im Moment habe ich nicht so viel zu tun. Obwohl mich Herr Collins mit Arbeit eingedeckt hat, habe ich noch einen Spielraum. Ich bleibe immer länger im Büro, da bin ich ungestört und kann viel erledigen."
Sie machte eine Pause und sagte dann: „Es wartet ohnehin niemand auf mich."
Emil wurde sofort klar, was diese Anspielung zu bedeuten hatte. Fast reflexartig sagte er: „Ich fahre dieses Wochenende nach Wien, aber wenn ich zurück bin, lade ich Sie zum Essen ein, wenn Sie wollen."
„So habe ich es zwar nicht gemeint, aber wenn Sie wollen", sagte Elena Dalaros geziert.
Dann machte sie eine bedeutungsvolle Pause und sagte: „Was ich liebend gerne tun würde, wäre einmal, mit Ihrem Auto zu fahren. Ich habe schon so viel über dieses avantgardistisch Auto gehört, aber man sieht es in Deutschland so selten."
„Machen wir eine Rundfahrt um den Ammersee, dann können Sie meine DS ausprobieren."
„Abgemacht", sagte Elena Dalaros, „und wenn Sie morgen Probleme haben, kommen Sie ruhig zu mir."
Als er nach Hause fuhr, dachte er über das Zusammentreffen mit Elena Dalaros nach. Sie hatte das Gespräch geschickt gesteuert und er war in die Falle getappt. Er wäre doch zu nichts verpflichtet gewesen. Warum hatte er sie letztlich eingeladen, war es nur aus Dankbarkeit? Er war derart mit

diesen Gedanken beschäftigt, dass er gar nicht merkte, dass das vor ihm fahrende Auto plötzlich vor einer Querstraße stoppte. Quietschend brachte er den Citroën im letzten Augenblick zum Stehen und vermied nur knapp einen Auffahrunfall. Der Fahrer des vorderen Autos öffnete das Fenster und tippte sich mehrere Male auf die Stirn, bevor er wieder anfuhr.

Als er am nächsten Morgen ins Büro kam, sah er auf seinem Schreibtisch einen Zettel von Schmid. Dieser war mit einem Kundendiensttechniker unterwegs und würde erst gegen Mittags ins Büro kommen.

„Bitte Angebot bis spätestens 13 Uhr vorlegen", stand auf dem Zettel.

Emil wandte sich an Magdalena Reuter und bat sie noch einmal, das von ihm vorbereitete Angebot zu tippen.

„Sie müssen noch ein bisschen warten, ich bin sehr beschäftigt", sagte sie kühl.

„Das Angebot muss auf jeden Fall noch heute hinaus. Ich muss Sie daher bitten, den Text jetzt aufzunehmen."

Emil wollte dieses Mal nicht nachgeben. Seine Stimme klang fest.

„Es gibt andere Anfragen, die auch dringend bearbeitet werden müssen, also gedulden Sie sich und machen Sie keinen unnötigen Druck, das haben wir gar nicht gern", mischte sich Müller plötzlich ein.

Emil wollte schon eine patzige Antwort geben, aber er besann sich. Es hatte keinen Zweck, einen Streit vom Zaun zu brechen, obwohl ihn Müllers grobe Art ärgerte. Er wandte sich noch einmal an Magdalena Reuter.

„Herr Schmid hat mir eine Nachricht hinterlassen, dass er das Angebot bis dreizehn Uhr auf seinem Schreibtisch haben möchte. Wenn Sie es nicht schreiben können oder wollen, muss ich eine andere Lösung suchen."

„Na gut, ich werde versuchen, Sie einzuschieben ...", sagte Magdalena Reuter einlenkend, bevor sie jedoch weiterreden konnte, unterbrach sie Müller.

„Nichts werden Sie einschieben, Magdalena, Sie arbeiten wie vorgesehen weiter. Das wäre ja noch schöner, wenn uns ein Neuling sagt, was wir zu tun hätten", und zu Emil gewandt, „Sie haben hier zu warten, bis wir Zeit haben, Ihren Kram zu schreiben. Was wichtig und dringend ist, bestimmen wir und nicht Sie. Nehmen Sie das zur Kenntnis!"

„Dass Sie sich nur nicht täuschen. Das Angebot ist für einen neuen Kunden bestimmt, bei dem wir die erste Maschine verkaufen können. Ich bin lange genug im Geschäft, um zu beurteilen, wie wichtig Geschäftsanbahnungen sind und dass man schnell reagieren muss. Ich werde jedenfalls dafür sorgen, dass das Angebot umgehend geschrieben wird, nehmen Sie das zur Kenntnis."

Er verließ das Büro und warf die Türe mit einem Knall hinter sich zu. In der Kantine bestellte er Kaffee, um in Ruhe zu überlegen, wie er weiter verfahren sollte. Zu Elena Dalaros gehen und sie bitten zu helfen, oder sich eine Schreibmaschine suchen und den Text selber tippen? Er war zwar nicht sehr geübt, dennoch wollte er es versuchen. Vorerst musste er eine freie Schreibmaschine finden. Er ging von Büro zu Büro, bis er eine fand. Er fragte, ob er sie benutzen dürfe, was ihm gestattet wurde. Als er mit seiner Niederschrift fertig war, las er sie sorgfältig durch. Die vielen Tippfehler, die er mit dem Radiergummi beseitigt hatte, störten den optischen Eindruck erheblich. Nun blieb ihm doch nichts anderes übrig, als die Hilfe von Elena Dalaros in Anspruch zu nehmen.

„Alles in Ordnung?", fragte sie lächelnd.

„Ich habe den Text selber getippt, aber Sie könnten mir einen großen Gefallen tun, wenn Sie einen Blick darauf werfen würden."

Elena Dalaros lächelte noch einmal.

„Sie sind ehrgeizig, Herr Weinberger, Sie möchten bei Schmid mit einem fehlerlosen Angebot glänzen!"
„Sie werden verstehen, dass ich nach all den unerfreulichen Konfrontationen nicht noch als Dummkopf dastehen möchte, falls ich zu viele Fehler gemacht habe."
„Müller ist ein Dummkopf und nicht Sie. Es tut mir leid, dass Sie in dieser Abteilung auf solche Widerstände stoßen, ich glaube, Sie sollten mit Collins reden und schnell die Abteilung wechseln."
Elena Dalaros las das Schriftstück aufmerksam durch und machte mit Bleistift einige Korrekturen, dann spannte sie ein paar Blätter in ihre Schreibmaschine. Ihre gepflegten Hände glitten flink über die Tasten und binnen weniger Minuten war sie fertig.
„Ihre Arbeit war gar nicht schlecht, ein paar Unstimmigkeiten habe ich korrigiert. Ich glaube, Sie werden bei Schmid keine großen Probleme haben", stellte sie zufrieden fest.
„Sie haben mir sehr geholfen. Vielen Dank einstweilen", sagte Emil erleichtert.
Elena Dalaros verzog ihre geschminkten Lippen zu einem gönnerhaften Lächeln.
„Ich habe es gerne gemacht."
Kurz vor dreizehn Uhr betrat Emil das Büro und setzte sich wortlos an seinen Arbeitsplatz. Die Zeit verging, es wurde vierzehn Uhr und Schmid war noch immer nicht zurück. Endlich kam er und wirkte nervös und abgespannt. Er beklagte sich über ein schwieriges Kundengespräch und über einen Stau auf der Autobahn.
„Geben Sie mir schnell das Angebot, Herr Weinberger, hoffentlich sind nicht viele Fehler drin."
Emil legte Schmid die Unterlagen auf den Schreibtisch. Berthold Müller und Magdalena Reuter beobachteten mit Interesse den Vorgang.

„Das Angebot ist in Ordnung, nur bei der Lieferzeit waren Sie zu optimistisch", sagte Schmid zufrieden und wandte sich an Magdalena Reuter.
„Wir müssen das in Windeseile noch einmal tippen, ich habe die Lieferzeit korrigiert."
Man sah Magdalena Reuter die Enttäuschung über das entgangene Schauspiel an, auch Müller versuchte krampfhaft, eine unbeteiligte Miene aufzusetzen, doch auch er hatte offensichtlich Fehler in Emils Anbot erwartet und eine entsprechende Kritik seitens Schmid. Diese Schadenfreude war ihm aber nicht gegönnt.

12.

Am Freitag fuhr Emil nach Büroschluss nach Wien. Als er die Grenze passierte, wurde er müde. Er riss die Augen weit auf, öffnete das Fenster und hoffte, dass der Fahrtwind ihn erfrischen und seine Müdigkeit verwehen könnte. Das Radio dröhnte und vermischte sich mit dem Rauschen der Fahrgeräusche. Doch alle Tricks, sich wach zu halten, halfen nicht, er konnte die Augen nur mehr krampfhaft offen halten. Er fuhr auf einen Parkplatz, neigte die Rückenlehne und war kurz darauf eingeschlafen. Als er erwachte, war es Mitternacht. Er wischte sich den Schlaf aus dem Gesicht, startete und fuhr weiter. Gerädert kam er gegen drei Uhr früh in Wien an. Nachdem er ein paar Stunden geschlafen hatte, ging er in seine kleine Küche, um sich einen starken Kaffee zu brauen, und begann zu schreiben:
Liebe Anne, ich kann noch immer nicht verstehen, dass du dich noch nicht bei mir gemeldet hast. Es sind jetzt schon mehrere Monate vergangen und ich habe noch immer keine Nachricht von dir. Wenn ich an Genf denke, zerreißt es mir das Herz, ich fühle wie du in mir lebst, deine Zärtlichkeiten sind jetzt in diesem Augenblick so stark in mir spürbar, dass ich

vor Sehnsucht vergehe. Ich weiß nicht, wie lange ich es noch ertragen kann. Schreib mir doch bitte wenigstens, wie es dir geht.
Er fügte noch einen Bericht über seine Erlebnisse in München ein. Den Brief schloss er mit den Worten:
Ich liebe dich, bitte schreib mir endlich, dein Emil.
Die Apotheke lag in einem noblen Wohnbezirk an einer von Autos und Straßenbahnen stark befahrenen Straße. Er war sich über die Kühnheit bewusst, den Brief in der Apotheke für Anne zu hinterlegen. Immer wieder fragte er sich, ob es überhaupt Sinn machte, was er vorhatte, vielleicht liebte ihn Anne nicht mehr und hatte in den Monaten, die sie nun schon getrennt waren, Abstand zu ihm gewonnen. Als die Apotheke in Sicht kam, verlangsamte Emil die Fahrt, steuerte den Citroën an den Straßenrand und stoppte. Sein Herz begann, wild zu pochen. Er lehnte sich zurück und schloss die Augen. Als er das Gefühl hatte, sich etwas beruhigt zu haben, stieg er aus und betrat die gediegen eingerichtete Apotheke. Die Wände waren mit Regalen aus dunklem Holz mit vielen Fächern, Laden und Glasvitrinen verbaut. Es war reger Betrieb, hinter einem breiten Verkaufspult bemühten sich mehrere Angestellte um Kunden. Es fiel ihm eine mollige Frau im mittleren Alter auf, deren halblange Haare blond gefärbt waren. Die aufrechte Haltung und der Schmollmund erinnerten ihn an Anne. Von Zeit zu Zeit warf sie prüfende Blicke auf das Geschehen in der Apotheke, wobei sie ihre Augen zu schmalen Schlitzen zusammenzog.
Das muss die Mutter von Anne sein, dachte er.
Dann sah er einen kleinen, älteren, aber quirlig wirkenden Mann, dessen hellrosa Gesichtsfarbe und blaue Augen einen gutherzigen Eindruck vermittelten. Emil war sich sicher, dass er Annes Vater war. Mit klopfendem Herzen stellte er sich hinter eine Dame, die gerade von Annes Mutter bedient wurde. Als er an die Reihe kam, wurde er

mit einer angenehmen, melodischen Stimme gefragt: „Sie wünschen?"
Emil nahm seinen Mut zusammen und versuchte, freundlich zu lächeln: „Kann ich bitte Anne sprechen, mein Name ist Emil Weinberger."
„Anne ist leider nicht da", sagte Annes Mutter abweisend.
„Können Sie mir sagen, wo ich sie erreichen kann?"
Sie zog erstaunt die Augenbrauen hoch. „Warum wollen Sie das wissen?"
„Ich bin sehr gut befreundet mit Anne und würde sehr gerne wissen, wo ich sie erreichen kann", sagte Emil und musste sich anstrengen, um ein Stottern zu vermeiden.
„Wie war ihr Name noch?"
„Weinberger. Emil Weinberger." Emil spürte, wie sich eine Distanz zwischen ihm und Annes Mutter aufbaute.
Emil schluckte, es begann peinlich zu werden. Aber sein Wunsch, die Adresse zu bekommen, war stärker als alle Bedenken.
„Ich muss Anne etwas mitteilen, ich brauche unbedingt ihre Adresse."
„Die kann ich Ihnen nicht geben. Anne hat es untersagt."
„Könnten Sie bitte diesen Brief an Anne weiterleiten?"
„Haben Sie nicht schon vor ein paar Wochen einen Brief für Anne hierher geschickt?"
Emil bejahte.
„Warum schreiben Sie meiner Tochter Briefe?" Es klang streng, fast vorwurfsvoll.
„Wir sind sehr gut befreundet", wiederholte Emil seine eingangs gemachte Erklärung.
„Ist es indiskret zu fragen wie gut?"
Emil spürte, dass er sich nicht mehr hinter förmlichen Umschreibungen seines Verhältnisses zu Anne verstecken konnte. Er lief rot an, dreimal

setzte er zu einer Antwort an, doch die Worte blieben ihm im Mund stecken.
Eine peinliche Pause entstand. Emil wäre am liebsten im Erdboden versunken.
„Geben Sie mir den Brief, ich werde ihn Anne schicken", sagte Annes Mutter schroff und streckte die Hand nach dem Brief aus.
Emil wagte einen letzten Versuch: „Darf ich Sie wegen Annes Adresse wieder anrufen?"
„Ich bitte Sie davon abzusehen", sagte sie trocken, „und jetzt entschuldigen Sie mich bitte." Grußlos wandte sie sich von ihm ab.

Der Tisch in der kleinen, gemütlichen Küche seiner Mutter war festlich gedeckt, das Mittagessen vielfältig und reichlich. Emil musste einen Schnaps zu sich nehmen, um die vielen Köstlichkeiten besser verdauen zu können. Laufend musste er Fragen über seinen neuen Job beantworten. Als Mutter den Kaffee vorbereitete, nutzte Emil die Gelegenheit, um seine Schwester über Neuigkeiten bezüglich Anne zu befragen.
„Auf der Uni weiß niemand, wo Anne wohnt und was sie macht", sagte Andrea. „Warum hat sie dir nicht verziehen? Was ist schon Dramatisches vorgefallen? Im Grunde konntest du doch nichts dafür!"
„Diese Hexe Eva ist an allem schuld, sie hat die Verwirrung ausgelöst, sie hat gesehen, wie mich Nicole geküsst hat. Man braucht nicht viel Fantasie, um sich vorzustellen, welche Schauermärchen sie Anne erzählt hat", sagte Emil bitter.
„Entweder sie verzeiht dir, falls es überhaupt etwas zu verzeihen gibt, oder ihr trennt euch. Wie lange willst du noch warten? Vielleicht meldet sie sich überhaupt nicht mehr bei dir. Irgendwann muss man doch die Situation klären."
„Ich war heute in der Apotheke und habe ihrer Mutter einen Brief für Anne gegeben. Vielleicht

bekomme ich nächste Woche ihre Adresse, dann werde ich Kontakt mit ihr aufnehmen."
Es entstand eine kurze Gesprächspause. Mutter servierte herrlichen Wiener Kaffee.
„Damit ich es nicht vergesse", sagte Andrea beiläufig, „ich habe Nicole ein paar Mal auf der Uni getroffen. Sie hat sich jedes Mal eingehend über dich erkundigt und mich gebeten, dir Grüße zu bestellen. Ich finde, dass sie ein hübsches Mädchen ist."
Emil wusste nicht recht, was er sagen sollte, er nickte nur. Nach dem Kaffee verabschiedete er sich.
Als er auf die Straße trat, blendete ihn die Junisonne. Es war ein schöner, fast sommerlich heißer Tag, das berühmte Wiener Lüftchen blieb aus, Dunst hing in den Gassen und verstärkte die typischen Großstadtgerüche. Bei solch einem Wetter hatte er früher die Stadt verlassen und ein Freiluftbad aufgesucht oder einen Ausflug gemacht. Er überlegte, ob er Nicole wirklich anrufen sollte, doch er hatte es versprochen. Er ging zur nächsten Telefonhütte, warf eine Münze ein und wählte ihre Nummer. Sie war sofort am Apparat. Ihre Stimme klang freudig erregt.
„Emil, endlich rufst du an. Ich warte schon den ganzen Tag auf deinen Anruf."
„Ich war bei meiner Mutter", sagte Emil trocken.
„Wenn du willst, dann können wir uns treffen." Nicole wartete seine Antwort nicht ab und sagte in einem Atemzug: „Am besten du holst mich zu Hause ab, dann können wir entscheiden, was wir machen. Wann kannst du hier sein?"
„In 45 Minuten, wenn es dir recht ist."
„Sehr gut. Läute unten am Eingangstor, die Adresse kennst du noch?"
„Ja, ich finde hin, also bis später Nicole."
Ohne Eile lenkte er den Wagen nach Mödling. Er fragte sich, warum er eigentlich Nicole traf, er liebte doch noch immer Anne. Sicher, Nicole war eine

attraktive Frau. War es ihre Natürlichkeit, ihre Offenheit mit der sie über ihre Gefühle sprach, ihre Erotik, die ihn veranlasste, sie zu treffen? Diese und ähnliche Gedanken beschäftigten ihn, bis er die DS vor dem gepflegten Haus der Siscis zum Stehen brachte. Er klingelte und wartete. Es dauerte nicht lange und Nicole erschien am Eingangstor, begleitet von einem Schäferhund, der lebhaft neben ihr einhersprang. Ihre dunkelbraunen Haare glänzten in der Sonne und ihre Augen leuchteten freudig. Sie gab ihm einen Kuss auf die Wange.

„Komm kurz rauf', Papa und Mama sind da und möchten dich kennenlernen. Hector, Fuß", rief sie dem Schäferhund zu, der Emil beroch und auf ihn hinaufsprang.

„Lass ihn nur", sagte Emil, „ein schöner Hund, gehört er dir?"

„Er gehört uns allen, aber am meisten ist er mir zugetan. Komm rein", Nicole öffnete die Haustür und ließ Emil in einen geräumigen Vorraum eintreten. Am Ende führte eine Treppe in den ersten Stock.

„Hier unten ist die Ordination von Papa und sein Büro. Im ersten Stock sind unsere Wohnräume."

Sie schritt vor Emil die Stufen hinauf, immer begleitet von ihrem Schäferhund. Oben angelangt führte sie ihn in ein geschmackvoll eingerichtetes Zimmer. An den Seitenwänden standen Regale voller Bücher und in einer Nische ein Ledersofa und Fauteuils sowie ein niedriger Tisch dessen Platte mit Intarsien versehen war. Ein wertvoller Teppich bedeckte den Parkettboden. Kaum hatten sie das Zimmer betreten, erschienen Frau und Herr Sisci. Herr Sisci war mittelgroß und von kräftiger Statur. Sein ovales Gesicht mit den fleischigen Wangen und dem eisgrauen Spitzbart und den ebenso grauen, buschigen Augenbrauen, die sich fast an der Nasenwurzel berührten, wirkten streng und argwöhnisch. Dieser Eindruck wurde noch durch die kleinen braunen Augen und den stechenden Blick verstärkt. Er hatte schon eine Glatze, die verbliebenen Haare formten sich zu gewellten Büscheln und standen weit ab. Er betrachtete Emil durchdringend, als er ihm die Hand schüttelte. Frau Sisci trug ihre dunkelbraunen, fast ins Schwarze gehenden, gepflegten Haare halblang, es war noch kein einziges graues Haar zu sehen. Ihre vollschlanke Figur wurde von einem duftigen Sommerkleid betont. Im Gegensatz zu ihrem Gemahl hatte sie weiche und sympathische Gesichtszüge.

„Nehmen Sie Platz. Möchten Sie Tee, Kaffee oder vielleicht einen Cognac?", fragte sie freundlich.

„Wenn es keine Umstände macht, dann bitte Tee."

„Nicole hat uns erzählt, dass Sie in München arbeiten. Haben Sie nicht Heimweh nach Wien?", fragte Nicoles Mutter und lächelte charmant.

„Was mir am meisten fehlt, ist die Wiener Küche." Emil erzählte ein bisschen über seinen Job und seine Erfahrungen mit den Münchnern. Es entwickelte sich ein Gespräch, an dem sich Nicoles Vater mit keinem Wort beteiligte.

„Leider habe ich noch zu tun, freut mich, Sie kennengelernt zu haben", sagte er nach ein paar Minuten förmlich, erhob sich und verließ das Wohnzimmer.

Frau Sisci schien die Haltung ihres Mannes peinlich zu sein.

„Kommen Sie wieder vorbei, wenn Sie in Wien sind", sagte sie, um Ausgleich bemüht. Als sie Emil die Hand zum Abschied reichte, hielt sie die seine einige Augenblicke und lächelte freundlich.

„Du musst meinen Vater entschuldigen, er hat heute Kopfschmerzen, da ist er nicht sehr gesprächig", sagte Nicole, als sie wieder allein waren.

Emil wollte darauf nicht eingehen und tätschelte den Hund, der sich neben ihn gelegt hatte. „So ein Prachtstück habe ich noch nie gesehen", sagte er bewundernd.

„Mein Vater hat ihn als Welpen in Deutschland gekauft. Der Rüde, der ihn gezeugt hat, ist ein preisgekrönter Zuchthund. Hector hat ein kleines Vermögen gekostet, aber er ist sein Geld wert, gelehrig wie er ist. Darüber hinaus hat er ein liebevolles Wesen."

Emil streichelte den Hund, der ein wohliges Brummen verlauten ließ.

„Was machen wir mit dem angebrochenen Abend, ich hoffe, du hast ein bisschen Zeit?", fragte Nicole und blickte Emil erwartungsvoll an.

„Kennst du ein Restaurant, in das du gerne gehen möchtest? Ich lade dich ein."

„Ich möchte in kein Restaurant gehen, fahren wir nach Gumpoldskirchen und setzen wir uns in einen gemütlichen Weingarten, es ist nicht weit von hier."

„Gute Idee", stimmte Emil zu.

Schweigend tranken sie ihren Tee. Ihre Blicke begegneten sich, einige Augenblicke hielt Emil dem seltsamen Ausdruck in Nicoles mandelförmigen Augen stand. Er spürte, dass sie von ihm einen Kuss erwartete, aber irgendetwas hielt ihn zurück. Leicht errötend wandte sich Nicole ab, ihre anfängliche Unbekümmertheit war dahin.

„Du liebst sie immer noch?", fragte sie, als sie im Auto unterwegs waren, ihre Stimme zitterte leicht.

„Erspar mir die Antwort", sagte Emil tonlos.

In Gumpoldskirchen fuhren sie die leicht ansteigende, von alten Kastanienbäumen gesäumte Straße entlang und parkten den Citroën. Ein Weinlokal reihte sich neben das andere, fast alle hatten wunderschöne Gärten, in denen alle Tische besetzt waren. Sie gingen von Lokal zu Lokal, um einen freien Tisch im Garten zu erspähen. Endlich hatten sie Glück. Ganz oben, fast schon am Ende der Straße war ein kleines Weinlokal mit einem entzückenden Garten. An der Gartenmauer waren große Blumenkörbe aufgestellt, in denen weiße und rote Oleander blühten. Gleich hinter dem Tisch, an dem sie saßen, begann der

Weingarten mit seinen Reben, deren Trauben noch grün waren. Am reich garnierten Buffet suchten sie sich aus, was ihr Herz begehrte und sprachen dem berühmten Gumpoldskirchner Wein ausgiebig zu.
„Wann machst du eigentlich Urlaub?", wollte Nicole plötzlich von Emil wissen.
„Wahrscheinlich im August. Aber ich weiß nicht, ob man mir nach der kurzen Firmenzugehörigkeit Urlaub gewähren wird."
„Meistens ist im August schönes Wetter. Wir könnten im Ziegelteich baden. Wenn das Wetter schlecht ist, gibt es genug kulturelle Ereignisse, die interessant sind", sagte sie und blickte Emil erwartungsvoll an.
„Wahrscheinlich werde ich den Urlaub bei meiner Familie verbringen", meinte Emil beiläufig und seine Stimme klang reserviert. Er hoffte noch immer, dass sich Anne melden würde, für sie wollte er den Urlaub frei halten.
„Und was hält dich davon ab, dich mit mir zu treffen?", Nicole wurde jetzt deutlich, „wartest du noch immer auf deine Freundin?"
Emil schwieg.
„Du liebst jemand, der sich gar nicht mehr für dich interessiert", sagte sie, es klang wie eine Anklage.
Nachdem Emil noch immer schwieg, seufzte sie hörbar und wechselte das Thema.
„Wie geht es dir in München?"
Emil war froh, dieses heikle Thema verlassen zu können, und erzählte von seinen Erlebnissen. Er berichtete von seiner Konfrontation mit Berthold Müller und seiner Begegnung mit Alan Cooper im Boxclub.
„Vieles ist in Oberbayern den österreichischen Verhältnissen ähnlich. Die Schönheit der Landschaft südlich von München ist der von Salzburg oder Tirol ebenbürtig, überall herrliche Berge und wunderschöne Seen. Vermögende Leute aus allen Teilen Deutschlands haben sich in Oberbayern angesiedelt und Häuser gekauft oder gebaut."

Er erzählte Nicole, dass ihm aufgefallen war, dass die Wiener oft die Verkleinerungsform in ihrer Umgangssprache anwandten, die Selbstlaute dehnten und den Worten einen nasalen Klang gaben, im Gegensatz zu den Bayern, die eine markante Aussprache hatten. Auch Redewendungen und Idiome waren unterschiedlich.

„Ist dir noch nicht aufgefallen, dass ich manches Mal Worte und Redewendungen benutze, die bei uns in Wien nicht üblich sind?"

„Ja, das ist mir aufgefallen. Wahrscheinlich hast du dich in München gut eingelebt und an die dortigen Verhältnisse angepasst. Wenn man lange fort ist, wird man von der Mentalität der Leute irgendwie mitgeprägt und passt sich an. Ich glaube, das ist ganz normal."

Das Interesse von Nicole schien aber nicht nur Emils Wohl in München zu betreffen. „Eine wunderschöne Nacht", sagte sie schwärmerisch und lehnte sich zurück.

Der Mond lugte gerade durch die Zweige des riesigen Nussbaumes.

„Ja, solche Nächte sind zauberhaft, wahrscheinlich, weil sie selten sind. Sie erinnern mich immer an den Sommernachtstraum von Shakespeare. Ich habe einmal eine Inszenierung gesehen, der es gelungen ist, den Zauber der Sommernacht und die Romantik sehr gut einzufangen."

„Ich kenne das Stück", sagte Nicole sinnend, „alles gerät durcheinander. Die Protagonisten verändern nicht nur ihre Gestalt, sondern auch ihre Wesen. Der Liebesnektar vom Feenkönig Oberon und seinem Diener Puck haben die Verliebten total durcheinandergebracht." Sie wandte sich Emil zu. „Weißt du, was ich mir jetzt wünsche? Ich wünsche mir, dass jetzt Oberon erscheint und dir wie Demetrius einen Liebesnektar in die Augen träufelt. Dann würdest du dich in die nächste, die deinen Weg kreuzt, verlieben."

„Das heißt, du möchtest Helena sein?", fragte Emil und lächelte sanft.
„Ja, lass uns so tun, als ob wir verzaubert wären, Demetrius", hauchte Nicole.
Emil blickte Nicole an. Er fand sie schön und begehrenswert in ihrem weißen, ärmellosen Leinenkleid mit dem tiefen Dekolleté. Bisher hatte er immer versucht, sich von ihrer Anmut und ihrem Charme nicht beeindrucken zu lassen, weil für ihn nur Anne zählte. Aber in diesem Augenblick verlangte es ihn, Nicole anzufassen. Er schlang seinen Arm um ihre Taille, zog sie fest an sich und küsste sie. Als sie sich von ihrer Umarmung lösten, stand der Wirt vor ihnen und lächelte verständnisvoll.
„Es tut mir leid, aber es ist Sperrstunde."
Emil und Nicole erröteten. Sie merkten, dass sie die letzten Gäste waren.
„So jung und so verliebt möchte ich auch noch einmal sein", sagte der Wirt zu sich selbst und blickte ihnen nach.
Emil spürte die Wirkung des Weines. Es war aber nicht nur der Wein allein, es war der Mond, der warme, erdige Geruch der Weingärten, die träumerische Nicole, alles rief eigenartige Gefühle in ihm wach. Er schloss einen Moment die Augen und hatte den Eindruck, als ob tatsächlich ein Zauber von dieser Sommernacht ausginge, nicht nur er, alle schienen davon ergriffen. Nicole, die wie Helena sein wollte, der Wirt, der wieder jung und verliebt sein wollte, und er, der wie Demetrius sich in Helena verliebte. Als sie zurückfuhren, sprachen sie wenig. Beide schienen ihren Gedanken nachzuhängen. Als sich Emil dem Haus von Nicole näherte, bat sie ihn, vorher anzuhalten.
„Wir müssen uns jetzt verabschieden. Küss mich noch einmal wie Demetrius ...", ihre Stimme klang dunkel.
Innige und zärtliche Küsse wechselten mit heißen, leidenschaftlichen. Emil wunderte sich über seine Gefühlslage. Lag es daran, dass er schon lange

asketisch wie ein Mönch lebte und sein gestautes Verlangen nun unaufhaltsam aus ihm hervorbrach? Emil wusste keine Antwort. Nicole war alles, was ihn im Moment bewegte. War der Wein zu animierend und das Gespräch zu schwärmerisch gewesen, oder war es nur der Zauber dieser Nacht und die anmutige Nicole die seine Sinne verwirrten?
„Ich kann dir noch nicht alles geben Emil", sagte Nicole zwischen den Küssen, „ich würde es gerne, aber du weißt ja, ich möchte dich ganz für mich."
Langsam öffnete Nicole den Oberteil ihres Kleides.
„Spür mein Herz, wie es für dich schlägt", sagte sie leise.
Emil hörte zwar ihre Worte, doch es verlangte ihn nach mehr. Während er die weichen, halbgeöffneten Lippen von Nicole küsste, ertasteten seine Hände ungeschickt die Knöpfe ihres BHs. Endlich gelang es ihm, diesen zu öffnen, mit zitternden Händen streifte er ihn samt dem Oberteil von ihres Kleides von ihren Schultern und legte eine Hand auf ihren Busen. Ihr Herz pochte, er konnte es spüren. Nicole zog sanft seinen Kopf herunter und drückte ihn an sich. Sein Verlangen steigerte sich rasant, er versuchte Nicole zu entkleiden. Nicole ließ ihn zwar gewähren, blieb aber passiv.
„Emil", sagte sie sanft, aber bestimmt, „hören wir auf, bevor es zu schwer wird, es ist heute nicht möglich."
Sachte schob sie ihn von sich und wollte sich ankleiden. Emil wollte sich nicht so schnell lösen, Nicole blieb jedoch konsequent.
„Nein", sagte sie bestimmt und noch einmal, „nein."
Sie wandte ihm den Rücken zu und schloss ihren BH. Emil seufzte, es war ein tiefer, leidvoller Seufzer.
„Was ist?", fragte Nicole mit gespielter Unschuld.
„Wenn du wüsstest, wie ich leide. Ich sehe das Paradies vor mir und trotzdem bleibt es verschlossen", stöhnte er und seufzte wieder.

„Alles zu seiner Zeit, Emil", sagte Nicole nachdrücklich. Sie schwieg eine Weile, um den folgenden Worten mehr Wirkung zu verleihen:
„Ich nehme mir im August nichts vor und warte auf dich. Schreib mir rechtzeitig, ob du mit mir den Urlaub verbringen willst."
Emil schwieg und eine weitere Pause verstrich. Nicole ergriff wieder die Initiative. Sie küsste Emil zärtlich.
„Wenn ich keine Mitteilung von dir bekomme, weiß ich, was es zu bedeuten hat. Dann … dann ist es aus zwischen uns, bevor es angefangen hat", sagte sie mit tränenerstickter Stimme. Sie richtete sich auf und blickte Emil in die Augen. „Leb wohl, Emil. Vergiss mich nicht".

13.

„Heute gebt ihr es euch aber voll. Was ist in euch gefahren? Wollt ihr bei einer Weltmeisterschaft antreten?"
Emil beobachtete Alan, der gerade eine heiße Trainingsrunde absolvierte. Ganz anders als letzte Woche boxten die Amerikaner dieses Mal mit viel Ernst und höchster Konzentration. Alan kassierte gerade einen rechten Haken und konnte sich nur mit Mühe auf den Beinen halten. Sein Partner gönnte ihm ein paar Sekunden um sich zu erholen, dann kämpften die beiden unvermindert heftig weiter.
„Wir haben einen Vergleichskampf mit einem deutschen Boxclub, da wollen wir uns nicht blamieren, deswegen haben wir das Training verschärft", sagte Alan schnaufend, als er aus dem Ring stieg. „Leider hat mich Jake mit einer Rechten erwischt. Es ist immer das Gleiche mit ihm, er kann nicht anders als volle Kraft voraus."
Alan machte eine Pause und wischte sich mit einem Handtuch den Schweiß aus der Stirn. „Wie war es in Wien?"

„Eigentlich sehr schön. Ich habe mich mit einem Mädchen getroffen."
„Mit deiner Freundin?"
„Nein, mit einem anderen Mädchen. Sie heißt Nicole. Ich kann aber Anne noch immer nicht vergessen und habe Schuldgefühle, ich weiß nicht mehr, was ich machen soll."
Emil erzählte nun die Geschichte, wie alles mit Nicole angefangen hatte.
„Deine Anne will offensichtlich von dir nichts mehr wissen, willst du auf sie warten, bis du ein alter Mann bist?"
„Ich habe ihr geschworen, dass ich mein ganzes Leben auf sie warten werde."
„Glaubst du, dass sie darauf noch Wert legt? Du hast seit Monaten nichts mehr gehört von ihr, du weißt nicht, was sie tut, ob sie dich noch liebt oder vielleicht schon einen anderen Freund hat."
Alan machte eine Pause. Dann sagte er: „In der Zwischenzeit machst du diese Nicole unglücklich, an der dir aber scheinbar auch etwas liegt. Also wenn du einen Rat von mir hören willst, dann sage ich dir, komplizieren dir nicht das Leben. Du hängst mit dieser Nicole schon tief drinnen. Wenn du sie nicht gemocht hättest, wäre es ja nie soweit gekommen. Es ist verwerflich, ihr Leid anzutun und gleichzeitig dir selbst."
Er blickte Emil prüfend an.
„Was für ein Typ ist diese Nicole?"
„Sie ist ein italienischer Typ, hat lange, dunkelbraune Haare, mandelförmige Augen und sehr schöne Lippen. Ihre Figur ist super, nicht zuletzt, weil sie Sportstudentin ist. Sie ist impulsiv und hat eine ausgeprägte romantische Ader, außerdem ist sie eine von den wenigen Frauen, die den Boxsport nicht negativ beurteilen."
„Kann ich mir vorstellen, dass du bei ihr schwach geworden bist. Bist ja auch nur ein Mann", meinte Alan lächelnd.

„Was heißt hier auch nur ein Mann?"
„Ich sage dir: Du kannst zwar gegen deine Natur ankämpfen, aber früher als du glaubst, wirst du diesen Kampf verlieren. Du redest zwar immer von deiner Anne, aber du schaffst es nicht, den Reizen anderer Frauen zu widerstehen, mein lieber Emil."
„Es ist sonderbar, seitdem ich mich zurückgezogen habe und auf Anne warte, finden mich die Frauen interessant. Als ob sie meine Zurückhaltung erst recht herausfordern würde."
„Wir werden einmal eine Runde boxen, dann werde ich dich für deine Untaten bestrafen", meinte Alan scherzhaft.

Elena erschien oft im Büro, um irgendwelche Schriftstücke für ihren Chef zu beschaffen, wobei sie jedes Mal Emil anlächelte.
„Komisch", murmelte Schmid, „wie oft kommt sie noch um Unterlagen? Interessiert sich Collins nur mehr für unsere Abteilung?"
Emil glaubte zu wissen, was ihr oftmaliges Erscheinen zu bedeuten hatte. Als die Mittagspause kam, suchte er das Büro von Elena Dalaros auf. Die Tür war offen. Elena tat, als ob sie Emil nicht bemerkte, und tippte emsig auf ihrer Schreibmaschine. Emil klopfte behutsam an die offene Tür um sich bemerkbar zu machen. Elena lächelte ihn freundlich an.
„Hallo, Herr Weinberger, wieder im Lande?"
„Ja, seit Sonntag Nacht. Wie geht's?"
„Danke, sehr gut, das Wochenende war herrlich. Ich war Samstag und Sonntag am Ammersee segeln."
„Segeln? Wunderschön. Können Sie denn segeln?"
„In den USA bin ich viel gesegelt. Mein Vater hat eine kleine Segelyacht."
Emil wollte seine Einladung aussprechen, bevor Collins erschien.

„Ich möchte Sie gerne zu einer See-Rundfahrt einladen, Frau Dalaros. Haben Sie irgendwann einmal Zeit?"
„Machen Sie einen Vorschlag, Herr Weinberger", sagte Elena Dalaros und versuchte, ihrer Stimme einen gleichgültigen Klang zu geben.
„Bei mir geht jeder Tag, außer Donnerstag. Auch am Wochenende habe ich Zeit, wenn es Ihnen passt."
„Ich habe am Samstag nichts vor. Wir könnten uns am Vormittag treffen und nach St. Alban fahren."
„Ich war noch nie dort. Das machen wir", sagte Emil lebhaft.
„Im Seehaus in Riederau kann man vorzüglich zu Mittag essen. Man hat dort einen herrlichen Ausblick auf den See und auf das Kloster Andechs", fügte sie hinzu.

Am Samstag erwartete er Elena zum vereinbarten Zeitpunkt. Pünktlich erschien sie in einer auffallend enganliegenden weißen Hose und einem roten Baumwollleibchen. Nachdem sie sich begrüßt hatten, ließ sich Elena auf die bequeme Sitzbank der DS fallen.
„Wie komfortabel dieses Auto ist, man versinkt ja förmlich in diesen Sitzen, traumhaft dieses Auto", lobte Elena.
„Haben Sie einen Führerschein, Frau Dalaros?", fragte Emil, nachdem sie einige Kilometer gefahren waren.
„Seit meinem achtzehnten Lebensjahr, ich bin viel Auto gefahren, vor allem in den USA mit diesen herrlichen Straßenkreuzern. Eine Zeitlang hatte ich einen hellblauen Chevrolet mit 8-Zylindermotor und Automatikgetriebe. Dieses Auto habe ich geliebt."
„Wollen Sie einmal ein Stück mit der DS fahren?"
„Das würde mich reizen, ich werde auch ganz vorsichtig fahren."
„Na gut", stimmte Emil zu, „dann machen wir einen Fahrerwechsel."

Emil fuhr an den Straßenrand und Elena setzte sich ans Steuer. Emil erklärte die wichtigsten Funktionen und Besonderheiten der DS.

„Die Bremse ist dieser große Gummiknopf, am Anfang etwas gewöhnungsbedürftig, aber sie spricht hervorragend an und lässt sich gut dosieren."

Emil wartete einige Augenblicke, bis sich Elena mit den Bedienungselementen vertraut gemacht hatte.

„Na, dann los, ab geht die Post", sagte er aufmunternd.

Er hatte noch nicht ausgesprochen, da machte die DS einen Satz nach vorne und bewegte sich einige Meter ruckartig vorwärts. Elena war zu schnell vom Kupplungspedal gestiegen, sie ignorierte jedoch dieses kleine Missgeschick, während Emil zu bereuen begann, so großzügig die DS in die Hände von Elena gegeben zu haben. Nach einigen Kilometern Fahrt hatte sie jedoch das Auto tadellos unter Kontrolle.

„Bei Nord- und Ostwetterlagen ist es leicht möglich, innerhalb weniger Stunden über den See in seiner gesamten Länge zu segeln", erzählte Elena, die nicht ohne Stolz die majestätische DS über die Landstraßen steuerte. „Vorige Woche ist mir das gelungen. Es war ein Hochgenuss", schwärmte Elena. „Sie sollten unbedingt Segeln lernen, der Ammersee ist berühmt für seine vielen und vor allem sehr guten Segelschulen. So eine günstige Gelegenheit, diesen Sport zu erlernen, werden Sie nirgends mehr finden, Emil."

Emil merkte mit welcher Selbstverständlichkeit ihn Elena Dalaros mit dem Vornamen ansprach. Trotzdem wollte er noch nicht den Weg der Förmlichkeit verlassen.

„Wo könnte ich denn Ihrer Meinung nach einen Grundkurs buchen, Frau Dalaros?"

„Ich würde Ihnen empfehlen, Wochenendkurse zu buchen, Segelschulen gibt es hier überall. Nach einigen Lektionen können Sie eine Prüfung machen und den Segelschein erwerben."

Sie sah Emil an und lächelte liebenswürdig.

„Sie können ruhig Elena zu mir sagen, aber bitte nicht im Büro. Die lieben Kollegen mit ihrer Fantasie hätten nämlich sonst Stoff für ihre Tratschereien."

Emil nickte.

„Im Sommer werden auf dem Ammersee häufig Regatten gesegelt. Schauen Sie, die vielen Boote, da ist gerade eine im Gang. Es macht Spaß, die Teilnehmer zu beobachten."

Fasziniert verfolgte Emil die Fahrt der Boote. Er bekam immer mehr Lust, Segeln zu erlernen.

„Wir sind gerade durch St. Alban durchgefahren und kommen jetzt zum Seerestaurant, von dem ich Ihnen erzählt habe. Wollen wir dort essen oder gehen wir in einen Biergarten?"

„Ich habe Sie ins Restaurant eingeladen und nicht in einen Biergarten, also bitte fahren wir zum Restaurant."

„Sie haben mich zu einer Rundfahrt eingeladen und das Essen zahlt jeder für sich, dass das klar ist", sagte sie mit Bestimmtheit.

„Das kommt nicht infrage, ich habe Sie zum Essen eingeladen und ich bitte Sie, machen Sie mir die Freude und akzeptieren Sie meine Einladung. Sie haben mir so viel geholfen", insistierte Emil.

„Das ehrt Sie sehr, aber bitte, ich möchte mir mein Essen selber bezahlen."

Während des Essens erzählte Elena, dass ihr Vater als ganz junger Mann aus Griechenland in die USA ausgewandert war. Dort hatte er ihre Mutter, die deutscher Abstammung war, kennengelernt und geheiratet.

„Mama hat meistens Deutsch mit mir gesprochen."

„Deswegen sprechen Sie so perfekt Deutsch", bemerkte Emil.

„Neben Englisch spreche ich auch ein bisschen Griechisch. Wir haben Verwandte in Griechenland und ich war schon oft dort."

Elena hatte eine Gesangsausbildung erhalten, sie wollte Opernsängerin werden. Es war ihr aber nie der Durchbruch gelungen und nach einigen erfolglosen Saisonen, in denen sie fallweise Nebenrollen singen durfte, beendete sie ihre Karriere und besuchte eine Handelsschule. Sie arbeitete ein paar Jahre in den USA in der Zentrale und als in Deutschland eine Niederlassung gegründet wurde und man bewährte Mitarbeiter mit Deutschkenntnissen für den Aufbau suchte, war sie bereit, nach Deutschland zu gehen.

„Wie lange haben Sie denn heute Zeit, Emil?" wollte sie plötzlich wissen.

„Ich habe soviel Zeit, wie Sie wollen, Elena."

„Wenn Sie Mut haben, dann gebe ich Ihnen Ihre erste Stunde Segelunterricht. Sozusagen eine exklusive Privatstunde. Aber Achtung: ein Segelboot kann kentern. Wenn Sie Nichtschwimmer sind oder Angst um Ihre Kleidung haben, dann lassen wir es lieber."

„Ich schwimme wie eine bleierne Ente", sagte Emil scherzend.

Sie gingen zum nächsten Bootsverleih und mieteten eine Jolle. Emil deponierte sein Sakko, seine Wertsachen und Dokumente in einem Schließfach, in dem sie auch Elenas Handtasche verstauten.

Es wehte eine stetige Brise von Osten und bald gewannen sie die Mitte des Sees. Elena erklärte Emil, der vorne im Boot saß und das Focksegel bedienen musste, die Segelmanöver. Emil bewunderte sie, wie sie mit Gewandtheit und Eleganz die Manöver ausführte. Sie segelten schon eine ganze Weile, plötzlich ließ aber der Wind immer mehr nach, bis eine vollkommene Flaute eintrat. Die Sonne brannte erbarmungslos auf sie hernieder, feine Schweißperlen bildeten sich bereits an Emils Stirn und rannen in kleinen, feinen Bächen über seine Schläfen. Er zog sein Hemd aus.

„Wenn Sie wollen, können Sie in den See hüpfen", schlug Elena vor.

„Ich würde gerne, aber ich habe keine Badehose."

„Sie können ruhig nackt schwimmen, hier sieht Sie niemand."

„Ich weiß nicht, ich bin eigentlich ein schüchterner Typ", sagte Emil halb im Spaß, halb im Ernst.

Als Emil zögerte, sagte Elena lachend: „Sie können es ruhig machen, ich werde nicht gucken."

Emil fand es sonderbar, sich vor einer Frau zu entkleiden, die er noch mit „Sie" ansprach. Hastig zog er sich aus und hüpfte in den See. Das Gefühl der Erquickung war unbeschreiblich. Nackt zu schwimmen hatte einen besonderen, unbekannten Reiz für ihn. Er fühlte sich frei, so himmlisch frei, dass er fast euphorisch wurde. Mit langen Zügen kraulte er weit auf den See hinaus, um am Rücken schwimmend wieder zum Boote zurückzukehren. Er tauchte ein paar Mal ganz unter, um auch sein Gesicht zu erfrischen, und schwang sich dann über die Reling ins Boot. Elena hatte ihren Kopf weggedreht.

„Wie war es?", wollte sie wissen.

Emil legte schnell sein Hemd über seine Hüften und antwortete mit Begeisterung: „Herrlich, so vollkommen frei mitten im See, wunderbar."

Elena betrachtete ihn einen Augenblick. „Sie haben einen Körperbau wie ein Leichtathlet. Wie kommt das?"

„Ich betreibe ein bisschen Ausgleichssport", sagte er und hoffte, dass er damit ihre Neugier befriedigen konnte.

Emil legte sich, so gut es ging, auf den Boden des Bootes, deckte seine Lenden mit seinem Hemd ab und ließ seinen Körper von der Sonne trocknen. Elena saß am Bootsrand. Sie trug Sonnenbrillen. Emil konnte nicht feststellen, in welche Richtung sie blickte. Er hatte jedoch das untrügliche Gefühl, dass sie ihn beobachtete. Sie hatte ihre Bluse geöffnet.

Emil konnte ihren BH sehen und in seiner Phantasie stellte er sich die Herrlichkeiten vor, die dieses Kleidungsstück seinen Blicken verbarg.
Elena stöhnte.
„Hoffentlich frischt bald der Wind auf. Mir rinnt der Schweiß in Bächen herunter. Am liebsten würde ich mir auch die Kleider vom Leib reißen und in den See hüpfen."
„Tun Sie's doch Elena", ermunterte sie Emil mehr im Spaß, ohne wirklich daran zu glauben, dass Elena seinen Vorschlag aufgreifen würde.
„Es ist besser, wir ziehen das Hauptsegel ein", sagte sie, „auch wenn kein Wind ist. Denn wenn er aufkommt, segeln Sie mir davon und ich bleibe als Meerjungfrau mitten im See zurück!"
Sie lächelte kokett. Geschickt holte sie das Segel ein.
„Und jetzt bitte umdrehen und nicht schauen!"
Emil hörte das Rascheln von Kleidungsstücken und dann sprang Elena mit einem lauten Platsch in den See. Sicherheitshalber blieb sie in der Nähe des Bootes, um schnell wieder an Bord gehen zu können. Sie tauchte unter und wieder auf, strampelte am Rücken liegend mit den Beinen und gab sich eine Zeitlang ihrem Schwimmvergnügen hin. Dann schwamm sie langsam an das Boot heran. Mit beiden Händen hängte sie sich an die Reling.
„Helfen Sie mir ins Boot, Emil, aber nicht schauen!"
Emil drehte den Kopf weg, reichte ihr eine Hand und zog sie mühelos ins Boot.
„Sie sind aber stark", sagte sie bewundernd.
„Das kommt von den guten Wiener Schnitzeln", sagte er und blickte sie an.
„Umdrehen, Emil, Sie Schlimmer", sagte Elena.
Folgsam wandte Emil den Blick ab.
„Wie werden wir jetzt trocken? Wir haben keine Badetücher?", fragte Emil.
„Die Sonne ist so stark, wir werden gleich trocken sein."

Emil, der auf der Steuerbordseite saß, bemühte sich, Elena, die auf der anderen Seite saß, nicht anzublicken. Doch eine magische Kraft zog seine Blicke auf die andere Seite, wo Elena saß und ihn mit gesenkten Augenlidern betrachtete. Als er ihr seinen Blick zuwandte, lächelte sie. Offensichtlich genoss sie es ihn mit ihren Reizen zu erregen. Er blickte ihr in die Augen, dann ließ er seinen Blick auf ihren vollen Brüsten ruhen. Dann starrte er auf ihre Schenkel. Elena verzog ihre Lippen zu einem undefinierbaren Lächeln. Er spürte, wie sein Blut kochte; diese Frau, nackt unter der glühenden Sonne, wie eine reife Frucht vor ihm, er konnte nicht anders und machte einen Schritt in dem wackligen Boot auf die andere Seite und küsste sie. Elena ließ ganz sanft ihre Finger über seinen Rücken gleiten.

„Komm", sagte sie surrend. Nach einigen Augenblicken schaukelte das Boot im Rhythmus ihrer Bewegungen sanft hin und her.

Alsdann sprangen sie in den See und umarmten sich. Sie schwammen um das Boot herum, legten sich auf den Rücken und strampelten mit den Beinen, bis auf der Wasseroberfläche kleine Schaumkronen entstanden. Immer wieder schwammen sie aufeinander zu und küssten sich. Als sie eine Weile im Wasser herumgeplanscht hatten, kehrten sie zum Boot zurück. Langsam schwang sich Emil ins Boot und zog Elena spielerisch leicht über die Reling.

Emil breitete sich auf dem Holzboden des Bootes aus, betrachtete den blauen Himmel über ihm und genoss das leichte Schaukeln des Bootes. Er fühlte sich wunderbar. Die kleinen Wellen schlugen leicht gegen den Bootsrand und erzeugten ein klatschendes Geräusch.

„Lass mich einmal raten wie alt du bist, Emil?", unterbrach Elena die Stille.

„Dann rate mal", ermunterte sie Emil.

„Ich würde sagen, du bist vielleicht 32."

„Und warum glaubst du, dass ich 32 bin?"
„Ich weiß es nicht. Du bist so ruhig und ausgeglichen und", Elena lächelte schelmisch, „du bekommst schon beginnende Geheimratsecken an den Schläfen, mein lieber Emil!"
Als sie sein wahres Alter erfuhr, merkte er ihr eine leichte Enttäuschung an.
„Und wie alt bin ich, schätze einmal?" Sie schaute Emil erwartungsvoll an.
„Du kannst nicht viel älter als 20 sein", sagte Emil lachend.
„Danke für das Kompliment, aber weit gefehlt, jetzt im Ernst, Emil, wie alt bin ich?"
„Das weiß ich nicht", sagte Emil vorsichtig, „außerdem ist es nicht schicklich, über das Alter von Damen zu diskutieren."
„Ich habe es dir doch erlaubt, sei kein Spielverderber!"
„Es interessiert mich nicht."
Na gut", sagte Elena schmollend, „ich bin schon 36."
Sie schwieg eine Weile, in Gedanken versunken.
„Ich mache mir solche Vorwürfe wegen vorhin. Wahrscheinlich glaubst du von mir, dass ich mit allen Männern sofort intim werde."
Emil nahm sie liebevoll in die Arme. „Es war alles so wunderschön, es wäre eine Sünde gewesen, wenn wir unsere Gefühle unterdrückt hätten."
„Trotzdem", sagte Elena mit einem Bedauern, „ich war noch nie so leichtsinnig. Ich verstehe mich selber nicht."
Als der Wind auffrischte, setzten sie das Hauptsegel und segelten zurück. Sie erreichten die Anlegestelle des Bootsverleihs und Elena umrundete gekonnt den Steg, um gegen den Wind anlegen zu können. Mit sachtem Schwung stieß das Boot gegen den Steg. Der Verleiher machte das Boot fest und half ihnen aus dem Boot. Die DS war von der Sonne

aufgeladen wie ein Backofen. Emil öffnete alle Fenster, startete und fuhr los.

„Elena, ich lade dich zu einem schönen Abendessen ein. Bitte gib mir jetzt keinen Korb. Wir könnten in ein griechisches Restaurant gehen. Ich kenne eines in Schwabing", schlug Emil vor.

„Das kenne ich auch, aber es ist nicht so gut, wie es teuer ist, bei griechischen Restaurants kenne ich mich aus. Wenn du möchtest, fahren wir in ein gutes, vor allem ein typisches griechisches Restaurant."

Während Emil die DS durch das abendliche München steuerte, widmete sich Elena ihrer Frisur und ihrem Make-up. Elena hatte äußerst dichtes, kräftiges, schwarzes Haar, das sie schulterlang trug. Das Kämmen nahm sie einige Zeit in Anspruch. Dann begann sie ihr Make-up aufzutragen. Mit dem Lippenstift bemalte sie ihre vollen Lippen mit einem kräftigen Rot, die Wimpern schminkte sie tiefblau, fast schwarz. Das Restaurant lag am Isarufer und verfügte über einen schönen Garten. Sie löschten ihren Durst mit Retsina, bevor sie noch einen Bissen im Mund hatten.

„Das ist geharzter Wein" erklärte Elena, „er ist nicht stark und vor allem vorzüglich im Sommer, wenn es heiß ist. Er ist ein sehr guter Durstlöscher."

Emil wunderte sich puren Wein als Durstlöscher zu bezeichnen, sprach aber ebenso wie Elena ausgiebig zu. Nach dem Essen und einigen Gläsern Wein besserte sich Elenas Stimmung.

„Was machst du denn morgen?", wollte Emil wissen.

„Wir könnten noch einmal zum See fahren und ein bisschen segeln, wenn das Wetter schön ist", schlug Elena vor. „Hol mich bitte um zwölf Uhr ab. Ich nehme ein Lunchpaket mit. Zieh dich sportlich an und nimm eine Badehose mit."

Sonntag war das Wetter strahlend wie am Vortag, sogar noch um eine Spur heißer. Emil stand pünktlich um zwölf Uhr vor dem Elenas Haus. Elena kam einige Augenblicke später mit einem Picknick-Korb. Nach ein paar Minuten Fahrt fragte er: „Willst du fahren, Elena?"
Sie willigte gerne ein.
„Diese DS ist ein fantastisches Auto", schwärmte sie, „es kommt mir wie ein Schiff vor. Wenn man abbiegt hat man den Eindruck, dass die Schnauze noch gerade fährt, während die Vorderräder schon einlenken."
„Das kommt von der langen Vorderpartie. Die Räder sind weit hinten und daher dreht die Schnauze so spät", erklärte Emil.
Elena steuerte wie immer bravourös das Boot. Es wehte eine ganz leichte Brise und es dauerte, bis sie sich weit genug vom Ufer entfernten, um ungestört zu sein. Sie nahmen wieder ein Seebad zur Erfrischung und widmeten sich dann den mitgebrachten Speisen.
Elena platzierte eine Stoffserviette am Boden des Bootes und legte Spießchen mit kleinen Fleischstückchen, Käse, Tomaten und Paprika auf.
„Die Spießchen habe ich heute extra für dich gebraten", sagte Elena.
„Du bist eine Traumfrau, Elena, du kochst so gut wie du aussiehst, nämlich phantastisch."
„Schön, ein Kompliment zu hören, wenn es auch nicht stimmt. Ihr Wiener seid die geborenen Charmeure."
„Ich sage nur die Wahrheit", erwiderte er und lächelte.
Elena konnte sich nicht verkneifen, immer wieder Blicke auf seinen Körper zu werfen.
„Was machst du, um einen solch austrainierten Körper zu haben? Das kann doch nicht angeboren sein oder von selber kommen, oder?"

Wie immer in solchen Situationen blieb Emil zurückhaltend.
„Ich betreibe eine Verteidigungssportart."
Elena schwieg, sie schien auf weitere Erklärungen zu warten.
„Würde es dich schockieren, wenn ich dir sage, dass ich …", Emil machte eine Pause und beobachtete Elena, die hellhörig geworden war, „dass ich boxe?"
Elena hörte zum Essen auf, Erstaunen stand ihr ins Gesicht geschrieben.
„Geschockt ist übertrieben. Ich finde nur, dass Boxen kein Sport ist, es ist zu brutal und gefährlich."
Sie ließ ein paar Sekunden verstreichen.
„Boxer sehen anders aus, du hast keine Boxernase", stellte sie fest.
„Ich boxe noch nicht so lange, aber es wird mir nicht erspart bleiben", sagte er leichthin in der Absicht, Elena zu provozieren, denn er ärgerte sich, immer wieder dieselben Vorbehalte zu hören.
Ein leiser Ausruf des Entsetzens entfuhr Elena.
„Emil, sag das nicht, das ist ja furchtbar!"
Sicherlich hätte er ihre Bedenken abschwächen können. Bei Amateurboxern wie er, die mit Kopfschutz agierten, war das Verletzungsrisiko nicht so groß wie bei den Profis, die ohne diesen Schutz in den Ring stiegen. Auch hätte er ihr sagen können, dass er nur ein Sparringpartner war, der keine Kämpfe austragen musste. Aber alle diese Abschwächungen und Verharmlosungen blieben meistens wirkungslos. Er hatte damit gerechnet, dass Elena das Boxen ablehnen würde, aber als seine Befürchtungen Realität wurden, begannen sich sein Stolz und sein Selbstwertgefühl zu regen.
„Wenn man diesen Sport betreibt", sagte Emil mit leichter Herablassung, „gehört vor allem Geschicklichkeit, Schnelligkeit, Kraft, ein gutes Auge und taktisches Vermögen dazu. Aber das Wichtigste ist Mut. Es erfordert Mut, um in einen Ring zu steigen und zu kämpfen. Entweder bist du jemand,

der bereit ist, sich total einzusetzen und etwas aufs Spiel zu setzen oder eben nicht. Boxen ist die totalitärste Sportart, hier geht es um Sein oder Nichtsein. Das ist die Faszination dieses Sportes", aggressiver werdend, fügte er noch hinzu, „Boxen ist sicher nichts für Feiglinge."
Elena schien gemerkt zu haben, dass Emil von ihrer Reaktion verletzt war.
„Ich bewundere jeden, der ein solches Risiko auf sich nimmt, aber wenn man ernsthaft verletzt und entstellt werden kann, dann muss man sich fragen, ob hier Mut mit blindem Draufgängertum verwechselt wird."
„Ziel des Boxens ist die Beherrschung von Angriff und Verteidigung in jeder Situation des Kampfes. Man muss seine Bewegungen gut und blitzschnell koordinieren können, auf die richtige Fußstellung und Körperhaltung achten, den Mut haben, in Schlagdistanz zum Gegner zu stehen und vieles andere mehr. Die Erlernung der Boxtechnik ist schwieriger, als es den Anschein hat, aber ein guter Techniker mit einem guten Auge, der konzentriert boxt, wird Verletzungen vermeiden können."
„Wurdest du schon einmal k.o. geschlagen?", fragte Elena zaghaft.
„Noch nie, ich habe zwar eine Lizenz als Amateurboxer, aber ich habe mich entschieden nicht kampfmäßig zu boxen. Ich bin nur Trainingspartner für jene Clubkollegen, die in meiner Gewichtsklasse boxen", erklärte Emil.
„Das heißt, du bestreitest gar keine Kämpfe?"
„Nein, und solange mein Trainer damit einverstanden ist, wird es so bleiben. Wenn es einmal nicht mehr möglich sein sollte, nur als Sparringpartner zu boxen, höre ich damit auf. Das habe ich meiner Mutter versprochen."
Das Thema Boxen schien ausdiskutiert zu sein. Sie wechselten das Thema. Die Sonne brannte unbarmherzig. Beide verwendeten ausreichend

Sonnenöl. Abwechselnd verließen sie das Boot, um sich im Wasser zu erfrischen. Es war fast windstill geworden.
„Ich glaube, wir sollten zurücksegeln, bevor eine totale Flaute eintritt", sagte Elena.
Im Auto war es unerträglich heiß. Den ganzen Tag hatte die Sonne auf das Fahrzeug heruntergebrannt.
„Möchtest du fahren, Elena?"
„Fahre du, ich bin etwas müde."
Als Emil die DS vor Elenas Haus anhielt, schauten sie sich in die Augen. Er spürte, dass ihr Zusammensein die ursprüngliche Natürlichkeit und Spontaneität verloren hatte. Er wollte die entstandene Kluft überbrücken und küsste Elena, aber der Funke sprang nicht über.
„Wenn du mich sprechen willst", sagte Elena, „dann ruf mich an, wenn du allein im Büro bist. Falls ich das Gespräch nicht führen kann, weil jemand bei mir ist, dann musst du es noch einmal versuchen."
Emil nickte. Sie tauschten noch einen flüchtigen Kuss und dann verließ ihn Elena.

14.

„Ich glaube, du hast jetzt genügend Kraft getankt, von mir aus kannst du ohne Weiteres ein paar Runden boxen", sagte Kleiber. „Die Amis suchen einen Sparringpartner. Ich sage ihnen, sie können mit dir rechnen."
Die Amerikaner sind sicher eine Nummer zu groß für mich, dachte er.
„Ist mir recht, ich stehe zur Verfügung", sagte er dennoch zustimmend.
Die Amerikaner hatten in den letzten Tagen intensiv trainiert, um sich auf den Vergleichskampf mit dem Münchner Boxclub vorzubereiten. Emil wollte mit Alan trainieren, der würde wahrscheinlich am wenigsten seine boxerischen Schwächen ausnützen.

Er bemerkte Alan, wie er sich an den Geräten aufwärmte.

„Hallo, Emil", japste Alan außer Atem.

„Kleiber hat mir gesagt, dass ihr mit mir trainieren wollt, vielleicht könnten wir beide es einmal probieren."

„Ich habe dich bei Kleiber angefordert und Joseph, unser Coach, ist einverstanden, dass wir beide es einmal versuchen!"

Emil beobachtete die Amerikaner beim Training. Die meisten von ihnen waren ausgesprochene Fighter, offensiv boxend, den Schlagabtausch suchend und auf ihre Schlagkraft vertrauend.

Alan riss Emil aus seinen Betrachtungen. „Nach den beiden sind wir dran." Er deutete auf die beiden Amerikaner im Ring, die sich gerade ein heftiges Gefecht lieferten.

Emil war nervös. Entgegen den Usancen im Wiener Club schlugen die Amis im Training härter. Als der Ring frei wurde, legte Emil seinen Kopfschutz an und kletterte in das Seilgeviert.

„Gib mir ein Zeichen, wenn ich zu hart schlage oder wenn du mir etwas sagen willst", sagte Alan. „Du brauchst mich nicht schonen, ich muss am Samstag in Topform sein, wenn wir gegen den Münchner Club antreten."

Emil nickte.

„Ich werde versuchen, deine Schwächen auszunützen, falls du welche hast", sagte Alan grinsend.

Zuerst begannen sie vorsichtig, um sich aufeinander einzustellen und abzutasten. Dann ging es richtig zur Sache. Alan war ein hervorragender Techniker. Er war kein ausgesprochener Fighter wie die meisten seiner Kameraden, er beherrschte die feine Klinge und dominierte Emil nach Belieben. Man merkte, dass Emil lange Zeit kein Ringtraining absolviert hatte. Besonders die schnellen Doppelstöße von Alan bereiteten ihm Schwierigkeiten. In der zweiten

Runde kassierte Emil einen Treffer am Kinn, seine Beine brachen ein, doch blitzschnell fing ihn Alan auf, bevor er zu Boden ging. Emil brummte der Kopf.

„Ein Nehmer bist du nicht, so hart war der Schlag auch wieder nicht", sagte Alan.

Joseph, der Trainer, kam hinzu. Er war ein kleiner, schlanker Typ, um die vierzig. Er kommentierte das Training und besprach, was verbessert werden musste. Der Trainer sprach mit einem starken Slang, den Emil umso weniger verstand, da ihm noch der Schädel brummte.

„Komm, gehen wir etwas trinken", schlug Alan vor.

„Ich habe dich absichtlich nicht geschont", sagte Alan, als sie ihren Fruchtsaft schlürften, „ich wollte wissen, wo du in deiner Entwicklung als Boxer stehst. Ich habe ein paar Fehler bemerkt, das nächste Mal werde ich dir zeigen, worauf du achten musst."

Nachdem das Thema Boxen erschöpft war, sprachen sie über das vergangene Wochenende. Emil berichtete über die Episode mit Elena.

„Ursprünglich wollte ich mich nur für ihre Unterstützung bei meiner Arbeit erkenntlich zeigen. Am See hat es sich dann ergeben, dass wir intim geworden sind. Aber als ich ihr mein Alter mitteilte, war sie etwas enttäuscht. Sie ist nämlich um zwölf Jahre älter als ich. Und als ich ihr sagte, dass ich boxe – na ja, du weißt ja, wie die Frauen darauf reagieren, sie ist da keine Ausnahme."

„Du musst die Frauen verstehen, Emil. Es werden so viele negative Meldungen über unseren Sport in Umlauf gesetzt. Berichtet wird ja hauptsächlich nur über das Profiboxen und da können sich sehr schnell Vorurteile über unseren Sport herausbilden. Ich habe anfänglich immer Probleme mit meinen Partnerinnen wegen des Boxens gehabt. Dass beim Amateurboxen die Kampfdauer nur sehr kurz ist, und die Boxtechnik vor der Schlaghärte Priorität hat,

wissen die wenigsten. Du musst dir halt die Mühe machen, ihr das zu erklären, wenn dir an ihr etwas liegt. Nimm sie am Samstag mit, wenn wir gegen die Münchner kämpfen. Sag ihr, dass sie jemand boxen sehen wird, der zu den schönsten Männern Chicagos zählt, und das, obwohl er Boxer ist."
„Und wer soll das sein?", witzelte Emil.
„Na warte", drohte Alan im Scherz und puffte Emil mit dem Ellbogen in die Seite.

Beim nächsten Training ging Alan mit ihm Schlagkombinationen durch und erklärte, worauf er achten musste. Im Ring überwachte er genauestens die Befolgung seiner Anweisungen. Er war ein harter und kompromissloser Trainer.
Alan war nicht sehr gesprächig an diesem Abend, man merkte ihm die Spannung vor seinem Kampf bereits an. Emil versprach, auf jeden Fall am Samstag zum Vergleichskampf zu kommen.
„Wahrscheinlich komme ich alleine. Ich kann nicht sagen, ob Elena am Samstag mitkommen wird", kündigte Emil an.

Am Freitag griff Emil in der Mittagspause mit gemischten Gefühlen zum Telefon und rief Elena an.
„Ich bin in einer Besprechung, rufen Sie mich bitte in zehn Minuten noch einmal an", sagte sie förmlich.
Er fragte sich, warum er eigentlich mit Elena noch einmal Kontakt aufnahm. Sie wünschte sich vermutlich einen Lebenspartner, der altersmäßig zu ihr passte. Vielleicht war ihr Interesse an einer Fortsetzung und Vertiefung ihrer Freundschaft ohnehin verflogen. Trotzdem griff er noch einmal zum Telefonhörer und wählte die Elenas Nummer.
„Hallo, Elena, ich bin es, Emil, kannst du jetzt sprechen?"
Elena ließ sich mit ihrer Antwort Zeit.
„Ja, ein bisschen. Schön, dass du auch einmal ein Lebenszeichen gibst."

„Ich habe nicht vergessen, Elena. Wie geht es dir?"
„Danke, gut."
„Was machst du zum Wochenende?" Emil wartete die Antwort nicht ab. „Können wir uns wieder treffen?"
Elena ließ wieder einige Sekunden verstreichen.
„Nachdem du dich die ganze Woche nicht gemeldet hast, habe ich eine Einladung angenommen. Ich fahre nach Garmisch."
Emil war enttäuscht. Er fragte sich, von wem Elena wohl eingeladen wurde.
„Schade. Ich wäre wieder so gerne mit dir segeln gegangen."
„Das Wetter ist wahrscheinlich nicht gut. Aber du kannst mich morgen am Abend aus Garmisch abholen."
„Am Abend muss ich meinem Freund Alan sekundieren. Er hat einen schweren Kampf. Aber wenn du willst, dann hole ich dich früher ab und nehme dich zur Boxveranstaltung mit. Es boxen amerikanische Soldaten gegen sehr gute deutsche Amateure. Nach dem Kampf stelle ich dir Alan vor, mit ihm kannst du nach Herzenslust Englisch sprechen."
„Du kennst meine Einstellung zum Boxsport. Das ist nichts für mich, ich werde lieber bei meiner Freundin bleiben."
„Und was ist mit Sonntag?", fragte Emil, erleichtert, dass kein anderer Mann im Spiel war.
„Ruf mich am Samstag bei meiner Freundin in Garmisch an." Elena gab ihm die Telefonnummer und beendete das Gespräch.

Am Samstag fand sich Emil früh in der Sporthalle ein. Er hatte mit Alan vor dessen Kampf ein Aufwärmtraining vereinbart. Die Halle war mit einer modernen Fassade ausgestattet, einige Stufen führten zu den großzügigen Eingangstüren von welchen man in ein geräumiges Foyer gelangte. Das

erinnert mehr an ein Theater als an eine Sporthalle, dachte Emil.
Vor dem Training gab Joseph, der Coach, den beiden Ratschläge: „Dein Gegner ist größer als du, Alan. Du solltest versuchen, aus der Halbdistanz zu boxen. Er wird dich mit der Führungshand beschäftigen, damit du nicht an ihn rankommen kannst. Bleib nach Möglichkeit in der Ringmitte, denn an den Seilen bist du anfällig für Treffer. Also bleib immer beweglich und lass dich nicht einengen. Falls du in der Ecke festgenagelt wirst, dann mach dir mit ein paar harten Schlägen Luft und geh schnell links oder rechts weg."
 Dann wandte er sich Emil zu: „Versuche Druck aufzubauen, um Alan an die Seile zurückzudrängen. Das wird auch die Taktik seines Gegners sein. Traust du dir zu, diese Kampftechnik zu simulieren?"
Emil bejahte, obwohl er sich sehr konzentrieren musste, um Josephs amerikanischen Slang zu verstehen. Er versuchte sein Möglichstes, um Alan auf seinen schweren Kampf gut vorzubereiten, wobei er vermied, Härte in seine Schläge zu legen. Alan seinerseits ging ordentlich zu Sache.
„Sorry, Emil, es geht leider nicht anders", sagte Alan und es tat ihm sichtlich leid. „Ich lade dich demnächst auf ein Steak ein, falls ich den Kampf überlebe", sagte er grinsend und deckte Emil mit einer Schlagserie ein.
Die Halle war bis auf den letzten Platz besetzt. Es herrschte eine spannungsgeladene, aufgeheizte Stimmung. Die Zuschauer feuerten ihre Mannen aus Bayern frenetisch an, der Wirbel war beträchtlich. Die bisherigen Kämpfe hatten gezeigt, dass die bayrische Staffel den Amerikanern fast in allen Gewichtsklassen überlegen war. Obwohl die Amerikaner blendende Boxer waren, merkte man ihnen die fehlende Wettkampfpraxis an. Für Emil war ein Platz ganz vorne freigehalten worden. Der Gegner von Alan, ein deutscher Ex-Meister namens

Fink blickte mit seinen blauen Augen aufgeweckt drein. Er war blond und hatte ein sympathisches Gesicht. Auffallend war, dass sein Gesicht keine wesentlichen Spuren von vergangenen Kämpfen aufwies, was darauf schließen ließ, dass er es verstand, Treffer zu vermeiden. Emil beunruhigte, dass in seinem Kampfrekord viele K.O.-Siege verzeichnet waren. Mit diesem Gegner hatte man Alan einen erstklassigen Mann vorgesetzt. Alan versuchte ständig, mit der Führungs- und mit der Schlaghand Fink zu beschäftigen. Der Deutsche begnügte sich mit seiner langen Linken, Alan auf Distanz zu halten, setzte aber auch die Schlaghand ein. Das Tempo war hoch, darüber hinaus versteckten sich beide Boxer nicht. Sie versuchten beide, einen offensiven Kampf zu führen, Treffer waren daher auf beiden Seiten nicht zu vermeiden. Alan boxte bisher sehr gut. Es kamen ihm vor allem sein gutes Auge, seine Erfahrung und sein boxerischer Instinkt zustatten. Es schien, als ob er die Aktionen des Deutschen im Voraus sehen würde.
Zwei Runden lang ging alles gut. Aber der junge Deutsche war ein herausragender Mann. Seine vortreffliche Technik, seine Schnelligkeit und vor allem seine Beweglichkeit im Ring stellten Alan in der dritten Runde vor Probleme. Man konnte ihm den Kräfteverschleiß der unerhört schnellen Kampfweise der beiden vorangegangenen Runden ansehen. Mit Entsetzen stellte Emil fest, wie die Fäuste von Alan sich immer mehr senkten und seine Deckung viel zu tief heruntergezogen war. Sein Gegner war plötzlich in seinem Element. Alan musste mehrere Treffer einstecken, wobei ein rechter Haken genau sein Ziel gefunden hatte. Emil litt mehr als Alan in diesen Sekunden und fürchtete eine entscheidende Niederlage seines Freundes. Plötzlich konnte er sich nicht mehr beherrschen, sprang auf seinen Stuhl und schrie Alan aus Leibeskräften zu: „Deckung hoch, Alan, Deckung

hoch, Clinch, Clinch", und als ob er selber im Ring stehen würde, riss er, um seinen Worten Nachdruck zu verleihen, die Arme hoch. Man sah, wie Alan die letzten Kräfte mobilisierte, er deckte sich und blockte die Angriffe, so gut es ging, ab. Er nahm auch keine Einladung zum Schlagabtausch mehr an, zu schmerzlich waren die Erfahrungen der letzten Augenblicke, stattdessen ging er in Doppeldeckung oder clinchte, um seinen Gegner zu blockieren.
Emil atmete auf, als der Kampf zu Ende war. Am Sieg des Deutschen war nichts zu rütteln. Alan gratulierte als fairer Sportsmann seinem Gegner. Dieser klopfte Alan freundschaftlich auf die Schulter und hob Alans rechten Arm zum Zeichen seiner Anerkennung. Emil ging in den Umkleideraum, wo sich der Schwergewichtler auf seinen Kampf vorbereitete. Dieser war ein treuherzig dreinblickender Schwarzer, der aussah, als ob er keiner Fliege etwas zuleide tun könnte. Als Alan aus der Dusche kam, konnte er wieder lachen.
„Wenn ich ein paar Jahre jünger wäre, hätte er nicht gewonnen", sagte er. „Leider hat er mich einmal voll erwischt, aber dein Gebrüll hat mich aufgerüttelt, es macht ja Tote wieder lebendig."
„Ich habe dich schon im Ringstaub liegen gesehen, da habe ich mich nicht mehr halten können. Scheinbar hat es genützt. Entschuldige mich einen Augenblick, ich muss telefonieren, wir treffen uns in der Halle."
Emil rief vom Büro der Sporthalle Garmisch Partenkirchen an. Eine Frauenstimme ertönte. Emil entschuldigte sich für den späten Anruf und fragte nach Elena. Ein kühles „Hallo" schallte durch den Telefonhörer.
„Guten Abend, Elena, entschuldige meinen späten Anruf. Aber der Kampf ist erst vor Kurzem zu Ende gegangen, ich hoffe, es geht dir gut?"
„Danke, es geht", sagte sie kurz angebunden.

„Elena, ich möchte dich morgen unbedingt sehen, sag bitte nicht nein."
„Eigentlich wollte ich mich morgen erholen. Wir waren den ganzen Tag wandern und ich habe einen gewaltigen Muskelkater in den Beinen. Meine Freundin hat mich über Berg und Tal geschleppt."
„Wir müssen ja nichts Anstrengendes machen, wir könnten ins Kino gehen und nachher zum Griechen. Soll ich dich morgen am frühen Nachmittag abholen?"
Elena zierte sich noch ein wenig, stimmte aber dann zu.
Emil ging in die Halle zurück, wo der vorhin so freundliche Schwergewichtler mit seiner Urkraft grimmig dreinblickend den Gegner durch den Ring trieb. Emil suchte Alan und fand ihn am Saaleingang, wo dieser stehend den Kampf verfolgte.
„Komm, gehen wir. Viel haben wir heute nicht gewonnen, die tüchtigen Deutschen haben es uns gezeigt."
Sie verließen die Sporthalle, überquerten die Straße und traten in eine Gaststätte ein, wo ein großer Saal für die Sportler hergerichtet worden war. Die Tische waren mit Damasttischtüchern und Stoffservietten gedeckt, das Besteck glitzerte und die Gläser funkelten im hell erleuchteten Saal. Nach und nach trafen Boxer, Betreuer und viele Freunde, alles Soldaten der US-Army, ein. Es waren auch weibliche Soldaten dabei. Emil fiel eine junge, rotblonde Frau auf. Alan dürfte diese Frau ebenfalls ins Auge gestochen sein.
„Komm, setzen wir uns dorthin", sagte er und steuerte den großen Tisch an, wo die junge Frau saß.
„Ist es erlaubt?", fragte er und lächelte gewinnend.
Die Frau nickte und die beiden nahmen Platz. Alan begann, die Frau sofort in ein Gespräch zu verwickeln. Emil betrachtete sie, es war ihr Haar,

das seine Blicke fesselte. Ihre rotblonde Haarflut fiel in Wellen bis über die Schultern hinab, der helle Teint und die Sommersprossen gaben ihr ein frisches, natürliches Aussehen. Irgendwie erinnerte sie ihn mit ihrer wallenden Haarmähne an eine junge, ungezügelte Stute.

„Wir sind von eurer Einheit angefordert worden, um euch zu versorgen, falls jemand verletzt werden sollte", erklärte sie mit einer hellen Stimme in einem gut verständlichen Englisch.

Sie war Krankenschwester in einer Garnison südlich von München und hatte den Armeearzt begleitet, um ihm im Falle des Falles zu assistieren. Sie hieß Ashley. Es war nicht zu übersehen, dass ihr Alan gefiel. Sehr geschickt versuchte sie sich mit Fragen ein Bild von ihm zu machen. Alan erzählte bereitwillig über seinen Zivilberuf, seine Aufgaben in der Army und das Boxen. Die beiden banden Emil höflichkeitshalber in die Unterhaltung ein, doch er merkte bald, dass sich zwischen den beiden etwas anbahnte und empfahl sich nach dem Essen. Er wünschte einen schönen Abend, wobei er sich nicht verkneifen konnte, zu lächeln und einen vielsagenden Seitenblick auf die reizende Ashley zu werfen.

15.

Am Sonntag fiel hin und wieder ein feiner Regen. Die Luft war schwül und es lag eine Art von Melancholie in der Atmosphäre. Die Straßen waren leer, aber das lag nicht nur am Regen, denn mittlerweile hatten die Schulferien begonnen und viele Familien waren bereits in die Ferien gefahren. Punkt drei Uhr Nachmittag traf Emil vor dem Haus von Elena ein. Sie kam sogleich herunter und stieg in die DS. Sie küssten sich flüchtig und berieten, was sie unternehmen könnten. Elena hatte eine

Zeitung mit den Kinoprogrammen mitgebracht. Emil stieß einen Ausruf des Erstaunens aus.

„Verdammt in alle Ewigkeit, das ist einer der besten Filme der 50er-Jahre. Möchtest du ihn sehen?"

„Wenn er dich interessiert, soll es mir recht sein."

Der Film war ein Meisterwerk von Fred Zinnemann mit einer Vielzahl von amerikanischen Weltstars. Der Film spielte vor dem Hintergrund des Krieges der Amerikaner gegen die Japaner auf Hawaii im Sommer 1941. Die beiden Helden, Prewitt, ein hervorragender Boxer und der andere, Maggio, waren laufenden Schikanen ihrer Vorgesetzten ausgesetzt. Sie waren im Grunde einfühlsame, fast träumerische Typen mit einer romantischen Ader. Die Auflehnung gegen ihre Vorgesetzten wurde ihnen schließlich zum Verhängnis und beide starben einen heroischen Tod. Der Film hatte sie beeindruckt und es dauerte eine Weile, bis sie ein Gespräch begannen. Elena wollte wissen, wie der gestrige Abend verlaufen war.

„Die deutsche Boxstaffel war sehr stark. Aber meine amerikanischen Freunde haben sich gut geschlagen, wenn auch die meisten Kämpfe verloren gingen."

„Und wie hat dein Freund geboxt?"

„Er hat zwei Runden sehr gut geboxt. In der letzten Runde haben aber seine Kräfte nachgelassen und es wurde kritisch. Beim Zuschauen habe ich mehr gelitten als er. Er hat einen schweren Treffer kassiert und war nicht mehr ganz klar. Ich habe mich nicht halten können und habe ihn angebrüllt, dass er sich besser decken soll. Das dürfte ihm irgendwie geholfen haben, denn er hat die letzten Sekunden des Kampfes ohne Schaden überstanden."

Da Elena schwieg, setzte Emil fort: „Im Grunde hätte Alan gegen diesen Gegner nicht antreten sollen, er war viel jünger als Alan und darüber hinaus ein erstklassiger Boxer, viel zu stark für Alan, der nur, sagen wir, zu seinem Vergnügen boxt. Aber Alan ist ein Schwarzer, ein Mann mit einem unglaublichen Instinkt, er sieht Angriffe im Voraus und kann sich daher sehr gut auf schwere Gegner einstellen."

Emil warf einen Seitenblick auf Elena. Er hatte den Eindruck, als ob sie etwas beschäftigte. Sie war in keiner schlechten Laune, das konnte man nicht sagen, aber sie wirkte nachdenklich.

„Ich werde dir einmal Alan vorstellen, wenn er einen dienstfreien Tag hat", sagte er ermunternd, „er ist sehr kultiviert, er war Lehrer, bevor er zum Militär ging."

Im Restaurant sprach Emil über seine Einschulung.

„Morgen beginne ich bei Lutz Schröder. Kennst du ihn?"

„Natürlich kenne ich ihn. Wir sind ungefähr zur selben Zeit in die Firma eingetreten. Ich glaube, dass du gut mit ihm zusammenarbeiten wirst."

„Das hört sich gut an. Übrigens mit Müller habe ich das Kriegsbeil begraben. Zum Schluss war er sogar recht nett", sagte Emil, bestrebt das Gespräch in Gang zu halten.

Elena nahm einen großen Schluck Retsina. Sie hörte offensichtlich nur mit einem halben Ohr zu.

„Woran denkst du?", erkundigte sich Emil.

„Ich denke an uns", sagte Elena sinnend.

„Das ist schön."

„Ich weiß nicht, wem ich in mir recht geben soll, meiner Vernunft oder meinem Gefühl? Sag es mir Emil."

„Es kommt darauf an, wer in dir der Stärkere ist, Liebes." Emil drückte Elena an sich. Ihre Lippen fühlten sich heiß an und in einer plötzlich aufkommenden Regung küsste er sie leidenschaftlich. Es war ihm, als ob er aus einem Kelch, gefüllt mit süßesten Verheißungen, trank. Als sie nach Hause fuhren, hatte Elena ihren Kopf an Emils Schulter gelegt. Er blieb mit der DS in einer Nebengasse stehen.

„Willst du noch einen Augenblick raufkommen?", flüsterte sie kaum hörbar.
Anstelle einer Antwort öffnete Emil den Wagenschlag und ließ Elena aussteigen. Dann hakte er sich bei ihr ein. Elena sperrte die Haustür auf und ging ihm langsam voraus. Er betrachtete ihre wiegenden Hüften und sein Puls begann sich zu beschleunigen. Emil streifte seine Schuhe ab, als er die Wohnung betrat und die exklusiven Teppiche sah. Mit einem Blick streifte er die teuren Möbel, da und dort hingen Landschaftsbilder, die von kleinen Appliquen angeleuchtet wurden. Elena nahm sein Sakko und hing es in einer begehbaren Garderobe auf. Von dieser gelangte man über eine Tür direkt in das Schlafzimmer, wo ein großes Ehebett stand. Im Wohnzimmer war eine Wand mit Regalen verbaut, in dem Bücher aufgereiht waren. Davor standen ein riesiges Polstermöbel und ein tiefer Couchtisch. Elena hatte mit sehr viel Geschmack Lampen und große Bodenvasen aufgestellt. Der Raum verfügte über ein großes Fenster und eine Glastüre, von der man auf eine Loggia gelangen konnte. Sie zeigte ihm auch die moderne Küche und das angrenzende Speisezimmer.
„Ich habe selten eine schönere Wohnung gesehen, ist sie nicht ein bisschen groß für dich?", sagte Emil bewundernd.
Elena zögerte mit der Antwort. „Ich war schon einmal verheiratet. Nach der Scheidung habe ich die Wohnung behalten."
Jetzt war heraus, was Emil geahnt hatte.
„Wie lange warst du verheiratet?"
„Fast zehn Jahre, aber lassen wir das. Komm, mach es dir bequem. Was willst du trinken?"
Emil nahm auf der gepolsterten Eckbank Platz.
„Am liebsten hätte ich etwas Hartes, hast du Whiskey oder Wodka?"
„Ich habe beides, ich bringe dir einen Scotch, ist das o.k.?"

„O.k."

Als sie zurückkam, blieb sie vor Emil stehen. Dieser erhob sich, nahm ihr das Glas ab, stellte es auf den Tisch und nahm Elena in die Arme. Dann öffnete er die Knöpfe von Elenas Bluse und den Zipp ihres Rockes. Da ihn Elena gewähren ließ, setzte er damit fort, sie behutsam zu entkleiden und berührte sachte ihre empfindsamen Stellen. Elena ließ sich auf die Couch sinken, fasste Emil bei den Hüften und öffnete seinen Gürtel. Seine Hosen rutschten herab, hastig entledigte er sich seiner anderen Kleidungsstücke und ließ sich ganz tief in Elena einsinken. Es graute der Morgen, als sie sich das letzte Mal in dieser Nacht liebten.

Obwohl er wenig geschlafen hatte, fühlte er sich stark und energiegeladen, als er in Lutz Schröders Büro eintrat. Dieser war größer als Emil und schlank, fast schon dünn. Man hatte den Eindruck, eine lange Gerte vor sich zu sehen. Er hatte gewelltes blondes Haar und eine schmales Gesicht. Die eng beieinander liegenden blauen Augen blickten gelassen. Er wirkte ruhig und fest und man hatte den Eindruck, dass ihn so leicht nichts erschüttern konnte. Emil musste über seine bisherigen Erfahrungen berichten, dann sagte Schröder: „Hier im Verkaufsinnendienst geht es darum, Angebote zu erstellen, die genau dem Bedarfsprofil des Kunden entsprechen. Wir werden in den nächsten Tagen alle Anfragen gemeinsam bearbeiten. Wenn Sie gelernt haben, wie der Laden hier läuft, können Sie dann weitgehend selbständig arbeiten."

Frau Holstein, die Schreibkraft, zeigte sich kooperativ und war erstaunlich gut über die Produkte und die branchenspezifischen Gegebenheiten informiert. Sie war eine kleine, etwas pummelige Frau um die 50, verheiratet und hatte erwachsene Kinder. In den frühen 50ziger-Jahren konnte sie noch rechtzeitig, bevor die Grenzen ganz dicht gemacht wurden,

Ostdeutschland verlassen und in Bayern sesshaft werden. Das gute Teamwork erlaubte ein rasches Arbeiten. Es blieb daher Zeit für private Plaudereien. Meistens drehten sich die Gespräche um Wien, vor allem die Sehenswürdigkeiten und die Geschichte Österreichs sowie die kulturellen Aktivitäten waren von Interesse.

„Wenn die Niederlassung in Wien fertiggestellt ist, komme ich Sie besuchen, dann müssen Sie mir Wien zeigen", sagte Lutz Schröder.

„Ich werde Ihnen Wien zeigen, wie es selten jemand zu Gesicht bekommt, das wahre Wien, das authentische Wien", versprach Emil.

„Elena, du siehst zauberhaft aus. Wo hast du dieses entzückende Kleid gekauft?", fragte Emil als er sich eines Abends mit Elena traf, um sie in ein Restaurant auszuführen.

Sie hatte ein zartrosa Sommerkleid an, das unter der Büste zusammengezogen war. In der Hüftgegend zierte den zarten Stoff die Abbildung eines riesigen Olivenzweiges. Der Ausschnitt dieses Kleides war tief und dazu angetan, die Phantasie eines jeden Mannes anzuregen.

„Das habe ich voriges Jahr in einer Boutique in Athen gekauft."

Sie fuhren zu einem Restaurant am Ramersdorfer See und nahmen an einem Tisch auf der Terrasse Platz. Während des Essens unterhielten sie sich über ihre Urlaubspläne.

„Leider werde ich dich in einer Woche verlassen", sagte Elena, „ich habe Verwandte in Griechenland, bei denen ich wohnen kann. Sie haben ein Haus ganz nahe am Meer."

„Das kommt aber überraschend", sagte Emil. Seine gute Laune erhielt einen Dämpfer. „Wenn du nicht da bist, möchte ich auch nicht in München bleiben. Ich weiß nicht, was ich ohne dich machen soll."

„Nimm doch auch Urlaub und fahre nach Hause. Deine Mutter wird sich freuen."
„Ich weiß nicht, ob ich schon berechtigt bin, Urlaub zu nehmen."
Als sie zu Elenas Wohnung fuhren, liebte er sie in seiner Phantasie bereits, bevor sie noch das Appartement betreten hatten.
„Leg dich ein bisschen hin und ruh dich aus, ich komme gleich", sagte Elena und huschte ins Badezimmer.
Nach einigen Augenblicken erschien sie wieder. Sie hatte einen rosa Bademantel umgeworfen.
„Weißt du, wie griechische Paare sich dann und wann lieben?", fragte sie und ließ ihren Mantel zu Boden gleiten.
„Ich habe davon gehört", sagte Emil und seine Stimme zitterte vor Erregung.
Sie rissen immer mehr Schranken nieder und versuchten, in neue Sphären der körperlichen Liebe vorzudringen. Elena verstand es wunderbar, ihn fortwährend in neue Liebesspiele zu verwickeln.

16.

Er wusste von anderen, dass Collins sich selbst wenig Urlaub gönnte, er schien mit der Firma verheiratet zu sein. Dementsprechend restriktiv war er auch bei anderen, vor allem wenn er schlechter Laune war. Aber es nützte nichts, wenn er ein paar Tage Urlaub haben wollte, musste er diesen Schritt tun.
Als er zu Collins vorgelassen wurde, begrüßte ihn dieser mit einer Frage: „Wie geht es unserem Wiener? Können wir Sie schon auf die Kunden loslassen?"
Emil war etwas überrascht über diese Frage. Es fehlten noch einige Etappen in seiner Einschulung.
Er blieb vorsichtig: „Ich kenne mich schon sehr gut aus, es fehlt noch die Schulung im Außendienst.

Wenn Sie es riskieren wollen, mich schon jetzt an die Verkaufsfront zu schicken, dann mache ich das natürlich."

Collins lachte.

„Das gefällt mir, das ist die richtige Einstellung. Aber keine Angst, wir halten uns an den Plan. Wie läuft es denn so?"

Emil berichtete, in welchen Abteilungen er bereits geschult wurde und welche Aufgaben er bereits selbständig erledigen konnte.

„Na prima", sagte Collins, selbstgefällig auf seinem Ledersessel sitzend, „machen Sie weiter so, nehmen Sie ein Maximum an Wissen und Erfahrung aus München mit. Sie werden es in Wien brauchen. Am Anfang wird es kein Honiglecken sein, mein lieber Weinberger."

„Mich reizen Herausforderungen, sonst wäre ich im Büro geblieben und nicht in den Verkauf gegangen. Ich werde mein Bestes geben."

„Viel Zeit haben wir nicht, wir müssen versuchen, schnell in den Markt einzudringen. Wir wissen, dass sich auch unsere Konkurrenten in Österreich niederlassen werden, sofern sie nicht ohnehin schon präsent sind. Es kommt also auf die Schnelligkeit an."

Dann blickte Collins Emil fragend an und sagte: „Was kann ich für Sie tun?"

„Wäre es möglich, im August ein paar Tage Urlaub zu bekommen?"

Collins lächelte süffisant.

„Was verstehen Sie unter ein paar Tagen?"

„Schön wären zwei Wochen", antwortete Emil unsicher.

Collins lachte.

„Also Sie sind mir einer! Zwei Wochen sind ein paar Tage für Sie? Sind Sie mit der Einschulung im Plan?"

„Ich habe eine Woche Vorsprung, die Schulung bei Herrn Schmid wurde um eine Woche abgekürzt", antwortete Emil.

„Ja, jetzt erinnere ich mich, es gab da Animositäten. Also wegen des Urlaubes bin ich einverstanden, stimmen Sie sich mit Lutz Schröder ab und bringen Sie mir Ihren Urlaubsantrag."
Emil dankte und war froh, Collins' Büro verlassen zu können. Dieser konnte es sich nicht verkneifen, bei jeder sich bietenden Gelegenheit Erfolgsdruck auf seine Mitarbeiter auszuüben. Nach einem Gespräch mit ihm schleppte man immer eine Bürde an Vorgaben mit.

Emil sah das Wochenende auf sich zukommen und wollte um keinen Preis alleine herumhängen. Er überlegte, ob es nicht sinnvoll sei, einen Segelkurs zu buchen. Am Samstag fuhr er schon früh nach Utting und zog in einer Segelschule Erkundigungen über die Ausbildungsmöglichkeiten ein. Die Wochenendkurse dauerten vier Tage, wurden also an zwei aufeinanderfolgenden Wochenenden durchgeführt. Danach hatte man die Möglichkeit eine Prüfung abzulegen, um den Segelschein zu erlangen. Emil meldete sich an und eine Stunde später war er an Bord eines Segelbootes. Sonntag wurde der Kurs fortgesetzt. Der Segellehrer war zufrieden mit Emil und überließ ihm nach dem Kurs für eine Stunde das Boot. Er genoss das herrliche Gefühl, unter der Ausnutzung der Windkraft über die Wellen zu gleiten. Die praktischen Unterweisungen wurden am nächsten Wochenende fortgesetzt und Emil wurde für die Prüfung zugelassen. Man empfahl ihm jedoch, sich noch intensiv mit der Segeltheorie zu beschäftigen. Am darauffolgenden Samstag war die Prüfung. Emil fand sich um neun Uhr im Clubraum der Segelschule mit sieben weiteren Prüflingen, alles junge Leute, ein. Hier sollte der theoretische Teil abgeprüft werden. Es war heiß, stickend heiß in diesem Raum, da der barackenähnliche Holzbau sich in der Sonnenglut schnell aufheizte. Emil war gut vorbereitet, trotzdem plagte ihn ein bisschen die Prüfungsangst, doch mit dem Glück des Tüchtigen wurde er über Wissensgebiete befragt, die er gründlich gelernt hatte. Die praktische Prüfung verlief ebenfalls problemlos, obwohl Emil bei einer Halse ein leichtes Problem hatte. Er wechselte zu spät die Seite, das Boot war in eine ziemliche Schräglage geraten, der Segellehrer sah jedoch gnädig darüber hinweg.

Die letzte Woche vor Emils Urlaub brach an. Lutz Schröder war bereits auf Urlaub, da ihm die Routine bei der Bearbeitung der Geschäftsfälle fehlte, brauchte Emil viel Zeit für die Erledigung und war noch lange nach Büroschluss im Einsatz. Richard Collins tauchte überraschend in seinem Büro auf.

„Ich habe Licht gesehen und glaubte, die Putzfrauen haben vergessen abzudrehen. Was sehe ich? – unseren Wiener. Sagen Sie bloß, Sie arbeiten noch", sagte er leicht amüsiert, schien sich aber zugleich über den eifrigen Mitarbeiter zu freuen.

„Nächste Woche gehe ich auf Urlaub. Ich möchte Herrn Schröder nicht einen Berg Arbeit zurücklassen."

„Sehr lobenswert. Übrigens wir haben in Wien schon ein Objekt gefunden. Es liegt in Siebenhirten oder so ähnlich heißt das Viertel. Kennen Sie die Gegend?", fragte ihn Collins.

„Ja, selbstverständlich, Siebenhirten liegt im Süden von Wien. Es haben sich dort viele große Unternehmen angesiedelt", erklärte Emil.

„Na, umso besser" meinte Collins in seiner großspurigen Art, „aber jetzt machen Sie Schluss und gehen nach Hause. Ich wünsche Ihnen einen schönen Urlaub."

Als Emil zur österreichischen Grenze kam, musste er lange in der Hitze stehen. Vor der Passkontrolle hatten sich kilometerlange Autoschlangen gebildet. Nach einer Stunde konnte er die Grenze passieren, genervt setzte er die Fahrt fort. Er fuhr schnell, praktisch verließ er nie die Überholspur. Trotz der schnellen Fahrt kreisten Gedanken in seinem Kopf herum. Er wusste, dass das, was er in Wien zu tun gedachte, nicht korrekt war. Immerhin war er in München mit Elena befreundet und am Abend würde er Nicole treffen, die er von seinem Kommen benachrichtigt hatte. Nur weil Anne nichts mehr von ihm wissen wollte, hatte er der Versuchung nachgegeben und mit Elena und Nicole eine Beziehung begonnen. Er versuchte, seine Gewissensbisse zu besänftigen, indem er sich einredete, dass die Initiativen nicht von ihm ausgegangen waren.

Am Nachmittag traf er endlich in Wien ein. Nachdem er sich zu Hause erfrischt und die Kleider gewechselt hatte, fuhr er zu seiner Mutter. Er wurde schon sehnsüchtig erwartet. Obwohl es schon früher Nachmittag war, bekam er ein riesiges Wiener Schnitzel, ganz dünn geklopft und goldbraun gebacken, vorgesetzt.

„Wie geht es dir in München?", wollte Mutter wissen.
Emil lächelte.
„Es geht mir gut. Ich habe mich mit einem amerikanischen Soldaten angefreundet. Wir trainieren gemeinsam in einem Münchner Boxclub."
Die Affäre mit Elena verschwieg er.
Mutter schwieg eine Weile. Gespräche über das Boxen zählten nicht zu ihrem bevorzugten Gesprächsstoff.
„Es kommt oft vor, dass Andrea bei den Hartings übernachtet", erzählte sie und schien besorgt, „ich hoffe, dass Alexander anständig ist und Andrea heiraten wird."
„Ich glaube schon", beruhigte Emil, „Andrea ist über 20 und in ihrem Alter haben die meisten Mädchen Beziehungen, das ist ganz normal heutzutage. Und die beiden haben schon feste Hochzeitspläne."
„Als dein Vater und ich uns kennenlernten, haben wir sehr lange gewartet, bis wir eine sogenannte

Beziehung hatten. Obwohl damals Krieg war und dein Vater nicht oft nach Hause kam."
„Die Zeiten haben sich geändert."
„Leider", seufzte sie.
Nach einer Pause fragte sie behutsam: „Andrea hat mir erzählt, dass du mit Nicole befreundet bist. Hattest du nicht eine Liaison mit einer gewissen Anne?"
„Eine Freundin von Anne hat mir eine Liebesbeziehung mit Nicole unterstellt und Anne Unwahrheiten geschrieben. Anne hat sich daraufhin von mir getrennt. Wir wären noch immer beisammen, wenn mich diese Hexe nicht verleumdet hätte."
Fragend blickte ihn Mutter an. Diesen Blick kannte Emil von früher. Schon als Bub hatte ihn die Mutter manches Mal so angeschaut, wenn sie mit etwas nicht einverstanden war oder wenn sie Tadel ausdrücken wollte. Das war ihre sanfte Art, auf Unkorrektheiten hinzuweisen. „Vergiss nicht, dass du ein Weinberger bist, und die sind Ehrenmänner", sagte sie mahnend.
Emil grübelte über das Gespräch mit seiner Mutter. Vielleicht war es nicht richtig gewesen, sie in sein Privatleben einzuweihen. Aber er war so lange von zu Hause weg gewesen und wollte ihr, da sie sich ohnehin immer Sorgen machte, ein bisschen Einblick in sein Leben geben, damit sie es besser verstehen konnte. Als er zu Nicole fuhr, blieb er unvermittelt bei einem Blumengeschäft stehen und ließ sich einen großen bunten Blumenstrauß zusammenstellen.
Nicole war außer sich vor Freude, als er ihr den Blumenstrauß überreichte.
„Das ist aber eine Überraschung. Komm rein, Emil."
Hector, der Schäferhund, hörte sofort zu bellen auf, als er Emil erkannte. Er wedelte freundlich mit seinem Schwanz und wich nicht von seiner Seite. Nicole kam mit einer großen Vase für die Blumen.

Sie offerierte Emil eine Erfrischung und dann plauderten sie eine Weile.
„Sind deine Eltern schon nach Italien gefahren?", vergewisserte sich Emil.
Nicole bejahte.
Sie besprachen, wie sie den angebrochenen Abend verbringen könnten.
„Gehen wir ein bisschen spazieren, Hector braucht ohnehin Bewegung. Und dann gehen wir aus", schlug Nicole vor.
Sie holte ein Halsband und eine Leine für Hector und verließ mit Emil das Haus. Emil hob kleine Äste vom Boden auf und warf sie weit von sich. Hector rannte wie der Blitz hinterher, suchte das Holzstück und brachte es Emil zurück. Emil lobte ihn jedes Mal für seine Leistung. Das Spiel wiederholte sich ein paar Mal, bis Hector zu keuchen begann und er die Zunge heraushängen ließ.
„Jetzt ist es genug", gebot Nicole, „es ist schwül heute und Hector würde bis zum Umfallen weiterrennen, wenn wir nicht aufhören."
Sie setzten sich auf eine Bank. Hector legte sich neben die beiden auf den Boden und verschnaufte. Emil erzählte Nicole von seinen Erlebnissen in München, vom Wechsel in eine andere Abteilung und vom Vergleichskampf der amerikanischen Soldaten mit der deutschen Boxstaffel und wie er Alan durch seine Zurufe vor einem K.O. gerettet hatte.
„Ich habe am Ammersee den Segelschein gemacht. Ich darf kleine Boote auf Binnengewässern steuern. Wenn es schön ist und eine Brise weht, können wir auf den Neusiedlersee fahren und ein bisschen segeln", sagte er nicht ohne Stolz.
Nicole war begeistert.
„Das machen wir ganz bestimmt. Ich stelle mir Segeln herrlich vor."
Hector blickte auf, als Nicole Emil küsste.
„Ist er eifersüchtig?"

„Er möchte wahrscheinlich nicht, dass du mir etwas tust, deswegen ist er aufmerksam. So genau kennt er dich noch nicht."

Sie küssten sich noch einmal. Wieder hob Hector den Kopf und schaute mit seinen klugen, aufmerksamen Augen Emil an.

„Daran wirst du dich gewöhnen müssen, mein Freund", sagte Emil und streichelte Hector. Dieser ließ ein Brummen hören und legte den Kopf auf seine Vorderpfoten. Nach einer Weile erhoben sie sich und gingen langsam zurück. Hector lief unentwegt vor, dann wieder zurück und beschnüffelte den Boden. Nicole ließ ihn nicht aus den Augen.

„Ich muss aufpassen, dass er nichts frisst, was am Boden liegt. Wenn er etwas Falsches erwischt, kann er sehr krank werden."

Zu Hause entschuldigte sich Nicole für einige Minuten, um sich umzuziehen. Emil blieb mit Hector zurück, der ohne Unterlass von Emil gestreichelt werden wollte. Wenn er eine Pause machte, legte sich Hector auf den Rücken und streckte alle Viere in die Luft, was quasi einer Aufforderung gleichkam, die Streicheleinheiten fortzusetzen. Dankbar schleckte er dann Emils Hände. Als Nicole zurückkehrte, war sie mit einer lilafarbenen, ärmellosen Bluse und einem weißen, enganliegenden Rock bekleidet. Dieser endete oberhalb des Knies und betonte ihre Beine. Ihre langen Haare hatte sie zu einem Zopf geflochten, den sie wie eine Krone auf ihrem Haupt trug.

„Ich bewundere dich, welche Kreationen du mit deinen Haaren erfindest."

„Danke für das Kompliment."

Er spürte ihren geschmeidigen Körper, als sie sich an ihn schmiegte. Spielerisch berührte sie mit ihrer Zunge seine Lippen. Dann gruben sich ihre Zähne mit kleinen, zarten Bissen in seine Lippen.

„Fahren wir", hauchte sie.

In Gumpoldskirchen angekommen, stellten sie fest, dass das Lokal, wo sie zuletzt gewesen waren, überfüllt war. Sie gingen weiter und entdeckten ein Lokal mit einem schönen Garten, in dem ein Nussbaum mit seinen weitausladenden Ästen fast alle Tische wie ein Schirm überdachte.
„Hier bleiben wir", entschied Emil.
Er bestellte einen halben Liter Weißwein, der in einer kleinen Karaffe serviert wurde. Beim Buffet wählten sie aus den Köstlichkeiten, was ihr Herz begehrte. Sie aßen und tranken und hatten sich viel zu erzählen. Von Zeit zu Zeit küssten sie sich.
„Wenn es morgen schön ist, könnten wir mit den Fahrrädern zum Ziegelteich fahren und ein bisschen schwimmen", schlug Nicole vor.
„Das ist eine gute Idee, aber ich habe kein Fahrrad."
„Du kannst das von meinem Papa nehmen, das ist kein Problem", beruhigte ihn Nicole.
Sie brachen auf und schlenderten Hand in Hand zum Auto. Sie sprachen nicht viel, küssten sich aber dafür umso öfter.
Als sie vor dem Haus der Sisci angelangt waren, parkte Emil den Wagen in der einsamen Straße. Eigentlich hatte er erwartet, dass Nicole ihn noch auf einen Drink zu sich einladen würde. Diese machte jedoch keine Anstalten. Emil wollte sich schon mit einem Kuss verabschieden, als Nicole ihn umarmte und ihn heftig küsste. Es war eindeutig das Vorspiel zu einer erotischen Aktion.
„Komm, setzen wir uns auf den Hintersitz, dort ist es bequemer", schlug er vor, seine Stimme klang gepresst, drängend.
Notdürftig rafften sie ihre in Unordnung geratenen Kleider zusammen und ließen sich auf den Hintersitzen nieder. Freizügig ließ Nicole Emil ihren Körper entdecken und berühren. Emil entledigte sich seiner Hosen, er war am Siedepunkt und wollte Nicole lieben.

„Nein", sagte sie jedoch, als Emil aktiv werden wollte, und schob ihn sanft zurück. Schnell brachte sie ihre Garderobe in Ordnung, küsste Emil und stieg aus.
„Bis morgen", rief sie ihm zu und ließ einen verwirrten Emil zurück.

Am nächsten Morgen begrüßte ihn Hector mit lautem Bellen und Schwanzwedeln. Nicole öffnete das Tor und Hector sprang freudig an ihm hoch.
„Guter Hund, Hector, braver Hund", sagte er und streichelte ihn.
Der Himmel war ein bisschen bedeckt, aber der Wetterdienst hatte einen sonnigen Tag vorhergesagt.
„Wenn du willst, können wir zum Ziegelteich fahren", sagte Nicole, „es sind nicht viele Leute dort. Hector bleibt hier und passt auf das Haus auf."
Nicole packte einen Imbiss und Badetücher zusammen. Bevor sie losfuhren, pumpte Emil die Reifen auf. Zuerst benutzen sie die Straße, dann bogen sie auf einen Radweg ab, der sich längs eines Kanals dahinschlängelte. Mächtige Ulmen und Linden standen neben dem Weg und neigten ihre Äste über sie. Es war traumhaft schön, kein Auto störte sie, nur ab und zu kamen ihnen Radfahrer entgegen.
Der Ziegelteich war von Büschen verborgen, nichts deutete darauf hin, dass hier vor langer Zeit Lehm für die Ziegelbrennereien gewonnen wurde. Sie suchten sich ein Plätzchen und breiteten ihre Sachen aus. Nicole zog sich ins Gebüsch zurück, um sich umzukleiden. Sie hatte einen weißen Bikini angezogen. Er kannte diesen Körper, aber in den Strahlen der Sonne war er fast überirdisch schön. Und wie sie sich bewegte, federnd und leicht. Sie erinnerte an eine Raubkatze, geschmeidig und doch spannungsgeladen.
Sie sprang kopfüber in das kühle Nass. Mit kräftigen Tempi durchpflügte sie die Wasseroberfläche und

schwamm zügig auf das gegenüberliegende Ufer zu. Emil hechtete ebenfalls ins Wasser, er wollte Nicole einholen und schwamm hinterher. Ab und zu hob er seinen Kopf aus dem Wasser, um Luft zu schöpfen, und kraulte auf das andere Ufer zu. Nicole war jedoch nicht mehr einzuholen. Übermütig schlug sie ein Wettschwimmen vor.

„Wie viele Meter Vorgabe gibst du mir?", wollte sie lachend wissen.

„Keinen Meter", antwortete scherzend Emil, „die Vorgabe gebührt eigentlich mir, du schwimmst wie eine Wassernixe."

Emil gewährte ihr zehn Meter Vorsprung. Sie schwammen, als ob es um eine Goldmedaille ginge. Emil gelang es erst in den letzten Metern, an Nicole heranzukommen, er musste aber seine letzten Reserven mobilisieren. Kopf an Kopf schwammen sie dem Ufer entgegen. Knapp davor verlangsamte Emil seine Tempi und schenkte Nicole galant den Sieg.

Als sie zu ihrem Liegeplatz gingen, kamen sie bei einer Gruppe junger Burschen vorbei. Einer erhob sich, begrüßte Nicole und wollte sie in ein Gespräch verwickeln, doch diese war kurz angebunden und ging rasch weiter. Man sah ihr an, dass ihr das Zusammentreffen unangenehm war.

Emil wollte wissen, wer sie angesprochen hatte.

„Das war Stefan, ich kenne ihn von der Uni", sagte Nicole und errötete.

Emil schien Nicoles Reaktion verdächtig. Es wird wohl mehr als eine Freundschaft gewesen sein, ihre Verlegenheit spricht Bände, dachte er.

Nicole dürfte den Argwohn von Emil gefühlt haben, denn sie sagte schnell: „Er kommt sich wahnsinnig gut vor, jedes Mal wenn er mich sieht, pöbelt er mich auf die primitivste Weise an und will mit mir anbandeln."

Ihre gute Stimmung war verflogen und am frühen Nachmittag fuhren sie zurück.

„Geh bitte mit Hector spazieren", bat Nicole, „du kannst ihn aber nur dann von der Leine lassen, wenn kein Hund weit und breit sichtbar ist. Bei Weibchen ist er problemlos, mit denen spielt er. Aber bei Rüden musst du höllisch aufpassen, er ist ein arger Raufbold und es kann gefährlich werden. Ich werde versuchen, in der Zwischenzeit ein Abendessen für uns zu kochen."

„Du willst wirklich kochen für uns? Bist du nicht müde vom Schwimmen?", erkundigte sich Emil.

„Wo denkst du hin. Ich hoffe nur, es gelingt mir. Es gibt als Vorspeise Pasta und danach Piccata Milanese."

„Mir läuft jetzt schon das Wasser im Mund zusammen", sagte Emil und lächelte.

Vor dem Gartentor nahm Emil Hector an die Leine und zog mit ihm los. Er suchte wieder die kleine Wiese auf und ließ Hector, nachdem er sich vergewissert hatte, dass keine Hunde in der Nähe waren, von der Leine. Übermütig warf er dem Hund Stöckchen, soweit er nur konnte. Hector rapportierte auf Kommando. Als Emil merkte, dass Hector stark zu keuchen begann, stellte er das Spiel ein.

„Hector, du bist mein Kumpel", sagte Emil und streichelte ihn, „jetzt gehen wir zu deinem Frauchen."

Ohne dem Hund den Weg anzuzeigen, ging dieser schnurstracks zum Haus des Siscis. Emil läutete am Tor. Nicole öffnete, sie hatte eine Schürze umgebunden und machte einen beschäftigten Eindruck.

„Schnell herein mit euch, sonst brennt mir meine Piccata an", sagte sie und ließ Emil und Hund ins Haus.

Die Siscis hatten ein schönes Esszimmer, das mit alten Möbeln eingerichtet war. In der Mitte des Raumes standen ein großer Tisch und acht Sessel. Nicole hatte bereits Teller und Bestecke aufgelegt.

Eine Flasche Rotwein stand ebenfalls entkorkt am Tisch. Alles war gekonnt arrangiert.

„Nimm dir einstweilen einen Aperitif aus der Bar dort drüben, ich bin gleich fertig."

„Soll ich dir beim Anrichten behilflich sein?", bot Emil an.

„Wo denkst du hin, bei uns haben Männer in der Küche nichts verloren", sagte sie und lachte, „mach es dir bequem und entspanne dich."

Emil tat, wie ihm geheißen, und genehmigte sich einen Cinzano. Der Duft von gebratenem Fleisch und Gewürzen stieg ihm in die Nase. Es waren andere Düfte als jene, die er von zu Hause gewöhnt war. Nicole erschien mit einem Tablett und trug als Vorspeise eine kleine Portion Pasta mit einer Sauce auf.

„In Italien wird Pasta in der Regel als erster Gang serviert", klärte sie ihn auf.

Sie deutete auf die Weinflasche.

„Schenk uns ein Glas Rotwein ein, um die Getränke müssen sich bei uns die Männer kümmern."

Emil warf einen fragenden Blick auf die Flasche.

„Wenn wir die austrinken, darf ich keiner Verkehrskontrolle in die Hände fallen."

Der Wein schmeckte, er war trocken, hatte aber einen samtigen Abgang. Das erste Glas war schnell geleert und Emil schenkte sich ein zweites Glas ein. Nicole erschien mit dem Hauptgang. Sie hatte schon in der Küche angerichtet. Emil bewunderte den Teller, der vor ihm stand.

„Ich glaube, ich habe das noch nie gegessen."

„Das ist Piccata alla Milanese, wir essen es öfters, wenn wir das richtige Fleisch bekommen."

„Wie hast du diese Götterspeise gemacht, es schmeckt ja phantastisch", lobte Emil.

„Es ist gar nicht so einfach, eine gute Piccata zu kochen. Sie besteht aus sehr kleinen Kalbsschnitzeln, die mit Mehl, Ei und durchgeriebenem Weißbrot und Parmesankäse paniert und zuletzt in Butter gebraten werden. Als Beilage habe ich Makkaroni mit Trüffeln und gekochtem Schinken und Champignons sowie Tomatensauce genommen."

„Das klingt ja so verlockend, wie es hervorragend schmeckt. Hat dir deine Mutter kochen beigebracht?", wollte Emil wissen.

„Ja", antwortete Nicole nicht ohne Stolz und nahm einen Schluck Rotwein. „Ich koche seit meinem zwölften Lebensjahr. Wenn meine Mutter nicht da ist, koche ich für meinen Papa."

Als Salat gab es herrlich reife Tomaten, angerichtet mit Olivenöl und Gewürzen. Sie aßen genussvoll und Emil sprach ausgiebig dem guten Wein zu. Nach dem Hauptgang stellte Nicole ein Plateau mit Käse auf den Tisch. Emil nahm eine Scheibe Weißbrot und kostete kleine Stückchen von den verschiedenen Sorten.

„Das war hervorragend Nicole. Ich bin erstaunt über deine Kochkünste. Das hätte ich nicht von dir erwartet. Ich trinke auf deine Kochkünste."

Emil hob das Glas und stieß mit Nicole an. Ein Blick auf die Flasche führte ihm vor Augen, dass diese fast ausgetrunken war.

Nicole räumte den Tisch ab.

„Ich werde morgen das Geschirr abwaschen. Apropos, was willst du morgen unternehmen?", wollte sie wissen.

„Wenn das Wetter entsprechend ist, könnten wir an den Neusiedlersee fahren und einen kleinen Segeltörn machen."

Sie genossen den Abend. Ihr Gespräch war von der heiteren Art, sie fanden vieles lustig und lachten viel. Emil fragte sich, ob es klug wäre, die Situation auszunutzen. Einerseits war er versucht, Nicole zu entkleiden, andererseits hielten ihn die Erfahrungen des gestrigen Abends davon ab. Er fragte sich, wann und ob überhaupt Nicole geneigt wäre, sich ihm hinzugeben.

Er überlegte: Wäre es nicht besser, Nicole die Initiative zu überlassen?

Als Nicole eine Gesprächspause einlegte, täuschte er einen Aufbruch vor und erhob sich.

„Ich sollte jetzt nach Hause fahren."

Nicole legte ihre Hände auf die seinen, um ihn am Aufstehen zu hindern.

„Ich mache dir noch einen Espresso."

Sie erhob sich und lud Emil ein, im Wohnzimmer Platz zu nehmen. Sie drückte ihn auf das Sofa und küsste ihn auf die Stirn.

„Warte ein bisschen."

Als sie mit dem Kaffee zurückkam, hatte sie einen weiten Morgenmantel umgeworfen.

„Küss mich", sagte sie leise.

Emil überlegte. War es nicht besser, konsequent zu sein und zu gehen? Er fürchtete, dass Nicole im spannendsten Augenblick wieder kneifen würde. Aber er überlegte zu lange, die Sekunde, die verstrich, war entscheidend, Nicole ergriff von ihm Besitz und küsste ihn. Sein Puls begann zu jagen und seine Triebkräfte mobilisierten sich mit unheimlicher Gewalt.

„Dreh das Licht bitte ab", sagte Nicole mit gedämpfter Stimme, doch Emil sah in seiner Erregung keinen Lichtschalter.

„Warte", sagte Nicole und löschte das Licht. Das fahle Licht der Straßenbeleuchtung fiel durch die Vorhänge und ließ Umrisse erkennen.

„Mach es dir bequem", flüsterte sie und zog an seinem Hosengürtel, um ihn zu öffnen. Emil streifte seine Hosen ab und wandte sich Nicole zu. Sie hatte unter dem leichten Morgenmantel nichts an. Fast wie von selbst fiel dieser zu Boden, als er ihn berührte. Lustvoll versuchte er die empfindlichen Stellen von Nicole zu orten. Aber auch sie war aktiv und ihre weichen Hände streichelten ihn.

Emil machte Anstalten Nicole zu penetrieren.

„Es ist gefährlich", sagte Nicole mit leiser Stimme, drückte ihn sanft zurück und ließ ihr Haupt auf Emils Lenden sinken. Doch es war nicht die Art von Liebe, die ihn erfüllte. Es fehlte ihm das angenehme Gefühl der Loslösung im Schoß einer hingebenden Frau. Emils Spannung hatte zwar nachgelassen, aber doch nicht so ganz. Er griff hart in Nicols Brüste und schickte sich an, sie mit Gewalt zu nehmen. Er drückte sie auf das Sofa und beugte sich über sie, um in sie einzudringen. Nicole, mitgerissen vom Sturm der Leidenschaft, öffnete sich, um sich jedoch in letzter Sekunde zusammenzukrümmen. Emil fühlte sich plötzlich wie ein Reifen, dem die Luft ausging.
„Was ist?", fragte er irritiert.
„Ich habe Angst, dass etwas passiert …"
Nicole wollte noch etwas sagen, unterbrach sich jedoch. Dann startete sie einen neuen Versuch.
„Es ist mir peinlich, dass ich es dir als Frau sagen muss, dass es Kondome gibt."

17.

Bei Kondomen musste Emil immer an käufliche Liebe denken. Er bildete sich ein, dass der Zauber der Erotik damit verloren ginge. Aber so konnten er und Nicole nicht weitermachen. Am nächsten Morgen wollte er Kondome kaufen, sah aber in den Apotheken, bei denen er vorbeifuhr, nur weibliches Personal. Obwohl er einige Minuten zuwartete, erschien kein Apotheker. Es war ihm ohnehin schon peinlich genug, diesen Artikel kaufen zu müssen, aber er wollte auf keinen Fall bei einer Frau diese höchst intime Bestellung tätigen. Nach einigen Versuchen gab er sein Vorhaben auf.
Es war ein idealer Tag zum Segeln. Es wehte schon am Vormittag eine leichte Brise. Er hatte gehört, dass es in Podersdorf mehrere Verleiher für Segelboote gab. Außerdem lief man dort nicht so

leicht in Gefahr, unbeabsichtigt über die ungarische Grenze zu segeln. Sie fuhren ungefähr eine Stunde und sprachen wenig. Emil war noch müde vom anstrengenden Abend und auch Nicole brauchte eine Weile, bis sie in Schwung und das Gespräch in Fluss kam. Emil versuchte Nicole für den Traum von der Freiheit auf dem Wasser zu begeistern. Sie mieteten eine Jolle, Emil ließ das Focksegel aufziehen, damit sich Nicole auch betätigen konnte. Es wehte vorerst noch ein leichter Nordwestwind. Gegen Mittag legte der Wind etwas zu und das Segeln begann ihnen immer mehr Spaß zu machen.
„Ich bin begeistert vom Segeln", sagte Nicole, die mittlerweile perfekt das Focksegel bediente.
„In keiner Sportart kannst du die Elemente so erleben wie beim Segeln."
Auch Emil fühlte sich wunderbar, er gefiel sich als Kapitän dieses kleinen Bootes. Er zeigte Nicole wie man eine Wende einleitete und durchführte. Nachdem er es einige Male demonstriert hatte, überließ er Nicole das Schot und sie versuchte einige Wendemanöver. Sie waren nicht perfekt, aber immerhin so ausgeführt, dass das Boot auch wendete und halbwegs Kurs hielt.

„Komm, setzen wir uns auf die Hollywoodschaukel. Ich hole ein paar Bücher", schlug Nicole vor, als sie wieder zu Hause waren. Über der Terrasse war eine Holzkonstruktion angebracht die von wilden Wein überwuchert wurde. Die Blätter überdachten die Terrasse und die Schaukel und spendeten einen angenehmen Schatten. Nicole verschwand im Haus und kehrte mit einem Stapel von Büchern zurück.
„Ich fange viele Bücher an zu lesen, leider nicht immer bis zum Ende", erklärte sie. „Manches Mal greife ich auf ein bereits begonnenes Buch zurück und lese es dann doch zu Ende."
Sie saßen nebeneinander auf der Schaukel und wiegten sich leicht vor und zurück. Sie hielten sich

an den Händen und ab und zu küssten sie sich. Wie sage ich ihr, dass ich noch keine Kondome kaufen konnte, überlegte Emil. Dann gab er sich einen innerlichen Ruck und sagte:
„Ich habe diese Dinger noch nicht kaufen können. Es waren nur Frauen in den Apotheken. Es wäre mir peinlich gewesen, aber wie verflixt hat sich kein Apotheker blicken lassen. Ich werde wohl in einem Lokal bei einem Automaten mein Glück versuchen müssen. Morgen werde ich sie haben."
„Morgen werden wir sie nicht mehr brauchen", sagte Nicole leise.

Während sie am nächsten Tag vergnügt nebeneinander zum Ziegelteich radelten, sagte Nicole:„Wir sollten einmal die gesamte Strecke des Kanals befahren. Es wird dir sicher gefallen, es ist nicht anstrengend, es gibt keine Steigungen. Und zwischendurch können wir bei einem Heurigen einkehren."
Vor langer Zeit wurde der Kanal als Transportweg für Holz und Baumaterial benutzt welches die k. u .k. Monarchie für die Errichtung ihrer Prachtbauten benötigte. Die alten Bäume, die in regelmäßigen Abständen standen, neigten ihre Äste wie ein natürliches Dach über sie. Als sie am Badeteich ankamen trafen sie wieder Stefan, der mit seinen Freunden ebenfalls zum Baden gekommen war.
„Hallo, Nicole", grüßte Stefan dreist. Er streifte Emil mit einem abschätzenden Blick und verzog sein Gesicht zu einem anzüglichen Grinsen. Nicole ignorierte ihn und ging rasch weiter.
Sie ließen sich in weiter Entfernung von den Burschen nieder. Es war heiß und sie lechzten nach dem erfrischenden Nass. Ausgiebig planschten sie herum und schwammen im Teich einige Längen, um sich dann auf ihren Badetüchern auszuruhen, und die Sonne auf den Leib scheinen zu lassen.

In den warmen Sonnenstrahlen entspannte sich der Körper von Emil und eine wohlige Müdigkeit begann sich in ihm auszubreiten. Obwohl er dagegen ankämpfte, schlief er ein. Als er aufwachte, stand Nicole neben ihm. Sie trocknete sich gerade ab. Offensichtlich war sie schwimmen gewesen, als er eingeschlafen war. An ihrer fahrigen Bewegung merkte er, dass etwas nicht in Ordnung war. Sie hatte ihre Lippen zusammengekniffen und schien sich über etwas geärgert zu haben. Ihr Haar war komplett durcheinander und hing in Strähnen über ihr Gesicht. Mit einem Mal war Emil hellwach.

„Um Gottes willen, Nicole, ist dir etwas passiert?", fragte er besorgt.

„Dieser Trottel ist mir nachgeschwommen", sagte Nicole und deutete in Richtung Stefan. „Er hat gesagt, dass er mich liebt. Als ich nicht reagiert habe, hat er mich an meinem Fuß festgehalten und versucht, mich unter die Wasseroberfläche zu ziehen. Ich habe heftig gestrampelt. Dann hat er mich bei den Schultern gepackt und unter Wasser gehalten. Ich glaubte schon, dass mir die Lungen platzen. Beschwer dich bei deinem Freund, hat er mir nachgerufen und blöd gelacht."

Nicole begann zu weinen. Emil nahm sie in seine Arme und beschwichtigte sie.

„Ich bin nicht für Prügeleien, aber eine solch niederträchtige Gemeinheit muss bestraft werden. Ich werde ihm jetzt ein paar Ohrfeigen verabreichen, die wird er sein Leben lang nicht vergessen."

„Nein, nein, bleib hier, Emil, es zahlt sich nicht aus. Er ist nicht zu unterschätzen, er trainiert in einem Karateclub. Außerdem sind noch zwei andere dabei. Mir ist lieber, wir lassen die Sache auf sich beruhen, schließlich ist mir ja nichts passiert", versuchte Nicole zu beschwichtigen.

„Das ist mir egal, hier geht es um das Prinzip. Bleib hier, habe keine Angst."

Widerwillig ließ Nicole ihn ziehen. Als er weit genug entfernt war, folgte sie ihm jedoch.

Emil ging auf Stefan zu und stellte sich dicht vor ihn. Im Grunde war Stefan ein hübscher Bursche. Er war groß mit einem muskulösen Körperbau. Die brünetten Haare waren gescheitelt und zurückgekämmt. Er hatte ein breites, vorspringendes Kinn. Seine tiefliegenden Augen blickten Emil herausfordernd an.

„Du vergreifst dich an Mädchen, du Feigling", sagte Emil ohne Umschweife. „Komm, gehen wir auf den Parkplatz, oder soll ich dir hier ein paar Ohrfeigen verabreichen?"

„Versuchs mal", sagte Stefan grinsend. Emils Hand fuhr blitzschnell hoch und eine kräftige Ohrfeige klatschte ins Gesicht von Stefan.

„Na warte", zischte dieser hasserfüllt.

Er begann wie ein Karatekämpfer zu treten und zu stoßen. Er säbelte mit seinen Füßen nach Emil und wollte ihn zu Fall bringen. Emil war nicht gewohnt, mit den Füßen angegriffen zu werden. Er versuchte, den schmerzhaften Tritten auf seine Schienbeine auszuweichen, um in Schlagdistanz zu kommen. Stefan war nicht schlecht, aber unkontrolliert. Nach einer neuerlichen Fußattacke wich Emil geschickt aus und landete eine linke Gerade. Er spürte, wie seine Faust sich förmlich in der Augenhöhle seines Gegners eingrub. Bevor dieser zu Boden sank, schickte Emil eine krachende Rechte nach. Stefans Füße knickten vollends ein und er blieb regungslos am Boden liegen.

Einer von Stefans Freunden hob einen Ast auf und ging auf Emil los. Es war ein kleiner, untersetzter Bursche. Es blieb Emil nichts anderes übrig als zurückzuweichen und so gut es ging, den Hieben auszuweichen. Mittlerweile waren einige Badegäste aufmerksam geworden und verfolgten mit besorgten Gesichtern die Auseinandersetzungen. Es mischte sich aber niemand ein, noch kam jemand Emil zu

Hilfe. Nicole, die das Geschehen aus nächster Nähe verfolgt hatte, kam angerannt und rempelte den Kleinen von hinten so kräftig an, dass dieser zu Boden stürzte.

„Emil, Achtung, hinter dir", rief sie plötzlich, aber es war schon zu spät.

Der dritte Kerl hatte Emil von hinten am Arm gepackt und drehte diesen mit aller Kraft auf seinen Rücken.

„Schlag ihn zusammen", rief er dem Kleinen zu, der sich vor Emil aufpflanzte und ihn in die Magengrube schlug.

Emil blieb die Luft weg, aber er war gewohnt, Schläge einzustecken. Bevor der Kleine ein weiteres Mal zuschlagen konnte, trat Emil mit Gewalt nach hinten und traf seinen Gegner am Schienbein. Dieser schrie schmerzerfüllt auf und lockerte den Griff. Emil nutzte den Augenblick, um sich loszureißen.

„Wenn ihr noch nicht genug habt, dann kommt her", sagte er drohend.

Die beiden zögerten, scheinbar hatten sie den Mut verloren.

„Wir gehen zur Polizei und zeigen dich an", schrie der Kleine, der Emil in den Magen geschlagen hatte.

„Das kannst du, aber vorher nimm dies!"

Emil verabreichte ihm einen Hieb in die Magengegend. Der Kleine klappte wie ein Taschenmesser zusammen, fiel auf die Knie und krümmte sich vor Schmerzen. Der andere zerrte ihn hoch und weitere Drohungen und Beschimpfungen ausstoßend, verschwanden sie hinter den Büschen.

Emil suchte Nicole, die seinen Blicken entschwunden war. Als er sich umdrehte, sah er zu seiner Bestürzung, wie sie gerade versuchte, Stefan zu hindern, von Neuem auf ihn loszugehen. Sie hatte ihre Arme von hinten um den Hals von Stefan geschlungen und versuchte, ihm die Luft zu nehmen, indem sie mit Leibeskräften nach hinten zog. Emil lief schnell zu den beiden und wollte Stefan, dessen linkes Auge blutunterlaufen war, noch einmal ins Land der Träume schicken, doch der machte keine Anstalten, den Kampf wieder aufzunehmen. Wütend blickte er Emil an.

„Das zahl ich dir heim, du hörst von mir", presste er zwischen den Zähnen hervor und schleppte sich davon.

„Schnell weg, Nicole, fahr schon los, bevor die Kerle Lust auf weitere Kampfhandlungen haben", sagte Emil hastig, „ich hole unsere Kleider und komme nach."

Nicole bestieg ihr Rad und kräftig in die Pedale tretend fuhr sie davon. Emil sammelte die Badesachen und Kleider ein. Die linke Schulter schmerzte höllisch. Er klemmte die Badeutensilien in den Gepäckträger und sauste, das Rad nur mit der rechten Hand steuernd, davon. Er war noch nicht lange gefahren, als Nicole aus einem Gebüsch hervortrat. Emil bremste und stieg vom Rad.

„Ist alles in Ordnung, Emil?"

„Ich habe Schmerzen in der linken Schulter. Hoffentlich hat der Kerl mir sie nicht ausgekegelt."

„Komm, lass mich nach deinem Arm sehen."

„Das können wir zu Hause machen. Solange halte ich durch."

Sie kleideten sich an und fuhren nach Hause. Hector erwartete sie wie immer im Garten. Der Hund schien zu fühlen, dass etwas vorgefallen war, er war nicht so lebhaft wie gewöhnlich.

„Leg dich auf das Sofa, ich gehe mit dem Hund schnell hinaus und bereite dann das Essen für uns vor."

„Kommt nicht infrage", beeilte sich Emil zu sagen, „das mache ich, ich bin kein Schwerverletzter!"

Als er zurückkam, deckte Nicole gerade den Tisch. Nicole schnitt Emils Portion in kleine Stücke damit dieser mit einer Hand essen konnte.

„Geh ins Wohnzimmer und leg dich auf das Sofa. Ich werde mir deine Schulter ansehen, ein bisschen verstehe ich etwas von Sportverletzungen", sagte sie, als sie gegessen hatten, „ich habe große Angst um dich gehabt, sie waren zu dritt."
„Das erste Mal, dass mir Boxen von Nutzen war", bemerkte Emil und lächelte gequält.
„Komm, ich helfe dir, dein Hemd auszuziehen. Ich möchte mir deine Schulter ansehen."
Mit kritischem Blick prüfte Nicole die Schulter.
„Die Schulter ist nicht ausgerenkt, das würde man sehen. Es dürfte nur eine Zerrung der Muskulatur sein, aber auch das ist schmerzhaft genug."
„Wie kann man das behandeln?"
„Die Verletzung darf nicht warm behandelt werden, sondern nur mit kalten Umschlägen, am besten ist Eis", führte Nicole fachkundig aus.
Sie kam nach einigen Minuten, gekleidet in ihren wallenden Morgenmantel, mit einem kleinen Eiskübel und einigen Tüchern zurück. An den Konturen, die eindeutig Nicoles Körper nachbildeten, war offensichtlich, dass sie nichts darunter trug. Wenn sie sich bewegte, lugten einmal ihre Schenkel, das andere Mal ihre Brüste hervor.
Nicole gab geschickt das zerkleinerte Eis in ein Nylonsäckchen und legte es auf Emils Schulter. Dann zog sie ein weißes Tuch unter seine Achsel und band es fest. Dann schickte sie sich an, das Bett zu machen. Emil beugte sich zu ihr und sagte leise:
„Ich habe diese Dinger endlich bekommen."
Sachte nahm sie ihm die Kondome aus der Hand und zog ihn zu sich ins Bett.
„Liebst du mich, Emil?", fragte sie, wobei ihre Stimme leicht bebte.
„Ja, ich liebe dich, Nicole", antwortete Emil. Er hatte so viele Gründe, Nicole zu lieben, sie war schön, sie verwöhnte ihn und die gemeinsamen Erlebnisse hatten sie zusammengeschweißt.
„Heute gehöre ich ganz dir", flüsterte Nicole.

Emil vereinigte sich vorsichtig mit ihr, ganz langsam bewegte er sich, dann, kontinuierlich, nahm die Kraft seiner Bewegungen zu und langsam tauchte er immer tiefer in sie ein. Ihre Empfindungen wurden immer intensiver, das Bett ächzte unter ihren Bewegungen, bis der Höhepunkt wie eine Urgewalt über sie hereinbrach.

Die verbleibenden Tage des Urlaubs verflogen viel zu rasch. Wenn schönes Wetter war, fuhren sie zum Neusiedlersee zum Segeln. An den Abenden tollte Emil mit dem Hund auf den Wiesen herum, warf ihm Stöckchen und machte Dauerläufe. Im Haus wich Hector nicht von seiner Seite. Das ging so weit, dass Hector die beiden sogar in das Zimmer von Nicole verfolgte. Er drehte sich dann auf den Rücken und Emil musste ihm auf seinem Bäuchlein den Pelz kraulen. Und während sich Emil und Nicole liebten, döste er seelenruhig vor sich hin.
Als die Stunde des Abschieds gekommen war, hielten sie sich lange in den Armen. Nicole begann zu weinen. Hector schien die Veränderung zu spüren. Hoch aufgerichtet saß er da, winselte leise und betrachtete die beiden. Er neigte den Kopf nach links, dann wieder nach rechts und man sah ihm an, dass er zu verstehen versuchte, was vor sich ging. Hand in Hand gingen Emil und Nicole zur DS und küssten sich ein letztes Mal. Als Emil den Wagenschlag öffnete, wollte Hector ins Auto springen. Nicole hatte Mühe, ihn daran zu hindern. Emil fuhr langsam an, im Rückspiegel sah er, wie sich die Brust der weinenden Nicole hob und senkte. Hector trippelte mit seinen Vorderläufen von einer Pfote auf die andere und wenn ihn Nicole nicht an der Leine zurückgehalten hätte, wäre er wahrscheinlich dem Auto hinterher gelaufen. Tiefe Melancholie überkam Emil, am liebsten hätte er umgedreht. Je mehr er sich von Nicole entfernte, desto mehr wurde ihm bewusst, dass sich eine

Epoche in seinem Leben ihrem Ende zuneigte. Die Liebe von Nicole, der treue Hector, die Segelpartien, ihre Abenteuer, das herrliche Essen, das schöne Haus, alle diese glücklichen Umstände waren Sternstunden seines jungen Lebens und würden es wohl sein ganzes Leben bleiben. Eine vage Ahnung zog in ihm auf und prophezeite ihm, dass das Füllhorn des Glücks ihn fortan nicht mehr so verwöhnen würde.

18.

Emil besuchte seine Mutter, bevor er mit gemischten Gefühlen nach München zurückkehrte. Er dachte an die Probleme, die ihn dort erwarteten.
Elena! Beim ersten Treffen schon war er ihren Verlockungen ausgesetzt gewesen, denen er nicht widerstehen konnte. Die Initiative war von ihr ausgegangen, es war ein erotischer Frontalangriff gewesen. Er fragte sich, wie er die Affäre mit Elena vermeiden hätte können? Wie ihm auch nie ganz klar gewesen war, welche Bedeutung ihre Beziehung hatte. Was war stärker gewesen, liebevolle Zuneigung oder Erotik? Letzteres hatte überwogen, zumindest fühlte es sich für Emil so an. Eines wurde ihm jedoch bewusst, dass auf Beziehungen zu anderen Frauen ein Schatten lag, seit Anne ihn verlassen hatte. War er oberflächlich, unsensibel geworden?
Er wusste nicht, wie Elena reagieren würde, weil er verabsäumt hatte, ihre Briefe zu beantworten.
„Ich bin so froh, dass ich wieder bei dir bin!", sagte er und versuchte fröhlich zu klingen, als er sie am Montag in der Früh anrief. „Wie geht es dir?"
Anstelle auf seine Frage einzugehen, sagte sie vorwurfsvoll: „Ich habe von dir nichts gehört, warum hast du mir nicht geschrieben?"

Emil versuchte das peinliche Thema zu umgehen: „Den Grund möchte ich dir gerne erklären. Wann hast du Zeit?"
„Hast du das Schreiben verlernt oder warst du krank oder was war sonst los?", sagte sie ärgerlich.
Emil war bemüht, Zeit zu gewinnen. „Das möchte ich dir erzählen. Also wann können wir uns sehen?"
Sein Bemühen blieb ohne Erfolg, denn Elena wollte Klarheit, und zwar sofort. „Drück nicht herum. Ich will es wissen, jetzt, sofort."
Emil versuchte ein letztes Mal auszuweichen: „Warum willst du ausgerechnet jetzt in der Firma mit mir diskutieren?"
„Sag mir den Grund, ich warte", sagte sie energisch. Emil schwieg.
„Du willst es mir also nicht sagen. Dann kann ich mir den Grund lebhaft vorstellen, doch ich möchte ihn von dir hören, du Feigling!"
Emil überlegte fieberhaft. Ich habe …, er wollte schon sagen eine andere Frau kennengelernt ..., fing sich aber. „Auf deinen Briefen war kein Absender vermerkt!" Er brachte es nicht übers Herz, Elena die Wahrheit zu sagen. Sollte sie seine Ausrede interpretieren, wie sie wollte, aber er wollte sie nicht mit der Wahrheit verletzen.
„Lügner, auf dem Briefumschlag stand meine Adresse."
„Können wir dieses leidige Thema nicht beiseitelassen?"
„Ich verschicke niemals Briefe ohne Absender", Elena blieb beinhart bei ihrer Feststellung, „du glaubst, dass du dich mit deinem Märchen aus der Affäre ziehen kannst. Da musst du dir eine andere suchen. Ich bin wahnsinnig enttäuscht von dir, Emil."
Die Leitung blieb einige Sekunden still. „Elena, es besteht doch kein Grund …"

„Kein Grund?", unterbrach sie ihn scharf, „ich habe genug von dir. Mein schönster Tag wird sein, wenn du endlich nach Wien zurückkehrst."
Der Hörer krachte auf die Gabel.

„Du hast schon besser geboxt, genehmigen wir uns lieber ein Bier", sagte Alan zu Emil nach einer schwachen Trainingsrunde.
Er erzählte Alan seine Erlebnisse in Wien und vom Bruch mit Elena.
„Wenn ich ehrlich bin, tut mir Elena leid", sagte Alan sinnierend. „Sie hat deine Geschichte nicht geglaubt. Frauen haben einen sechsten Sinn, wenn eine andere im Spiel ist."
„Ich habe es nicht übers Herz gebracht ihr die Wahrheit zu sagen."
„Auf jeden Fall hast du sie sehr verletzt", sagte Alan, ein leichter Vorwurf war nicht zu überhören.
Nun, da auch Alan sein Verhalten verurteilte, fühlte er sich noch mehr schuldig.

Der Sommer neigte sich seinem Ende zu. Emil arbeitete noch immer in der Abteilung von Lutz Schröder. Erstaunlicherweise erhielt er keine Anweisung wie es mit seiner Einschulung weiter gehen würde. Er war beunruhigt und besprach sich mit Lutz Schröder.
„Eigentlich müsste Collins dir nun sagen, in welche Abteilung du kommst. Ich an deiner Stelle würde mich einmal erkundigen."
Unweigerlich führte der Weg zu Collins über Elena, bei der man sich vorher anmelden musste. Das wollte er nach Möglichkeit vermeiden und beschloss einige Tage zuwarten, vielleicht bekam er noch die gewünschte Mitteilung. Doch es blieb still. Es blieb ihm daher nichts anderes übrig als nachzufragen. Er war nervös, als er Elenas Büro aufsuchte. Um sich bemerkbar zu machen, klopfte er verhalten an die angelehnte Tür. Elena tat so, als ob sie ihn nicht

bemerkt hätte. Er klopfte noch einmal, dieses Mal etwas lauter. Langsam wandte sie sich ihm zu und blickte ihn herablassend an.
„Guten Tag Frau Dalaros, ich würde gerne Herrn Collins sprechen."
Ohne seinen Gruß zu erwidern fragte sie kühl: „Worum geht es?"
„Ich möchte die weiteren Etappen meiner Ausbildung besprechen", sagte Emil. Er kam sich wie ein Bittsteller vor.
„Herr Collins hat keine Zeit."
Ihr Ton war eisig. Sie behandelte ihn wie einen Lakaien. Obwohl er ihre Haltung verstehen konnte, fühlte er sich gedemütigt.
„Und wann, glauben Sie, wird er Zeit haben?"
„Das kann ich Ihnen nicht sagen, aber ich melde mich bei Ihnen, wenn Herr Collins eine Entscheidung getroffen hat."
„Und in welche Abteilung soll ich gehen, bis ich eine Antwort bekomme?"
„Das bleibt Ihnen überlassen", sagte sie kalt.
Emil drehte sich um und verließ wortlos das Büro. Er machte einige Schritte, blieb aber dann stehen. Er musste die mitleidlose Behandlung von Elena erst verdauen. Obgleich er Ähnliches erwartet hatte, übertraf ihre Reaktion seine Befürchtungen. Durch den Einfluss, den sie vor allem bei Collins ausüben konnte, war sie ohne Weiteres in der Lage, seine Entwicklung in der Firma zu blockieren. Es genügte, wenn sie die Vorlage seines Ausbildungsplanes, den Collins absegnen musste, verzögerte. Nachdem was er ihr angetan hatte, konnte er sie sogar verstehen.

Die Tage vergingen und noch immer wusste Emil nicht, wie es mit ihm weitergehen sollte. Auch Lutz Schröder kam die Sachlage sonderbar vor.
„Hast du noch immer keine Nachricht von Collins?", fragte er Emil. „Zuerst konnte es ihnen nicht schnell genug gehen mit deiner Einschulung und jetzt

bleibst du bei mir hängen. Versteh mich nicht falsch, ich kann dich gut gebrauchen, aber an deiner Stelle würde ich nichts anbrennen lassen und nachfragen."
Emil verwarf den Gedanken, Elena noch einmal zu bitten, einen Termin mit Collins für ihn zu vereinbaren. Er brauchte keine Fantasie, um sich auszumalen, wie Elena mit ihm verfahren würde. Um keinen Preis wollte er noch einmal von Elena gedemütigt werden, vielmehr wollte er Altmann, den Exportleiter bitten, für ihn bei Collins zu intervenieren.
Nach Feierabend stieg Emil lustlos die Treppen zu seiner Wohnung empor. Ein langes, einsames Wochenende lag vor ihm. Doch seine Laune besserte sich schlagartig, als er den Brief von Nicole auf seinem Tisch entdeckte. Sie wollte ihn besuchen. Er nahm ein Blatt und schrieb ihr nach einigen schwärmerischen Erinnerungen an den Sommer, dass sie ihm ihre Ankunftszeit mitteilen möge.

19.

Am Montag sprach er bei Altmann vor.
„Ich weiß, dass sie blockiert sind. Es ist besser, wenn Sie sich in Zukunft an Herrn Krassfeld wenden." Altmann machte eine Pause. „Können Sie sich den Grund vorstellen?"
Emil blickte ihn ratlos an.
„Also, Sie sollen es erfahren", sagte Altmann bedeutungsvoll, „Herr Krassfeld ist Ihr künftiger Chef, er wird die Niederlassung in Wien leiten. Kennen Sie ihn?"
„Nicht sehr gut, nur vom Sehen."
Nun konnte Emil sich einen Reim darauf machen, warum Krassfeld ihn immer so durchdringend anblickte, wenn sie sich zufällig trafen.
„Rufen Sie Herrn Krassfeld an, es wird Zeit, dass sie sich kennenlernen", empfahl ihm Altmann.

„Weißt du, dass Krassfeld der Geschäftsführer der Wiener Niederlassung wird?", fragte er Lutz Schröder, als er wieder in seinem Büro war.

„Nein, aber ich habe es geahnt. Er ist schon lange am Drücker. Er hat sich vor zwei Jahren als Leiter für die Schweizer Niederlassung beworben, aber das hat damals nicht geklappt."

„Kennst du ihn näher?"

„Er hat eine technische Ausbildung, Maschinenbau-Ingenieur, glaube ich, und ist ein absoluter Fachmann in unserer Branche. Er war früher im Verkaufsaußendienst ein richtiges As. Ich mag ihn nicht sehr, er ist überheblich, zumindest habe ich ihn bei den paar Kontakten, die wir hatten, so kennengelernt. "

Nachdenklich griff Emil zum Telefon. Als sich Krassfeld meldete, trug er sein Anliegen vor.

„Kommen Sie in einer halben Stunde. Wir können dann ausführlich über alles sprechen", sagte Krassfeld.

Mit gemischten Gefühlen klopfte Emil nach einer halben Stunde an Krassfelds Bürotür. Er begrüßte Emil mit einem gezwungenen Lächeln. Krassfeld war mittelgroß, hatte längeres, zurückgekämmtes Haar. Sein Kopf war etwas nach vorne gebeugt, er wirkte dynamisch, fast aggressiv, das kantige Gesicht mit den kräftigen Kinnladen verstärkte diesen Eindruck. Die Oberlippe war schmal, dadurch fiel die ausgeprägte, etwas nach unten hängende Unterlippe besonders auf. Man sah, dass er trotz gewissenhafter Rasur einen starken Bartwuchs hatte. Emil schätzte ihn auf circa 35 Jahre.

„Ihre Einschulung ist bis jetzt zufriedenstellend verlaufen, aber das war zu erwarten, Sie kommen ja aus der Branche. Wir können daher in einen höheren Gang schalten, wenn ich das einmal so bezeichnen darf", sagte er selbstgefällig. „Ich möchte der Verkaufstätigkeit absolute Priorität geben, Sie werden daher bereits nächsten Montag Ihre

praktische Verkaufs-Schulung im Außendienst beginnen."
Wortreich erklärte er Emil warum.
„Betrachten Sie den Außendienst als Kernstück Ihrer Einschulung. Saugen Sie alles in sich auf, was Sie erfahren können, denn ab Jänner stehen Sie an der Verkaufsfront. Und noch eines, Herr Weinberger, ich schätze Offenheit und Ehrlichkeit. Wenn Sie ein Problem haben, können Sie immer mit meiner Unterstützung rechnen, außer Ihr Problem liegt in Bequemlichkeit, dafür habe ich kein Verständnis. Unser Unternehmen hat viel Geld in die Wiener Niederlassung investiert, wir beide sind verantwortlich, dass sich dieses schnellstens amortisiert. Ich hoffe, Sie sind sich darüber im Klaren?"
Krassfeld verfügte über eine fließende Sprechweise, seine präzise Wortwahl war ein Beweis für die Überzeugungskraft seiner Ausdrucksweise. Er betrachtete Emil aufmerksam, um die Wirkung seines Monologs zu überprüfen.
„Gehen Sie davon aus, dass ich mein Bestes geben werde, Herr Krassfeld", sagte Emil kurz. Für sein Empfinden war Krassfelds Sprechweise eine Spur zu autoritär. Und das störte ihn.
„Wir haben ein Objekt im 23. Bezirk gekauft, das sich sehr gut für unsere Zwecke eignet. Ich werde in den nächsten Wochen öfters nach Wien reisen um Personal anzustellen und um Büromöbel anzuschaffen. Im Dezember, wenn Sie wieder in Wien sind, können Sie mir bei den Vorbereitungen für den Start unserer Niederlassung behilflich sein."
Da Emil nichts erwiderte, setzte er fort: „Am Montag nach der Verkaufsbesprechung werde ich Ihnen Herrn Ott und Herrn Schneider vorstellen, das sind die beiden Herren, die Sie in den nächsten Wochen bei Ihren Kundenbesuchen begleiten werden. Wenn Sie Fragen oder Probleme haben, zögern Sie nicht, mit mir Verbindung aufzunehmen", sagte er

großspurig und wandte sich seinen Akten zu, um Emil zu signalisieren, dass das Gespräch beendet war.
Emil verzichtete daher auf weitere Fragen, wenngleich er solche noch gerne gestellt hätte.
„Im Augenblick ist alles klar", sagte er nur. „Vielen Dank für Ihre Informationen, ich stehe ab 1. Dezember zur Verfügung."

Die einseitig geführte Unterhaltung und die autoritäre Ausdrucksweise fanden keinen Anklang bei Emil. Etwas sträubte sich in seinem Innern, es gefiel ihm nicht, dass Krassfeld von oben herab zu ihm sprach.

20.

Nicole hatte ihm mitgeteilt, dass sie am Freitag um 18 Uhr in München ankommen würde. Emil kurvte im Bahnhofsviertel herum um einen Parkplatz zu finden. Endlich konnte er den Wagen abstellen und strebte eiligen Schrittes dem Bahnhof zu. Er wartete weit hinten am Bahnsteig, um Nicole nicht zu verpassen. Als der Zug einlief, spuckte er eine Menge Menschen aus. Emil spähte über die Köpfe, um sie zu entdecken, und sah eine elegant gekleidete junge Frau. Die junge Frau kam näher, es war Nicole!
„Nicole, hier bin ich", rief Emil. Nun hatte auch Nicole ihn entdeckt. Sie vollführte einen Slalom durch die drängenden Menschen um Emil in die Arme zu fallen.
„Emil, ich bin so froh."
„Nicole, endlich bist du da."
Ein langer Kuss folgte.
„Wie war die Reise?"
Während Nicole kurz den Ablauf ihrer Zugreise schilderte, warf Emil forschende Blicke auf sie. Sie kam ihm verändert vor. Sie trug einen weißen,

dünnen Pulli, der ihren Busen betonte, und einen schwarzen, eleganten Rock. Die hohen Stöckelschuhe verliehen ihre eine imposante Größe. Über dem Arm hing ein dünner, schwarzer Mantel. Was Emil am meisten erstaunte, war ihr Make-up und ihre Frisur. Sie hatte ihr langes Haar schulterbreit ausgekämmt, die Lidstriche ihrer Augen waren geschminkt und schwungvoll nach außen über die Augenwinkel verlängert. Ihr Gesicht hatte sie mit einem hellen Make-up geschminkt, die Lippen waren mit einem blassrosa Lippenstift angestrichen. Das war nicht mehr das natürliche junge Mädchen, das er kannte.

„Du schaust schlecht aus, Emil, ich glaube, es fehlt dir meine Küche?", sagte Nicole scherzhaft.

„Und wie sie mir fehlt. Dafür schaust du hervorragend aus, ich kann mich nicht sattsehen an dir", sagte Emil und warf einen bewundernden Blick auf Nicole.

„Wenn ich dich in München besuche, möchte ich nicht wie Aschenputtel daherkommen. Wie geht es dir in der Firma?"

„In einer Woche gehe ich mit den Verkaufstechnikern auf Reisen. Ich habe außerdem meinen künftigen Chef kennengelernt. Ende November bin ich hier fertig und dann bin ich wieder bei dir in Wien."

„Das ist doch wunderbar, dann sind wir zu Weihnachten beisammen", sagte Nicole voller Freude.

„Ja, das ist wunderbar. Aber beruflich wird es hart werden. Mein Chef hat mir schon angedeutet, dass die Latte hoch liegt, er erwartet schnelle Erfolge", schränkte Emil ein.

„Du wirst es schaffen, davon bin ich überzeugt."

„Ich hoffe, du hast recht. Aber jetzt gehen wir essen. Um an unsere guten Gewohnheiten vom Sommer anzuknüpfen, schlage ich vor, dass wir in ein italienisches Restaurant gehen. Morgen könnten wir einen Stadtbummel machen. Alles Weitere lassen wir an uns herankommen, oder hast du andere Vorstellungen?"

„Ich verlasse mich ganz auf dich."

Als sie bei der DS angekommen waren, studierte Emil den Stadtplan.

„Wir essen in Schwabing, im Künstlerviertel von München. Dort gibt es die Osteria Costa, die ist mir empfohlen worden. Ich muss nur schauen, wie wir dorthin kommen."

In der Osteria aßen sie Saltimbocca alla Romana, dazu bestellte Emil eine Flasche Rotwein. „Hector war die ersten Tage nach deiner Abreise deprimiert. Zwei Tage hat er nichts gefressen", berichtete Nicole.

„Ja, ja, Hector, wir haben viel Spaß gehabt", sagte Emil nachdenklich. „Er hat mir ebenfalls gefehlt, seine Treue rührt mich."

„Du kommst ja bald, dann kannst du wieder mit ihm herumtollen!"

„Apropos, wissen deine Eltern, wie eng wir befreundet sind?"

„Meine Mutter hat mich gefragt, ob wir oft beisammen waren. Ich habe ihr gesagt, dass wir eigentlich immer beisammen waren", sagte Nicole, als ob es die größte Selbstverständlichkeit wäre.

„Und was hat deine Mutter gesagt?"

„Sie kann 1 + 1 zusammenzählen", antwortete Nicole lakonisch.

„Sonst hat sie nichts gesagt?"

„Sicher hat sie etwas gesagt, Mütter sind immer besorgt um ihre Töchter. Aber ich bin alt genug, um die Verantwortung für mich zu übernehmen. Am besten wir lassen das Thema", sagte Nicole ausweichend und für einen Augenblick verdunkelte sich ihre gute Stimmung.

Emil zahlte und sie schlenderten Hand in Hand an den vielen Kneipen und Bars vorbei, an den Geschäften, Kinos und Theatern. Der Abend war angenehm warm und das Flair von Schwabing sprang auf sie über. Es war schon spät als sie im kleinen Gasthof in Herrsching eintrafen, wo Emil das Zimmer für das Wochenende reserviert hatte. Es roch nach frisch gewaschener Wäsche, rustikale Möbel und ein paar Landschaftsbilder sollten Gemütlichkeit verbreiten, ein kleines Badezimmer mit Dusche und WC war angeschlossen. Emil blickte aus dem Fenster. Der See war kaum erkennbar, nur die Lichter der angrenzenden Ortschaften warfen silberne Reflexe auf die dunkle Oberfläche. Er hörte das leise Plätschern der Wellen, die gegen das Ufer wogten.

„Wie romantisch", sagte Nicole. Sie schmiegte sich an Emil und legte ihren Kopf auf seine Schulter.

Nicole trug teure und verführerische Dessous. Emil war nachdenklich, irgendetwas hatte sich verändert. Es waren nicht nur die Dessous. Nicole schlang ihre Arme um ihn. Sie sanken auf das Bett und Emil begann Nicole langsam zu entkleiden.

„Liebe mich, Emil", hauchte sie. Mit ihren langen, rot lackierten Fingernägeln zog sie ihm ein Kondom über. Eigentlich wollte er sie noch berühren, um mit einem intensiven Vorspiel ihr Verlangen und ihre Lust zu steigern. Er brauchte die Illusion, sie zur Hingabe verführt zu haben, denn das Gefühl der Eroberung machte ihn erst so richtig heiß. Im Sommer knisterte die Erotik, sie trieben ihr Spiel bis sie sich nicht mehr zügeln konnten, um sich dann leidenschaftlich zu vereinigen. Das vermisste er an diesem Abend, darüber hinaus stieg ihm der Latexgeruch des Kondoms in die Nase. Fast mit Abscheu betrachtete er das „Ding" mit den Querrillen. Er spürte, wie seine Erregung nachließ, und schnell drang er in Nicole ein. Er hatte jedoch das Gefühl, als ob der Kontakt unterbrochen wäre, die Empfindungsfähigkeit war durch die feine Haut des Kondoms reduziert. Er drang nun heftig, fast brutal in den Schoß von Nicole ein. Wollte er das

mangelnde Empfindungsvermögen durch Gewalt ausgleichen? Sein sehniger Körper drückte sie tief in die Matratze.
„Langsam, Emil, nicht so fest", raunte sie.
Ihre Augen waren angstvoll aufgerissen. Sie stemmte ihre Arme gegen Emils Oberkörper. „Emil, bitte hör auf, nicht so fest."
Je mehr sie sich wehrte, desto aggressiver wurde er.
„Emil, bitte nicht so fest, du tust mir weh", ächzte Nicole.
Mit eisernem Griff packte er ihre Beine bei den Kniekehlen und drang mit enormer Kraft so tief wie möglich in Nicole ein. Als er den Höhepunkt erreichte, gebärdete er sich wie ein Rasender. Als er sich endlich gemäßigt hatte, lag sie zusammengekrümmt neben ihm und weinte bitterlich. Erst jetzt gewahrte er seine Entgleisung. Er küsste sie sanft und streichelte ihr verstörtes Gesicht.
„Bitte, verzeih mir, ich muss mich erst an diese Dinger gewöhnen. Ich weiß selbst nicht, welcher Teufel mich geritten hat, dass ich derart ausgerastet bin."
Er bat, ja, er flehte sie immer wieder um Verzeihung an, doch Nicole drehte sich wortlos von ihm weg und sprach kein Wort.
Irgendwann schlief er ein und träumte wie er und Nicole in einem Wald herumirrten. Jedes Mal, wenn er glaubte, den richtigen Weg gefunden zu haben, stellte sich heraus, dass sie sich nur im Kreis bewegt hatten.
Schweißgebadet wachte er auf. Die Sonne schien schon zum Fenster herein. Er legte den Arm um Nicoles Schultern und zog sie an sich.
„Nicole, bitte verzeih mir tausend Mal, es wird nie wieder vorkommen. Aber bitte sei wieder gut mit mir."
„Du hast mir sehr weh getan, Emil, nicht nur körperlich", sagte Nicole bitter. „Du hast mich

buchstäblich vergewaltigt, ich frage mich, ob du mich wirklich liebst."

„Ich bereue zutiefst, wenn ich nur wüsste, wie ich es wieder gutmachen kann." Er redete unaufhörlich auf sie ein, um sie zu versöhnen. Um seinen Worten mehr Gewicht zu verleihen, hielt er von Zeit zu Zeit inne, um sie zu umarmen.

„Versuchen wir es zu vergessen", sagte Nicole ernst.

Impulsiv küsste er Nicole. „Es wird nie wieder vorkommen, ich schwöre es", sagte er glühend.

Es dauerte, bis sie wieder halbwegs zu einem Gespräch fanden und sich in die Augen blicken konnten. Nicole wollte das legendäre Schloss Neuschwanstein besuchen. Sie waren beeindruckt vom herrlichen Schloss, das der unglückliche Bayernkönig Ludwig II. erbauen ließ. Nach fünfzehnjähriger Bauzeit hatte er nur ein halbes Jahr dieses Juwel bewohnt, bevor er unglücklich und geistesverwirrt seinem Leben ein Ende bereitete.

Der Abend brach heran. Emil war müde und abgespannt.

„Ich habe wahnsinnigen Hunger", jammerte er, „sollten wir nicht in der nächsten Gastwirtschaft ein kräftiges Abendessen zu uns nehmen?"

„Wenn du willst", sagte Nicole, schien aber nicht begeistert zu sein.

Emil merkte es ihr an.

„Schwebt dir vielleicht etwas anderes vor?"

„Wenn ich ehrlich bin, würde ich gerne in der Stadt essen und dann in eine Bar gehen, wo man ein bisschen tanzen kann."

Sie kehrten nach München zurück und aßen in einem typischen Münchner Bräuhauskeller. Emil hätte gerne den Abend in der Pension in Herrsching verbracht, doch nach dem Zwischenfall in der vergangenen Nacht wollte er Nicole das tun lassen, was ihr beliebte. Sie flanierten aufs Geratewohl in Schwabing herum als sie bei einer Bar vorbeikamen.

Über dem Eingang blinkte eine blaue Neonschrift „007Bar – jedem seine Musik."

„Probieren wir es?" Nicole blickte Emil fragend an.

Emil wollte schon mit einem Vorwand Nicole zum Weitergehen veranlassen, lenkte aber dann doch ein.

Sie traten in das spärlich beleuchtete Lokal. Die Musik wurde begleitet von Licht- und Farbeffekten. Paare drängten sich eng umschlungen auf der Tanzfläche.

„Hier gefällt es mir, komm tanzen wir", sagte Nicole, nachdem sie endlich zwei Plätze ergattert und sündteure Drinks geordert hatten.

Ganz eng, fest aneinandergepresst tanzten sie. Frank Sinatra sang *„Fly me to the moon"*, Emil merkte, dass schon seit geraumer Zeit ein Paar in ihrer Nähe tanzte. Der Mann war auffallend groß, er hatte ein markantes Gesicht mit einer steilen Stirn und einem kräftigen Kinn. Er war sehr gut gekleidet. Die blonde Tanzpartnerin hatte ausgewogene Gesichtszüge, ihre halblangen Haare berührten Schläfen und Wangen ihres Gesichtes. Selbst bei heißer Musik ließ sie sich nicht hinreißen und behielt ihre vornehme Zurückhaltung. Frappierend waren ihre großen braunen Augen. Sie schien älter als ihr Tanzpartner zu sein, der um die 30 sein musste. Der Mann hatte fast immerwährend seine Augen auf Nicole geheftet. Zu seinem Missfallen stellte Emil fest, dass Nicole diesen Typen von Zeit zu Zeit mit den Blicken streifte. Endlich trat eine Tanzpause ein. Sie nahmen Platz und schlürften ihre exotischen Cocktails. Immer wenn Emil in die Richtung des großen Kerls blickte, stellte er fest, dass dieser Nicole mit seinen Blicken verschlang. Der Discjockey legte wieder eine Platte auf. *„Dream Lover"* sang Bobby Darin mit schmachtender Stimme, Emil wollte nicht gleich auf die Tanzfläche starten und Nicole eine Verschnaufpause gönnen. Er nippte an seinem Cocktail als er den Eindruck hatte, dass

jemand hinter ihm stand. Er drehte sich um und sah den Großen in Begleitung der Blondine.
„Entschuldigen Sie, mein Herr", sagte er, „meine Kollegin würde gerne mit Ihnen tanzen."
„Würden Sie mir das Vergnügen machen?", sagte die Blonde mit sanfter, surrender Stimme.
Emil war perplex, er fand erst nach einigen Augenblicken Worte.
„Ich bedaure, aber ich möchte meine Freundin nicht allein lassen", sagte er bedächtig.
„Erlauben Sie, dass ich mit Ihrer Dame tanze?", sagte der Große.
Emil fand es vermessen, was die beiden wollten, und erwartete, dass Nicole ablehnen würde. Er schaute sie fragend an, doch sie zuckte nur mit den Achseln.
„Einen Tanz", sagte sie zu seiner Überraschung.
Die Blondine nahm neben Emil Platz und lächelte hintergründig.
„Machen Sie sich keine Sorgen, mein Chef ist in Ordnung."
„Er ist Ihr Chef?", sagte Emil missgelaunt.

„Wir sind Geschäftspartner. Wir betreiben in München ein Antiquitätengeschäft", sagte sie und wandte den Kopf zur Tanzfläche. Connie Francis sang mit weinerlicher Stimme *„Where the boys are".*

„Wollen Sie mir wirklich einen Korb geben?", fragte die Blondine, scheinbar von der Musik berührt und sich sanft im Takt der Musik hin- und herbewegend. Sie blickte Emil geradewegs in die Augen.
Emils Ärger über Nicole und den großen Kerl überwog bei Weitem sein Verlangen, mit der Blonden zu tanzen. Aber er machte gute Miene zum

bösen Spiel und erhob sich. Die Blonde, die vorhin so kühl und vornehm gewirkt hatte, legte ihre Arme auf Emils Schulter und schon nach ein paar Takten presste sie sich an Emil. Ihren Busen drückte sie derart gegen Emil, dass er die Körbchen ihres BHs spüren konnte. Er spürte ihre Schenkel in seinem Schritt und das erregte ihn, ob er wollte oder nicht.
„Sie sprechen nicht wie ein Münchner. Von wo sind Sie?" Sie schmiegte ihren Kopf an seine Wange.
„Ich bin aus Wien und arbeite vorübergehend in München."
Der Annäherungsversuch irritierte ihn, er war nicht zum Flirten aufgelegt. Wo war Nicole? Suchend schweifte sein Blick über die Tanzfläche. Nirgends sah er sie. Emil wartete das Ende des Tanzes ab und wollte zum Tisch zurückgehen, doch die Blonde rührte sich nicht von der Stelle.
„Einen Tanz noch", sagte sie mit einem Augenaufschlag. *„I'll never fall in love again"* sang Johnny Ray. Doch das Verhalten der Blonden stand im krassen Widerspruch zu diesem Titel. Wieder umschlang sie Emil und indem sie mit ihren Lippen sein Ohr berührte, flüsterte sie:
„Wie heißt du?"
„Emil!"
Er war gar nicht interessiert, ihren Namen zu erfahren. Er wollte schnellstens an den Tisch zurückkehren und Nicole wieder an seiner Seite haben. Die Blondine schien über sein Desinteresse enttäuscht zu sein und löste etwas ihre Umklammerung. Auf einmal spürte Emil eine Hand auf seiner Schulter. Es war der große Blonde.
„Darf ich Sie auf einen Drink einladen?"
Hartnäckig dieser Kerl, dachte Emil. Außerdem hielt er Nicole an der Hand und das ärgerte ihn noch mehr.
„Gut, einen Drink, aber dann müssen wir nach Hause fahren", beeilte sich Nicole zu sagen, bevor Emil antworten konnte.

„Einverstanden, gehen wir an die Bar. Mein Name ist Lukas Siebert und das ist Silke Thurnwald."

Nolens volens musste Emil sich nun auch vorstellen.

„Silke und ich feiern heute einen großen Erfolg, wir haben nämlich ein Bild um 9000 DM verkauft", vermeldete Lukas stolz.

„Gratuliere", sagte Emil kurz angebunden.

Er hoffte, dass Lukas merken würde, dass er kein gesteigertes Interesse an einem weiteren Gespräch hatte.

Doch dieser blieb unbeeindruckt und fragte: „Wo arbeiten Sie, Emil?"

„Ich arbeite in München."

„Nicole hat mir erzählt, dass Sie aus Wien sind. Wir sind oft in Wien im Dorotheum, um Bilder und Antiquitäten zu ersteigern."

Emil ging darauf nicht ein.

Doch Lukas Siebert behielt die Initiative.

„Ich lade Sie beide zum Abendessen ein, wenn ich das nächste Mal in Wien bin. Geben Sie mir Ihre Telefonnummer."

„Meine Firma ist in Gründung. Ich kann Ihnen keine Telefonnummer geben."

„Ich gebe Ihnen meine", sagte Nicole und überreichte Lukas ihre Visitenkarte.

Emil traute seinen Ohren nicht und warf ihr einen ärgerlichen Blick zu. Lukas Siebert betrachtete neugierig die Karte.

„Sind Sie italienischer Abstammung?"

„Meine Großeltern väterlicherseits waren Italiener."

„Eine italienische Schönheit also, ich beneide Sie, Emil."

Lukas begann von Italien zu schwärmen und erzählte von seinen Einkaufsreisen nach Mailand und Rom. Bald unterhielt er sich nur mehr mit Nicole. Silke Thurnwald betrachtete Emil forschend. Wahrscheinlich denkt sie, wie lange ich es mir noch gefallen lasse, dass Lukas mit meiner Freundin flirtet, sinnierte Emil.

„Nicole, wir müssen jetzt fahren, wir haben noch einen langen Weg", sagte er nach einer Weile, die angeregte Unterhaltung der beiden unterbrechend. Aber Lukas wollte sie noch nicht ziehen lassen.

„Einen Drink nehmen wir noch, den dürft ihr mir nicht abschlagen", begehrte er und orderte rasch eine zweite Runde.

„Die bezahle aber ich", sagte Emil. Er war zu stolz, um sich noch einmal von Lukas einladen zu lassen.

„Kommt gar nicht infrage. Und sagt du zu mir, meine Freunde nennen mich Lucky", sagte er, erhob sein Glas und stieß mit Emil und Nicole an. Dann prahlte er mit seinem Geschäft, seinem Haus, seinem Porsche und dass er im nobelsten Club von München Tennis spielte. Letzteres war ein weiteres Thema für einen angeregten Erfahrungsaustausch mit Nicole, die auch Tennis spielte.

„Es tut mir sehr leid, aber wir müssen jetzt fahren. Es war sehr nett, euch kennen gelernt zu haben, danke für die Drinks", unterbrach Emil noch einmal die Unterhaltung der beiden.

Nun blieb Nicole nichts anderes übrig, als sich ebenfalls zu verabschieden. Lucky bekräftigte noch einmal sein Versprechen, sich auf jeden Fall bei seinem nächsten Wienbesuch zu melden. Zum Abschied wollte er Nicole küssen, doch Emil nahm sie an der Hand und zog sie mit sich fort.

„Dieser Angeber hat uns den ganzen Abend verdorben. Ich bin mir wie das fünfte Rad am Wagen vorgekommen."

„Er wollte sich nur ein bisschen unterhalten", sagte Nicole abschwächend.

„Unterhalten ist gut. Er hat auf Teufel komm raus mit dir geflirtet, und das in meiner Gegenwart."

„Jetzt übertreibst du aber Emil"

„Nein, ich übertreibe nicht. Und du findest diesen Snob noch sympathisch. "

Nicole erhob die Stimme: „Das ist eine Unterstellung. Ich werde doch noch das Recht haben, mich mit anderen Leuten zu unterhalten. Oder verlangst du von mir, dass ich dich vorher um Erlaubnis frage?"

„Du kannst tun und lassen was du willst, solange du weißt, was sich gehört. Für wen hältst du mich eigentlich, wenn du in meiner Gegenwart flirtest und fremden Männern deine Adresse gibst? Für wen hältst du mich, das würde mich interessieren?"

„Du machst mir Vorhaltungen?" Nicole wurde rot vor Zorn. „Ich habe ihm nur die Adresse gegeben, weil er uns zu Drinks eingeladen hat und du die ganze Zeit muffig und unhöflich warst. Ich habe mich geschämt für dich."

„Trotzdem war es unangebracht, ihm die Adresse zugeben. Ich war so zornig, dass ich diesem Prahler am liebsten eine verpasst hätte."

„Ja, das sieht dir ähnlich, dreinhauen, den anderen wehtun, das kannst du wirklich gut."

Die verbale Attacke saß. Emil war sprachlos. Bevor er noch etwas sagen konnte, setzte Nicole nach.

„Und außerdem, wenn du schon den Moralisten vorgibst, du glaubst, ich habe nicht gesehen, was du mit dieser Silke getrieben hast. Du warst ja förmlich verschmolzen mit ihr, wie ihr euch aneinandergepresst habt, ich habe mich nur gewundert über dich."

„Ich hatte null Interesse an ihr", sagte Emil kraftlos, deprimiert durch die Anschuldigungen von Nicole, „das habe ich ihr zu verstehen gegeben. Sie war dann ziemlich sauer auf mich."

Nicole lachte verächtlich.

„Wer es glaubt ..."

Nach einstündiger Fahrt, die sie im Schweigen verbrachten, erreichten sie die Gastwirtschaft. Nachdem sie ihre Abendtoilette beendet hatten und sich im Bett wiederfanden, öffnete Emil die Schublade des Nachttischchens und tastete nach einem Kondom, doch Nicole unterbrach ihn mit einer Handbewegung.

„Heute nicht." Sie raffte die Decke um ihren Körper und wendete sich von Emil ab.

Als er erwachte, war das Bett neben ihm leer, auf dem Tisch stand Nicoles gepackte Reisetasche. Emil zog sich schnell an und ging in die Gaststube. Dort roch es nach kaltem Zigarettenrauch und Bier. Draußen war es trüb und die Herbstkühle hatte sich auch in die Stube geschlichen. Nicole trank Kaffee und nahm keine Notiz von ihm. Er versuchte mit der allergrößten Liebenswürdigkeit, zu der er fähig war, ein Gespräch in Fluss zu bringen. Nicole hörte ihm geistesabwesend zu.

„Bitte bring mich zum Bahnhof", sagte sie abrupt.

„Nicole, ich bitte dich noch einmal um Verzeihung. Du musst mich doch verstehen – ich war wahnsinnig eifersüchtig auf diesen Lukas."

„Und wenn du mit anderen Frauen herumturtelst, das macht nichts, das ist in Ordnung? Du denkst immer nur an dich, was ein anderer empfindet ist dir fremd!"

„Wenn du mich nicht mit dieser Silke allein gelassen hättest, wäre überhaupt nichts passiert. Ich konnte doch nicht ahnen, dass sie so scharf war."

Plötzlich traten Tränen in Nicoles Augen.

„Du bist ein großer Egoist Emil und du kannst sehr brutal sein. Ich bin enttäuscht von dir."

Der Wirt und die Gäste musterten die beiden mit neugierigen Blicken.

„Komm, gehen wir, es ist so schlechte Luft hier drinnen", sagte Emil und nahm Nicole bei der Hand.

Sie zögerte einen Augenblick, ging aber dann mit ihm hinaus. Sie schritten bei alten Weiden vorbei, deren Zweige fast den Boden berührten und schlugen den Weg zur Seepromenade ein. Der Weg war mit Blättern bedeckt und dämpfte ihre Schritte. Ganz sanft schlugen kleine Wellen ans Ufer und erzeugten ein glucksendes Geräusch. Emil versuchte zum wiederholten Mal sein Verhalten zu erklären, Nicole blieb jedoch davon ungerührt.

„Ich glaube, wir müssen jetzt zum Bahnhof. Ist es dir möglich mich dorthin zu bringen?", sagte sie leise.
Emil war verstört. Seine Versöhnungsversuche waren ins Leere gegangen.
„Ja", sagte er resignierend.
Während er die Zimmerrechnung beglich, holte Nicole ihre Sachen. Schwerfällig schritten sie zum Auto und fuhren los.
„Du hast so viel Geld ausgegeben dieses Wochenende, Emil. Ich möchte zumindest das Zimmer bezahlen, bitte sag mir, wie viel ich dir schulde."
Emil verlor nun die Beherrschung. Er verriss den Wagen auf den rechten Straßenrand und stieg auf die Bremse, dass die Räder blockierten.
„Hör endlich auf, mich zu peinigen. Wie oft möchtest du mich noch demütigen?", brüllte er.
Es klang wie der Aufschrei eines Gemarterten. Dann gab er Gas. Er fuhr schnell und riskierte waghalsige Überholmanöver, offensichtlich versuchte er durch diese Fahrweise seine Spannungen abzubauen. Als sie den Bahnhof erreichten, blieb keine Zeit mehr, um einen Parkplatz zu suchen. Er stellte den Wagen im Halteverbot ab, nahm Nicoles Reisetasche und rannte mit ihr auf den Bahnsteig. Sie suchten den Waggon mit ihrer Platzreservierung und verstauten die Tasche im Abteil.
„Warte, ich komme in einer Minute", sagte er hastig zu Nicole.
Er hatte ein Blumengeschäft in der Bahnhofshalle entdeckt und rannte zurück.
„Schnell, rote Rosen, alle, die Sie haben, bitte schnell", sagte er zu der Blumenverkäuferin, ohne zu warten, bis er an der Reihe war. Er zahlte und lief zurück.
„Nicole, für dich", atemlos überreichte er ihr die Blumen.

„Danke, so viele schöne Rosen", für einen Moment entspannte sich ihr Gesicht.

„Expresszug nach Wien über Rosenheim und Freilassing fährt auf Gleis acht ab", hallte es grausam in seinen Ohren, als die letzte Aufforderung durch den Lautsprecher ertönte. Er drückte Nicole fest an sich. Sie ließ es geschehen, doch kein Kuss kam über ihre Lippen. Sie löste sich von Emil und bestieg den Zug.

Bahnhöfe scheinen in meinen Beziehungen schicksalhafte Bedeutung zu haben, dachte er. Damals in Genf musste er sich von Anne trennen, seither hatte er sie nicht wieder gesehen. Dieses Mal hatte der Zug Nicole fortgenommen, würde er sie jemals wiedersehen?

Wie in Trance ließ er sich von den zurückflutenden Menschen treiben. Er ging ins Bahnhofsrestaurant und bestellte Schnaps. Er trank ein zweites Glas und dann noch eines, zahlte und verließ schleppenden Ganges das Bahnhofsgebäude. Die DS stand noch dort, wo er sie abgestellt hatte, sie war nicht abgeschleppt worden, hinter dem Scheibenwischer war jedoch ein Strafzettel eingeklemmt. Gleichmütig steckte er die Anzeige ein und fuhr schnell weg. Er öffnete das Fenster und ließ sich den Fahrtwind ins Gesicht blasen. Wenn der Wind nur meinen Kummer fortwehen könnte, dachte er und atmete die Luft tief ein. Es begann zu dämmern, als er zu Hause eintraf. Alles war still, Frau Voigt, seine Zimmerwirtin, war ausgegangen. Als ob es Schwerarbeit wäre, verstaute Emil seine Reiseutensilien vom Wochenende. Dann warf er sich auf sein Bett und dachte nach. Kurz darauf stand er wieder auf, kramte einen Briefbogen hervor. Er schrieb einen langen Brief an Nicole und schloss mit den Worten:

Ich habe Angst, dass ich alles zerstört habe und es zwischen uns aus ist. Ich kann meine Gedanken nur schwer von den Vorfällen dieses Wochenendes abwenden. Wenn du nur bei mir sein und mir verzeihen könntest!

21.

Am nächsten Morgen glaubte Emil, Blei an den Füßen zu haben. Lange stand er unter der Dusche. Dann trank er drei Tassen Kaffee und fühlte sich etwas besser. Im Büro sagte ihm Lutz Schröder, dass Krassfeld angerufen hatte.
„Heute ist das monatliche Verkaufsmeeting. Krassfeld möchte, dass du daran teilnimmst."
Auch das noch, dachte er sich, und suchte das Besprechungszimmer auf. Dort waren in einem großen Rechteck Tische zusammengestellt, dahinter hatten schon an die zwanzig Mitarbeiter Platz genommen. Viele kannte er bereits persönlich, manche nur vom Sehen. Auf der Schmalseite, in der Mitte des Raumes, präsidierte Collins, links und rechts flankiert von Krassfeld und Elena.
„Ich glaube, wir sind komplett und können anfangen", sagte Collins und startete die Besprechung. "Bevor wir auf die Tagespunkte eingehen, möchte ich Ihnen eine Mitteilung machen. Wie Sie wissen, wollen wir unsere Vertriebstätigkeit in Europa ausweiten. Wir haben bereits in vielen Ländern Niederlassungen, unser jüngstes Kind, wenn ich das so sagen darf, ist Österreich. Wir haben in Wien vor Kurzem ein Objekt erworben, das wir zu einer Niederlassung ausbauen werden. Der Leiter dieser neuen Niederlassung wird Herr Krassfeld sein. Und wir haben auch schon einen Mitarbeiter angestellt, Herrn Weinberger, der, um eine amerikanische Bezeichnung zu verwenden, unser Frontrunner sein wird. Er wird in Österreich den Verkauf im Außendienst übernehmen. Ich würde Sie nun bitten, Herr Weinberger, dass Sie sich den Kollegen kurz vorstellen."

Emil errötete und versuchte die ersten Alarmzeichen einer aufsteigenden Nervosität zu bekämpfen. Zögernd stand er auf und begann zu sprechen, zuerst verhalten, doch dann kam er immer mehr in Fluss. Er stellte sich vor und dankte allen Kollegen, mit denen er zusammenarbeiten durfte für ihre Unterstützung und gab der Hoffnung Ausdruck, dass die Firma auch in seiner Heimat erfolgreich sein würde. Er wollte auf jeden Fall das Seine dazu beitragen. Die Anwesenden applaudierten Emil wohlwollend. Collins dankte und stieg dann in die einzelnen Tagespunkte ein. Es wurden Ergebnisse analysiert, über neue Produkte referiert und über die Aktivitäten der Konkurrenz diskutiert.
Emil lernte seine künftigen Lehrmeister Walther Schneider und Oliver Ott kennen. Schneider war ein untersetzter, rundlicher Mann, der Beständigkeit und Tatkraft ausstrahlte. Ott, mit dem er noch am selben Tag starten würde, war nicht sehr groß gewachsen, er war schlank und hatte braune, ganz leicht gewellte Haare. Was ihm auffiel, waren seine schmalen, flink umherblickenden Augen die eine leichte Schrägstellung nach oben hatten und die seinem schmalen Gesicht einen pfiffigen Ausdruck gaben. Nach dem Ende des Meetings stelle ihm Krassfeld seine Lehrmeister vor.
„Wir werden einen Starverkäufer aus Ihnen machen", sagte Walther Schneider.
„Aber dann dürfen Sie es nicht so machen wie Walther Schneider", scherzte Oliver Ott, „er muss nicht viel tun, die Kunden laufen ihm nach, dem Glückspilz. Er hat das beste Verkaufsgebiet."
„Hahaha, der Witz des Tages, ich und das beste Verkaufsgebiet", Schneider lachte laut.
Die beiden neckten sich noch gut gelaunt, während sich der Saal leerte. Elena ging an Emil vorbei, umgeben von mehreren Kollegen, die mit ihr schäkerten. Sie würdigte ihn keines Blickes.

„Na, dann wollen wir mal, wir beide", sagte Oliver Ott zu Emil, der gedankenvoll Elena nachblickte.
Sie verließen das Firmengebäude und näherten sich auf dem Parkplatz einem eleganten Mercedes.
„Ein tolles Auto haben Sie, Herr Ott", sagte er bewundernd.
„Es ist ein Unterschied, ob Sie mit einem Käfer beim Kunden vorfahren oder mit einem Mercedes", erklärte er, „unsere Kunden sind Unternehmer, also Leute, die gerne auf Augenhöhe verhandeln. Wenn ich früher mit meinem Käfer vorgefahren bin und dem Pförtner sagte, ich möchte mit dem Chef sprechen, hat er nur geringschätzig auf mich heruntergeschaut und versucht, mich abzuweisen."

Die erste Woche im Außendienst neigte sich dem Ende zu. Verkaufen ist eigentlich eine schöne Tätigkeit, wenn man Erfolg hat, dachte Emil. Und Ott war sehr erfolgreich, er war bestens in seinem Verkaufsgebiet eingeführt.
„Na, wie waren die ersten Tage im Außendienst, Herr Weinberger?", fragte ihn Ott.
„Mit Ihnen ein Vergnügen. Sie kennen die meisten Kunden und Sie kommen bei ihnen gut an. Ich glaube, es ist eine große Genugtuung, wenn man ein solches Echo bei den Kunden hat."
„Ja, ja, es war aber harte Arbeit, bis es soweit war", sagte Ott sinnend. „Als ich begonnen habe, war unsere Marke ein Newcomer am Markt. Ich habe fünf Jahre gebraucht, bis ich das Verkaufsgebiet so einigermaßen aufbereitet hatte. Ich bin immer wieder zu den Kunden gefahren, auch wenn sie behaupteten, dass sie mit unseren Konkurrenten zufrieden waren. Ein Kunde, den ich drei Jahre lang immer wieder besucht habe, hat zu mir einmal halb im Scherz, halb im Ernst gesagt, Sie sind so hartnäckig, jetzt müssen wir einmal bei Ihnen eine Maschine bestellen, sonst kriegen wir Sie nicht mehr los. Mittlerweile hat er schon sieben Maschinen von

uns bezogen. Ich sage Ihnen, eines der Geheimnisse im Verkauf liegt in der Präsenz bei den Kunden."
Freitag besuchten sie keine Kunden.
„Freitag ist mein Bürotag", sagte Ott. „Es hätte ohnehin nicht viel Sinn, Kunden zu besuchen. Sie sind meistens im Stress, weil noch Dringendes oder Versäumtes erledigt werden muss. Ich habe mir zu Hause ein kleines Büro eingerichtet. Dort schreibe ich meine Berichte für die Zentrale und mache die Planung für die nächste Woche. Lassen Sie sich morgen Zeit, Sie brauchen nicht vor neun Uhr da sein. Kommen Sie ruhig rein, ich zeige Ihnen mein Haus. Übrigens meine Frau möchte Sie kennenlernen. Sie schwärmt vom Charme der Wiener." „Hoffentlich enttäusche ich Ihre Frau Gemahlin nicht, ich glaube, was meinen Charme betrifft, bin ich mehr Bayer als Wiener.
Ott lachte. „Guter Witz. Also dann bis morgen. Schlafen Sie sich einmal aus."

Am Abend fuhr Emil in den Club, er fühlte sich zwar nicht in Form, aber er scheute die Einsamkeit. Die Differenzen mit Nicole lasteten schwer auf ihm. Als er Alan erblickte, stahl sich nach langer Zeit wieder ein Lächeln auf sein Gesicht.
„Na, Casanova, wie geht's? Keine Zeit mehr fürs Boxen?"
„Ich bin jetzt im Außendienst und fahre in Deutschland herum, meistens komme ich spät nach Hause", antwortete Emil und lächelte müde, „für den Casanova sollte ich dich jetzt verhauen."
„Na, dann zieh deine Klamotten aus. Wir werden ja sehen ..."
Emil zog sich um und wärmte sich auf. Er bearbeitete zuerst den schnell schwingenden Doppelendball, der mit einer elastischen Leine am Boden und am Plafond befestigt war. Dann wechselte er zum Sandsack. Er übte verschiedene Kombinationen, linke Gerade zum Kopf, rechte

Gerade zum Körper, dann rechte Gerade zum Kopf, linke Gerade zum Körper usw., dann Haken und den Nahkampf. Er merkte, wie seine Schläge langsamer und kraftloser wurden, es war ihm aber egal. Wenn ihn Alan verprügeln würde, dann hätte er es ohnehin verdient. Die Schuldgefühle drückten ihn nieder und er war voll des Zornes gegen sich für das, was er Nicole angetan hatte.

Gustav Kumpf wurde aufmerksam. „He, he, Emil, du stehst viel zu nah dran, und mehr Dampf, wenn ich bitten darf."

„Ja, Trainer", sagte Emil schnaufend und versuchte, sich aufs Boxen zu konzentrieren.

„Komm Emil, wenn wir noch ein Bier trinken wollen, dann müssen wir jetzt ran", rief Alan.

Als sie sich im Ring gegenüberstanden, tat Emil nicht viel. Er bewegte sich wenig und deckte sich schlecht. Oft blieb er mit hochgezogenen Fäusten wie ein angeschlagener Boxer stehen und steckte einen Treffer nach dem anderen ein. Alan hatte die Härte aus seinen Schlägen genommen, doch Emil wollte keine Rücksicht.

„So hau doch endlich ordentlich hin, ich möchte wissen, wie viel ich einstecken kann", sagte er zu dem verblüfften Alan.

„Ich glaube, du hast sie nicht alle, was ist los?"

„Nichts, also los jetzt, feste drauf", ermunterte ihn Emil.

Als sich Alan zurückhielt, griff Emil an, um ihn anzustacheln. Um sich zu schützen musste Alan nun doch angreifen, um Emil auf Distanz zu halten. Emil verfiel wieder in seinen alten Trott. Eine linke Gerade traf ihn in der Magengrube und der nachfolgende rechte Haken saß präzise an der Schläfe. Es riss ihn fast von den Beinen, er taumelte in die Seile und sah alles verschwommen.

„Komm, gib mir den Rest", ächzte er und machte mit der Faust eine einladende Bewegung.

Doch Alan unterbrach das einseitige Geschehen und tippte sich mit der Faust mehrere Male auf die Stirn.
„Du bist nicht normal, ich spiele nicht mehr mit!"
Er war fuchsteufelswild und stieg aus dem Ring.
„Warte, Alan, ich muss mit dir reden", lallte Emil.
Alan legte sich einen Arm von Emil um seine Schulter, um ihn zu stützen, und ließ ihn in der Kantine auf einer Bank nieder.
„Also, was ist los, bist du unter die Masochisten gegangen? Macht es dir neuerdings Spaß, dich zusammenschlagen zu lassen?"
„Weißt du, Alan", sagte Emil stockend, „ich habe in der letzten Zeit anderen Menschen soviel Kummer bereitet, dass ich mich vor mir selber schäme."
„Was ist denn geschehen, Emil", sagte Alan bestürzt, „warum in Gottes Namen wolltest du dich von mir verprügeln lassen?"
Emil erzählte von seinem Zerwürfnis mit Nicole und vom Zwischenfall im Tanzcafé.
„Ich bin ausgerastet und habe es auf die Spitze getrieben. Nicole wollte, dass ich mich zurücknehme, aber ich war wie besessen. Ich habe ihr Gewalt angetan. Sie hat nachher fürchterlich geweint", sagte Emil kleinlaut.
„Und?"
„Außerdem beschuldigt sie mich, dass ich mit dieser Silke zu weit gegangen bin. Ich glaube, dass ein tiefer Riss in unserer Beziehung entstanden ist."
„Abwarten, Emil. Aber ich verstehe immer noch nicht, warum du dich im Ring von mir zusammenschlagen lassen wolltest?"
„Warum, ja warum."
Emil senkte den Kopf und antwortete nicht gleich.
„Ich weiß es selber nicht. Ich glaube, ich wollte mich selbst bestrafen."
„Und du glaubst, dass dir das hilft?"
„Ich mache alle Frauen unglücklich ..."
Alan war betroffen, er schien nachzudenken, wie er dem Freund helfen könnte.

„Wenn ihr euch liebt, dann findet ihr sicherlich einen Weg. Dazu gehört Toleranz, auch von Nicole. Und du musst lernen, Verantwortung zu übernehmen. Beim Sex ist es wie beim Tanzen, der Mann muss führen und nach Möglichkeit der Partnerin nicht auf die Füße treten."

22.

Ott empfing ihn am Freitag in bester Laune. Er erklärte ihm seine Büroorganisation und nach welchen Kriterien er seine Kundenkontakte plante.
„Dieses Karteisystem ist sehr praktisch. Es erlaubt mir, die Kunden zu qualifizieren, und darüber hinaus kann ich auch den Zeitraum des nächsten Besuches vorgeben. Ich muss nur den Reiter in den Schlitz des betreffenden Monats stecken. Karten mit roten Reitern sind zum Beispiel heiße Kunden, also solche, wo man in der nächsten Zeit mit Aufträgen rechnen kann."
Dann ermunterte er Emil, Berichte über die Kundenbesuche der vergangenen Woche zu verfassen.
„Versuchen Sie es, Collins soll sehen, dass Sie schon mitten im Verkaufsgeschehen sind."
Emil setzte sich zur Schreibmaschine und tippte. Als er fertig war, las Ott die Berichte durch.
„So, jetzt geben wir die Berichte in ein Kuvert und schicken sie an Elena Dalaros. Sie sichtet die Berichte und leitet die wichtigsten an Collins weiter."
Emil war sich nicht so sicher, er fürchtete, dass seine Berichte wohl im Papierkorb landen würden.
Nach getaner Arbeit wurde ihm das Haus gezeigt. Durch das große Fester sah man auf eine kleine Terrasse mit einer Laube, die von Efeu umrankt war. Am gemütlichsten war das geräumige Wohnzimmer mit schönen Stilmöbel aus Nussholz. In einer Glasvitrine entdeckte Emil viele Pokale.

„Ich spiele Tennis und manches Mal gewinne ich", sagte Ott bescheiden, konnte jedoch seinen Stolz nicht ganz verbergen. Er nahm einige Pokale heraus, berichtete über denkwürdige Finalpartien und wurde ein bisschen nostalgisch, als er sich an Spiele und Gegner erinnerte.
Kurz nach Mittag kam seine Frau, eine Volksschullehrerin, nach Hause.
„Es gibt etwas Originelles, Wiener Schnitzel mit Kartoffelsalat", scherzte sie. Sie war eine kleine, zarte, aber sehr aparte Frau mit mittellangem, leicht gelocktem, schwarzem Haar. Sie hatte schöne, große, dunkle Augen und eine klingende, melodische Stimme.
„Wenn Sie wüssten, wie lange ich kein Schnitzel gegessen habe. Ich habe fast schon Entzugserscheinungen."

Nachdem er sich von den Otts verabschiedet hatte, fuhr er langsam nach Hause. Er hatte keine Eile, niemand wartete auf ihn. Das Wochenende lag vor ihm und er wusste nicht, was er mit seiner Freizeit anfangen sollte. Sicher, er würde in den Boxclub gehen – und dann? Er rechnete auch nicht damit, dass Nicole seinen Brief beantworten würde. Umso erstaunter war er, als er zu Hause einen Brief von ihr vorfand. Hastig öffnete er das Kuvert und las:

Lieber Emil!
Ich sollte dir böse sein, aber trotz allem denke ich an dich. Ich bin so traurig, dass unser Wochenende in München derart missglückt war. Wir sollten die Schatten dieser Verstimmung schnell vertreiben. Vielleicht habe ich überzogen reagiert. Wenn du willst, könnten wir uns dieses Wochenende in Wien treffen. Bitte ruf mich an, ob du kommen kannst, am besten am Abend, ich bin immer zu Hause. Es wäre schön, wenn wir uns wiedersehen könnten.
Deine dich liebende Nicole.

Als Emil den Brief gelesen hatte, fühlte sich das Leben für ihn augenblicklich besser an. Gleich am nächsten Tag rief er Nicole an. Dr. Sisci war am Apparat.
„Guten Abend, Herr Doktor, entschuldigen Sie die Störung. Könnte ich bitte Nicole sprechen?"
„Wer spricht?"
„Emil Weinberger."
„Wer?"
War es eine vorgetäuschte Unwissenheit, um ihn wieder herabzusetzen?
„Emil Weinberger. Wir haben uns kurz kennengelernt."
„Ah ja, ich erinnere mich, der Bekannte von Nicole, einen Augenblick", sagte er leichthin. Nach einigen Sekunden meldete sich Nicole.
„Hallo, Emil, wie geht es dir? Ich muss leise sprechen, ich hoffe, du verstehst?", klang es gedämpft durch den Hörer.
„Seit ich deinen Brief erhalten habe, geht es mir wieder gut, ich habe sehr gelitten."
„Ich doch auch, kannst du kommen?"
„Ja, ich mache Freitag früher Schluss und werde am Abend bei dir sein. Wann genau kann ich nicht sagen. Es ist jetzt so viel Nebel, da kann ich nicht schnell fahren."
„Ich werde dich erwarten. Fahr bitte vorsichtig und riskiere nichts. Ich freue mich schon so, Emil."
„Ich mich auch, bis Freitagabend, ich küsse dich."
„Ich dich auch, schlaf gut."

Die Woche verflog schnell. Am Freitag konnte er seine Besuchsberichte gegen elf Uhr fertigstellen und Oliver Ott, der bester Laune war, weil es ihm gelungen war, einen Kunden von der Konkurrenz wegzulocken, erlaubte ihm, früher Schluss zu machen. Souverän glitt er in seiner DS auf der Autobahn in Richtung Salzburg. Der leichte Wind

hatte die Frühnebel vertrieben und erlaubte ihm eine zügige Fahrweise; die Grenze konnte er zu dieser Jahreszeit ohne Zeitverlust passieren. Als er in Mödling eintraf, schlug ihm feuchtkalte Herbstluft entgegen. Im Sommer hatten am Eingangstor der Siscis Rosen geblüht, doch jetzt waren sie zurückgeschnitten und der Garten mit abgefallenen Blättern übersät. Bevor er noch den Klingelknopf drücken konnte, hörte er Hector anschlagen. Dann öffnete sich die Tür und Hector stürmte zum Eingang. Rasend vor Freude sprang er gegen den Zaun. Einige Augenblicke später erschien Nicole.
„Komm schnell rein, damit Hector nicht auf die Straße läuft."
Sie fielen sich in die Arme und Hector sprang freudig an Emil hoch und hinterließ mit seinen erdigen Pfoten Spuren auf seinem hellen Trenchcoat, doch das war ihm egal, fest hielt er Nicole in seinen Armen.
„Ich muss dich bitten, ins Haus zu kommen, meine Eltern wollen dir kurz Grüß Gott sagen", kündigte Nicole an.
„Es ist mir aber peinlich, die Abendruhe deiner Eltern zu stören. Können wir nicht gleich losfahren?"
„Das können wir nicht, das wäre unhöflich."
Im Vorraum wurde er von den Eltern begrüßt. Hector wich nicht von seiner Seite und bettelte mit seiner Schnauze um Liebesbezeugungen. Doch Nicoles Vater rief Hector barsch zurück.
„Platz", sagte er streng, doch Hector gehorchte nicht sofort. Doktor Sisci hob drohend die Hand. Mit eingezogenem Schwanz trollte sich der Hund und legte sich auf seine Matte. Dann wandte sich Doktor Sisci an Nicole.
„Nach dem Urlaub war Hector wie ausgewechselt. Er war verspielt und wollte nicht mehr gehorchen. Dabei habe ich dich gebeten, darauf zu achten, dass er folgt, ich wollte mit ihm die Schutzhundeprüfung ablegen. Aber das kann ich mir jetzt aus dem Kopf

schlagen." Dabei blickte er Emil vielsagend an. Nicole schwieg und errötete leicht.

„Kommen Sie, Herr Weinberger, nehmen Sie Platz und trinken Sie eine Tasse Tee mit uns – oder wollen Sie lieber Kaffee?", fragte Nicoles Mutter um das Thema zu wechseln.

„Das ist äußerst liebenswürdig, aber ich möchte Ihnen keine Mühe bereiten", sagte Emil der seinen Aufenthalt im Haus der Siscis so kurz wie möglich gestalten wollte.

„Sie machen mir keine Mühe." Frau Siscis machte eine einladende Handbewegung und Emil nahm auf dem wuchtigen Ledersofa Platz.

Doktor Sisci nahm am gegenüberliegenden Fauteuil Platz.

„Und wie lebt es sich so in München?", fragte er und verzog seine Lippen zu einem merkwürdigen Lächeln.

Emil berichtete von der Stadt und seiner schönen Umgebung und sprach auch über seine Einschulung. Er spürte wieder die Distanz zwischen ihm und Dr. Sisci, aber er bemühte sich um einen verbindlichen, freundlichen Ton.

„Warum haben Sie sich denn für den Außendienst entschieden?", unterbrach ihn Doktor Sisci, „ist es nicht mühsam, den Kunden immer hinterherzulaufen?"

„Ich laufe keinen Kunden hinterher. Und mühsam würde ich diese Tätigkeit nicht bezeichnen, zumindest für mich ist sie es nicht, sonst hätte ich mich nicht dafür entschieden. Außerdem werde ich gut bezahlt, bekomme Erfolgsprämien und ein Fahrzeug, dass ich privat nutzen kann."

„Da bewundere ich Sie", wieder spiegelte sich ein spöttisches Lächeln auf dem Gesicht von Doktor Sisci, „wenn zu mir ein Vertreter kommt, dann frage ich mich, wo diese Leute ihre Motivation hernehmen. Meistens habe ich keine Zeit und muss sie wieder fortschicken, ich glaube, da bin ich nicht der Einzige.

Manches Mal tun sie mir leid und ich höre mir an, was sie herunterbeten."

Emil war perplex.

„Emil verkauft keine Hundenahrung oder sonst was Papa. Er besucht Industriebetriebe und verkauft sehr komplizierte, teure Maschinen. Er verhandelt mit Geschäftsführern und Unternehmern. Es werden in seinem Beruf höchste Anforderungen gestellt bezüglich Kompetenz, Überzeugungskraft und Einsatzbereitschaft", intervenierte Nicole hitzig zugunsten von Emil.

„Jemand, der sich bemüht, trotz aller Widerstände immer wieder potentielle Abnehmer aufzusuchen, hat meine vollste Hochachtung, auch wenn er Hundefutter verkauft", fügte Emil hinzu.

„Interessant." Das eigentümliche Lächeln von Doktor Sisci stellte Emils Langmut auf eine harte Probe.

„Im Prinzip ist es egal, ob man Hundefutter oder Baumaschinen verkauft. Natürlich macht der Besuch eines aufgeschlossenen Kunden mehr Freude und motiviert mehr als der Besuch bei Kunden, die das Gespräch verweigern." Emils Stimme klang nun energischer.

Mittlerweile hatte Frau Sisci Tee gebracht und goss diesen in kostbare Porzellantassen. Sie setzte sich neben ihren Mann und schlürfte ihren Tee mit ernsthafter Miene.

Doktor Sisci nahm das Gespräch wieder auf.

„Wenn ich etwas brauche, dann weiß ich, wo ich es bekommen kann", sagte er pikiert, „dafür braucht man mir nicht die Tür einrennen und meine kostbare Zeit stehlen."

Es war offenkundig, dass er ihn zu einem Wortwechsel provozieren wollte. Emil schaute ratsuchend Nicole an, doch ihr besorgter Blick signalisierte ihm, sich zurückzuhalten.

„Nur Sie entscheiden, wie Sie Ihren Bedarf decken, das ist Ihr gutes Recht, Herr Doktor Sisci – und wie heißt es so schön: Der Kunde ist König", sagte er kühl.

„Das will ich meinen", brummte Doktor Sisci, scheinbar verärgert, weil Emil den Fehdehandschuh zum verbalen Schlagabtausch nicht aufnahm.

„Ich glaube, die Kinder möchten jetzt gehen, Albert", sagte Frau Sisci, „es war nett, Sie gesehen zu haben, Herr Weinberger." Sie wandte sich zu Nicole. „Komm nicht spät nach Hause."

Emil stand auf, bedankte sich für den Tee und verabschiedete sich. Der flüchtige und teilnahmslose Händedruck von Dr. Sisci wunderte ihn nicht. Als er mit Nicole den Flur zur Türe entlangschritt, hörte er ein Trippeln hinter sich. Hector kam schweifwedelnd auf ihn zu und sprang an ihm hoch, als ob er ihn zurückhalten wollte.

Der scharfe Befehlston von Dr. Sisci ertönte: „Hector, Platz", und da Hector nicht gleich Folge leistete, drohend, „na wird's oder …?"

Emil zuckte unwillkürlich zusammen, es schmerzte ihn, dass Hector wegen seiner Treue leiden musste, und es erbitterte ihn noch mehr gegen Dr. Sisci. Er schritt mit Nicole den gepflegten Kiesweg zum Tor und warf einen Blick zurück auf das feudale Haus der Siscis. Sie sehen in mir einen Parvenü, ihrer Tochter nicht würdig, dachte Emil.

„Willst du gemütlich beim Heurigen essen oder in der Stadt – wonach steht dir der Sinn, Nicole?"

„Es tut mir leid, dass mein Vater so eigenartig war", sagte Nicole, anstatt zu antworten, „ich glaube, er ist eifersüchtig auf dich."

„Er scheint nicht viel von meinem Berufsstand zu halten."

„Er hat schon vergessen, dass er auch einmal klein angefangen hat, er musste sich auch um Kunden bemühen, um sich einen Kundenstock aufzubauen."

„Ich danke dir jedenfalls, dass du für mich Partei ergriffen hast, das war großartig", sagte Emil und küsste Nicole zärtlich.

„Vergessen wir es, fahr los, egal wohin", Nicole seufzte.
„Ich würde gern nach Gumpoldskirchen fahren, aber du bist dafür eindeutig overdressed", sagte Emil in Anspielung auf ihre elegante Garderobe.
„Lass uns heute fein speisen, ich leiste einen Beitrag, falls wir dein Budget sprengen."
„Wenn's nicht reicht, dann gehen wir einbrechen", witzelte Emil. Es sollte ein Versuch sein, einen Stimmungsumschwung nach dem unerfreulichen Gespräch mit Dr. Sisci herbeizuführen.
Sie speisten in einem bekannten Restaurant in der City. Das Essen war vorzüglich und sündteuer. Trotzdem genehmigten sie sich alles, was ihr Herz begehrte, und leerten eine Flasche Wein.
„Das Chateaubriand war hervorragend. Wie war dein Tafelspitz, Emil?"
„Ein Traum. Aber ich habe noch Appetit auf etwas Süßes. Wie wäre es mit einer Sachertorte?"
„Ich bin mehr als satt, aber dieser Versuchung kann ich nicht widerstehen."
Der Wein hatte Nicole eine leichte Röte ins Gesicht getrieben. Emil konnte es sich nicht versagen, trotz der steifen Noblesse in diesem Restaurant, von Zeit zu Zeit den Arm um Nicoles Taille zu legen und sie sanft an sich zu drücken.
„Was machen wir nach dem Essen?" Emil machte einen vorsichtigen Versuch, die Frage der Übernachtung zu klären.
„Wir könnten zu mir fahren", sagte er als Nicole schwieg, „aber bei mir ist nicht aufgeräumt, hoffentlich stört dich das nicht."
„So schlimm wird es wohl nicht sein. Du musst mich aber gegen Mitternacht nach Hause bringen, wenn ich später komme, gibt es Diskussionen mit meinen Eltern."
Nicole neigte sich zu Emil und küsste ihn. Der Ober, der schon einige Male indigniert in ihre Richtung geblickt hatte, schüttelte verständnislos den Kopf.

„Lass uns fahren", flüsterte sie Emil ins Ohr, „dieser schreckliche Ober geht mir auf die Nerven."
Emil zahlte und hinterließ dem pingeligen Ober ein fürstliches Trinkgeld, worauf sich dieser tief verneigte und seine Lippen zu einem öligen Lächeln verzog.
Je näher Emil seinem Wohnhaus kam, desto mehr ergriff ihn Unsicherheit. Wie würde Nicole seine bescheidene Behausung annehmen? Sie, die in dem schönen Haus in einem gehobenen Wohnviertel wohnte? Er schämte sich ein bisschen für seine einfachen Verhältnisse.
„Ich kann leider nicht mit einem Appartement in einer exklusiven Wohngegend aufwarten, ich hoffe, es stört dich nicht, sobald ich wieder in Wien bin, suche ich eine schöne Wohnung für uns zwei", sagte er vorbeugend.
Nicole strich ihm zärtlich durch sein Haar.
„Sei froh, dass du eine Wohnung für dich hast und frei und unabhängig bist."

Es war wenig Verkehr und nach kurzer Zeit trafen sie beim Hause Emils ein. Als sie ausstiegen, wehte ihnen ein scharfer Wind entgegen. Die Zinshäuser erschienen mächtig in der wenig belebten Straße die um diese Zeit menschenleer war. Die schwachen Straßenbeleuchtungen schaukelten im Wind und erzeugten ein leises, quietschendes Geräusch. Emil öffnete mit einem riesigen Schlüssel das alte Haustor und machte Licht. Sie folgten einem winkeligen Korridor. Der Verputz der Wände war zum Teil bis auf die Ziegel abgeblättert. Ein undefinierbarer Geruch der verschiedensten Küchengerüche umfing sie. Sie stiegen in den dritten Stock empor, Emil sperrte seine Wohnung auf und ließ Nicole eintreten. Er führte sie in die kleine Küche und in das Zimmer, das ihm als Wohn- und Schlafraum diente.

„Deine Wohnung ist klein, aber sehr gemütlich, finde ich", sagte Nicole und setzte sich auf Emils Bett.
„Ja. Es hat seinen Reiz im dritten Stock zu wohnen, man kann die Hügel des Wienerwaldes sehen. Trotzdem möchte ich nicht bleiben. Ich träume von einer Wohnung am Stadtrand, in einer schönen Wohngegend."
„Das ist aber sehr teuer!"
„Einen Teil des Kaufpreises werde ich anzahlen und den Rest über einen Kredit finanzieren."
Nicole seufzte.
„Ich wäre auch froh, wenn ich bald Geld verdienen könnte. Dann wäre ich von meinen Eltern unabhängig. Solange ich studiere, muss ich leider nach ihrer Pfeife tanzen."
Emil setzte sich neben Nicole auf das Bett und küsste sie.
„Ich habe die Dinger, Liebling", murmelte Emil und öffnete den Reißverschluss an Nicoles Kleid.
„Die wirst du nicht brauchen", hauchte Nicole.
„Ich werde nie wieder grob zu dir sein, Liebes", flüsterte er und begann das wunderbare Spiel. Danach ließen sie sich selig auf die Seite fallen und bedeckten sich, wohlige Wärme hüllte sie ein. Bei Emil machte sich Müdigkeit bemerkbar und er verfiel in einen Kurzschlaf.
Nicole schüttelte ihn leicht an der Schulter. „Wie spät ist es, Emil?"
Emil schlug die Augen auf. „Habe ich geschlafen?"
„Ja, ein paar Augenblicke. Ich glaube, es ist höchste Zeit zu fahren."
Emil rieb sich die Augen.
„Was sein muss, muss sein. Soll ich schnell Tee zubereiten, bevor wir fahren?"
„Wie spät ist es?" fragte Nicole wieder.
„Es ist ein Uhr morgens."
„Bitte keinen Tee, wir müssen fahren. Hoffentlich schlafen meine Eltern, wenn ich nach Hause komme,

ich kann ihr Gejammer schon nicht mehr hören", sagte Nicole besorgt.
Sie verließen das Haus und traten in die feuchtkalte Nacht hinaus. Nicole fröstelte.
„Bitte, Emil, dreh die Heizung auf", bat sie, als sie in der DS Platz nahmen.
Als sie sich Mödling näherten, breitete sich Nebel aus. Schemenhaft tauchten die Scheinwerfer der entgegenkommenden Autos auf, die Reifen erzeugten ein rauschendes Geräusch auf dem feuchtnassen Asphalt.

Als sie beim Haus der Siscis eintrafen, stellten sie mit Besorgnis fest, dass noch zwei Fenster erleuchtet waren.
„Ich bin mittags bei meiner Mutter und könnte dich dann abholen", schlug Emil vor.
„Gib mir die Telefonnummer deiner Mutter, ich rufe dich an." Nicole war nervös. Hastig küsste sie Emil und strebte eilig dem Haus zu.

23.

„Warum kommst du so spät, Emil, wir kochen seit drei Stunden für dich", sagte Mutter, als er am nächsten Tag verspätet bei ihr eintraf.
„Entschuldige, ich habe geschlafen wie ein Murmeltier", antwortete Emil und lächelte.
Um den gastronomischen Einsatz seiner Mutter und seiner Schwester zu honorieren, aß Emil wie ein Scheunendrescher. Als die beiden ihm dann noch eine Torte auftischen wollten, musste er passen. Er verlangte stattdessen ein Gläschen Schnaps. Die Gespräche drehten sich hauptsächlich um seinen Aufenthalt in München und um die Einschulung.
„Hast du schon deinen Chef kennengelernt?", wollte Andrea wissen.
„Ja, vor drei Wochen haben sie die Katze aus dem Sack gelassen", sagte Emil.

„Und wie ist er?", bohrte Andrea weiter.
„Ich habe erst einmal mit ihm gesprochen. Er ist relativ jung, hat Maschinenbau studiert und längere Zeit in den USA gelebt. Man sagt, dass er hart und kompromisslos sein kann. Mehr weiß ich im Moment noch nicht."
Man merkte ihm an, dass er dieses Thema nicht weiter vertiefen wollte, denn eine andere Frage brannte ihm auf der Zunge.
„Hat man etwas Neues von Anne Rosental gehört?" Er versuchte seiner Stimme einen beiläufigen Klang zu geben, was ihm jedoch nicht gelang.
Andrea zog erstaunt die Augenbrauen hoch.
„Interessiert dich das noch?" Sie warf Emil einen vorwurfsvollen Blick zu. „Arme Nicole", sagte sie dann und betrachtete ihn kritisch.
„Es würde mich nur interessieren", sagte er leichthin, wurde jedoch rot im Gesicht.
„Ich habe nichts von ihr gehört", sagte Andrea trocken.
Wo konnte Anne nur sein? Sie wollte doch im September wieder zurück sein. Obwohl seit der Trennung mehr als ein halbes Jahr vergangen war und er mit Nicole befreundet war, musste er immer wieder an Anne denken. Oft versuchte er sich einzureden, dass es nur seine Einbildung war, die ihn Anne glorifizieren ließ, und er deshalb nicht von ihr loskam. Er suchte nach Fehlern und Nachteilen bei Anne, er verglich sie mit Nicole und versuchte es mit Selbsttäuschungen, indem er Nicole idealisierte. Je mehr er Anne aus seinem Denken und Fühlen verbannen wollte, desto mehr meldete sich sein Herz, bis er resignierte und endlich begriff, dass er noch immer mit Anne verbunden war. Außerdem bildete er sich ein, ja er fühlte es sogar, dass Anne desgleichen noch an ihm hing. Alle diese Gedanken, Gefühle und Ahnungen bestimmten seinen Drang, die Suche nach Anne nicht aufzugeben.

Mutter riss ihn aus seinen Gedanken. „Wann fährst du wieder nach München?"
„Morgen. Ich glaube, ich werde nach dem Frühstück fahren, dann bin ich vor der Dämmerung dort. Es wird schon früh dunkel und es gibt oft Nebel."
„Wann kommst du wieder?"
„Vielleicht komme ich im November wieder für ein Wochenende zu euch."
„Zu uns?", entschlüpfte es Andrea.
„Ja, zu euch", sagte er in einem Anflug von Zorn und ärgerte sich über die Spitze seiner Schwester.
Das Telefon läutete. Andrea hob ab und warf einen vielsagenden Blick zu Mutter.
„Nicole ist am Apparat und möchte dich sprechen …"

Emil erschien fast um eine halbe Stunde zu früh zum Rendezvous in dem Espresso, wo er Nicole treffen würde. Er trat in das gemütliche, noch schwach frequentierte Café und wählte einen Tisch neben einem großen Fenster. Gedankenvoll schlürfte er seinen Kaffee und beobachtete den Herbstwind, wie er die Bäume hin- und herwogen ließ.
Als Nicole das Lokal betrat, merkte er sofort, dass etwas nicht in Ordnung war. Sie wirkte niedergedrückt.
„Nicole, was ist los, geht es dir nicht gut?
„Meine Eltern machen Schwierigkeiten."
„Inwiefern?"
„Mein Vater hat gewartet, bis ich nach Hause kam, und mich zur Rede gestellt. Er war so widrig."
Die Kellnerin näherte sich diskret und Nicole bestellte Kaffee.
„Er hat mir vorgeworfen, dass ich im vorigen Semester zu Prüfungen nicht angetreten bin."
„Aber es wird doch kein Problem sein, diese nachzuholen, oder?"
„Das nicht, aber er glaubt, dass ich mein Studium verbummle; er hat geschrien — entweder du studierst oder du ziehst zu deinem Emil."

Emil legte den Arm um Nicole.

„Wenn du die nächsten Prüfungen ablegst, wird er sich beruhigen."

„Auch meine Mutter hat sich gegen mich verschworen. Heute Vormittag ist sie in mein Zimmer gekommen und hat gesagt, ich möge aufpassen, dass ich kein Kind bekäme. Es war so beschämend."

Emil versuchte, Nicole zu trösten. Um sie auf andere Gedanken zu bringen, schlug er einen Ortswechsel vor.

„Komm, vergiss für ein paar Stunden das Kreuz mit Deinen Eltern. Wir fahren nach Gumpoldskirchen zu unserem vertrauten Heurigen und trinken ein Glas Wein. Die Welt schaut dann gleich wieder anders aus."

Es war dunkel geworden. Der Wind blies stürmisch, Nicoles lange Haare wehten fast waagrecht im Wind.

„So ein Sauwetter. Viel zu kühl für die Jahreszeit. Ich freue mich schon auf unseren gemütlichen Heurigen in Gumpoldskirchen. Erinnerst du dich noch an unsere Albernheiten im Sommer?" Indem er von dieser unbeschwerten Zeit sprach, glaubte er, Nicole aus ihrer Trübsal zu reißen.

Ein Schimmer von einem Lächeln legte sich über ihr Gesicht. „Es war herrlich, du wolltest Demetrius sein."

„Das Wichtigste ist, dass du bei mir bist und ich bei dir", sagte Emil aufmunternd.

„Für wie lange? Morgen bist du schon wieder weg."

Indessen hatten sie das kleine Heurigenlokal erreicht. Der Wirt schien sie zu erkennen und lächelte.

„Ein Plätzchen habe ich noch für Sie, ist gerade frei geworden."

Emil bestellte Wein und animierte Nicole zum Trinken.

„Ich kann nicht viel trinken, Emil. Wenn ich mit einem Schwips nach Hause komme, machen mir meine Eltern wieder die Hölle heiß."
Sie holten sich vom Buffet einen Imbiss, doch Nicole hatte keinen rechten Appetit.
„Wann musst du zu Hause sein?" wollte Emil wissen.
„Meine Eltern haben nichts gesagt, aber wenn ich spät komme, gibt es den nächsten Krach, da bin ich mir sicher."
„Schade, dass deine Eltern dich derart unter Druck setzen. Ich wollte mit dir noch einen schönen Abend bei mir zu Hause verbringen."
„Das wird heute leider nicht möglich sein. Ich kann es nicht auf die Spitze treiben."
Sie blieben noch eine Weile und dann fuhren sie zurück. Emil lenkte das Auto in eine stille Seitengasse und stoppte. Als er die weichen Lippen von Nicole fühlte, musste er sich beherrschen, um sich und Nicole nicht in Versuchung zu führen.
„Es ist besser, wir trennen uns jetzt. Es tut mir so leid, dass ich nicht länger bei dir bleiben kann, glaube es mir", sagte Nicole entmutigt.
„Schade, dass uns deine Eltern auseinanderreißen. Wenn du nicht bei mir bist, möchte ich nicht mehr in Wien bleiben. Am liebsten würde ich jetzt gleich nach München fahren."
Nicole klammerte sich an ihn. Als sie ihn küsste, spürte er ihre Tränen auf seinen Lippen. Sie verharrten lange in ihrer Umarmung, bis sich Nicole langsam löste und ihn verließ.

24.

Emil begleitete nun Walther Schneider bei den Kundenkontakten. Schneider wohnte in Heilbronn. Da die Entfernung nach München zu groß war um jeden Tag dorthin zurückzukehren, mietete Emil ein Zimmer in einem kleinen Hotel in der Nähe der Kilianskirche.

Schneider war ein großer, etwas korpulenter Mann. Er hatte ein rundes, fleischiges Gesicht und stark gewelltes, dunkelblondes Haar. Es gehörte zu seiner Verkaufstaktik, sich mit den Fahrern der Bagger zu unterhalten. Dann holte er Gummistiefel aus dem Kofferraum seines Mercedes um auf dem morastigen Boden der Baustellen nicht einzusinken. Auch Emil musste sich auf sein Geheiß am ersten Tag solche Stiefel kaufen.

„Viele Unternehmer holen die Meinung ihrer Fahrer ein, bevor sie eine neue Maschine kaufen. Das wird viel zu wenig beachtet. Daher binde ich den Fahrer, der tagein tagaus auf der Maschine sitzt, ebenfalls in meine Kundengespräche ein. Das hat sehr oft die Kaufentscheidung zu meinen Gunsten beeinflusst. Manches Mal gehe ich sogar mit den Fahrern Mittagessen und zu Weihnachten beschenke ich sie mit Wein oder Schnaps. Ich kann dir nur raten, vergiss niemals die Baggerfahrer, Emil."

Walther Schneider war wie Oliver Ott ein guter Verkaufspsychologe. Er hörte seinen Kunden gut zu, um dann in der Folge gezielt argumentieren zu können. Einmal besuchten sie einen Kunden, der ihnen mitteilte, dass er zur Konkurrenz wechseln wollte. Schneider sagte nichts. Der Kunde sah sich veranlasst, die Gründe für seinen Wechsel zu rechtfertigen. Er sagte vielerlei, aber für einen Profi wie Schneider wurde immer klarer, dass er des Preises wegen wechseln wollte. Erst jetzt intervenierte er.

„Ohne Zweifel ist unser Produkt für Ihre Einsatzbedingungen am besten geeignet", sagte er, nachdem er wichtige spezifische Vorteile seines Produktes ausgelobt hatte. „Und es ist vorteilhafter für Sie, wenn Sie einen einheitlichen Maschinenpark und nicht ein Sammelsurium von verschiedenen Herstellern haben", setzte er mit dem Brustton der Überzeugung fort, und, „wir wollen Sie nicht zur Konkurrenz ziehen lassen, wir werden Ihnen ein

Preisangebot machen, das Sie nicht ausschlagen können."

„So muss man es machen, Emil, genau so und nicht anders", bemerkte Walther Schneider nicht ohne Befriedigung als sie den Kunden verlassen hatten. „Zuerst den Kunden reden lassen, denn jeder hört sich gern reden, nur nicht unterbrechen, nicht zu früh argumentieren, gut zuhören ist die Devise. Dann verrät dir der Kunde, worauf es ihm ankommt. Ist es der Preis, ist es die Qualität, ist es der Service oder irgendetwas anderes? Erst wenn du weißt, was seine Hauptmotivation ist, kannst du gezielt deine Sager anbringen. Und nur nicht den Konkurrenten schlecht machen, das funktioniert nicht. Konzentriere dich auf die Stärken deines Produktes, auf die spezifischen Vorteile, die musst du dann überzeugend rüberbringen. Wenn du das draufhast, kannst du viel Kohle machen."

„Du bist ein Meister deines Faches, ich weiß nicht, ob ich es einmal so weit bringe wie du", sagte Emil mit ehrlicher Bewunderung.

Die letzte Woche seiner Einschulung brach an.

„Komm am Donnerstag zu uns", sagte Walther Schneider zu Emil, „wir können unseren Bürokram erledigen, während meine Frau für uns ein leckeres Abendessen vorbereitet."

Nach dem letzten Kundenbesuch fuhren sie direkt zu Walther Schneider. Vorher hatte Emil noch einen Blumenstrauß für Frau Schneider besorgt. Das Haus lag in einem hügeligen, sehr hübschen Stadtteil. Es war einstöckig und hatte einen kleinen Garten, in dem einige Obstbäume standen. Wie geplant erledigten sie ihre Schreibarbeit. Walther Schneider resümierte die wichtigsten Punkte ihrer Besuchstätigkeit und Emil versuchte diese in Berichtsform wiederzugeben.

„Morgen kannst du schon in der Früh nach München fahren", sagte Walther Schneider nachdem alle

Berichte verfasst waren. „Die Woche ist für uns gelaufen.
Inzwischen hatte Frau Schneider bereits das Abendessen vorbereitet. Sie war eine hübsche, schwarzhaarige Frau von üppigem Körperbau. Es gab Grießnockerlsuppe und Käsespätzle und zum Nachtisch Apfelkuchen. Es schmeckte hervorragend. Zu Ehren von Emil öffnete Walther Schneider eine Flasche eines vollmundigen, jedoch halbsüß schmeckenden Moselweines, an dessen Geschmack sich Emil nicht gewöhnen konnte.
Die Familie Schneider hatte drei Töchter, wobei die älteste schon im Teenageralter war. Emil schien ihr besonders zu gefallen. Sie beobachtete ihn während des Essens. Wenn sich ihre Blicke trafen, änderte sie blitzschnell die Blickrichtung.
„Na, Melanie, wie gefällt dir Herr Weinberger, du schwärmst doch immer für große schlanke Männer mit blauen Augen?" Es lag Ironie in Frau Schneiders Stimme, sie schien das Interesse ihrer Tochter bemerkt zu haben.
„Das ist nicht fair von dir!" Melanie lief rot an.
„Leider bin ich etwas alt für dich, sonst würde ich dich auf der Stelle ins Tanzcafé einladen", sagte Emil, um Melanie aus der Peinlichkeit zu befreien. Nach und nach verlor das Mädchen seine Schüchternheit und begann Emil auszufragen. Es wollte wissen, welche Schlagersänger zu seinen Lieblingen zählten und welche Filme er gesehen hatte. Auch die beiden jüngeren Töchter näherten sich nun Emil. Er musste unbedingt ihre Puppen anschauen. Bald war er der Mittelpunkt, während die Älteste ihm auf dem Plattenspieler ihre Lieblingssongs vorspielte, bedrängten ihn die beiden anderen Töchter mit ihren Bilderbüchern. Emil war entzückt von der natürlichen Zuneigung der Mädchen, ihr Liebreiz und die in ihnen bereits aufkeimende weibliche Koketterie bezauberten ihn.

Er entdeckte eine neue Dimension der Liebe, nämlich die unverfälschte, kindliche Liebe.

Als sich Emil zum letzten Mal in den Boxclub begab, beschlich ihn ein sonderbares Gefühl. Er musste von Alan Abschied nehmen, dem einzigen wirklichen Freund, der ihm in seinem Leben begegnet war. Alan hatte ihn verstanden, hatte ihn getröstet, und hatte ihm Ratschläge gegeben. Er ist wie ein Bruder zu mir gewesen, dachte Emil. Rührung ergriff ihn und seine Mundwinkel zuckten, als er dem wehmütig lächelnden Freund gegenüber trat.
„Das sind unsere Abschiedsrunden", sagte er, „du wirst mir sehr fehlen, nicht nur als Trainingspartner."
„Ich habe dir viele Boxgeheimnisse verraten, wenn du die befolgst, kannst du noch österreichischer Meister werden", scherzte Alan.
Sie boxten locker, flink flogen die Fäuste, doch diese berührten ihre Körper nur leicht. Sie lachten viel bei ihrem komischen Sparring, wohl um sich den bevorstehenden Abschied zu erleichtern.
„Es war eine schöne Zeit", sagte Alan, als sie beim Bier saßen, „leider trennen sich jetzt unsere Wege."
„So ist das Leben. Ich werde den Gedankenaustausch mit dir vermissen, er hat mir bei meinen Konflikten geholfen, klarer zu sehen", sagte Emil tiefsinnig.
„Du hast mir auch sehr geholfen. Wenn du mich damals bei meinem Kampf gegen den Deutschen nicht aus dieser kritischen Situation gerissen hättest, wäre ich sicher schwer k.o. gegangen und dann hätte ich Ashley niemals kennengelernt."
„Um bei der Wahrheit zu bleiben, warst es letztlich du, der die Situation gemeistert hat. Aber wenn du glaubst, dass ich dir helfen konnte, freut es mich."
„Ich hoffe, dass wir uns eines Tages wiedersehen können", sagte Alan.

„Gewiss, wenn ich nach München komme, melde ich mich bei dir. Aber vielleicht kommst du mich in Wien besuchen?"
„Wir werden sehen!"
Schweigend tranken sie ihr Bier aus. Dann standen sie auf.
„Farewell, Emil", sagte Alan leise, seine Augen glänzten.
„Goodbye, Alan, mach's gut."
Emil nahm sich zusammen um seine Rührung zu unterdrücken, trotzdem stiegen ihm die Tränen in die Augen. Sie umarmten sich und fühlten, dass es lange dauern würde, bis sie sich wiedersehen würden.

25.

Die Wiener Niederlassung lag in einem südlichen Außenbezirk der von einem vielfältigen Erscheinungsbild geprägt war. Es waren dort Gärtnereien und landwirtschaftliche Betriebe angesiedelt, aber auch Industriebetriebe und Niederlassungen von großen internationalen Konzernen. Das einstöckige Gebäude der Niederlassung erstreckte sich längs der Straße und war ein Backsteinbau, wie sie in nordeuropäischen Ländern oft anzutreffen waren. Hinter dem Bauwerk, das Büros und andere Betriebsräume wie Ersatzteillager und Werkstätte beherbergte, befand sich ein weitflächiger Hof, der auf allen Seiten von überdachten Holzkonstruktionen begrenzt war, in denen man Maschinen weitgehend von Witterungseinflüssen geschützt unterstellen konnte. In der Wiener Niederlassung lief nichts, so wie es sich Krassfeld vorgestellt hatte. Man sah ihm an, dass ihn die Verzögerungen belasteten. Sein Mund war zusammengekniffen, sein Gesicht blass. Obwohl er seit Anfang Oktober intensiv nach Personal suchte, war die Mannschaft noch nicht komplett.

Übelgelaunt saß es in seinem improvisierten Büro; als Sitzgelegenheit diente ihm eine leere Holzkiste und eine ebensolche, etwas größere, als Schreibtisch.

„Nehmen Sie Platz, Herr Weinberger, leider kann ich Ihnen nur diese Kiste anbieten, die Lieferung der Büromöbel hat sich verspätet. Man kann sich hier auf nichts verlassen." Krassfeld hob einen Stapel Unterlagen und knallte ihn ärgerlich auf die Holzkiste.

Emil sah sich veranlasst, seine Heimat zu verteidigen und gleichzeitig Krassfeld zu beruhigen. „Das kann überall vorkommen. Vielleicht kann ich Ihnen behilflich sein?"

„Ja, sicher. Ich bin froh, dass Sie endlich da sind. Im Moment haben wir Stillstand, vor allem mit der Personalsuche haben wir unsere Probleme."

„Wie viele Mitarbeiter haben wir bereits einstellen können?", wollte Emil wissen.

„Eine Sekretärin und den Mann für das Ersatzteillager. Frau Holl, können Sie einen Augenblick kommen", rief er einer Dame im Nebenraum zu.

Es erschien eine schlanke, ungefähr vierzigjährige Frau mit brünetten, gelockten Haaren. Sie trug eine dunkle Brille aus der zwei intelligente, braune Augen hervorguckten. Sie war ungeschminkt, weder sehr modisch noch sehr elegant gekleidet, doch sie machte einen sehr gepflegten Eindruck. Emil stellte sich vor.

„Leider müssen wir im Moment improvisieren", sagte sie mit einer weich klingenden Stimme, „aber es wird schon werden, zum Wochenende erscheinen wieder Stellenangebote in den großen Tageszeitungen."

„Ihr Wort in Gottes Ohr", sagte Krassfeld zweifelnd. „Aber nun zu Ihnen, Herr Weinberger. Sie können im Ersatzteillager aushelfen. Unser Lagerist kommt zwar aus der Branche, aber mit organisatorischen

Aufgaben scheint er überfordert zu sein. Ich habe mir gedacht, dass Sie versuchen, mit ihm das Lager einzurichten. Wir brauchen Regale für die Ersatzteile, die erste Lieferung ist bereits von der Zentrale an uns unterwegs. Um all das könnten Sie sich kümmern."

„Und wann, glauben Sie, kann ich mit meiner Reisetätigkeit starten?"

„Ich glaube, dass Sie wie geplant Anfang Jänner starten können. Da fällt mir gerade ein, dass wir für Sie ein Fahrzeug anschaffen müssen."

„An welches Modell haben Sie denn gedacht?" Es interessierte Emil brennend, welches Fahrzeug man für ihn anschaffen würde.

„In der Aufbauphase unserer Niederlassung können wir keine großen Sprünge machen. Wir kaufen für Sie einen Kombi, weil es hierzulande für diese Fahrzeuge Steuervorteile gibt."

Es verstimmte Emil, dass Krassfeld bei ihm sparte, sich selber aber einen großen Mercedes genehmigt hatte.

„Kann ich Ihnen meine Wünsche bezüglich Ausstattung und Motorisierung bekanntgeben?", fragte Emil.

Krassfeld blickte Emil verwundert an. „Sie erhalten von der Firma ein funkelnagelneues Auto, das Sie auch privat nutzen können. Was wollen Sie noch mehr?"

„Ich dachte, dass es bei der Auswahl einen Spielraum gäbe. Ich muss viele Kilometer mit dem Auto fahren, wenn es möglich wäre, sollte es auch meinen persönlichen Ansprüchen genügen."

Krassfeld lächelte spitz.

„Wenn Sie meinen, dann können Sie mir Ihren Farbwunsch mitteilen."

Emil konnte aus seinen Worten einen gewissen Sarkasmus heraushören und wollte eine patzige Antwort geben, beherrschte sich aber.

Als er am Abend nach Mödling fuhr, um Nicole zu treffen, musste er an den Sommer denken. Sie hatten wie im Paradies gelebt, nun war alles anders, Nicole stand unter Prüfungsdruck und er hatte einen neuen Job und einen schwierigen Chef. Er vermied, das Auto vor dem Haus der Siscis zu parken, und wartete in einer Seitengasse auf das Erscheinen von Nicole. Er sah sie im Rückspiegel wie sie sich mit ihrem schwungvollen Gang dem Auto näherte. Der elegante Wintermantel mit Pelzkragen stand ihr sehr gut, ihre Beine steckten in schwarzen Stiefeln mit halbhohen Absätzen. Unter dem Mantel trug sie einen Rollkragenpullover, der ihre Figur ebenso betonte wie der enge, knielange Rock. Sie umarmten sich und küssten sich lange.

Als sie sich lösten fragte Emil: „Hast du die Prüfung geschafft?"

„Ja, Gott sei Dank. Ich hoffe, dass sich mein Vater nun beruhigen wird. In der letzten Zeit hat er mich wie ein kleines Schulmädchen überwacht, damit es seine Hausaufgaben macht. Er war richtig lästig." Nicole seufzte hörbar. „Es war erniedrigend. Manches Mal habe ich ihn direkt gehasst."

„Ich hätte mich wahnsinnig über ein paar Worte von dir gefreut, jeden Tag habe ich auf einen Brief von dir gewartet. Hast du meine Briefe nicht bekommen?" In der Tat hatte er einige Briefe geschrieben, aber nie eine Antwort bekommen.

„Meine Mutter sagte mir, dass sie vergessen hätte, mir deine Briefe zu geben, sie hat es aber absichtlich getan. Wir hatten diesbezüglich eine heftige Auseinandersetzung."

Sie küsste Emil. „Hast du dich so sehr nach mir gesehnt?", fragte sie zärtlich, „jetzt bin ich ja bei dir."

Sie küssten sich noch einmal.

„Komm, fahren wir nach Gumpoldskirchen, ich glaube, heute haben wir uns ein gutes Abendessen verdient."

Emil konnte die DS direkt vor ihrem Lieblingslokal parken. Sie nahmen an einem der hinteren Tische Platz. Emil bestellte einen halben Liter Weißwein. Dann holten sie sich vom Buffet Schinken und Käse und aßen frisches Brot dazu. Emil erzählte Nicole dass die Firma verspätet mit den Verkaufsaktivitäten starten würde.

„Und wie kommst du mit deinem Chef zurecht?"

„Ich mag seine Überheblichkeit nicht. Er liebt es, den lieben Gott zu spielen. Ich habe ihn gefragt, ob ich ein paar Wünsche bei der Ausstattung des neuen Autos deponieren könnte. Er antwortete, dass ich froh sein sollte, dass ich von der Firma ein Auto zur Verfügung gestellt bekäme."

„Vielleicht ist er nur verstimmt wegen der Verzögerungen, seine Laune wird sich bessern, wenn alles im Lot ist", versuchte Nicole zu besänftigen.

„Im Grunde ist es egal, mit welchem Auto ich fahre und es ist ja nicht so wichtig", sagte Emil, „aber trotzdem habe ich bei ihm kein gutes Gefühl, ich glaube, er lehnt mich ab, warum weiß ich nicht."

„Konzentriere dich auf deine Aufgaben und nicht auf ihn. Wenn du gut arbeitest und Erfolg hast, wird er zufrieden sein", riet Nicole.

„Trinken wir noch eine Tasse Tee bei mir zu Hause?", fragte Emil und küsste sie.

Nicole lächelte. „Warum nicht?"

Emil hatte sich mehrere Male vorgenommen, in den Boxclub zu fahren, kam aber nicht dazu, weil er bis spät am Abend arbeitete. Doch nun wollte er um jeden Preis sein Vorhaben ausführen. Pünktlich verließ er die Firma und fuhr in den Club.

Die Clubkameraden waren neugierig und fragten: „Erzähl, wie war es in München?"

„Ich habe das Glück gehabt, mit Amerikanern trainieren zu können", sagte Emil und berichtete über seine Boxerlebnisse.

„Dann zeig uns, ob du etwas dazu gelernt hast", forderte ihn Bergmann auf.

„O.K., aber bitte nur eine Runde, ich glaube, meine Kondition ist nicht sehr gut im Augenblick."

Bevor er in den Ring stieg, wärmte er sich mit Schnurspringen und mit Übungen an der Birne und am Sandsack auf. Es war ein gutes Gefühl, den Körper zu fordern. Er konnte förmlich spüren, wie mit den Übungen Kraft in seinen Körper floss, zu lange schon hatte er nicht mehr trainiert. Eduard, sein alter Trainingspartner war einverstanden, eine Runde mit ihm zu boxen. Alle schauten ihnen zu. Zwar konnte man Emil anmerken, dass er keine gute Kondition hatte, denn er schnaufte wie ein ausgepumpter Boxer in der letzten Runde. Aber boxerisch hatte er sich weiterentwickelt, er wehrte Angriffe ab, indem er seinen Oberkörper rollte oder mit Sidesteps auswich. Seine Attacken beschränkten sich nicht nur auf einzelne gezielte Schläge, sondern auf Kombinationen und Schlagserien. Eduard musste mehr nehmen, als ihm lieb war.

„Man sieht, dass du mit Amerikanern geboxt hast. Sie lieben es mit Körperdrehungen und Sidesteps Angriffen auszuweichen, anstatt Schläge zu blocken oder zu parieren. Und du schlägst sehr gute Kombinationen, es gefällt mir, wie du boxt", meinte Bergmann anerkennend. „Wenn deine Kondition stimmt, könnten wir dich gut in der Kampfmannschaft gebrauchen. Es haben einige mit dem Boxen aufgehört."

„Leider, daraus wird nichts. Ich werde nicht viel Zeit zum Boxen haben, aber als Übungspartner stehe ich gerne zu Verfügung."

Bergmann verzog das Gesicht.

„Na, mir soll es recht sein, ich kann dich nicht zwingen. Vielleicht änderst du einmal deinen Entschluss."

Emil war noch immer mit der Einrichtung des Lagers beschäftigt. Eigentlich wollte er mit der Vorbereitung seiner Verkaufstätigkeit beginnen, kam aber nicht dazu. Der Lagerist, ein gewisser Moosböck, war ungefähr vierzig Jahre alt, korpulent und rauchte viel. Emil hatte den Eindruck, dass er sehr wohl von seiner Erfahrung und von seinen Potentialen in der Lage gewesen wäre, sich um den Aufbau des Lagers zu kümmern.

„Krassfeld hat mir genau gesagt, was meine Aufgaben sind", sagte er als ihn Emil darauf ansprach, „vom Aufbau des Lagers war nie die Rede. Außerdem ist es für einen Mann unmöglich bis Anfang Jänner das Lager einzurichten, dazu hätte man mir Überstunden genehmigen müssen. Ich mache nur das, wofür ich beauftragt und bezahlt werde."

„Ich helfe Ihnen ja gerne, Herr Moosböck, aber ich sollte im Jänner mit der Verkaufstätigkeit starten. Anstatt das Lager einzurichten, hätte ich die Zeit nützen können, um eine Kundenkartei aufzubauen. Das mache ich jetzt am Wochenende in meiner Freizeit. Dafür werde ich auch nicht bezahlt."

„Wahrscheinlich verdienen Sie vielmehr als ich. Wenn ich soviel bekomme und noch ein Auto dazu, würde ich es auch machen", sagte Moosböck lakonisch. Emil musste zugeben, dass sein Standpunkt eigentlich gar nicht so falsch war.

Das Telefon klingelte, Krassfeld war am Apparat und bat Emil, zu ihm ins Büro zu kommen.

Ohne Umschweife fragte er: „Wie läuft es im Ersatzteillager?"

„Gut, die Regale wurden bereits aufgestellt und wir beginnen mit dem Einlagern der Teile."

„Sehr gut, das funktioniert wenigstens. Bei der Gelegenheit kann ich Ihnen mitteilen, dass wir mit unseren Stellenangeboten erfolgreich waren. Die Mannschaft ist fast komplett und wir werden mit unserer Verkaufs- und Servicetätigkeit beginnen können. Aber das ist nicht der eigentliche Grund, warum ich Sie gerufen habe. Es geht um Ihr Auto. Wollen Sie Ihre Citroën DS weiter behalten, wenn Sie den Firmenwagen bekommen?"

„Eigentlich nicht."

„Das habe ich mir gedacht. Ich habe dem Händler gesagt, dass wir den neuen Wagen nur ordern, wenn er Ihre DS zu einem guten Preis zurücknimmt, ist das in Ihrem Sinne?"

Emil war angenehm überrascht über Krassfelds Geste, ihm beim Verkauf seines Autos zu unterstützen.

„Wenn der Preis passt, dann könnte ich mir ersparen, einen Käufer für meine DS zu suchen."

„Haben Sie eine Vorstellung, wie viel Sie für Ihre DS erhalten wollen?"

Emil hatte bereits Erkundigungen über den Verkaufswert seines Fahrzeuges eingezogen. Er nannte den Preis.

„Gut, ich werde versuchen, diese Summe zu erlösen."

„Da wäre ich Ihnen außerordentlich dankbar. Könnte man ein Radio in das neue Fahrzeug einbauen?"

Krassfeld verzog das Gesicht. „Sie sollten sich auf die Straße konzentrieren und gedanklich auf Ihren nächsten Kundenbesuch vorbereiten und nicht Radio hören", sagte er schulmeisternd.

„Es geht mir in erster Linie um wichtige Informationen wie Wetter, Straßenzustand usw., aber wenn es nicht möglich ist, werde ich ein Radio auf meine Kosten einbauen lassen."

Krassfeld schien Emils Initiative zu ärgern.

„Das Fahrzeug ist Eigentum der Firma, vergessen Sie das bitte nicht. Sie können mit Ihrem Privateigentum machen, was Sie wollen, aber das Auto gehört nicht Ihnen."

Obwohl Emil dankbar war, dass Krassfeld ihn beim Verkauf seines Wagens unterstützte, wollte er nicht sofort klein beigeben.

„Das heißt also, ich darf das Radio auch nicht auf meine Kosten einbauen lassen?"

Krassfeld antwortete nicht sofort.

„Wenn Sie unbedingt wollen, dann bauen Sie das Radio ein. Offiziell weiß ich davon nichts."

„Doch, Herr Krassfeld, Sie wissen davon. Ich wiederhole meine Frage: Darf ich das Radio einbauen lassen, ja oder nein?"

„Herr Weinberger, ich ersuche Sie, sich Ihre Wortwahl und Ihren Ton zu überlegen, wenn Sie mit mir reden."

„Ich habe Sie ganz ruhig um eine Antwort gebeten. Ich glaube, dass ich mich weder im Ton noch in meiner Wortwahl vergriffen habe."

„Ich wollte Ihnen entgegenkommen", sagte Krassfeld verärgert, „wenn Sie mich festnageln, dann muss ich leider nein sagen. In Firmenautos werden keine nachträglichen Veränderungen vorgenommen."

„Somit ist die Sache klar", sagte Emil und wollte gehen.

„Einen Augenblick noch, Herr Weinberger", pfiff ihn Krassfeld zurück, „wann glauben Sie, dass das Ersatzteillager eingerichtet sein wird?"

„Ich hoffe, dass wir bis zum Jahresende fertig sind."

„Na, dann halten Sie sich dran. Ich möchte sofort nach Neujahr mit Ihnen die Vorgangsweise für Ihre Verkaufsaktivitäten besprechen. Versuchen Sie bis dahin eine Kundenkartei aufzustellen, damit wir die Prioritäten für Ihre Besuche festlegen können."

„Ich kann aber nicht versprechen, ob ich es schaffe, das Lager einzurichten und die Kartei aufzustellen", sagte Emil vorsichtshalber.

„Sie werden gut bezahlt und es ist nicht zuviel verlangt, wenn Sie einmal ein paar Stunden mehr arbeiten. Wenn Sie reisen sind Sie mit ihrer Zeiteinteilung ohnehin unabhängig. Niemand kann Sie kontrollieren, auf der anderen Seite erwarte ich mehr Flexibilität, wenn es die Situation erfordert.

Schieben Sie ein paar Stunden am Abend ein oder am Wochenende."
Er blickte Emil herausfordernd an.
Emil spürte, dass es vernünftiger war, die Debatte zu beenden, um nicht noch mehr Öl ins Feuer zu gießen.
„Gut, ich werde mein Möglichstes tun", sagte er nur.
Das autoritäre Gehabe von Krassfeld treibt jedem Diktator Freudentränen in die Augen, dachte Emil.

Mit Nicole traf er sich meist zu den Wochenenden, weil sie viel lernen musste, um ihre Prüfungen nachzuholen. In der letzten Zeit verbrachten sie ihre gemeinsamen Stunden fast ausschließlich in Emils Wohnung. Er achtete darauf, dass sich diese in einem aufgeräumten Zustand befand und die Heizung eine gemütliche Wärme verbreitete. Obwohl er sich in seiner Bleibe wohlfühlte, trug er sich mit dem Gedanken, eine andere Wohnung in einer vornehmeren Gegend zu suchen. Jedes Mal, wenn er Nicole zu sich nach Hause nahm, schämte er sich ein bisschen für das alte Haus, die tristen, dunklen Flure und die verschiedenen Küchengerüche, die aus den Wohnungen nach außen drangen.
Eines Tages, es war ein Samstag, waren sie wieder in der Wohnung von Emil. Er versuchte sich als Koch und wollte zwei dicke Beefsteaks braten. Als ihn Nicole ungeschickt in der Küche hantieren sah und ihn dabei überraschte, wie er das rohe Fleisch mit Salz und Pfeffer würzen wollte, verjagte sie ihn und nahm die weitere Zubereitung in ihre Hände.
„Man darf die Steaks erst nach dem Anbraten würzen, nie vorher!" belehrte sie Emil, der eigentlich froh war, aus der Küche verbannt worden zu sein.
Binnen weniger Minuten servierte sie die Steaks mit Pommes Frites und grünem Salat auf dem kleinen Küchentisch. Emil schenkte aus einer Flasche, die er schon vor einer halben Stunde entkorkt hatte,

damit der Wein dekantieren konnte, Rotwein in die beiden Gläser.
Die Steaks schmeckten vorzüglich. Während sie speisten, unterhielten sie sich angeregt. Plötzlich sagte Nicole beiläufig:
„Stell dir vor, als du noch in München warst, hat mich Lucky angerufen. Er hatte beruflich in Wien zu tun und wollte mit mir ausgehen. Ich sagte ihm, dass du nicht in Wien seist und ich ohne dich nicht ausgehen möchte. Er hat gemeint, es sei ja nur ein freundschaftliches Abendessen. Letztlich habe ich eingewilligt, da er sehr hartnäckig war. Wir waren in einem teuren Restaurant essen. Als er mich mit seinem Porsche nach Hause brachte, wurde er zudringlich. Ich habe ihm daraufhin eine Ohrfeige verpasst und gesagt, dass er nie wieder anrufen soll."
Nicole warf Emil einen fragenden Blick zu.
„Hoffentlich bist du mir deswegen nicht böse. Auf jeden Fall wollte ich es dir nicht verheimlichen, dass ich mit ihm aus war. Ich sehe ein, dass es ein Fehler war. Aber ich habe mir überhaupt nichts gedacht dabei, weil mich Lucky im Grunde überhaupt nicht interessiert."
Emil musste an den Flirt von Lucky und Nicole im Tanzcafé denken. Zweifel stiegen in ihm auf. Lucky war ein attraktiver Mann und erfolgreich, das machte ihn für Frauen interessant.
„Was verstehst du unter zudringlich?", fragte er schließlich unter einem Anflug von Eifersucht. Nicole antwortete nicht sofort.
„Er hat mich geküsst und wollte mich anfassen", sagte sie errötend und etwas kleinlaut, „da habe ich ihm eine geknallt!"
„Ich hätte ihm schon in München eine verpassen sollen, als er so aufsässig war; trotzdem finde ich es sonderbar, dass du eine Einladung von ihm akzeptiert hast."
„Ich habe mir wirklich nichts dabei gedacht, ich habe angenommen, dass er mit mir nur essen und ein

bisschen plaudern will. Er wusste doch, dass wir beide liiert sind."

Emil wollte ihr glauben, aber sein Gefühl sagte ihm, dass sie nicht nur ihm, sondern sich selbst über die wahren Beweggründe etwas vormachte. An Emil nagte die Eifersucht, doch er fragte sich, ob er berechtigt war, Nicole wegen eines vielleicht harmlosen Treffens zu kritisieren, wenn er selber seit Wochen nach Anne suchte.

Seit seiner Rückkehr sammelte Emil Wohnungsanzeigen. Eine Zweizimmerwohnung mit Balkon und Blick auf eine wenig befahrene, größtenteils von Villen eingesäumte Straße interessierte ihn besonders. Gleich hinter dem Haus lag der Lainzer Tiergarten, ein riesiges öffentliches Waldgebiet, das unter Naturschutz stand. Der Preis war aufgrund der guten Lage hoch, aber Emil gefiel diese Wohnung so sehr, dass er bereit war, ein finanzielles Opfer zu bringen. Einen Teil des Wohnungspreises würde er aus seinen Ersparnissen bezahlen, den Restbetrag mit einem Darlehen abdecken. Er teilte sein Interesse dem Angestellten der Baugesellschaft mit.
„Ich empfehle Ihnen, Ihre Entscheidung nicht lange hinauszuzögern", riet ihm dieser, „es gibt schon einige Interessenten für die Wohnung, es handelt sich um die letzte freie Wohnung in diesem Bauprojekt."
Emil wollte nicht riskieren, dass ihm jemand die Wohnung vor der Nase wegschnappte. Schnell entschlossen sagte er: „Zeigen Sie die Wohnung niemandem mehr. Ich nehme sie. Wann kann ich den Kaufvertrag unterzeichnen?"
„Kommen Sie am Montagvormittag in unser Büro."
„In Ordnung. Bleiben Sie mir im Wort", bestärkte Emil noch einmal seine Kaufabsicht.

26.

Wochen waren vergangen und der Winter war ins Land gezogen. Den ganzen Tag über hatte es geschneit. Emil zog die frische Winterluft genussvoll durch seine Nase, als er spät abends das Büro verließ und zu seinem Auto ging. Der Mond stand tief im Osten und schien viel größer als sonst. Er kam nur langsam vorwärts, als er Richtung Mödling fuhr. Manche Straßen waren noch nicht schneegeräumt, Autos ohne Winterreifen blieben da und dort hängen. Verzweifelt versuchten die Fahrer sich aus den Schneemassen zu befreien, doch ohne fremde Hilfe war es schwierig. Emil war schon ein paar Mal ausgestiegen und hatte geholfen, im Schnee steckende Fahrzeuge wieder flott zu machen. Als er auf die Uhr blickte stellte er mit Bestürzung fest, dass er bereits verspätet war. Nicole ging ungeduldig am Gehsteig auf und ab als er endlich bei den Siscis eintraf. Sie war in eine Pelzjacke gehüllt und hatte sich die Kapuze über ihre langen Haare gezogen.
„Na endlich kommst du", sagte sie verärgert.
Emil konnte ihre Verärgerung verstehen. Er entschuldigte seine Verspätung mit den winterlichen Fahrbedingungen und den Hilfsdiensten, die er anderen Autofahrern geleistet hatte.
„Wenn dir andere wichtiger sind als ich", schmollte sie.
Er ließ sie einsteigen, beugte sich zu ihr und küsste sie. Sie erwiderte seinen Kuss nicht. Ein ernster, fast strenger Ausdruck lag auf ihrem Gesicht. Emil versuchte eine Unterhaltung in Gang zu bringen, doch Nicole beschränkte sich auf lapidare Bemerkungen. Ein ungutes Gefühl stieg in ihm auf.
Bei einem Glas Wein wird sie schon auftauen, dachte er. Als sie bei ihrem Stammlokal eintrafen, fuhr er weiter bis zum kleinen Platz am Ende der

ansteigenden Hauptstraße, wendete und parkte den Wagen.

„Falls es weiter schneien sollte, ist es leichter, bergabwärts zu starten", erklärte er sein Manöver.

Nicole stieg aus und ging wortlos, ohne sich nach Emil umzublicken, ins Lokal. Wie immer nahmen sie an einem der hinteren Tische Platz. Emil bestellte einen halben Liter Weißwein.

„Komm, Nicole, gehen wir ans Buffet, holen wir uns eine Stärkung", sagte Emil einladend.

„Das hat Zeit, Emil", sagte sie kühl.

Emil verbarg nun seine Verwunderung nicht mehr.

„Bist du noch immer eingeschnappt wegen meiner Verspätung? Es tut mir wirklich leid, wie kann ich es wieder gutmachen?" Er beugte sich zu Nicole und wollte sie küssen.

„Die Verspätung habe ich dir schon längst verziehen."

„Na, dann gib mir einen Versöhnungskuss."

Wieder beugte er sich zu Nicole und wollte sie umarmen, sie wies ihn jedoch sanft, aber bestimmt zurück.

„Ich muss mit dir etwas besprechen, Emil".

Ein paar Augenblicke verstrichen, in Emil stieg eine böse Vorahnung auf.

„Stimmt es, dass du dich laufend erkundigst, wo du Anne treffen kannst?"

Emil lief rot an. Nicole merkte seine Verlegenheit, energisch wiederholte sie ihre Frage.

„Also, warum erkundigst du dich immer noch nach ihr? Und versuch nicht, mich anzulügen", sagte sie stahlhart.

„Wer hat dir erzählt, dass ich mich nach Anne erkundige?" Er wollte sich vor der Antwort drücken.

„Im Grunde geht es dich nichts an." Nicole machte eine bedeutungsvolle Pause.

„Deine Schwester hat sich auf der Uni bei allen möglichen Leuten über Anne erkundigt und nach deiner Verflossenen Ausschau gehalten. Und wenn du es wissen willst: Stephanie hat es mir gesagt, sie findet es nicht korrekt von dir, deswegen hat sie es mir verraten."

„Es war reine Neugier, nichts weiter", versuchte Emil zu beschwichtigen.

„Deine laufenden Nachforschungen bezeichnest du als Neugier? Du willst mich also auch noch für dumm verkaufen", sagte Nicole böse.

„Nicole, bitte", sagte Emil beschwörend, „ich habe Anne seit April nicht mehr gesehen."

„Aber du liebst sie noch immer, gib es zu", sagte sie messerscharf.

Emil versuchte noch einmal sie zu beruhigen.

„Annes Freundin hat uns damals beim Fest der Hartings beim Flirten beobachtet und hat es Anne berichtet. Deswegen hat sich Anne von mir getrennt, seither haben wir keinen Kontakt mehr. Das ist doch alles schon so lange her, warum regst du dich so auf?" Emil wollte zu weiteren Erklärungen ansetzen, doch Nicole unterbrach ihn.

„Warum stellst du andauernd Nachforschungen über ihren Verbleib an, wenn du sie nicht mehr liebst, kannst du mir das erklären, bitte?"

„Ich habe es dir doch schon gesagt, es hat mich interessiert", sagte Emil resignierend.

Nicole blieb unnachgiebig.

„Liebst du Anne noch, ja oder nein?"

Emil fühlte sich in die Enge getrieben. „Ich habe Anne geliebt, daher wollte ich wissen, wie es ihr geht."

„Ich bin sprachlos, ich muss mich erst fassen", stieß Nicole entsetzt hervor, bevor Emil noch weitere Erklärungen abgeben und das Gesagte abschwächen konnte. Sie vergrub ihr Gesicht in den Händen, ihre Haare fielen herab und bedeckten ihr Gesicht, man konnte nur ein leises Schluchzen hören. Mittlerweile waren die Gäste im Lokal aufmerksam geworden und warfen verstohlene Blicke in Richtung der beiden.

„Was habe ich alles versucht, damit du diese Anne vergisst", sagte Nicole und ihre Worte wurden von Schluchzen unterbrochen. „Im Urlaub habe ich dich wie einen Prinzen verwöhnt, was habe ich Närrin nicht alles gemacht, damit du mich liebst, wie habe ich mich nur so erniedrigen können."
„Bitte zieh unsere Liebe nicht durch den Schmutz, Nicole", sagte Emil, bestürzt über Nicoles Reaktion.
„Ich habe unsere Liebe nicht durch den Schmutz gezogen, du bist es, nur du. Aber du scheinst es mit allen Frauen so zu machen, ich bin sicherlich nicht die erste. Monate habe ich auf dich gewartet, während du in München warst, wer weiß, was du dort alles getrieben hast. Du glaubst wohl, dass du unwiderstehlich bist, dabei bist du nur ein Schläger, der sich für etwas Besseres hält, weil er Baumaschinen verkaufen darf."
„Nicole, was du sagst, tut mir sehr weh." Ihre Worte trafen ihn dort, wo er am meisten verletzlich war, tief drinnen, wo seine Selbstzweifel verborgen waren. Wie Gift breitete sich die Wirkung der Worte in ihm aus.
„Jetzt, wo du wieder in Wien bist, schiebst du mich weg und rennst dieser Anne nach, aber mein Leben wird auch ohne dich weitergehen. Wenn ich nur auf meinen Vater gehört hätte, ich Verrückte."

Nicole vergrub wieder ihr Gesicht in ihren Händen und schluchzte laut, es kümmerte sie wenig, dass inzwischen das ganze Lokal an ihrem Drama Anteil nahm. Der Wirt blickte Emil vorwurfsvoll an. Unternimm endlich etwas, tröste dieses arme Mädchen, siehst du nicht, was du angerichtet hast, schien sein vorwurfsvoller Blick zu sagen. Nicole schluchzte nun laut wie ein kleines Kind, das die Mutter verloren hat.
„Ich habe schon immer gefürchtet, dass etwas passieren wird, aber dass es so zu Ende geht, ist ganz furchtbar", stammelte sie.

Nun kam der Wirt herbei.
„Fräulein, bitte beruhigen Sie sich, kommen Sie, trinken Sie einen Schluck Wein, das hilft Ihnen." Er stellte ein Gläschen vor Nicole auf den Tisch und streifte Emil mit einem missbilligenden Blick.
„Es tut mir so leid, dass ich Ihnen solche Umstände mache, Herr Wirt, aber ich gehe gleich", sagte Nicole mit gebrochener Stimme.
„Bleib, Nicole, ich tue alles für dich, bleib bei mir, um Gottes willen, bitte geh nicht fort", sagte Emil flehentlich und nahm ihre Hand.
„Ich bin so enttäuscht von dir Emil, ich kann es dir gar nicht sagen."
Emil küsste ihre Hand. „Nicole glaub mir ..." Doch mit einem Ruck stieß sie Emil weg.
„Rühr mich nicht mehr an", sagte sie scharf, Wut und Enttäuschung spiegelten sich gleichzeitig in ihrem tränenüberströmten Gesicht. Sie riss ihren Mantel vom Haken und wollte das Lokal verlassen. Emil scherte sich nicht um die erstaunten Gesichter der Gäste und rannte Nicole nach, er erreichte sie vor der Türe und hielt sie zurück. Mit abgrundtiefer Missachtung blickte sie ihn an, dann schlug sie ihm ins Gesicht. Emil sah den Schlag kommen und hätte ihm leicht ausweichen können, trotzdem machte er keine Abwehrbewegung. Er hoffte, dass ihr Zorn und ihre Enttäuschung verfliegen würde, wenn er die Demütigung über sich ergehen ließe. Nach wie vor hielt er Nicole am Ärmel zurück.
„Ich lasse dich so nicht gehen, Nicole, so können wir nicht auseinander gehen."
„Wenn Sie mich nicht sofort loslassen, rufe ich den Wirt", sagte sie kalt und stieß Emil heftig zurück.
Irritiert ließ er sie los, unverzüglich verließ sie das Lokal. Betroffen blieb er stehen, alle Blicke waren auf ihn gerichtet. Resignierend zuckte er mit den Achseln, fischte einen Geldschein aus seiner Brieftasche und drückte ihn dem Wirt in die Hand.
„Behalten Sie den Rest, es tut mir schrecklich leid."

„Laufen Sie schnell dem armen Mädel nach. Lassen Sie es nicht in der Kälte allein herumlaufen", sagte der Wirt erregt.
Emil packte seinen Mantel und lief auf die Straße, es hatte zu schneien begonnen, auf seiner DS lag eine hohe Schneeschicht. Er vermutete, dass Nicole die Straße hinuntergegangen war wo die Taxis standen. Er lief die rutschige Straße hinunter und bemerkte nicht, wie Schnee in seine Halbschuhe eindrang. Plötzlich sah er einen schwarzen Wagen davonfahren, durch das Heckfenster glaubte er, Nicoles lange Haare zu erkennen. Er lief noch schneller die rutschige Straße bis zum Taxistandplatz hinunter und fragte den Lenker des Wagens des vordersten Wagens:
„Haben Sie eine junge Frau in einer Pelzjacke gesehen?"
Der Taxichauffeur blickte ihn forschend an. „Ja, sie ist gerade weggefahren."

27.

Nicole fehlte ihm sehr. Oft war er versucht, sie anzurufen, aber er ließ es dann immer bleiben. Sein Gefühl sagte ihm, dass es zwecklos war, er war überzeugt, dass Nicole ihm nicht verzeihen würde. Letztlich fand er sich damit ab, dass ihre Beziehung zu Ende war. Er fühlte sich zwar schuldig, gleichzeitig war er aber zutiefst verletzt. Nicole hatte ihm ins Gesicht geschleudert, was sie von ihm hielt, das schmerzte und er fragte sich, ob sie ihn jemals wirklich geliebt hatte. Vom Schläger war die Rede, vom eingebildeten Baumaschinenverkäufer. Und welch paradoxe Tragik, Anne verließ ihn wegen Nicole und diese hatte sich nun von ihm wegen Anne getrennt.

Eines Tages, es war kurz vor der Mittagspause, als Krassfeld im Ersatzteillager erschien und sich über den Status der Arbeiten informierte.

„Was kann schöner sein, als zu Weihnachten ein neues Auto zu bekommen", sagte er in aufgeräumter Stimmung und lächelte gönnerhaft. Offensichtlich erwartete er eine freudige Reaktion von Emil. Doch dieser schwieg.
„Sie können sich über das neue Auto freuen, es fährt sich ganz hervorragend, sehr leise, sehr bequem, ist auch sehr geräumig, ich bin schon damit gefahren. Kommen Sie, schauen Sie sich Ihr neues Auto einmal an!"

Auf dem Firmengelände, dort wo in Zukunft die Baumaschinen abgestellt sein würden, ganz einsam auf weiter Flur, stand das neue Dienstfahrzeug. Emil umrundete den Wagen und stellte mit Befremden fest, dass die hintere Stoßstange bereits beschädigt war. Es war kein großer Schaden, aber man sah in sehr deutlich.
„Ich habe geglaubt, ich bekomme einen neuen Wagen?" Emil zeigte auf den Schaden.
„Ach diese Kleinigkeit. Ich habe den Wagen bei mir zu Hause geparkt, in der Früh war er leicht beschädigt. Muss wohl jemand angefahren sein und hat es nicht bemerkt, oder wollte es nicht melden."
Emils Freude auf das neue Auto begann sich zu trüben. Es störte ihn, dass Krassfeld das Auto vor ihm ausprobiert und gleich beschädigt hatte.
„Wir sollten den Schaden reparieren lassen", meinte er.
Mit gespielter Verwunderung fragte Krassfeld: „Diese Kleinigkeit?"
„Ich denke schon. Es macht keinen guten Eindruck, wenn man bei Kunden mit einem zerbeulten Auto aufkreuzt."

„Jetzt übertreiben Sie aber, Herr Weinberger, was sollen die Kunden für ein Interesse an Ihrem Dienstwagen haben?"

„Das Auto ist wie eine Visitenkarte. Es ist nicht unwesentlich, ob ein Auto gepflegt ist und auch die Marke spielt eine Rolle", und sich einen Ruck gebend, fügte er noch hinzu: „Nicht umsonst fahren in Deutschland meine Kollegen mit einem Mercedes!"

„Jetzt werde ich Ihnen einmal etwas sagen, Herr Weinberger, Sie erhalten immerhin ein Auto der gehobenen Mittelklasse. Verkaufen Sie erst einmal ein paar Maschinen, bevor Sie große Ansprüche stellen."

Er überreichte Emil den Starterschlüssel, drehte sich wortlos um und ging in sein Büro.

Erst jetzt betrachtete Emil sein neues Auto näher. Der fein angesetzte Hüftschwung der Karosserie bei den hinteren Radkästen entsprach dem aktuellen Coke-Bottle-Look, das Chrom am Kühlergrill und an der Heckpartie zeugte vom Einfluss des amerikanischen Eigentümers bei der Modellpolitik. Emil setzte sich hinter das Steuer, verließ das Firmengelände und fuhr ein bisschen herum. Das Auto war geräumig, gefällig und solide ausgestattet. Es war leistungsstärker als seine DS und hatte einen kräftigen, anzugsfreudigen Motor, doch im Komfort war es meilenweit von der DS entfernt; er vermisste die weichen Stoffsitze und die hervorragende Federung.

Die Weihnachtszeit rückte heran, überall spürte man die Vorfreude auf geruhsame, gemütliche Tage, doch Emil war in keiner rechten Weihnachtsstimmung. Die Gewissheit, innerhalb weniger Monate die Beziehungen zu drei Frauen zerbrochen zu haben, wirkte sich bei ihm in einer fortgesetzten Niedergeschlagenheit aus. Seine Schwester und Alexander hatten ihn eingeladen, mit ihnen nach Tirol zum Schilaufen zu fahren. Aber er konnte nicht Schilaufen und hätte erst eine Ausrüstung kaufen müssen; das war jedoch nicht der wahre Grund, er wollte ganz einfach nicht ihre traute Zweisamkeit stören. Bis auf den Weihnachtsabend, den er mit seiner Mutter und seiner Schwester feierte, blieb er in seiner Wohnung. Oft dachte er an die Frauen, die er noch vor Kurzem in den Armen gehalten hatte. Das Glück hatte das Füllhorn über ihn ausgeschüttet, doch er hatte alles vertan. Immer wieder fielen ihm Episoden der vergangenen Monate ein. Er versuchte diese Bilder wegzuwischen, je mehr er sich bemühte, desto lebhafter tauchten sie jedoch vor ihm auf.

Er zwang sich, mit der Vorbereitung der Kundenkartei zu beginnen, es war eine nie enden wollende Arbeit. Die Monotonie dieser bürokratischen Tätigkeit ermüdete ihn, er gähnte oft und schlich sich dann in seine kleine Küche, um sich mit der italienischen Espressomaschine Kaffee zu kochen. Oder er pausierte und blickte aus dem Fenster, immer wieder kreisten seine Gedanken um seine Affären. Sein Kaffeekonsum hatte zur Folge, dass er nächtens nicht einschlafen konnte. Er sinnierte über seine berufliche Zukunft und die laufenden Querelen mit Krassfeld. Er fühlte sich wie jemand, der auf einer einsturzgefährdeten Brücke einen Abgrund überquerte.

Emil erschien am ersten Arbeitstag nach den Weihnachtsfeiertagen pünktlich um acht Uhr im Büro, Krassfeld war noch nicht da. Zwischen seiner Sekretärin und ihm entspann sich ein Gespräch, als Krassfeld endlich eintraf. Er schien schlechte Laune zu haben, außerdem war es ihm peinlich, von Emil bei einer Unpünktlichkeit überrascht worden zu sein.
„Schon ein Plauderstündchen so früh am Morgen?" Der Unterton war sarkastisch. „Lassen Sie sich durch

mich nicht aufhalten." Frau Holl schien verlegen, doch Emil überging diese Anzüglichkeit.
„Wie vereinbart habe ich die Kundenkartei zusammengestellt. Sie wollten mit mir darüber reden."
„Ich habe nicht darauf vergessen", erwiderte Krassfeld ruppig, „kommen Sie in einer halben Stunde."
Nach einer halben Stunde erschien Emil bei Krassfeld.
„Wie haben Sie die Feiertage verbracht?", fragte Krassfeld. Emil war erstaunt über das Interesse an seinem Privatleben, brach jedoch seine Schilderung ab, als er merkte, dass Krassfeld in seinen Unterlagen blätterte und ihm nur mit einem halben Ohr zuhörte. Er ging daher zur Tagesordnung über und präsentierte seine Kartei.
„Sie können ab sofort Kunden in Ostösterreich besuchen. Tirol, Salzburg und Vorarlberg werde ich in Angriff nehmen."
„Ist es nicht zu anstrengend, das Unternehmen zu leiten und Kunden zu besuchen?"
„Ich muss ohnehin jede Woche nach München fahren, meine Frau und meine beiden Kinder leben noch dort, sie kommen erst im Sommer nach dem Schulschluss nach Wien. Auf der Fahrt nach München kann ich leicht ein paar Kunden in Salzburg und Tirol besuchen."

Es wurde besprochen, wie Emils Außendiensttätigkeit zu organisieren sei. Jeder Besuch musste mit einem Kurzkommentar dokumentiert werden; erforderte ein Besuch weitere Maßnahmen wie Vorführung einer Maschine oder Angebotslegung, musste ein detaillierter Bericht geschrieben werden.
„Die ersten drei Monate haben Sie Zeit, Kunden zu besuchen und sich als Repräsentant unserer Firma vorzustellen, ab April erwarte ich, dass sie

mindestens eine Maschine pro Monat verkaufen. Dieses Verkaufsziel sollten Sie im Auge behalten. Arbeiten Sie konsequent darauf hin, drei Maschinen in sechs Monaten sind nicht viel, das müssten Sie schaffen."

Wie es Emil erwartet hatte, setzte ihn Krassfeld von Beginn an mit einem Verkaufsziel unter Druck. Von seinem Kollegen Ott wusste er, dass die Markteinführung das schwierigste Unterfangen war. Er sah sich veranlasst, Krassfelds Erwartungen zu bremsen, zumindest wollte er auf Schwierigkeiten hinweisen.

„Wir dürfen nicht vergessen, dass unsere Marke nicht bekannt ist. Es kann sein, dass ich am Anfang gar nichts verkaufe und das Geschäft erst in einem Jahr zu laufen beginnt."

„Ich glaube, ich höre nicht recht. Also, ich muss schon sagen, dass mich Ihre Haltung, gelinde gesagt, verwundert. Was glauben Sie, warum wir Sie so lange eingeschult haben? Ich kann Ihnen sagen warum: Damit Sie die besten Voraussetzungen haben, es kommt jetzt nur auf Ihren Willen und Ihren Einsatz an. Und ich sage Ihnen noch eins: Man kann in sechs Monaten viel mehr als drei Maschinen verkaufen, daher sind drei das absolute Minimum."

28.

Und somit wurde Emil ins kalte Wasser gestoßen und begann mit der Reisetätigkeit. Bei seinen Kontakten versuchte er, den Bedarf beim Kunden zu sondieren. Doch schnell merkte er, dass er – falls er überhaupt die Gelegenheit erhielt und nicht schon vorher hinauskomplimentierte wurde — erst das Unternehmen und die Produkte bekannt machen musste. Konkrete Gespräche über Bedarfsfälle konnte er nicht führen. Bei den meisten Unternehmen waren die Eigentümer die

Ansprechpartner und an diese war schwer heranzukommen, sie wurden von ihren Sekretärinnen gut abgeblockt. Wenn er es dennoch schaffte, mit ihnen in Kontakt zu treten, dann waren ihre Reaktionen meist sehr zurückhaltend. Immer wieder hörte er dieselben Ausflüchte wie ‚wir haben unseren Maschinenpark erst vor kurzer Zeit erneuert' oder ‚wir sind mit unserem derzeitigen Lieferanten sehr zufrieden' oder ‚wir haben nicht die Absicht zu wechseln' oder ‚ich bin sehr beschäftigt, rufen Sie in ein paar Monaten wieder an.'
Den Einstieg hatte er sich anders vorgestellt, unwillkürlich musste er an Mephisto in Goethes Faust denken, der da sagte *„grau, teurer Freund, ist alle Theorie, und grün des Lebens goldner Baum."* Wobei sein Lebensbaum im Augenblick weder grün noch golden war, jeden Tag musste er sich überwinden und neu motivieren. Nach einem Arbeitstag fühlte sich Emil ausgelaugt, obwohl er keinen körperlichen Anstrengungen ausgesetzt war, aber die Konzentration auf den Straßenverkehr und die Anspannung bei den Verkaufsgesprächen forderten ihren Tribut. Er ging daher fast regelmäßig zum Boxtraining um sich auszugleichen und nach zwei Stunden Boxtraining fühlte er sich besser. Eduard, sein Trainingspartner, ließ durchblicken, dass er mit dem Boxen aufhören wollte. Er erzählte, dass er die Frau seines Lebens gefunden hatte. Sie war anders als die Liaisonen, die er bis jetzt hatte, keine aus der Halbwelt, sondern eine, die einer geregelten Arbeit nachging und eine echte Stütze für ihn war. Sie hatte ihm seine Fehltritte und Gesetzesüberschreitungen verziehen, setzte ihn jedoch unter Druck, das Boxen aufzugeben. Bergmann gefiel das gar nicht, denn im Mittelgewicht war es nun im Club schlecht bestellt. Und das zu einem Zeitpunkt, wo der Club drauf und dran war die österreichische Meisterschaft zu gewinnen. Zwar wollte Eduard seinem Club noch so

lange zur Verfügung stehen, bis für ihn ein Ersatz in der Boxstaffel gefunden wurde, aber spätestens zur Jahresmitte wollte er aufhören. Aufgrund dieser Situation umgarnte Bergmann Emil wieder aufs Neue, um ihn zum wettkampfmäßigen Boxen zu überreden.

„Ich befinde mich in einer schwierigen beruflichen Situation, Herr Bergmann. Ich laufe noch immer meinem ersten Verkaufserfolg nach; es wäre fatal für mich, wenn ich mich bei einem Kampf verletzen würde."

„Die Kämpfe gehen ja nur über drei Runden, bei Wirkungstreffern wird vom Ringrichter sowieso immer abgebrochen, um gesundheitliche Schäden zu vermeiden", versuchte Bergmann abzuschwächen.

„Aber eine zerquetschte Nase oder ein blaues Auge würde bei meinen Kunden nicht gut ankommen. Das kann ich mir nicht leisten."

„Dieses Risiko hast du bereits jetzt beim Sparring, bisher hast du dich immer gut verteidigt und es ist dir noch nie etwas passiert", meinte Bergmann.

„Beim Sparring schonen wir uns, aber bei einem Kampf ist das Risiko ungleich höher."

„Du bist ein sonderbares Boxtalent", sagte Bergmann und seufzte, „stahlhart, schnell auf den Beinen, schwer zu treffen und mit einem Punch, der einen Ochsen umhaut. Und du willst nicht kämpfen, das versteh einer."

Seit vier Monaten besuchte Emil nun schon Kunden, aber trotz unaufhörlicher Bemühungen hatte er noch keine konkrete Chance auf einen Verkaufsabschluss herausarbeiten können. Er wollte nicht aufgeben, je mehr er gegen Mauern anlief, desto hartnäckiger setzte er seine Bemühungen fort. Der Winter war vorübergegangen und einem warmen, sonnigen Frühling gewichen. Die Luft war mild, man konnte das Erwachen der Natur direkt fühlen. Die Erde befreite sich vom Winterfrost mit

einem tiefen, frischen Geruch, es war, als ob sich alle Lebewesen und Pflanzen von einer Erstarrung lösten und aus ihrer Zurückgezogenheit der Sonne entgegenstrebten. Die Tage wurden länger und die Menschen öffneten sich, viele sahen ihre Perspektiven nun wieder optimistischer. Auch für Emil war der Frühling immer mit einem neuen Lebensgefühl verbunden, doch dieses Mal stellten sich keine positiven Gefühle ein. Er kam sich verlassen vor und die Einsicht, dass seine beruflichen Ziele viel schwieriger zu realisieren waren, als er es sich vorgestellt hatte, begann ihn zu beunruhigen. Seine Ergebnisse waren weit davon entfernt, zufriedenstellend zu sein, dazu bedurfte es nicht der bohrenden Nachfragens seitens Krassfelds, das wusste er auch so. Dieser hatte bereits in Salzburg eine Maschine verkaufen können.
„Collins wird ungeduldig. Er hat mich gefragt, was los ist", monierte Krassfeld wieder einmal, „er weiß zwar, wie schwierig ein Neustart ist, aber dass es so holprig laufen wird, damit hat er nicht gerechnet. Jedes Mal hält er mir die Kosten der Niederlassung unter die Nase, schließlich muss er seine Entscheidung für die Errichtung der Wiener Niederlassung in der Zentrale rechtfertigen."

Krassfeld ließ seine Worte wirken.
„Haben Sie noch immer keinen ernsthaften Interessenten an der Angel, dem wir eine Maschine verkaufen könnten?"
„Ich werde bei allen Kunden nachfassen, die ein verstärktes Interesse an unseren Maschinen gezeigt haben, vielleicht ist eine Maschine ausgefallen, die man ersetzen muss. Geben Sie mir noch eine Woche Zeit", sagte Emil, dem es immer peinlicher wurde, keine Erfolge vorweisen zu können. Er spürte die verhohlene Schadenfreude von Krassfeld und hatte den Eindruck, dass es ihm mehr Genugtuung

bereitete ihn in die Enge treiben zu können, als ihn wegen Erfolgen anerkennen zu müssen.

Als er am Abend seine Mutter besuchte, sah ihm diese sofort an, dass etwas nicht in Ordnung war. Er berichtete über seine Berufsprobleme, als Andrea von der Universität heimkehrte.

Andrea hörte interessiert zu. Dann sagte sie: „Warum hast du noch nicht mit Alexander gesprochen? Wie du weißt, ist sein Vater Architekt und hat sicherlich gute Kontakte zu Baufirmen, vielleicht kann er dir helfen?"

Sie ging zum Telefon, rief Alexander an und schilderte Emils Problem. Dieser versprach mit seinem Vater zu reden, nach fünf Minuten rief er zurück.

„Wir sind morgen bei den Hartings zum Abendessen eingeladen", sagte sie zu Emil gewandt, „bei der Gelegenheit kannst du mit Herrn Harting über deine Probleme reden."

Sie vereinbarten, sich am nächsten Tag um achtzehn Uhr vor der Uni zu treffen. Es war ein warmer Frühlingsabend. Vor einem Jahr war er mit Anne in dem Café gegenüber der Uni gesessen, Emil erinnerte sich noch an alle Einzelheiten dieses Abends. Sein Herz zog sich schmerzhaft zusammen, als er an Augenblicke seines vergangenen Glücks dachte. In seine Erinnerungen vertieft, merkte er nicht, als sich der Türschlag öffnete und Andrea hereinschaute.

„Na, Brüderchen, an wen denkst du, dass du so abwesend bist?"

„Dreimal darfst du raten. Dort drüben hat alles mit Anne angefangen." Er deutete in Richtung des Cafés und seufzte.

Während der Fahrt erzählte ihm Andrea, dass Anne nicht mehr in Wien studierte. Emil geriet in Aufruhr.

„Ich werde Anne suchen und ich werde Sie finden", sagte er mit dem Brustton der Überzeugung, „ich

muss das Missverständnis, das uns entzweit hat, aufklären. Entweder es gibt noch einen Weg, oder es ist dann definitiv zu Ende."
„Es wundert mich, dass sie nicht weiterstudiert. Sie hatte nur mehr ein oder zwei Semester zu absolvieren", sagte Andrea nachdenklich, „vielleicht wohnt sie gar nicht mehr in Wien und studiert in Innsbruck oder in Graz? Oder sie ist noch in der Schweiz? Der Erdboden kann sie ja nicht verschluckt haben, früher oder später wirst du sie finden, Bruderherz", sagte Andrea mitfühlend und legte ihre Hand auf Emils Schulter.

Der Wagen glitt die schöne, mit Bäumen bewachsene Straße hinauf zum Haus der Hartings. Emil dachte, welch Glück seine Schwester hatte, in diese vornehme Familie einzuheiraten, als er mit ihr die breite Steintreppe emporstieg. Bei den Hartings gab es ein feines Abendessen. Als sie beim Dessert angelangt waren, schwenkte die Unterhaltung auf das Thema des Abends. Nicht ohne Verlegenheit erzählte Emil von seinen erfolglosen Verkaufsbemühungen und vom Druck, dem er ausgesetzt war.

„Sie hätten mich schon viel früher fragen sollen, Emil", sagte Architekt Hartung. „Im Südosten von Wien entsteht ein riesiges Erholungsgebiet. Ich bin mit anderen Architekten in die Planung involviert. Es müssen dort riesige Erdmengen bewegt werden, an den Aushubarbeiten sind mehrere Tiefbauunternehmen beteiligt. Manche müssen ihren Maschinenpark vergrößern, um den Auftrag überhaupt ausführen zu können."

Hartung machte eine Pause und dachte nach. „Haben Sie etwas zum Schreiben?"

Emil holte aus der Innentasche seines Sakkos ein kleines Notizbuch hervor und zückte seinen Kugelschreiber.
„Rufen Sie gleich morgen Dipl. Ing. Riedberg an. Er braucht neue Schwenklader, vielleicht ist es nicht zu spät. Berufen Sie sich auf mich, ich kenne ihn gut."

Am nächsten Tag versuchte er ohne Unterlass, Riedberg ans Telefon zu bekommen. Erst am späten Vormittag gelang es ihm. Emil erwähnte kurz, dass er ein Bekannter von Architekt Hartung sei und beschrieb in kurzen Worten, worum es ging.

„Von wo kennen Sie Architekt Hartung", wollte Riedberg wissen.
„Sein Sohn ist mit meiner Schwester verlobt", gab Emil zögernd zur Auskunft. Einen Moment wurde es still in der Leitung.
„Wann können Sie kommen", fragte Riedberg.
„Ich richte mich nach Ihnen."

„Kommen Sie morgen um acht Uhr in mein Büro. Verschaffen Sie sich alle verbindlichen Informationen über Konditionen und Lieferzeiten Ihrer Bagger. Ihre Mitbewerber haben ihre Offerte bereits vorgelegt, eigentlich sind die Züge schon abgefahren. Wenn Sie noch eine Chance haben wollen, müssen Sie schnell handeln."
Emil überlegte, ob er zum morgigen Gespräch Krassfeld mitnehmen sollte. Dann verwarf er den Gedanken. Das Geschäft mit Riedberg verdankte er, falls es zustande kommen sollte, ausschließlich seinem Kontakt zu Architekt Hartung.
Emil hatte von sich geglaubt, dass er seine Nerven unter Kontrolle hätte, doch als er am nächsten Tag auf den Parkplatz der Firma Riedbergfuhr, waren seine Bewegungen fahrig, seine Hände kalt und feucht. Das Bürogebäude war einstöckig und langgestreckt, der mit Ziersträuchern bewachsene

Grünstreifen vor der Fassade wirkte einladend. Ingenieur Riedberg war ein Mann Mitte vierzig, mittelgroß, von kräftiger Statur und hatte ein längliches Gesicht mit buschigen Augenbrauen, die Autorität ausstrahlten. Sein ruhiges und entspanntes Auftreten milderte den Eindruck von Härte, den man vielleicht von ihm haben konnte. Mit seinen dunkelbraunen Augen musterte er Emil mit Interesse und lud ihn ein, an dem großen Besprechungstisch Platz zu nehmen, der in dem großzügigen Büro abseits eines mit Papieren überfrachteten Schreibtisches stand. Präzise erklärte er mit seiner tief tönenden Stimme, welche Maschinen er benötigte.

„Was können Sie mir bieten", sagte er und fixierte Emil.
Emil erklärte Details seiner Schwenklader und beantwortete Riedbergs Fragen.
„Bringen wir es auf den Punkt, sagen Sie mir den Preis", sagte er, nachdem sie die Beschaffenheit der Maschinen genau definiert hatten.

Emil wollte nicht wegen des Preises taktieren. Die Mitbewerber hatten bereits Angebote deponiert und es war riskant, hoch einzusteigen. Kurz entschlossen nannte er den niedrigsten Preis seines Ermessensspielraumes.
„Ich muss Ihnen sagen, dass in diesem Preis kein Verhandlungsspielraum mehr ist. Ich habe Ihnen den maximalen Nachlass gegeben", sagte Emil fest und blickte Riedberg gerade in die Augen.
Riedberg durchbohrte ihn mit einem prüfenden Blick. Dann öffnete er eine Mappe und entnahm ihr Unterlagen, nahm ein Blatt nach dem anderen zur Hand und warf prüfende Blicke darauf, dabei zog er die rechte Augenbraue in die Höhe. Die Zeit schien still zu stehen und die Sekunden kamen Emil wie Stunden vor.

„Wenn Sie zusagen können, dass Sie die Schwenklader bis spätestens 30. Juni liefern, können Sie den Auftrag jetzt mit nach Hause nehmen", sagte Riedberg endlich.

Emil hätte am liebsten einen Luftsprung gemacht, doch eine Klippe musste er noch umschiffen.

„Wegen der Lieferzeit müsste ich mich mit der Verkaufsdirektion in München abstimmen. Darf ich bei Ihnen telefonieren? Ich bezahle selbstverständlich das Gespräch."

„Vergessen Sie es. Geben Sie mir die Nummer", brummte Riedberg.

Emil schrieb die Telefonnummer auf einen Zettel und Riedberg ließ das Gespräch durch seine Sekretärin verbinden. Emil ging aufs Ganze. Er wusste, dass er Krassfeld überging, wenn er nun Collins anrief, aber er wollte den Auftrag im Alleingang durchziehen. Emil erwartete, die Stimme von Elena zu hören, erstaunlicherweise meldete sich aber eine andere Frauenstimme, die ihn mit Collins verband.

„Hallo, Weinberger, was kann ich für Sie tun? Bitte schnell, ich muss zum Flughafen", sagte Collins drängend. Emil informierte ihn über den Auftrag, dessen Unterschrift nur mehr von der Bestätigung der Lieferzeit abhängig war.

„Ich sage Lutz Schröder, er soll Ihnen helfen. Die Details machen Sie sich mit ihm aus."

„Ich bin beim Kunden, Herr Collins, ich brauche bitte die Entscheidung sofort."

„Gut, ich werde mit Schröder reden. Rufen Sie in fünf Minuten Schröder an, er wird Ihnen sagen, ob wir es schaffen. Viel Erfolg weiterhin, wird langsam Zeit."

Emil wandte sich an Riedberg.

„Die Liefermöglichkeiten werden soeben geklärt, kann ich in fünf Minuten noch einmal anrufen?"
„Kein Problem. Wollen Sie Kaffee?", fragte Riedberg.

Emil bejahte und freute sich über diese Geste. Nach monatelangen erfolglosen Kontakten wurde er nun mit einem Verkaufsabschluss belohnt und vom Kunden zum Kaffee eingeladen. Er fühlte sich wie Weihnachten und Geburtstag auf einmal. Nach fünf Minuten ließ er sich noch einmal mit München verbinden.

„Hallo, Lutz, ich hoffe, es geht dir gut. Ich bin gerade bei einem wichtigen Kunden, es geht um die Lieferzeit für zwei Schwenklader. Collins hat dich schon informiert, wie schaut es aus?"
„Wir haben im Moment eine Lieferzeit von drei Monaten. Eine Maschine könnten wir vorziehen und sogar noch Ende Mai ausliefern, die zweite Maschine aber erst Mitte Juli, frage den Kunden, ob das o.k. ist."
„Warte, ich kläre das sofort ab."

Emil unterrichtete Riedberg über das Ergebnis seiner Intervention. Dieser warf einen Blick auf seine Planungstafel.
„In Ordnung, ein Schwenklader bis 31.5. und der zweite bis spätestens 15.7. bei uns eintreffend", sagte er zustimmend.

Emil wiederholte die Bedingungen und Lutz Schröder bestätigte sie. Es war geschafft, er hatte seine ersten Lader verkauft. Er zückte sein jungfräuliches Auftragsbuch und notierte den Auftrag. Riedberg unterschrieb mit einer schwungvollen Signatur und setzte den Firmenstempel darunter. Es fiel Emil schwer, seine freudige Erregung über seinen ersten Erfolg zu unterdrücken. Sein Gesicht nahm einen feierlichen Ausdruck an, als er Riedberg für den

Auftrag dankte. Bevor sie sich trennten, gab Riedberg ihm noch einen Hinweis für ein weiteres Geschäft bei einer Kanalbaufirma.

„Sie müssen schnell reagieren. Die Maschinen werden gebraucht, zuständig für die Anschaffung ist Herr Ostermann. Es ist ein heißer Tipp, berufen Sie sich auf mich."

Emil fuhr mit gemischten Gefühlen ins Büro und bat Frau Holl, ihn bei Krassfeld anzumelden.

„Soll kommen", hörte er Krassfeld sagen.
„Schon Feierabend?", bemerkte Krassfeld mit einem Blick auf seine Uhr. Es war kurz nach Mittag. „Keine Besuche mehr geplant? Glauben Sie, dass die Kunden zu Ihnen kommen?" Emil ignorierte die Bemerkung.
„Ich habe einen Auftrag abgeschlossen, den wir sofort nach München weiterleiten müssen."

Krassfeld streckte großspurig die Hand aus und Emil überreichte ihm das Auftragsformular. Selbstgefällig lehnte er sich in seinem Lederfauteuil zurück, während er Emil stehen ließ.

„Gleich zwei Schwenklader mit 3 m³ Schaufelvolumen in der teuersten Ausführung. Na, es wurde ja Zeit, dass sich einmal etwas bewegt, mal sehen." Er studierte den Auftrag.
„Der Preis ist miserabel, da bleibt nicht viel hängen", brummte er. Auf einmal stutzte er.
„Lese ich richtig, Liefertermin Mai und Juli? Wir können die Lader nicht vor Ende August, wahrscheinlich erst im September liefern. Diese Lieferzeiten können wir nie und nimmer einhalten! Wie konnten Sie nur solche Fristen akzeptieren?"

Emil verheimlichte noch das Gespräch mit Collins.
„Ich habe die Lieferzeiten mit Lutz Schröder abgestimmt. Es geht in Ordnung."
„Aber Lutz Schröder kann nie eine solche Zusage machen", wunderte sich Krassfeld.
„Lutz konnte die Lieferzeiten bestätigen, weil er die Zusage von Collins hatte."
Krassfeld runzelte die Stirn."Sagen Sie bloß, dass Sie Collins angerufen haben!"
„Ich musste dem Kunden sofort die Lieferzusage geben, sonst wäre der Auftrag weg gewesen."
Krassfeld hob die Stimme. „Das ist doch die Höhe, Sie haben mich, Ihren direkten Vorgesetzten, übergangen. Sie führen Gespräche und machen eigenmächtig Zusagen, zu denen Sie nicht autorisiert sind! Wer glauben Sie, wer Sie sind?"

„Es war nicht anders möglich, es musste schnell gehen. Sonst wäre ein Mitbewerber zum Zug gekommen", wiederholte Emil und versuchte ruhig und sachlich zu bleiben.

Krassfeld ließ sich aber nicht beruhigen. „Sie hätten mich anrufen müssen, es obliegt mir, zu entscheiden zu welchen Konditionen und Lieferzeiten Geschäfte abgewickelt werden. Und es obliegt mir, mit der Zentrale zu verhandeln, das ist der Dienstweg und das wissen Sie."

Emil blieb noch immer ruhig.
„Es tut mir leid Herr Krassfeld, aber wir sollten froh sein, dass wir diesen Auftrag an Land gezogen haben."
Krassfeld hob die Stimme. „Auf solche Aufträge können wir verzichten. Bis jetzt haben Sie nichts zuwege gebracht bis auf dieses miserable Geschäft, welches von mir nicht akkordiert wurde. Dieses Mal sind Sie zu weit gegangen Weinberger."

Nun wurde auch Emil energisch. „Wenn Sie den Auftrag nicht wollen, dann fahre ich zurück und storniere den Auftrag, die Konkurrenz wird sich freuen!"
Krassfeld begann zu brüllen. „Ich warne Sie, Weinberger, drehen Sie mir nicht das Wort im Mund um."

Für Emil war auf einmal sonnenklar, dass er nie mit diesem Mann zurechtkommen würde. „Mir reicht es, und das endgültig, Herr Krassfeld. Mit Ihnen kann man nicht zusammenarbeiten. Monatelang haben Sie mich unter Druck gesetzt und jetzt passt Ihnen mein Auftrag nicht. Sie lehnen mich ab, egal was ich mache, Ihnen ist nichts recht."

Aus Krassfelds Gesicht entwich jede Farbe.

Emil sagte mit Resignation in der Stimme: „Es tut mir leid, aber ich kündige hiermit. Mein Kündigungsschreiben bekommen sie gleich."

„Sie kommen mir nur zuvor, Weinberger", presste Krassfeld zwischen den Zähnen hervor, schüttelte mehrere Male den Kopf und schlug mit der Faust auf die Tischplatte. „Mit Ihnen haben wir uns etwas Schönes eingebrockt. Die teure Ausbildung, alles umsonst."

„Das trifft auch für mich zu. Alles umsonst."

Nun war es zum ultimativen Eklat gekommen. Vielleicht hätte Emil noch einmal die Grobheiten von Krassfeld hinunterschlucken sollen bevor er diese gut bezahlte Stellung aufgab, aber er war zu stolz um einen Rückzieher zu machen und Krassfeld ebenfalls, sie hatten sich festgefahren. Langsam erfassten beide die Tragweite der eingetretenen

Situation. Krassfeld schaute Emil an und dieser schaute Krassfeld an.

Emil brach das Schweigen. „Sagen Sie mir, wie ich meine Mitarbeit in den kommenden Wochen bis zu meinem Austritt gestalten soll. Ich kann im Büro administrative Arbeiten erledigen oder soll ich weiter Kunden besuchen? Ich bin bis zu meinem Ausscheiden hundertprozentig loyal zur Firma, Sie können sich auf mich verlassen."

Krassfeld schwieg einige Augenblicke. „Mir ist lieber, Sie arbeiten intern, helfen Sie Moosböck im Ersatzteillager. Ihr Dienstwagen wird ab sofort eingezogen."
„Wie Sie wünschen. Einen Tag würde ich den Wagen aber noch brauchen. Ich möchte noch einem Geschäft nachgehen. Vielleicht kann ich noch einen dritten Lader verkaufen."

Er hatte Krassfelds Gerissenheit unterschätzt. „Nicht notwendig", sagte dieser kühl, „geben Sie mir die Adresse, ich kümmere mich um dieses Geschäft."

„Das können Sie leider nicht", sagte Emil bestimmt, „diesen Kunden besuche ich aufgrund einer persönlichen Empfehlung, die kann nur ich wahrnehmen."

Krassfeld lief schon wieder rot an, aber dieses Mal beherrschte er sich.

Für Emil zog die Kündigung eine Menge von Problemen nach sich, vor allem finanzieller Natur. Er hatte sich mit dem Wohnungskauf finanziell weit hinausgewagt. Nachdem ihm Krassfeld aber das Firmenfahrzeug entzogen hatte, stand er vor der Frage, entweder mit öffentlichen Verkehrsmitteln zu fahren oder ein Auto anzuschaffen. Wenn er ein Auto kaufen wollte, war es unvermeidbar, seine letzten Reserven anzuzapfen. Es würde gerade reichen, eine alte Karre zu erstehen. Doch die größte Herausforderung würde wohl darin bestehen, einen neuen Job zu finden.

Wegen des Autos rief Emil seinen Freund Felix an. Mit ihm war er zur Schule gegangen. In ihrer Jugendzeit waren sie unzertrennlich gewesen, aber dann lernte Felix, er war noch nicht einmal zwanzig, ein Mädchen kennen und die Kontakte wurden nach seiner Hochzeit seltener. Felix versprach, sofort seinen Bruder anzurufen, der im Autohandel beschäftigt war und bei dem Emil seinerzeit seine Citroen DS erworben hatte. Felix' Bruder Franz war ein baumlanger Kerl, er bewegte sich behäbig und wiegte seinen Oberkörper hin und her. Trotz seiner trägen Attitüde war er ein hervorragender Fußballer, er hütete das Tor eines bekannten Wiener Fußballclubs. Franz zeigte Emil zwei Autos, die für ihn preislich infrage kamen. Einen französischen Kleinwagen, den Emil sicher gekauft hätte, wenn er nicht so zerbeult gewesen wäre, und einen englischer Ford. Dessen Karosserie war noch in gutem Zustand, der weiße Lack glänzte sogar noch. Das Auto war acht Jahre alt und hatte über 100 000 km auf dem Buckel, Franz versicherte ihm jedoch, dass der Motor in gutem Zustand sei. Als Emil eine Probefahrt absolvierte, stellte er fest, dass der Wagen beileibe kein Sportwagen war, der Motor drehte langsam und träge hoch, die Getriebeabstufung mit nur drei Gängen war auch nicht optimal. Trotzdem war ihm dieses Auto sympathisch, es hatte ein angenehmes Interieur und mit Befriedigung stellte er fest, dass ein Radio eingebaut war. Franz machte ihm ein günstiges Angebot und Emil unterschrieb den Kaufvertrag.

29.

Wie es ihm Riedberg empfohlen hatte, suchte er prompt Ing. Ostermann auf um zu versuchen, eine weitere Maschine zu verkaufen.

Gleich nach der Begrüßung sagte Ostermann: „Ing. Riedberg hat mich angerufen und mir gesagt, dass er bei Ihnen zwei Schwenklader gekauft hat. Er kennt Ihre Marke und hat mir erzählt, dass Sie sehr gute Konditionen bieten. Ist das richtig?"

Ing. Ostermann war ein beleibter Mann, er hatte einen unübersehbaren Bauchansatz. Seine Kahlköpfigkeit schien er mit einem rauschenden Vollbart kompensieren zu wollen, was ihm ein würdiges, fast majestätisches Aussehen verlieh. Sein tiefer, sonorer Bass verstärkte diesen Eindruck.

Emil merkte, dass Ostermann ihn schon im Voraus auf einen hohen Nachlass festnageln wollte.

„Ich möchte unbedingt mit Ihnen ins Geschäft kommen, ich werde mein Möglichstes tun", sagte er.

„Na, wir werden ja sehen", sagte Ostermann reserviert. Dann kam er zu Sache: „Wir sind im Kanalbau tätig, welche Bagger bieten Sie für unsere Branche an?"

Emil konnte mehrere Produkte für diesen Einsatzzweck anbieten. Ostermann liebäugelte mit einem vierzehnTonnen schweren Universalbagger. Er war der leistungsstärkste Bagger im Programm.

„Ich brauche ein robustes Gerät, das auch nach zigtausenden Arbeitsstunden nicht auseinanderfällt. Ich hoffe, dass wir nicht enttäuscht werden, falls wir uns für Ihre Marke entscheiden. Machen Sie uns ein Angebot, zu dem wir nicht nein sagen können. Ich brauche wohl nicht zu erwähnen, dass wir auch mit Ihren Konkurrenten im Gespräch sind."

Emil fuhr auf schnellstem Wege ins Büro und informierte Krassfeld über das Ergebnis seiner Besprechung.

„Ostermann ließ durchblicken, dass wir mit allen einschlägigen Konkurrenten im Wettbewerb stehen. Ich schlage vor, dass wir mit unseren Konditionen weitgehend ans Limit gehen", empfahl Emil.

„Lieber Freund", sagte Krassfeld gekünstelt „sagen Sie mir bitte eines: Kann man in diesem Land auch Produkte ohne Rabatt verkaufen? Oder ist hier der Rabatt wichtiger als das Produkt? Wir haben doch spezifische Vorteile gegenüber unseren Mitbewerbern, konnten Sie diese nicht ausreichend überzeugend argumentieren?"

„Ich glaube schon, dass es mir gelungen ist", versicherte Emil, „sonst hätte er nicht seine Kaufbereitschaft durchblicken lassen. Ich empfehle Folgendes: Statten Sie mich mit einem Verhandlungsspielraum für eine eventuelle Preissenkung aus, sofern ein Mitbewerber günstiger liegen sollte."

Krassfeld gab keine Antwort. Er rief Frau Holl zu sich und diktierte das Angebot. Dann sagte er zu Emil: „Sie können, wenn notwendig, noch bis zu 3 Prozent nachlassen, das ist unser äußerstes Angebot."

Emil steckte das Angebot in ein Kuvert und rief Ostermann an. Er wollte das Angebot persönlich abgeben.

„Kommen Sie morgen um acht Uhr", sagte Ostermann.

„Sie glauben doch nicht, dass ich Ihren Listenpreis akzeptieren werde", sagte Ostermann provokativ und lächelte ironisch, als ihm Emil das Angebot am nächsten Morgen überreichte.

„Unsere Listenpreise sind Nettopreise. Vergleichen Sie doch bitte unsere Preise mit denen unserer

Mitbewerber, ich glaube, dass wir sehr günstig liegen", versuchte Emil, seinen Preis zu verteidigen. Jedes Prozent, das er zusätzlich gewährte, machte bei dem teuren Gerät ein hübsches Sümmchen aus. Doch Ostermann war ein beinharter Verhandlungspartner.

„Sie glauben, dass Sie günstig sind, aber das ist ein Irrglaube. Ich habe hier alle Angebote der einschlägigen Anbieter vor mir liegen, Sie müssen noch runtergehen."

Emil wollte nicht mehr nachlassen als notwendig, er wollte die Vorstellungen von Ostermann kennenlernen.

Rundweg stellte er die Frage: „Wie viel sollen wir runtergehen?"

Ostermann nannte einen Betrag. Emil rechnete nach und stellte fest, dass er den Preis akzeptieren konnte.

Mit der Zusage ließ er sich Zeit. Dann sagte er: „Wir möchten unbedingt mit Ihrer Firma ins Geschäft kommen, daher werden wir den Preis akzeptieren."

Ostermann grinste zufrieden. „Reicht es, wenn wir Ihnen den Auftrag am Montag mit der Post senden?"

„Ich würde den Auftrag lieber jetzt notieren", sagte Emil und schaute Ostermann in die Augen, „es wäre ein schöner Wochenabschluss für mich."

„Na gut, wenn Ihnen daran liegt, mir soll es recht sein", sagte Ostermann einlenkend.

Emil hatte somit sein Verkaufssoll von drei Maschinen erfüllt, obwohl es unerheblich war, nachdem er die Firma verlassen würde. Aber es war eine Genugtuung für ihn. Als er sich auf der Rückfahrt ins Büro befand, kam ihm eine Idee. Er blieb bei einer Telefonzelle stehen und rief Ingenieur Riedberg an.

„Ich muss mich bei Ihnen bedanken. Durch Ihre Empfehlung habe ich ein weiteres Großgerät

verkaufen können. Herr Ingenieur Ostermann hat soeben den Auftrag unterschrieben."
„Das freut mich", sagte Riedberg freundlich.
„Ich möchte Ihnen noch etwas mitteilen", sagte Emil verlegen, „Sie werden in Zukunft von meinem Chef betreut, weil ich die Firma verlassen werde."
„Machen Sie Witze? Wie kommt denn das?"Riedberg schien bestürzt.

Emil erzählte kurz den Vorfall.

„Es tut mir leid, dass Sie wegen Ihres Einsatzes für unsere Firma in diese Situation geraten sind. Was wollen Sie denn jetzt tun?"
„Ich werde mir eine neue Stelle suchen, möchte aber unbedingt in der Branche bleiben."
„Wissen Sie was, kommen Sie am Montag um achtzehn Uhr bei mir vorbei, vielleicht kann ich Ihnen helfen."
„Sie haben schon soviel für mich getan, Herr Riedberg, ich will Ihre kostbare Zeit nicht weiter beanspruchen."
„Papperlapapp, keine Ursache. Sie haben sich für unsere Firma eingesetzt, daher werden wir versuchen, Ihnen zu helfen."

Am Montagabend traf er Riedberg in seinem Büro. Dieser wollte noch einmal im Detail wissen, was Emil veranlasst hatte, die Firma zu verlassen. Emil erzählte noch einmal die Szene die er mit seinem Chef hatte.

„Das war aber nur der Tropfen, der das Fass zum Überlaufen brachte. Seit Beginn unserer Zusammenarbeit war er mir gegenüber unverschämt anmaßend. Auf die Dauer konnte und wollte ich es nicht mehr hinnehmen. Und er hat mich permanent unter Erfolgsdruck gesetzt, aber damit hätte ich leben können."

„Jeder Chef will Erfolg haben, das ist verständlich", sagte Riedberg und lächelte, „und Vorgesetzte hassen es, wenn man den Dienstweg nicht einhält, aber das Hauptproblem dürfte darin gelegen sein, dass Sie beide nicht miteinander konnten."
„Da haben Sie sicher recht, wir passten nicht zueinander", meinte Emil zustimmend, „er hat geglaubt, wenn er mich gut bezahlt und mir ein Firmenauto gibt, sich mir gegenüber alles erlauben zu können. Ein paar Monate habe ich mich zurückgehalten, aber es hat alles Grenzen."
Riedberg schwenkte auf das eigentliche Thema ihrer Unterredung. „Jetzt müssen wir versuchen, aus dem Scherbenhaufen das Beste zu machen."
„Ich lese die Stellenangebote in den Zeitungen", berichtete Emil, „ich könnte auch in anderen Branchen arbeiten, es ist nur schade um meine Erfahrung im Baumaschinengeschäft, die möchte ich nutzen und in der Branche bleiben, wenn es geht."
„Hören Sie zu, ich kenne jemand, der möchte eine neue Produktlinie vertreiben. Seine Firma ist im Landmaschinenhandel aktiv, möchte aber das Produktportfolio ausweiten. Es geht um Minibagger; wenn sie Interesse haben, dann rufe ich ihn an", sagte Riedberg und blickte Emil erwartungsvoll an.
„Diese Stellung würde mich sogar sehr interessieren, diese Produkte liegen stark im Trend", sagte Emil aufgeräumt.
„Versprechen kann ich natürlich nichts, aber ich glaube, Sie sind der Mann, den er sucht. Ich werde Zartl anrufen und Sie avisieren."
Er ließ sich von seiner Sekretärin verbinden. Als sich der andere Teilnehmer meldete, erklärte Riedberg die Situation. „Wenn du Interesse an diesem Mann hast, dann schicke ich ihn bei dir vorbei, damit er sich vorstellen kann."

Der Vorschlag dürfte Zustimmung gefunden haben. „Herr Zartl möchte Sie kennenlernen", sagte er nach

Beendigung des Telefonats zu Emil, „nehmen Sie mit ihm Verbindung auf und stellen Sie sich bei ihm vor." Er nahm einen Zettel, notierte Namen, Adresse und Telefonnummer und gab ihn Emil.

„Ich wünsche Ihnen viel Erfolg. Halten Sie mich über das Ergebnis Ihres Vorstellungsgesprächs auf dem Laufenden", sagte er und gab Emil noch ein paar Informationen über Zartl und dessen Firma.

Die Firma von Zartl glich einem riesigen Vierkanthof. An der Ostseite befanden sich die Büros, an der Südseite das Ersatzteillager und an der Nord- und Westseite die Werkstätte, die den meisten Raum beanspruchte. Dieses im Viereck angelegte Bauwerk umrahmte einen großen Hof, in dem Traktoren und die verschiedensten Erntemaschinen abgestellt waren. Das Gebäude dürfte erst vor Kurzem fertiggestellt worden sein, denn alles wirkte neu und gepflegt.

Emil meldete sich bei der Sekretärin an und wurde sofort vorgelassen. Zartl war ein kleiner, rundlicher Mann, dessen Haare offensichtlich durch Brillantine ihren Glanz erhielten, sein Alter war schwer einschätzbar. Mit leicht zusammengekniffenen Augen musterte er Emil. Dieser spürte, dass er sich ab sofort auf dem Prüfstand befand. Zartl blickte ihn unentwegt mit forschendem Blick an.

„Erzählen Sie mir etwas über Ihre Ausbildung und über Ihren beruflichen Werdegang", sagte er und wies auf einen Stuhl gegenüber seinem mächtigen Schreibtisch. Emil erwähnte seine schulische Ausbildung und die Etappen seines beruflichen Werdeganges und legte seine Zeugnisse vor.

„Wenn ich Sie richtig verstanden habe, waren Sie vier Jahre bei Ihrem ersten Dienstgeber beschäftigt, bei Ihrem letzten nur ein Jahr, wie kommt das?"

Emil hatte diese Frage erwartet. Er wollte nichts beschönigen, es wäre auch zwecklos gewesen, dem durchdringenden Blick von Zartl war nichts zu verbergen.

„Zwischen meinem Vorgesetzten und mir ist es zu einer Meinungsverschiedenheit gekommen", sagte er, „ich war von Beginn an seinem Mutwillen ausgesetzt. Den Anstoß, dass ich die Firma vor Kurzem verlassen habe, gab paradoxerweise ein Großauftrag, den ich bei Dipl. Ing. Riedberg abgeschlossen habe. Das Geschäft stand unter Zeitdruck und ich habe mit dem Werk wegen der Lieferzeit direkt verhandelt. Mein Vorgesetzter hat sich dadurch übergangen gefühlt und mich in einer unzumutbaren Art und Weise behandelt, anstatt froh zu sein, dass ich den Auftrag erkämpft habe. Ich sah keinen Sinn mehr, die Zusammenarbeit fortzusetzen, obwohl ich mich mit den Produkten der Firma sehr stark identifiziert habe."

Er machte eine Pause und wartete, wie Zartl auf seine Erklärung reagieren würde. Dieser schwieg jedoch. Sein Gesichtsausdruck blieb unverändert distanziert. Emil war sich bewusst, dass sein Bericht ein negatives Bild auf ihn werfen könnte, da man in ihm einen schwierigen, schwer lenkbaren Mitarbeiter sehen könne. Um sich ins rechte Licht zu rücken ging er in die Offensive.

„Ich hoffe, Sie schätzen mich aufgrund meiner letzten Erfahrung nicht falsch ein. Im Grunde bin ich leicht zu lenken und ein kooperativer Mitarbeiter, zumindest wage ich es, von mir zu behaupten."

Zartl schien nicht ganz von Emils Kooperationsfähigkeit überzeugt zu sein, trotzdem entspannte sich sein Gesicht und zum ersten Mal lächelte er.

„Na ja, Sie schienen sich nicht gerne unterordnen zu wollen. Aber im Außendienst sind Sie ohnehin unabhängig, wahrscheinlich die ideale Tätigkeit für Sie, da redet Ihnen niemand was drein. Für mich zählt, ob Sie gut verkaufen können."

Dann setzte er fort: „Wir möchten unser Geschäft mit einem neuen Produkt auf ein zweites Standbein stellen. Wir hätten die Möglichkeit, die Generalvertretung für Minibagger zu übernehmen." Er machte eine Pause und blickte Emil fragend an.
„Was sagen Sie dazu?"
„Ich sehe einen großen Markt für diese Kleinstbagger. Es ist ein beginnender Trend, gerade der richtige Zeitpunkt auf diesen aufzuspringen. Man sieht diese Geräte immer mehr in Kommunalbetrieben, Abbruch-Unternehmen, aber auch Tiefbauunternehmen verwenden diese Geräte, wenn es um kleinere Projekte geht", sagte Emil fachmännisch.
„Glauben Sie, dass Sie diese Bagger verkaufen können?", fragte Zartl und fixierte Emil.
„Ich würde diese Bagger sehr gerne verkaufen. Und ich sage das nicht, weil ich einen Job suche, sondern weil ich an dieses Produkte glaube", sagte Emil und man sah ihm seine Aufrichtigkeit an.
„Gut", sagte Zartl, „schicken Sie mir Ihre Bewerbungsunterlagen. Ich werde mir alles noch einmal überlegen. Wenn es ein weiteres Gespräch zwischen uns gibt, kann ich Sie über die Bezahlung und alles für Sie Wesentliche informieren. Selbstverständlich entsprechen unsere Konditionen den branchenüblichen Gepflogenheiten. Wenn Ihr

Einsatz stimmt, werden Sie über ein sehr gutes Einkommen verfügen."
„Ich wäre glücklich, wenn Sie sich für mich entscheiden könnten", sagte Emil, um sein Interesse noch einmal zu bekräftigen.

Wieder zog ein leichtes Lächeln über die Gesichtszüge des kleinen Mannes.
„Wir werden sehen. Ihre Anstellung hängt nicht zuletzt davon ab, ob wir mit dem Erzeuger handelseins werden und uns die Vertretung übertragen wird."

30.

Emil ging fast jeden Abend boxen. Er war froh, dass er in den Club gehen konnte, das harte Training lenkte seine Aufmerksamkeit auf den Sport und ließ ihn für einige Stunden seine Probleme vergessen. Zu seinen bevorzugten Übungen zählte das Schattenboxen. Das war sehr nützlich, um die Schlagtechnik zu verbessern. Auch den Sandsack bearbeitete er regelmäßig, um seine Schlagstärke, die ohnehin sehr entwickelt war, weiter zu steigern. Von den Kameraden wurde er gerne für Trainingskämpfe herangezogen, vor allem Eduard, aber auch Boxer anderer Gewichtsklassen trainierten mit ihm.
Es fiel ihm auf, dass ihn Bergmann oft beobachtete.
„Du trainierst fleißig, Emil, öfter als so mancher hier im Club. Ich möchte dir einen Vorschlag machen: Wir haben in zwei Wochen einen Vergleichskampf gegen einen starken Club in Klagenfurt. Die Kärntner möchten vor den eigentlichen Wettkämpfen, sozusagen als Einstimmung für das Publikum, Schaukämpfe durchführen. Drei Runden, aber jeweils nur zwei Minuten pro Runde. Der Kampf wird nicht gewertet, aber ein Ringrichter passt auf, dass fair geboxt wird. Wie gesagt, es gibt keine

Wertung, aber sonst wird kampfmäßig geboxt. Ich möchte dich gegen einen talentierten Anfänger antreten lassen. Was sagst du dazu?"
„Im Grunde werden Schläge mit voller Härte ausgeführt", stellte Emil nüchtern fest, „ist das richtig?"
„Ja, es wird normal geboxt. Bei Wirkungstreffern wird der Kampf erfahrungsgemäß abgebrochen, es geht ja um nichts. Ich habe mir gedacht, dass es für dich eine interessante Erfahrung ist, einmal wirklich zu boxen, ich würde dich daher gerne antreten lassen. Außerdem boxt du wie die Amis, das gefällt dem Publikum."
Emil dachte nach. Im Grunde hatte er viel Zeit, es wäre eine Abwechslung, mit dem Club nach Klagenfurt zu reisen.
„Du musst dich jetzt entscheiden, Emil", drängte Bergmann, „ich muss den Kollegen in Klagenfurt mitteilen, welche Gewichtsklasse wir für die Schaukämpfe nominieren. Also was ist, kann ich mit dir rechnen?"
„Also gut, ich sage zu. Hoffentlich blamiere ich mich nicht."
„Und wenn, es geht ja um nichts. Damit du dich gut vorbereiten kannst, erlaube ich dir, mit vollem Dampf zu boxen."
Diese Maßnahme von Bergmann erwies sich als goldrichtig. Emil war nicht gewöhnt, mit voller Härte zu boxen. Er wusste um die verheerende Wirkung seiner Rechten und hatte sich bei den Trainingsrunden immer zurückgehalten. Ebenso schonten ihn seine Sparringpartner, denn niemand hatte ein Interesse, den andern im Training k.o. zu schlagen.

Er hätte aber gut getan, seine volle Schlagkraft zur Entfaltung zu bringen, denn als er mit Eduard trainierte, hatte er Angst vor der eigenen Courage und hielt sich zurück. Es widerstrebte ihm, Eduard

mit harten Schlägen Schaden zuzufügen. Eduard hingegen tat sich keinen Zwang an, er hatte viele Jahre Erfahrung im Ring und schon gegen sehr gute Gegner geboxt. Er trieb Emil durch den Ring und traf ihn mit einer linken Geraden in der Magengegend. Die Wirkung des Schlages ließ einen Bruchteil einer Sekunde Emils Konzentration sinken, das genügte Eduard, um ihm einen rechten Haken zum Kopf zu verpassen. Trotz Kopfschutz sah Emil plötzlich alles verschwommen, angeschlagen wie er war, hob er instinktiv beide Arme um sich durch eine Doppeldeckung vor einem Niederschlag zu retten.
Bergmann hatte alles mitangesehen und befahl: „Komm runter, Emil, ich muss dir etwas sagen."
Emil kletterte etwas schwankend aus dem Ring.
„Setz dich", sagte Bergmann väterlich und nahm neben Emil Platz. „Ich habe geahnt, was kommen wird. Ich bin froh, dass ich dich einmal richtig in den Wind gestellt habe. Hör mir jetzt gut zu, Boxen ist ein Kampfsport. Du hast eigentlich sehr gut geboxt, aber du hast einen Kardinalfehler gemacht, du hast Eduard geschont. Eduard hat genau das Gegenteil gemacht, er hat nicht nur deine Fehler voll ausgenutzt, sondern er hat auch keine Hemmungen gehabt, dir ein paar feste Dinger zu verpassen. So sehr deine pazifistische Einstellung auch lobenswert sein mag, im Ring ist sie tödlich. Du musst dir darüber im Klaren sein, dass du von nun an um Sein oder Nichtsein boxt."
Bergmann klopfte ihm auf die Schulter. „Also Emil, bitte keine Rücksichten mehr, boxe kompromisslos und hart. Zum Schutz deines Gegners ist der Ringrichter da, falls er kampfunfähig ist. Du bist von nun an kein Übungspartner, du boxt, um zu gewinnen, dein Ziel muss sein, den Gegner mit all deinem Können zu dominieren und gegebenenfalls auch außer Gefecht zu setzen."

31.

Emil machte sich keine Hoffnungen, ein gutes Dienstzeugnis von Krassfeld zu erhalten. Sicherlich würde nichts Negatives drinnen stehen, er hatte sich ja nichts zuschulden kommen lassen, aber viel mehr als förmliche Floskeln würden darin voraussichtlich nicht zu finden sein. Als er sich am letzten Arbeitstag von Frau Holl und von Moosböck verabschiedete, sah man ihnen an, dass auch ihnen die Arbeit keine besondere Freude bereitete. Besonders Frau Holl schien unglücklich zu sein.

„Trösten Sie sich, Herr Weinberger, ich werde ebenfalls nicht alt in dieser Firma", sagte sie, als sie Emil das Kuvert mit dem Dienstzeugnis überreichte, „Krassfeld behandelt mich wie eine Putzfrau, das habe ich nicht notwendig."

„Das tut mir leid, Frau Holl, ich habe geglaubt, dass ich sein alleiniges Opfer bin", sagte Emil etwas verwundert.

„Seine grobe Art kommt bei niemandem gut an. Ich glaube, er ist nicht glücklich in unserem Land und das bekommen wir zu spüren."

Emil war überzeugt, dass man früher oder später merken würde, dass Krassfeld eine Fehlbesetzung war. Aber das würde ihm nichts mehr nützen. Er war an Krassfeld gescheitert. So viele hervorragende Leute mit Führungserfahrung gibt es in der Firma, warum musste man gerade diesen Hardliner Krassfeld nach Wien schicken?, dachte Emil mit Bedauern. Er setzte sich in seinen alten Ford und öffnete den Umschlag mit dem Dienstzeugnis. Entgegen seinen Erwartungen war es ein ausführliches und positives Dienstzeugnis. Krassfeld beschrieb Emils Spezialkenntnisse und vermerkte unter anderem *„und konnte in relativ kurzer Zeit sein Verkaufstalent unter Beweis stellen …"*War es eine versöhnliche Geste oder Reue, ihm durch dieses

Zeugnis gute Voraussetzungen für seinen weiteren Berufsweg zu schaffen?

Emil startete und fuhr nach Hause. Nach seiner Abendtoilette legte er sich nieder und versuchte, über die letzten Monate Bilanz zu ziehen. Es war ihm nicht möglich gewesen, aus den Chancen, die sich ihm geboten hatten, Profit zu ziehen. Er hatte die Illusion gehabt, dass alles gut gehen würde, in Wirklichkeit war er aber am Nullpunkt angelangt.
Er schlief irgendwann ein und träumte, dass er nächtens durch eine schmale Gasse ging, die durch Straßenlampen spärlich erleuchtet war. Auf einmal ertönte ein schallendes Gelächter, das ihm durch Mark und Bein ging. Er blieb stehen, blickte sich um, sah aber niemand, nur seinen eigenen Schatten. Plötzlich löste sich dieser und lief von ihm weg, die Schritte hallten gespenstisch auf dem holprigen Pflaster. Emil wollte seinem Schatten nachlaufen, aber er war nicht fähig dazu. Mit aller Kraft versuchte er einen Schritt zu machen, doch er konnte sich nicht einen Millimeter bewegen. Er riss den Mund weit auf und wollte rufen, bleib stehen, jedoch seine Kehle war wie zugeschnürt. Verwirrt fuhr er aus dem Schlaf hoch, sein Körper war schweißgebadet, er atmete schwer. „Bleib stehen", stammelte er.

Erst nach und nach merkte er, dass er geträumt hatte. Mit zitternden Händen tastete er nach seinem Hals, dann bewegte er seine Füße.

„Gott sei Dank", murmelte er und ließ sich erschöpft auf sein Kissen zurückfallen. Es musste kurz vor dem Morgengrauen sein, doch Emil konnte keinen Schlaf mehr finden. Immer wieder tauchten Bilder dieses Albtraumes vor ihm auf. Gedanken überfluteten ihn: Was hatte es zu bedeuten, dass sich sein eigener Schatten von ihm trennte? War er eine gespaltene Persönlichkeit? Geschäftsmann oder brutaler Boxer, einer Frau treu und doch vielen zugewandt, was oder wer war er wirklich?

Er versuchte noch immer die Schemen seines Traumes loszuwerden, als er etwas blass am Bahnhof erschien. Nicht die besten Voraussetzungen, um seinen ersten Boxkampf zu bestreiten. Er steuerte auf seine Kameraden zu, die sich in der Bahnhofshalle für den Meisterschaftskampf in Klagenfurt sammelten. Bergmann schien die Veränderung bei Emil zu merken.

„Ist alles in Ordnung?", fragte er besorgt.
„Alles in Ordnung", log Emil, der noch immer versuchte, die Erinnerungen an seinen seltsamen Traum zu vertreiben.

Die Mannschaft war in einem kleinen Hotel am Ufer des Wörthersees einquartiert. Das Hotel war in einer Epoche erbaut worden, als der Wörthersee seine Blütezeit als Sommerquartier für betuchte Urlauber hatte. Es war noch nicht Saison, Emil und seine Kameraden waren die ersten Gäste. Die Zimmer rochen etwas modrig, obwohl alles vor Sauberkeit blitzte. Emil teilte ein Zimmer mit Eduard. Bis zu den Kämpfen am Samstag vertrieben sie sich mit den anderen Kameraden die Zeit mit Waldläufen oder sie trainierten in der Veranstaltungshalle. Gerade Eduard, der mit dem Boxen aufhören wollte, musste gegen einen starken Gegner antreten, einen, der Ambitionen hatte, in das Profi-Lager überzutreten. Sein Kampfrekord war beeindruckend.
Am Samstagabend war es dann soweit, die kleine Sporthalle war voll besetzt, heiße Musik sorgte für Stimmung und ein Sprecher heizte die aufgeladene Atmosphäre mit theatralischen Ankündigungen der einzelnen Begegnungen noch weiter an. Jeder der

Boxer wurde mit seinem Kampfrekord vorgestellt. Manche Boxer wurden mit Bezeichnungen wie „Rocky vom Wörthersee", „Eisenschädel" oder „K.O.-Karli" tituliert, um die Kämpfe interessanter zu machen. Emil versuchte, sich von dem Rummel nicht nervös machen zu lassen, entspannt saß er im Umkleideraum. Zehn Minuten vor seinem Kampf wärmte er sich mit Eduard auf. Als er als Gentlemanboxer aus Wien angekündigt wurde, schritt er gelassen in die Arena und kletterte in den Ring. Sein Gegner war ein junger Bursche von 19 Jahren. Er wurde als Viktor von Viktring vorgestellt und war bereits aktiver Boxer gewesen, musste aber nach einer Verletzung pausieren. Der Schaukampf gegen Emil war eine Möglichkeit, ihn wieder an das wettkampfmäßige Boxen heranzuführen. Emil merkte nach dem ersten Schlagwechsel, dass sein jugendlicher Kontrahent die Sache todernst nahm. Von Schaukampf konnte keine Rede sein, sein Gegner wollte ihn offensichtlich auf schnellstem Wege ausknocken.

„Bleib weg", rief ihm Bergmann zu, „lass ihn kommen."

Doch damit rannte er bei Emil offene Türen ein, denn dieser versuchte, den von seinem Gegner gesuchten und provozierten Schlagabtausch ohnehin zu vermeiden. Dieser schlug oft, traf aber meistens nur die Deckung. Emil hatte hingegen schon einige Male die ungestüme Kampfweise seines Gegners ausgenutzt, um Konter ins Ziel zu bringen. Noch zeigten diese keine Wirkung, mit der unbändigen Kraft seiner Jugend setzte er seine Offensive fort. Der Gong ertönte und die Kontrahenten suchten ihre Ecken auf.

„Wenn er wieder nach vorne marschiert, dann boxe weiter wie bisher, beschränke dich auf Konter. Vergiss aber nicht nachzusetzen, falls er Wirkung zeigt."

Viktor änderte in der zweiten Runde seine Taktik, er hielt sich mit Angriffen zurück. Wahrscheinlich hatte ihm sein Trainer gesagt, dass er nun Emil kommen lassen sollte, der Kampf gestaltete sich offener. Emil fühlte, wie ihm langsam die Luft ausging. Er musste feststellen, dass seine Energien, wenn es hart auf hart ging, sich zu früh erschöpften, und war sichtlich froh, als die Runde zu Ende ging. Bergmann schien das Problem zu merken.

„Du machst es sehr gut, versuche ihn von der Seite anzugreifen", sagte er ermunternd.

In der letzten Runde trommelte sein Gegner eine Angriffswelle nach der anderen. Er hatte die Schwäche von Emil augenscheinlich bemerkt. Emil ging aber auf keinen gefährlichen und Kräfte raubenden Schlagabtausch ein. Er blieb defensiv, er wich aus, er ging zurück und versuchte mit guter Beinarbeit den Schlaghagel seines Gegners zu entrinnen. Viktor setzte wieder zu einer Angriffswelle an, Emil blockte geschickt mit dem linken Ellbogen den Schlag von Viktor ab und machte gleichzeitig einen Schritt nach außen und ließ blitzschnell seine Rechte nach vorne schießen, indem er auch sein Körpergewicht in den Schlag legte. Emil sah, wie durch die Schlageinwirkung der Kopf seines Gegners zurückgeschleudert wurde und seine Beine einbrachen. Sein Gegner ging aber nicht zu Boden, sondern versuchte, sich verzweifelt auf den Beinen zu halten. Alle im Saal erwarteten den entscheidenden Schlag von Emil, als dieser jedoch die glasigen Augen des jungen Burschen sah, überkam ihn Mitleid und er verzichtete, mit einem weiteren Schlag das Gefecht entscheidend zu beenden. Da keine weiteren Kampfhandlungen erfolgten, brach der Ringrichter ab. Langsam erfing sich Viktor wieder.

„Du hast großartig gekämpft", sagte Emil und klopfte seinem jungen Gegner auf die Schulter, der ihn jedoch nur traurig anblickte. Bergmann sah Emil mit vorwurfsvollen Augen an.

„Du hast es nicht über das Herz gebracht, ihn k.o. zu schlagen!"

Emil antwortete nicht. Er erlebte zum ersten Mal hautnah die Dramatik, die mit dem Boxsport verbunden war.

Heute war nicht er das Opfer, aber irgendwann würde es auch ihn erwischen, sinnierte er.

Langsam ging er in den Umkleideraum. Ein Blick in den Spiegel machte deutlich, dass auch er nicht unversehrt geblieben war und betrachtete besorgt die Schwellung unter dem linken Auge in der Höhe des Jochbeines. Dann duschte er, wobei er sich viel Zeit ließ. Der einzige Kampf, der für ihn von Interesse war, war jener von Eduard.

Schon nach der ersten Runde sah man, dass Eduard auf verlorenem Posten stand. Er blutete sehr stark aus der Nase, das linke Auge war geschwollen und begann sich zu schließen. Bergmann arbeitete in der Ringpause verzweifelt, um die Schwellung zu stoppen und den Blutfluss zu stillen. Es gelang nur teilweise, noch immer rann in ganz feinen Streifen Blut aus der Nase von Eduard und vermischte sich mit dem Schweiß auf dem vom Kampf gezeichneten Gesicht.

„Sollen wir aufgeben? Ich glaube, es ist besser", erkundigte sich Bergmann besorgt bei Eduard.

„Eine Runde versuch ich's noch, vielleicht lande ich einen Lucky Punch", sagte Eduard tapfer.

Der Gong ertönte. Eduard versuchte zwar alles, er kam sogar ein paar Mal durch, aber auch sein Gegner traf hart und das linke Auge schloss sich nun zur Gänze. Eduard sah nicht die Rechte seines Gegners kommen und musste viel einstecken. Es war erstaunlich, was er an diesem Abend nahm und er wankte noch immer nicht. Trotzdem war er chancenlos. Der Ringrichter unterbrach endlich den Kampf und ließ die Verletzung des linken Auges vom

Ringarzt begutachten. Dieser schüttelte den Kopf und gab Eduard nicht mehr für die Fortsetzung des Kampfes frei.
Die Ereignisse dieses Boxnachmittags hatten bei Emil ein ähnliches Phänomen ausgelöst, wie es oft bei jungen Soldaten festzustellen ist: Begeistert ziehen sie in den Krieg, um sich nach den Schrecknissen und Grausamkeiten der ersten Schlacht widerwillig abzuwenden. Aber die Begebenheiten dieses Nachmittags sollten nicht die letzten Erfahrungen von Emil als Boxer sein.

Am nächsten Tag wurde die Rückfahrt angetreten. Beim Kampf hatte er eine Menge Kalorien verbrannt, die er mit einem guten Wiener Schnitzel ersetzen wollte. Gleich nach seiner Ankunft in Wien fuhr er daher zu seiner Mutter. Er versuchte, die lädierte Seite seines Gesichtes zu verbergen, indem er es auf die andere Seite drehte. Es gelang ihm aber nicht, seine Mutter zu täuschen.
„Du bist unter dem Auge geschwollen, hast du dich beim Boxen verletzt?"
„Ja, ganz schön geschwollen, tut das nicht weh?", mischte sich auch Andrea ein.
„Nein, es tut überhaupt nicht weh. Beim Boxen habe ich es gar nicht bemerkt, erst als ich mich nachher in den Spiegel sah. Eine Kleinigkeit, nicht der Rede wert, kommt beim Boxen öfters vor", versuchte Emil abzuschwächen.
Der misstrauische Blick von Mutter sprach Bände.
„Wann wirst du endlich erwachsen und gibst diesen unsinnigen Sport auf? Denk an deinen Beruf und an deine Verantwortung. Was willst du denn tun, wenn du derart entstellt in die Firma kommst?"
„Erzählst du deinem Chef, dass du in eine Wirtshausrauferei verwickelt warst", setzte sie fort, nachdem Emil schwieg, „oder dass du deine Gesundheit beim Boxen auf das Spiel setzt? Er wird sich sehr wundern über dich!"

Das war das Stichwort, um mit der Wahrheit herauszurücken, auch wenn der Zeitpunkt ungünstig war.

„Ich werde ihm keinen Anlass mehr geben können, sich über mich zu wundern", sagte er trocken ohne Umschweife, „denn seit vergangener Woche bin ich nicht mehr in der Firma."

„Wie bitte?", Mutter und Andrea blickten Emil ungläubig an.

„Ich habe leider kündigen müssen. Ich konnte ganz einfach nicht mehr mit dem Geschäftsführer zusammenarbeiten, ohne meine Selbstachtung zu verlieren."

„Um Gottes willen bist du von allen guten Geistern verlassen? Wie konntest du nur diese gute Stellung aufgeben?", rief Mutter bestürzt aus.

„Was glaubst du", setzte sie bitter fort, „was ich alles einstecken musste um das Geld zu verdienen um uns in der schweren Nachkriegszeit zu erhalten? So schlimm wird es nicht gewesen sein dass du gleich kündigen musstest, und von deiner Selbstachtung wirst du nicht leben können."

Emil erzählte nun im Detail die Probleme mit Krassfeld.

„Nicht einmal meine Verkaufserfolge stimmten ihn positiv, sondern waren Anlass für weitere Angriffe. Da war mir auf einmal klar, dass ich keine Zukunft in dieser Firma hatte, und bin ihm mit meiner Kündigung zuvorgekommen. Glaub mir Mutter, ich habe genug Frechheiten in mich hineingefressen, aber es gibt Grenzen; länger hätte ich es nicht mehr ertragen."

Emil versuchte, ihre Sorgen zu zerstreuen, indem er sich bemühte, Zuversicht zu verbreiten. „Mach dir keine unnötigen Sorgen, Mutter, ich bin bereits im Gespräch mit einer Firma, die ein neues Produktprogramm vertreiben möchte. Wenn das funktioniert, habe ich einen ebenso guten, wenn nicht noch besseren Job. Und wenn nicht, gibt es ja

noch andere Möglichkeiten, es ist nur eine Frage der Zeit."
Emil merkte, wie seiner Mutter die Tränen in die Augen stiegen, sie verließ die Küche, ging ins Wohnzimmer und schloss die Türe hinter sich. Einige Augenblicke herrschte betretenes Schweigen zwischen ihm und Andrea.
 „Übrigens, ich habe eine Neuigkeit, die dich etwas aufheitern wird. Ich weiß, wo sich Anne aufhält."
Emils Herz fing an, ganz wild zu klopfen.
„Was?", japste er.
„Anne wohnt in Graz, sie beendet dort ihr Studium, ich habe es von Eva erfahren."
„Warum in Graz, um Gottes willen?", fragte Emil aufgeregt.
„Das weiß ich nicht."
„Hast du Annes Adresse?"
„Nein, Annes Mutter hält das geheim, sie hat Eva nichts gesagt."

32.

Die Bäume standen in saftigem Grün, als er die schöne Allee hinunterschritt, die direkt zum Schloss Schönbrunn führte. Er durchquerte das riesige Portal, vor ihm lagen wie ein riesiger Teppich großzügig angelegte Blumenbeete, doch Emil hatte keinen Blick dafür. Immer wieder versuchte er eine Erklärung zu finden, warum Anne sich wohl in Graz aufhielte. Wollte sie durch diesen Wechsel eine Zusammenkunft mit ihm verhindern? Nach all den drängenden Briefen, die er ihr geschrieben hatte, durfte sie doch gewiss sein, dass er ihr bis ans Ende der Welt folgen würde. Warum also dieser Umzug nach Graz? Er entschloss sich, am nächsten Tag nach Graz zu fahren. Er wollte Anne suchen. Die einzige Möglichkeit, sie zu finden, war die Universität.

Am darauffolgenden Tag, Emil hatte schon gepackt und war im Begriff nach Graz aufzubrechen, als er hörte, wie der Briefträger die Post in den Briefkasten warf. Darunter war ein Brief von Zartl. Dieser lud ihn zu einem weiteren Treffen ein. Unverzüglich griff Emil zum Telefon und rief Zartl an.
„Haben Sie übermorgen um zehn Uhr Zeit?", fragte Zartl.
Emil überlegte blitzschnell und sagte zu. Vorerst musste er also seine Fahrt nach Graz verschieben, obwohl er danach brannte, Anne in Graz zu suchen.

Am Abend wusste er mit sich nichts Besseres anzufangen, als in den Club zu gehen und zu trainieren. Beim Training konnte er wenigstens seinen Körper fit halten und das schien ihm in seiner derzeitigen Situation noch immer die beste Alternative zu sein. Er konnte mit seinen Kollegen ein Bier trinken und über das Boxen fachsimpeln. Es wurde viel gescherzt und manche gaben schlüpfrige Witze zum Besten. Emil fühlte sich zwar nicht ganz wohl in dieser rauen Gesellschaft, aber es war immer noch besser, als die Zeit totzuschlagen. Als ihn Bergmann erblickte, winkte er ihn zu sich heran.
„Komm in mein Büro, wir müssen reden."
Emil folgte ihm in die kleine Kammer, die als sein Büro diente.
„Samstag ist der alles entscheidende Tag für uns, wir treten zum letzten Meisterschaftskampf an und haben die Chance, den Meistertitel in der Boxliga zu erringen", sagte Bergmann bedachtsam, „wenn wir gewinnen, ist uns der Titel nicht mehr zu nehmen. Leider haben wir keinen Ersatz für Eduard, die Verletzungen, die er sich in Kärnten zugezogen hat, sind noch nicht ausgeheilt. Das Problem ist, wir haben keinen guten Ersatzmann für ihn außer …"
„Wenn ich antreten würde", fiel ihm Emil ins Wort.
„Ja", sagte Bergmann kleinlaut.

„Aber ich bin noch nicht so weit", gab Emil zu bedenken, „ich habe bisher nur aus Spaß geboxt. Vielleicht bin ich ein guter Techniker, aber der Kampf gegen den jungen Kärntner hat meine Grenzen aufgezeigt. Ich muss noch viel lernen."
„Das stimmt nur zum Teil. Dein Gegner war sehr schnell und physisch stark und von dem unbändigen Willen beseelt, dich vor seinem Publikum zu besiegen. Er war ein äußerst schwieriger Gegner, viel stärker, als ich es erwartet habe."
„Ja, eben. Ab der zweiten Runde ist mir die Luft ausgegangen. Gegen einen routinierten Gegner hätte ich keine Chance gehabt", äußerte Emil.
„Ich sag' dir einmal was, Emil. Der Gegner, gegen den ich dich am Samstag antreten lassen möchte, der ist nicht stärker als dein letzter Gegner. Er boxt nicht sehr variantenreich, er müsste dir liegen."
„Ich weiß nicht, Herr Bergmann, ich fühle mich wirklich nicht ausreichend qualifiziert für die Kampfmannschaft. Außerdem müsste ich Mittwoch verreisen und werde einige Tage, wahrscheinlich eine Woche, wegbleiben", sagte Emil ausweichend.
„Warum musst du verreisen?"
„Ich möchte jemand in Graz besuchen."
„Das kannst du doch sicher verschieben."
Da Emil keine Antwort gab, fuhr Bergmann eindringlich fort.
„Du weißt, dass ich dich sehr schätze. Du hast bei uns trainieren können und wir haben dich in unsere Gemeinschaft aufgenommen. Ich habe alles getan, dass du gute Trainingsmöglichkeiten bekamst, und ich habe mich persönlich um deinen Fortschritt gekümmert. Und du hast viel gelernt bei uns, das musst du zugeben. Findest du nicht, dass du es dem Club schuldig bist, ihm einmal in einer schwierigen Situation einen Dienst zu erweisen?"
Emil seufzte, er fühlte sich in die Enge getrieben, Bergmann machte die Angelegenheit zu einer Frage der Ehre.

„Also gut, aber ich sage ausdrücklich: nur für diesen Kampf."
„Gut, sehr gut Emil, ich danke dir. Ich habe gewusst, dass du uns nicht im Stich lassen wirst. Ich werde jetzt einen Trainingsplan für dich ausarbeiten, wir haben keine Zeit mehr zu verlieren. Das Wichtigste scheint mir die Verbesserung deiner Kondition zu sein, was deine Technik und deine Schlagkraft betrifft, mach ich mir keine Sorgen."

Am Mittwocherwachte Emil schon sehr früh. Er ging zum offenen Fenster und betrachtete die Sonne, die sich gerade über den Dächern erhob. Die ersten Vögel hoben zu ihrem noch verschlafenen Gezwitscher an. Es würde ein schöner Frühsommertag werden. Als er kurz vor zehn Uhr in den mächtigen Firmenkomplex von Zartls Firma einfuhr und den Ford parkte, spürte er, wie sich die Schlagzahl seines Pulses sprunghaft erhöhte. Er schloss die Augen und versuchte regelmäßig zu atmen, dann stieg er aus und schritt auf die Glastür des einstöckigen Gebäudes zu, in dem sich die Büros befanden. Langsam stieg er die Treppe in den ersten Stock empor, um eine weitere Pulsbeschleunigung zu vermeiden, und meldete sich bei Zartls Sekretärin an. Diese war eine schlanke, elegant in einem dunkelgrauen Rock und weißer Bluse gekleidete Dame um die 40, ihre glänzenden schwarzen Haare und die rot geschminkten Lippen kontrastierten für Emils Geschmack etwas zu stark mit ihrer hellen Gesichtsfarbe. Lächelnd lud sie Emil ein, Platz zu nehmen. Ein intensiver, süßlicher Parfumduft stieg in seine Nase und setzte sich in seiner Nasenwurzel fest. Ein leichter Kopfschmerz schien sich anzukündigen und er war froh, als Zartl die Tür öffnete und ihn in sein Büro bat.
„Ich habe mir Ihre Bewerbungsunterlagen angeschaut", sagte er nach der Begrüßung, „welche beruflichen Erfahrungen Sie haben und was Sie zu

leisten imstande sind, glaube ich zu wissen. In unserer Firma ist es üblich, dass wir uns nicht nur über die berufliche Qualifikation unserer künftigen Mitarbeiter informieren, sondern wir wollen uns auch ein Bild über die Person machen. Wobei wir es jedem überlassen, uns zu erzählen, was er uns mitteilen möchte."

Im Grunde hatte Emil nichts zu verheimlichen und er begann ziemlich frei über sich zu sprechen. Nur das mit dem Boxen wurde meistens missverstanden und er schwieg darüber.

„Wenn Sie noch etwas wissen wollen, dann fragen Sie mich bitte, ich finde es ganz normal, denn schließlich muss der Arbeitgeber ja wissen, ob man ins Team passt oder nicht. Ich habe kein Problem damit."

„Nein, das genügt, danke für Ihre Bereitschaft. Nun zu unserem Stellenangebot", sagte Zartl schlicht und ging dazu über, Emil über die offene Stellung zu informieren.

„Wir werden drei Verkaufstechniker anstellen. Einen für Wien und die angrenzenden Bundesländer, einen für die südlichen und einen für die westlichen Bundesländer. Sie hätten wir für den Osten einschließlich Wien vorgesehen. In den ersten sechs Monaten bezahlen wir ein Fixgehalt, unabhängig, ob Sie etwas verkaufen oder nicht. Nach sechs Monaten wird dieses Fixum reduziert und Provisionen pro verkaufter Maschine ausbezahlt."

Zartl nannte Beträge und Prozentsätze.

„Sie erhalten für Ihre Reisetätigkeit ein Firmenfahrzeug, das Sie privat benutzen dürfen."

Zartl machte eine Pause um Emil Gelegenheit zu geben, das Angebot zu überdenken.

Alsdann fragte er: „Könnten Sie sich vorstellen, zu diesen Konditionen für uns zu arbeiten?"

Die finanziellen Bedingungen waren gut und überstiegen sogar Emils Erwartungen.

„Ja, sehr gut", sagte er ohne zu zögern.

„Wir haben nur ein Problem", setzte Zartl fort, „wie ich Ihnen schon angedeutet habe, sind die Vertragsverhandlungen mit dem Hersteller noch im Laufen. Es gibt bereits einen Importeur in Österreich, der mangels Erfolg gekündigt wurde. Der Vertrag mit dieser Firma läuft im August aus. Das heißt, wir könnten frühestens im September starten. Es kann aber auch noch länger dauern. Wäre das ein Problem für Sie?"
„Um ehrlich zu sein, schon, weil die Finanzierung meiner neuen Wohnung für mich eine größere monatliche Belastung darstellt. Aber ich möchte diesen Job unbedingt und wäre damit einverstanden."
In Zartls sonst so ausdruckslosem Gesicht spiegelte sich Zufriedenheit.
„Gut. Sobald uns die Vertretung übertragen wurde, stellen wir Sie ein. Ich werde Sie diesbezüglich auf dem Laufenden halten."

33.

Im Boxclub hatte Emil zum ersten Mal eine tragende Rolle. Er sollte durch einen Sieg in seiner Gewichtsklasse einen Beitrag für den Gewinn der Meisterschaftswürde leisten. Er ging davon aus, dass es ein schwerer Kampf sein würde, denn Bergmann hatte sicher die Stärke seines Gegners heruntergespielt, um ihn leichter überreden zu können. Die Vorbereitung auf den bevorstehenden Kampf hatte höchste Priorität, umso mehr, seitdem er am eigenen Körper erfahren musste, dass die kleinste Schwäche zum K.O. führen konnte. Boxen war für ihn nicht mehr eine simple Trainingsmöglichkeit für körperliche Ertüchtigung, sondern nun ein Kampf auf Biegen und Brechen geworden.
Die langgestreckte Holzkonstruktion des Boxclubs konnte im Sommer nur zum Teil die Hitze

absorbieren, trotz der geöffneten Fenster war es im Innern heiß. Wie immer, wenn Emil in den Club betrat, stieg ihm der feucht-säuerliche Schweißgeruch in die Nase. Er zog sich um und trainierte mit grimmiger Miene am Sandsack und am Punchingball, der Schweiß rann ihm in Bächen über Gesicht und Oberkörper. Bergmann näherte sich Emil, der fanatisch den Sandsack bearbeitete, als ob sein Leben davon abhinge.

„Hehehe, Emil, langsam", sagte Bergmann besänftigend, „mäßige dich, wenn du deine Power jetzt verpulverst, geht dir vielleicht am Samstag die Luft aus! Und ich sage dir noch etwas, und das merke dir gut. Du brauchst nicht mehr deine Schlaghärte verbessern. Versuche aber die Schnelligkeit deiner Schläge weiter zu verbessern. Denk an Muhammed Ali, als er gegen Sonny Liston boxte. Man fragte sich, ob Ali überhaupt Treffer gelandet hatte. Doch auf einmal fiel Sonny um und war k.o. Manche glaubten, es sei ein geschobener Kampf gewesen, denn niemand sah, dass Sonny getroffen wurde. Als man in Zeitlupe einige Kampfszenen analysierte, stellte man fest, dass Ali sehr wohl mehrere Male getroffen hatte. Doch seine Schläge waren so blitzschnell, dass man sie mit dem freien Auge fast nicht wahrnahm. Oder nimm Sugar Ray Robinson, auch ein schlaksiger Kerl so wie du, vor allem, als er noch im Mittelgewicht boxte, groß und hager, fast grazil sah er aus. Auch er schlug blitzschnell und ansatzlos. Wenn man ihm beim Boxen zusah, fragte man sich immer, was er eigentlich tat. Meist war er in der Defensive, ein typischer Konterboxer und auf einmal landete sein Gegner am Boden und die Zuschauer fragten sich, ob dieser freiwillig zu Boden ging, weil man den Schlag nicht sah. Doch auch er hatte einen harten Schlag, der wahnsinnig schnell kam."

Bergmann machte eine Pause, um seinen Worten Wirkung zu verleihen.

„Diese Boxer musst du dir zum Vorbild nehmen. Die paar Tage, die uns noch bis zum Meisterschaftskampf bleiben, musst du nutzen, deine Rechte blitzschnell einzusetzen. Denk an Sugar Ray."
„Sugar Ray war eine Ausnahmeerscheinung, für mich war er der beste Boxer, den es je gab", erwiderte Emil.
„Dein Stil erinnert mich sehr an seine Kampfweise", sagte Bergmann sinnierend, „nimm ihn dir zum Vorbild."
Emil fühlte sich durch diesen Vergleich geschmeichelt, war sich aber im Klaren, dass Bergmann versuchte, ihn zu motivieren.
„Jetzt solltest du ein paar Sparringrunden mit Benno boxen", sagte Bergmann beiläufig. „Der Boxstil von Benno ist dem deines künftigen Gegners ähnlich. Benno ist ein Fighter und sucht den Schlagabtausch. So ähnlich wird auch dein Gegner am Samstag boxen."
Benno boxte eine Gewichtsklasse über jener von Emil. Er war nicht nur schwerer als Emil, sondern durch intensives Training gut austrainiert. Seine schütteren Haare standen irgendwie im Widerspruch zu seinem athletischen Körperbau, denn er wirkte wie ein Block aus Muskeln und Sehnen. Die schlanke, schlaksige Erscheinung Emils nahm sich direkt filigran neben diesem Muskelmann aus. Man hatte den Eindruck, als ob David gegen Goliath kämpfen würde. Benno war ein Draufgänger, der einen offenen Kampfstil bevorzugte, geschickt verstand er es, tief in die Schlagdistanz der Gegner einzubrechen, um diesen dann mit Haken zuzusetzen. Es war riskant, gegen ihn zu boxen, denn wenn seine Taktik aufging, gewann er immer, meistens durch K.O. Andererseits war er durch seine offensive Kampfweise anfällig für Konter, was ihm schon öfters zum Verhängnis wurde. Emil fiel es am Beginn schwer, den bulligen Benno auf Distanz zu

halten, aufgrund seiner körperlichen Überlegenheit brach dieser immer wieder in die Halbdistanz ein und hatte dadurch Chancen Emil mit Haken zu treffen. Einmal erwischte er Emil mit einem rechten Haken mitten im Gesicht. Emil hob den Arm, um den Kampf zu unterbrechen und um den Treffer zu verdauen. Er wartete einige Augenblicke, bis er wieder klar wurde und setzte das Sparring wieder fort. Benno wollte offensichtlich einige Tage vor den Entscheidungskämpfen den maximalen Profit aus diesem Training ziehen und setzte konsequent seine Kampfweise fort, immer wieder bemühte er sich, die Schlagdistanz zu verkürzen, um Emil einen Schlagabtausch aufzuzwingen. Aber Emil tat ihm nach der schmerzlichen Erfahrung von vorhin nicht mehr den Gefallen. Er begriff, dass es sinnlos war, sich mit dem physisch stärkeren Benno auf einen offenen Fight einzulassen. Geschickt änderte er seine Taktik und probierte durch schnelles Hineingehen in die Schlagdistanz, Links-Rechtskombination anzubringen, um sich blitzschnell wieder zurückzuziehen. Dadurch konnte er den Kampf einigermaßen offenhalten.
Trotzdem ärgerte sich Emil, weil Bergmann ihm diesen schweren Brocken vorgesetzt hatte.
„Benno ist nicht nur zu gut für mich, er ist auch zu stark", sagte er missgelaunt zu Bergmann und versuchte den Blutfluss aus seiner Nase zu stillen, „er durchschlägt meine Deckung wie nichts!"
„Das ist doch klar, dass du dir mit Benno schwer tust. Er hat sieben kg Muskelmasse und Schlagkraft mehr als du. Am Samstag hast du es mit einem leichteren Gegner zu tun, also keine Angst, Emil", versuchte Bergmann Emil zu beruhigen. „Es war ganz einfach wichtig, dich gegen jemand üben zu lassen, der einen ähnlichen Kampfstil wie dein künftiger Gegner hat."
Je mehr die Anspannung aus seinem Körper nachließ, desto mehr spürte er die Wucht der

Schläge. Er fragte sich, ob es eine gute Entscheidung von Bergmann war, ihn gegen einen Mann der höheren Gewichtsklasse antreten zu lassen. Als er geduscht hatte und den Club verließ, fuhr er sich unwillkürlich mit der Hand ins Gesicht. Er hatte sich nicht getäuscht, die Hand war rot, die Blutung hatte wieder heftig eingesetzt. Emil ließ sich auf eine der Holzbänke in der kleinen Arena fallen, wo im Sommer Freiluftveranstaltungen durchgeführt wurden. Er beobachtete, wie in regelmäßigen Abständen sein Blut auf den Boden tropfte. Unwillkürlich erinnerte ihn die Sinnlosigkeit seines Blutvergießens an seine vergebliche Liebe zu Anne. Außerdem deprimierte ihn, dass er vorhin schwere Treffer hatte einstecken müssen und sah darin ein Synonym für sein Schicksal.

Am nächsten Tag boxte Emil gegen einen Clubkameraden einer leichteren Gewichtsklasse. Stefan, der im Weltergewicht boxte, war einer der besten Boxer im Club. Er war schnell, boxte abwartend und ließ immer seine Gegner kommen. Seine Bewegungen waren geschmeidig, unablässig federte er auf seinen Beinen und bevorzugte die feine Klinge beim Boxen. Sein Schlag war nicht übermäßig hart, aber er schlug präzise und konnte bei seinen Kämpfen dadurch punkten. Emil musste ein hohes Tempo gehen und sich vor der steif geschlagenen Führhand Stefans in Acht nehmen. Dadurch war es ihm schwierig, an ihn heranzukommen. In der zweiten Runde änderte Emil seine Taktik und versuchte, wie Alan zu boxen. Er rollte den Oberkörper nach hinten und zur Seite, duckte ab ohne zurückzugehen und hatte so den Vorteil, aus der Halbdistanz schlagen zu können. Er versuchte, seine Rechte blitzschnell kommen zu lassen, wie es Bergmann von ihm verlangt hatte. Und siehe da, es funktionierte, Stefan bekam große Schwierigkeiten. Nachdem sie ihr Sparring beendet hatten, nickte Bergmann wohlwollend.

„Nichts auszusetzen, wirklich nichts auszusetzen. Ich bin sehr zufrieden mit euch beiden. Noch einen Tipp: Nicht hektisch werden, versucht immer den Überblick zu behalten. Das erlaubt euch, gegebenenfalls mit einer Änderung der Taktik auf euren Gegner zu reagieren."
Am Freitag, einen Tag vor den Kämpfen, ließ Bergmann seine Boxstaffel Aufstellung nehmen.
„Jeder Einzelne von euch hat sich gewissenhaft vorbereitet und sein Bestes gegeben", sagte er ruhig und gelassen. „Was wir bis jetzt nicht draufhaben, können wir bis morgen nicht mehr nachholen. Deswegen schlage ich vor, dass wir heute nur mehr ganz locker trainieren, um unsere Kräfte zu schonen. Wir brauchen uns morgen vor dem Gegner nicht fürchten. Jeder Einzelne von euch hat Siegchancen und falls wir gewinnen, ist uns der Meistertitel nicht mehr zu nehmen."

Am Samstag war es schwül und regnerisch. Es wurde vereinbart, mit mehreren Pkws in die kleine Sporthalle zu fahren, wo die Kämpfe ausgetragen wurden. Bevor die Mannschaft in die Fahrzeuge stieg, rief Bergmann jeden Boxer einzeln auf und gab seine letzten Anweisungen für die Kämpfe.
„Dein Gegner ist ein Fighter", sagte er zu Emil, „boxt ähnlich wie Benno, schlägt viel, steht immer nah beim Gegner und sucht den Schlagabtausch, ist aber anfällig für Konter. Ich empfehle dir: Bleib' weg von ihm. Nütze aber jede günstige Gelegenheit, schnell in die Schlagdistanz reinzugehen. Schlag eine Doublette und geh dann wieder schnell aus der Distanz. Versuch nicht frontal anzugreifen, eher von der Seite, so wie du es in Klagenfurt gemacht hast, das war super."
Als Bergmann den letzten Kameraden instruiert hatte, fuhren sie los. Emil nahm in seinem Wagen Benno und Stefan mit, jene Kameraden, mit denen er zuletzt geübt hatte. Es begann leicht zu regnen. Der Scheibenwischer fuhr müde über die

Windschutzscheibe und gab knackende Geräusche von sich gab. Während der Fahrt wurde wenig gesprochen, außer dass sie sich hie und da mit Blödeleien bei Laune hielten, um ihre Anspannung zu mildern. Als sie die Donau überquerten, warf Emil einen kurzen Blick auf den Strom, der sich wie ein riesiges, graubraunes Band ausbreitete und seinem fernen Ziel, dem Schwarzen Meer, ruhig entgegenstrebte. Emil nahm das Bild der gelassen dahinfließenden Donau in sich auf und ein Gefühl der Ruhe und Entspannung breitete sich in ihm aus.

Die Boxveranstaltung fand in einer Mehrzweckhalle statt, in der auch Handball- und Basketballspiele durchgeführt wurden. In der Mitte der Halle war ein Hochring errichtet worden, zu beiden Seiten des Ringes befanden sich Sitzreihen die ungefähr 500 Personen Platz boten. Bergmann hatte drei Assistenten mitgenommen, alles ehemalige Boxer des Clubs, sie halfen den Kämpfern beim Anlegen der Bandagen und unterstützten sie beim Aufwärmtraining. Um die Zeit bis zu seinem Antreten zu überbrücken, versuchte Emil, sich mit einer Springschnur aufzulockern. Die lauter werdenden Geräusche aus dem Zuschauerraum verrieten ihm, dass die Auseinandersetzungen bald beginnen würden. Ein älterer Mann in weißem Hemd und schwarzer Hose, wahrscheinlich der Ringrichter, erschien in der Garderobe und kündigte den Beginn der Kämpfe an. Bergmann winkte seinem ersten Schützling und verließ mit ihm die Garderobe. Emil hatte noch Zeit, bis er an die Reihe kam und zog sich in der geräumigen Garderobe in einen stillen Winkel zurück. Er wollte sich von den hektischen Vorbereitungen abschirmen und in Ruhe seine Strategie vor seinem inneren Auge ablaufen lassen. Er zog ein großes Handtuch über den Kopf, stützte die Ellbogen auf die Knie, legte seinen verhüllten Kopf in die Hände und blieb vornübergebeugt reglos sitzen.

In seinem Geiste sah er einen immer wieder vorstürmenden Gegner, vor dem er tänzelnd zurückwich, dann überfallsartig in die Distanz ging, um seine Doubletten zu schlagen. Er mochte eine Weile so gesessen sein, als ihn jemand sanft auf die Schulter tippte.

„Emil, es ist bald soweit, komm aufwärmen", hörte er jemand sagen. Es war Hawel, ein ehemaliger Boxer des Clubs, sein gutmütiges Gesicht strahlte Ruhe und Gelassenheit aus.

„Wie schaut es aus?", wollte Emil wissen.

„Nicht so schlecht, ziemlich ausgewogen. Aber jetzt kommen ja unsere stärksten Leute", sagte Hawel und lächelte zuversichtlich.

Dass sich der gegnerische Boxclub überraschenderweise in erstklassiger Verfassung präsentierte, verschwieg Hawel. Er zog die riesigen Pratzen über und Emil simulierte seine Kampftaktik, schnell auf den Beinen nach vorne- und zurücktänzelnd, immer wieder andeutungsweise und ohne Kraft Doubletten und Schlagkombinationen gegen die Pratzen schleudernd. Die Tür öffnete sich, der Lärm aus dem Zuschauerraum wurde laut, als Bergmann mit dem erschöpften Stefan eintrat. Dass es ein harter und erbarmungsloser Fight gewesen sein musste, sah man ihm an. Er blickte Emil an und lächelte. „Viel Glück, Emil, du wirst es schaffen", sagte er ermunternd.

Emil wollte wissen, wie der Kampf ausgegangen war: „Hast Du gewonnen?"

„Zweifelst du daran", sagte Stefan und lächelte mühsam, „aber es war knapp."

„Gehen wir Emil?", fragte Bergmann und legte Emil beruhigend die Hand auf die Schulter.

Emil warf sich sein großes Handtuch wie eine Kapuze über den Kopf und folgte Bergmann in die Halle, stoisch auf den Fußboden blickend, das Publikum keines Blickes würdigend. Johlen und Pfiffe drangen an sein Ohr. Die Anhänger seines Clubs applaudierten

ihm und lancierten aufmunternde Zurufe. Die aufgeheizte Atmosphäre im Saal übertrug sich nun auf Emil, er spürte, wie ihn dieses Ambiente in Hochspannung zu versetzen begann. Seine Schritte wurden federnd, elastisch zwängte er sich durch die Seile, warf sein Handtuch ab, trat einige Schritte in den Ring, machte ein paar schnelle Luftschläge und begrüßte das Publikum mit einer leichten Verbeugung. Aus dem Publikum ertönten wieder verstärkt Pfiffe, vermischt mit Bravorufen, je nach Anhängerschaft. Dann ging er in seine Ecke, lehnte sich an die Seile, während Bergmann einen Schemel und Utensilien in Stellung brachte. Diese benötigte er, um seine Boxer in den Ringpausen zu erfrischen oder zu verarzten. Wieder erstarkte das Geschrei und Gejohle, als sein Gegner in den Ring stieg und ihn kalt musterte. Er war kleiner, dadurch etwas breiter und kompakter im Körperbau als der großgewachsene, knochig wirkende Emil. Selbstbewusst hob sein Gegner die Arme und verneigte sich tief vor dem Publikum.
„Hopp auf, Michi, hau den Langen in zwei Teile", brüllte pöbelhaft ein Zuschauer aus den vorderen Sitzreihen.
Michi, dessen korrekter Name Michael Dorner war, hatte dunkle, kurz geschnittene Haare und kleine, arglistig blickende braune Augen. Man hatte den Eindruck, als ob sein Kopf auf dem breiten Hals etwas zu klein geraten wäre. Er hüpfte locker von einem Bein auf das andere, rollte den Kopf hin und her und warf Blicke in Richtung Emil, die Geringschätzung und Verachtung ausdrückten. Er ließ seine Fäuste blitzschnell nach vorne schießen, um mit diesem Imponiergehabe seine Anhänger zu beeindrucken, was diese mit frenetischen Zurufen quittierten.
„Es bleibt dabei", sagte Bergmann zu Emil, „versuche, schnell in die Distanz zu gehen und dann blitzartig wieder heraus, also rein und raus ist die Devise."
Damit meinte Bergmann den Gegner mit der langen

Führungshand nicht in die Schlagdistanz eindringen zu lassen, eigene Angriffe durch schnelles Hineingehen in die Distanz zu versuchen, dann aber durch schnellstes Zurückgehen aus der sicheren Distanz zu boxen.

Der Gong ertönte und Dorner marschierte von Beginn an vorwärts. Mit nach vorne gebeugtem Oberkörper versuchte er, seine Reichweitennachteile gegenüber Emil zu kompensieren und nahm dadurch ein erhöhtes Risiko in Kauf. Immer wieder ging er vorwärts und versuchte Emil zu treffen. Dorner war nicht sehr schnell, aber er hatte Fäuste wie Steine, hart und schwer hämmerte er auf die Deckung von Emil. Immer weit nach vorne gebeugt, verfolgte er Emil mit seinen Haken quer durch den Ring. Manches Mal duckte er tief ab und stieß lange Gerade gegen den Körper von Emil, schon einmal war eine solche unter Emils Gürtellinie gelandet. Es war ein klarer Tiefschlag, aber der Ringrichter nahm keine Notiz. Wieder duckte Dorner ab und traf regelwidrig tief, Emil zeigte Wirkung und Dorner ließ blitzschnell einen rechten Haken folgen. Emils Nase wurde vom Schlag seines Gegners zusammengequetscht, er glaubte einen Knacks zu verspüren und fühlte einen stechenden Schmerz. Verdammt, schon wieder die Nase, durchfuhr es ihn blitzartig. Trotz des Treffers versuchte er, klar zu bleiben, blitzartig ging er in Doppeldeckung und ließ den unkontrollierten Schlaghagel seines Gegners verpuffen. Der Gong ertönte, die erste Runde war zu Ende. Emil blutete aus der Nase. Hektisch versuchte Bergmann den Blutfluss zu stillen.

„Deine Nase sieht nicht gut aus. Ich habe den Blutfluss stoppen können, aber die Wunde wird wieder aufbrechen. Du musst jetzt aktiver werden, ein kleines Risiko musst du schon auf dich nehmen. Versuche, vom Winkel her anzugreifen, aber Achtung, er ist ein Puncher, Vorsicht Emil", mahnte Bergmann.

Emil hörte Bergmann nur mit halbem Ohr zu. Er fixierte seinen Gegner, der zufrieden und siegesgewiss in seiner Ecke saß. Wut stieg in ihm auf und Rachegefühle regten sich in ihm. Unter keinen Umständen wollte er diesem unfairen Kerl den Sieg überlassen.
Die zweite Runde begann, wie eine Zerstörungsmaschine stürmte Dorner vorwärts, immer wieder versuchte er Emil im Gesicht, vor allem an der verletzten Nase zu treffen. Doch Emil begann, sich immer besser auf seinen Gegner einzustellen. Als Dorner, sich weit vorbeugend, auf Emil einhämmerte, blieb dieser in der Halbdistanz, wich blitzschnell nach rechts aus, traf voll mit einer linken Geraden und ließ einen rechten Haken folgen. Durch die Wirkung der beiden Treffer sackte der Körper von Dorner nach vorne, eine Serie von Schlägen prasselte auf seinen Schädel, bevor er sich mit einer Doppeldeckung halbwegs schützen konnte. Aber so leicht war Dorner nicht von den Beinen zu holen, wie ein gereizter Stier versuchte er Emil zu stellen. Wieder wich Emil dem vorwärtsstürmenden Gegner, dieses Mal nach links aus und traf voll mit einer Doublette. Als der Gong ertönte, wankte Dorner ziemlich angeschlagen in seine Ecke, auch Emil war gezeichnet, er blutete heftig aus der Nase.
Bergmann arbeitete fieberhaft an Emils Kampfspuren. Er wusch sein Gesicht mit kaltem Wasser und strich den Nasenflügel, der geschwollen und aufgeplatzt war, mit einer Salbe ein.
„Du hast nur mehr die Chance Dorner schnellstens k.o. zu schlagen, bevor die Blutung wieder einsetzt und der Ringrichter den Kampf abbricht. Setz alles auf eine Karte, volles Risiko jetzt", sagte er beschwörend.
Der Gong ertönte zur letzten Runde. Im Saal war die Hölle los, das Publikum, heiß von der dargebotenen Ringschlacht der beiden, feuerte sie zur Entfesselung der letzten Kräfte an. Dorner boxte nun vorsichtiger,

die Treffer, die er in der zweiten Runde kassieren musste, schienen seine Angriffslust gebremst zu haben. Er boxte zurückhaltend und wollte offensichtlich Emil die Initiative überlassen. Das konnte Emil aber nur recht sein, er nutzte seine Reichweitenvorteile und bestimmte das Kampfgeschehen. Vor allem mit seiner pfeilgeschwinden linken Führungshand überraschte er Dorner, immer öfter konnte er mit der Rechten nachsetzen. Die Treffer hinterließen schon deutliche Spuren im Gesicht von Dorner, eine Schwellung hatte das rechte Auge auf einen schmalen Schlitz reduziert. Dorner änderte noch einmal seine Strategie, mit sprunghaft vorgetragenen Angriffen versuchte er, in Schlagdistanz zu kommen, aber seine Attacken waren zu durchsichtig, Emil blockte ab, nahm den Schlägen die Wucht und konterte blitzschnell mit Haken zum Körper und Kopf. Man merkte Dorner nicht nur die Wirkung der Treffer an, auch seine Reaktionen ließen nach. Emil traf nun nach Belieben. Mit seinen letzten Kraftreserven griff nun Dorner ohne Rücksicht auf Verluste an und versuchte, Emil in einer Ecke zu stellen, indem er nicht nur boxerische Mittel einsetzte, sondern Emil schob und abdrängte. Emils Wunde hatte sich wieder geöffnet und er blutete aus der Nase. Dorner, jede Vorsicht und Besonnenheit außer Acht lassend, schlug unkontrolliert auf Emil ein. Obwohl durch die Blutung stark behindert, konnte Emil die Löcher in der Deckung von Dorner erbarmungslos ausnutzen und traf mit Links-Rechtskombinationen zum Kopf. Dorner taumelte zurück, hob die Fäuste zur Doppeldeckung, doch Emil durchbrach mit einem rechten Aufwärtshaken die Deckung und nach seiner linken Geraden knickte Dorner ein, als ihn eine fürchterliche Rechte vollends auf die Bretter schickte. Dorner versuchte, sich mit Hilfe der Ringseile hochzuziehen, aber als er fast schon stand, brach er noch einmal zusammen und wurde vom Ringrichter ausgezählt.

Im Saal brach ein Höllenlärm los. Die Anhänger Emils applaudierten und riefen Bravo, die seines Gegners ließen ein Pfeifkonzert ertönen. Emil kümmerte sich nicht darum, beide Fäuste zum Zeichen des Sieges nach oben gestreckt strebte er seiner Ecke zu in die offenen Arme des überglücklichen Bergmann. Dorner, der wieder hochgekommen war, gestikulierte wild und machte Anstalten, den Kampf fortzusetzen. Als der Ringrichter ihn daran hindern und in seine Ecke weisen wollte, stieß er diesen brutal von sich und stürzte sich auf den ahnungslosen Emil. Mit einem weit hergeholten Schwinger versetzte er ihm von hinten einen fürchterlichen Hieb auf die Schläfe. Von der Wucht des Schlages riss es Emil förmlich die Beine vom Boden, mit einem dumpfen Bums schlug sein Kopf auf dem Ringboden auf. Er rührte sich nicht mehr. Im Publikum wurde es schlagartig still, Verblüffung und Entsetzen stand vielen ins Gesicht geschrieben. Dann entstand ein Tumult, die Anhänger von Emil wollten den Ring stürmen und Dorner verprügeln, wurden aber von den anwesenden Polizisten daran gehindert. Bergmann war sofort bei Emil und versuchte, ihn zu Bewusstsein zu bringen. Doch Emil blieb regungslos liegen. Nur am Heben und Senken seines Brustkorbes sah man, dass er atmete. Blut floss aus seiner Nase und aus seinem Mund.
„Um Gottes willen, Emil, bitte komm zu dir", Bergmanns Stimme bibberte vor Entsetzen. Nun kam auch der Ringarzt, hob die Lider von Emil und unterzog die Pupillen einer Prüfung.
„Wir müssen ihn ins Krankenhaus bringen, er hat eine schwere Gehirnerschütterung oder sogar eine Gehirnblutung", sagte der Ringarzt zu Bergmann, „rufen Sie sofort einen Krankenwagen."
Auf einmal verzerrte sich Bergmanns Gesicht sich zu einer wütenden Fratze, er stürzte sich auf Dorner und prügelte wild auf ihn ein.
„Du, Mörder, ich bringe dich um, ich bringe dich um", schrie er.

Dorner hob nur die Hände schützend vor das Gesicht, teilnahmslos ließ er die Prügel auf sich niedersausen.

„Beruhigen Sie sich bitte, es bringt doch nichts", sagte der Ringrichter und hielt Bergmann fest, bis sich dieser wieder gefasst hatte.

„Das wird ein Nachspiel haben, ich zeige dich wegen schwerer Körperverletzung an, das verspreche ich dir, du Verbrecher", stieß Bergmann hervor und spuckte Dorner ins Gesicht.

Mittlerweile schlug Emil die Augen auf. Man setzt ihn auf, aber man musste ihn halten, damit er nicht wieder zusammensackte.

Bergmann stammelte flehentlich: „Emil, Emil, kannst du mich hören?"

„Was ist geschehen?", fragte nach einer Weile Emil mit leiser und monotoner Stimme.

„Du bist von hinten niedergeschlagen worden. Wie geht es dir?"

Wieder verstrich Zeit.

„Mir ist so schlecht, ich glaube, ich muss erbrechen."

„Kannst du aufstehen?"

„Es dreht sich alles", sagte Emil mit Grabesstimme.

Bergmann und der Arzt schulterten Emil und halfen ihm aufstehen. Emil schwankte wie ein Betrunkener hin und her, ohne Hilfe konnte er nicht stehen. Vorsichtig spannten sie die Ringseile auseinander und halfen Emil durchzuschlüpfen, ließen ihn aber nicht los. Emil versuchte, ein paar Schritte zu machen, ließ aber sogleich alles hängen. Behutsam stützten sie ihn und schleppten ihn in die Garderobe, wobei Emil wie leblos wirkte und die Füße nachschleifte. Überall sah man verstörte und fassungslose Gesichter.

„Wir müssen ihn jetzt in Ruhe lassen und warten, bis die Rettung kommt", sagte der Arzt. Sie legten Emil auf eine Pritsche im Umkleideraum. Bergmann holte die Sachen aus Emils Kästchen und stopfte sie

in eine Sporttasche. Dann deckte er ihn mit Handtüchern und Jacken zu.
„Wie geht es dir, Emil?" Bergmann war noch immer geschockt.
„Schlecht", sagte Emil leise und schloss ermattet die Augen.

34.

Die Vermutung des Ringarztes, dass Emil eine Gehirnerschütterung erlitten hatte, wurde von den Ärzten im Krankenhaus bestätigt. Trotz der Wucht des Schlages von Dorner dürfte der Auslöser für die Schwere seiner Verletzung aber das Aufschlagen des Kopfes am Boden gewesen sein. Nach einer Vielzahl von Untersuchungen und Tests hatten die Ärzte eine Entlassung nach einem einwöchigen Aufenthalt in Aussicht gestellt. Da Emil fortwährend unter starken Kopfschmerzen und zeitweise an Übelkeit litt, entschloss man sich, ihn noch eine weitere Woche zu beobachten. Untersuchungen wurden wiederholt und weitere Tests und Analysen durchgeführt.

Emil war noch nie ernsthaft krank gewesen, das Liegen im Bett war für ihn eine Pein. Da man ihm verbot zu lesen oder fernzusehen, verging die Zeit schleichend langsam. Er lag in einem riesigen Krankensaal mit 22 Betten. Um ihn herum lagen Männer mit Krankheiten verschiedener Schweregrade, einige lagen im Sterben. Es war deprimierend, ihr Dahinscheiden mitzuerleben. Manche schrien vor Schmerzen, die sie in ihren letzten Stunden ertragen mussten, andere lagen mit halbgeöffnetem Mund auf dem Rücken und röchelten mit jedem Atemzug. Das Leid und die Angst ihrer Frauen und Kinder berührten Emil zutiefst und ließen seine Kopfschmerzen nur noch stärker hervortreten. Hier werde ich noch kränker, als ich schon bin, dachte er manches Mal. Ganze Nächte blieb er wach und wälzte sich im Bett hin und her, geplagt von Kopfschmerzen. Meistens verfiel er gegen Morgengrauen in einen Halbschlaf, aber wenig später kamen die geistlichen Krankenschwestern, um ihm sein Frühstück und die Medikamente zu verabreichen.

Oft musste er daran denken, wie rasch sich sein Höhenflug in eine erschreckende Talfahrt verwandelt hatte. Seine körperlichen Schmerzen und seine seelischen Leiden erzeugten in ihm immer mehr ein Gefühl der Wertlosigkeit. Er ließ sich fallen, ohne einen Versuch zu machen, Kräfte für eine Genesung zu mobilisieren.
Jeden Tag kam Mutter ihn besuchen. Es belastete ihn ungemein, ihr so große Sorgen zu bereiten. An diesen Schuldgefühlen litt Emil fast mehr als an seiner Krankheit. Wenn sie ihn besuchte gab er sich immer zuversichtlich, aber seine Mutter kannte ihn zu gut um sich von ihm täuschen zu lassen. Er verschwieg seine Kopfschmerzen und rechtfertigte seinen sich in die Länge ziehenden Aufenthalt im Krankenhaus mit der üblichen routinemäßigen Beobachtung nach Gehirnerschütterungen.
Auch die Kameraden vom Boxclub besuchten ihn, vor allem Bergmann, Eduard, Benno und Stefan. Sie berichteten, dass sie den Meisterschaftskampf gewonnen hatten, da der gegnerische Club vom Verband disqualifiziert worden war.
Dorner wurde wegen schwerer Körperverletzung angezeigt und sah einem Gerichtsverfahren entgegen. Fast alle Zeitungen hatten vom Zwischenfall berichtet. Die Überschriften lauteten „Drama nach Boxkampf – Verlierer läuft Amok" oder „Gefährliche Attacke nach Ende eines Boxkampfes" „Boxer prügeln sich nach dem Kampf – ein Schwerverletzter".
In einer großen Tageszeitung war zu lesen:

Rache nach K.O. – Unfaire Attacke des Verlierers
In einem Kampf um die Meisterschaft der Wiener Box-Liga gab es einen Zwischenfall mit einem Schwerverletzten. Der im Mittelgewicht boxende Weinberger wurde von seinem Gegner Dorner, den er kurz zuvor durch K.O. besiegt hatte, mit einem fürchterlichen Schlag von hinten niedergestreckt. Weinberger fiel unglücklich und schlug mit dem Kopf am Boden auf. Er wurde mit Verdacht auf Gehirnerschütterung ins Krankenhaus eingeliefert. Gegen Dorner wurde Anzeige wegen schwerer Körperverletzung erstattet. Ironie des Schicksals: Weinberger sollte gar nicht boxen, er war für einen verletzten Clubkollegen eingesprungen.

Während Emil im Krankenhaus lag, geschah etwas Sonderbares. Er erhielt einen riesigen, wunderschönen Blumenstrauß. Emil untersuchte den Strauß nach einem Kärtchen, das Aufschluss über den Spender geben könnte, doch er fand nichts dergleichen.
Emil fragte den Boten des Blumendienstes: „Es ist kein Kärtchen dabei, vielleicht ist es verloren gegangen?" Der Bote sagte, dass er den Strauß ohne Kärtchen übernommen habe, dessen sei er sich ganz sicher.
Emil steckte ein paar Münzen in seinen Schlafrock, schlüpfte in seine Pantoffel und verließ das Krankenzimmer. Er lenkte seine Schritte zu einem Telefonhüttchen, das in der Nähe des Ausganges unter einem riesigen Kastanienbaum stand. Fieberhaft suchte er in einem zerrissenen Telefonbuch nach der Telefonnummer des Blumenzustelldienstes. Er konnte den Eintrag nicht finden, weil viele Seiten aus dem Verzeichnis heraus gerissen waren. Emil gab die Suche auf und rief seine Mutter an.

„Hallo, Mutter, ist Andrea zu Hause?" Mutter bejahte, aber bevor sie den Hörer weitergab, erkundigte sie sich ausführlich nach Emils Gesundheitszustand.
„Es geht mir schon besser, Mutter, ich fühle, wie meine Kraft zu mir zurückkehrt", sagte Emil.
Als Andrea am Apparat war, erzählte er die Geschichte mit den Blumen.
„Ich kann mich irren, aber mein Gefühl sagt mir, dass die Blumen von Anne sind. Es kann ja sein, dass sie die Nachricht über meinen Unfall in der Zeitung gelesen hat. Bitte ruf diesen Blumendienst an und versuche festzustellen, wer der Auftraggeber ist."
Emil buchstabierte den Namen.
„Gut, ich mache das. Wenn ich dich morgen besuche, gebe ich dir Bescheid."
Zum ersten Mal seit langer Zeit klang die Stimme von Emil lebhaft.
„Wenn es wirklich Anne war, die mir die Blumen geschickt hat, dann verlasse ich morgen das Krankenhaus, um Anne zu sehen, darauf kannst du Gift nehmen."
„Du wirst dich gefälligst nach den Ärzten richten, Bruderherz. Du hast genug angestellt in der letzten Zeit und uns nur Kummer gemacht, jetzt wird nichts mehr riskiert. Falls die Blumen von Anne sind, kommt es auf ein paar Tage nicht an."
Emil ging nicht auf Andrea ein.
„Ich möchte nicht bis morgen warten", sagte er voller Ungeduld, „ich rufe dich in einer halben Stunde wieder an, vielleicht hast du etwas in Erfahrung gebracht."
Andrea schimpfte und erinnerte ihn an seine Bettruhe und dass er Aufregungen vermeiden sollte, doch das ging Emil bei einem Ohr hinein und beim anderen wieder hinaus. Schnell ging er ins Krankenzimmer zurück. Sein Puls schlug nun kräftiger, jedoch verstärkte die Erregung seinen

Kopfschmerz. Aber das störte Emil nicht, andächtig bewunderte er die Blumen, die auf seinem Nachtkästchen prangten. Ein Funken Hoffnung begann in ihm zu glimmen. Wenn Anne ihm wirklich die Blumen Anne geschickt hatte, dann liebte sie ihn vielleicht noch immer. Oder waren sie nur ein Zeichen des Mitgefühls und nicht mehr? Er schloss die Augen. War es realistisch zu hoffen, dass ihn Anne jemals wieder lieben würde? Jetzt, wo sein Gesicht gezeichnet war vom Schlag eines gewissenlosen Menschen, wo ihn Kopfschmerzen peinigten und ihn jede Sekunde seines Daseins quälten, ihn vielleicht sein ganzes Leben wie ein dunkler Schatten begleiten würden? War er noch der Emil von früher oder war er ein Gezeichneter?

Er warf einen Blick auf seine Armbanduhr, es war Zeit, Andrea anzurufen. Schnell hastete er wieder zum Telefonhäuschen, hob mit klopfendem Herzen den Hörer ab, warf die Münze ein und wählte. Andrea hob ab.

Seine Stimme bebte leicht: „Was hast du erfahren, Andrea?"

„Also, es war nicht leicht. Der Absender oder die Absenderin möchte ungenannt bleiben, sonst wäre ein Billet im Blumenstrauß gewesen. Die Dame vom Blumendienst sagte mir, dass sie daher keine Angaben machen darf. Ich habe dann meine ganze Überredungskunst aufgeboten, um zu erfahren, von wo der Auftrag erteilt worden war. Nach langem Zögern hat sie es mir gesagt. Du darfst jetzt dreimal raten von wo, Emil!" Die Stimme von Andrea klang verheißungsvoll.

Emil schluckte. „Graz?"

„So ist es. Es war höchstwahrscheinlich deine angebetete Anne, die dir die Blumen geschickt hat. Bist du nun zufrieden?"

Es war ihm, als ob er plötzlich von einer langen Qual erlöst würde.

„Sie liebt mich noch immer", hörte er sich wie aus weiter Ferne sagen und hatte das Gefühl, als ob eine unsichtbare Macht ihm plötzlich neue Energien einhauchen würde.
„Jetzt sei schön brav und geh in dein Bettchen zurück und schau, dass du gesund wirst", sagte Andrea mit sanftem Nachdruck.

Am nächsten Tag, als bei der Morgenvisite der Arzt bei seinem Bett vorbeikam und sich nach dem Befinden erkundigte, versicherte ihm Emil, dass er sich viel besser fühle und keine Veranlassung mehr sehe, länger im Krankenhaus verweilen zu müssen. Der Arzt betrachtete nachdenklich das Krankenblatt, das am Bettrahmen hing.
„Bevor wir Sie entlassen, müssen wir noch einige Untersuchungen durchführen. Dann werden wir weitersehen."
Emil wollte sich nicht so schnell vertrösten lassen.
„Wann glauben Sie, dass es so weit sein wird, Herr Doktor?"
„Wenn die Untersuchungen nicht dagegen sprechen, dann können Sie am Ende der Woche nach Hause gehen!"
Am nächsten Tag wurde Emil von einem Neurologen auf etwaige Störungen an den Augen und Ohren untersucht. Dann wurde sein Kopf mit vielen Drähten verbunden, um die Funktionen des Gehirns zu messen.
Emil hielt es nun nicht mehr aus in seinem Bett. Er verließ es oft und spazierte im Pavillon oder im Garten herum, in Gedanken war er schon in Graz. Wenn man ihn tatsächlich noch diese Woche entlassen würde, blieb ihm noch kurze Zeit, um Anne vor den Sommerferien zu treffen. Danach würde es schwierig werden, denn es gab keinen anderen Anhaltspunkt, um Anne zu suchen, als die Universität in Graz. Emil war immens erleichtert, als ihm der Arzt am nächsten Tag eröffnete, dass er

nach der Visite das Krankenhaus verlassen könnte. Er schärfte Emil jedoch ein, dass die Rückbildung der Symptome bei ihm noch nicht hundertprozentig vollzogen war und dass er nicht vor zwei Wochen die Arbeit aufnehmen könne.

„Sie müssen sich zwei Wochen Ruhe gönnen, keinen Sport, keine Anstrengungen, vor allem nichts Schweres heben. Verzichten Sie aufs Fernsehen, und ganz wichtig – vermeiden Sie Stress. Und wenn Sie noch einen guten Rat von mir hören wollen: Sie sollten nie mehr wieder in einen Boxring steigen!"

Emil spielte mit dem Gedanken, sofort nach Graz aufzubrechen. Aber die Chancen, Anne am Wochenende vor der Universität zu treffen, waren gleich null. Er entschied daher, das Wochenende zu Hause zu bleiben. Er besuchte seine Mutter und Andrea, ging viel spazieren und malte sich gedanklich aus, wie sich ein Wiedersehen mit Anne, falls es ihm überhaupt gelingen würde, sie zu finden, gestalten könnte. Vielleicht war sie anders als er sie in seinen Erinnerungen sah, vielleicht hatte sie sich verändert, vielleicht waren sie sich durch die lange Trennung fremd geworden. Er fragte sich, ob die Beziehungen mit Elena und Nicole ihn verändert, ob Berufsprobleme, Boxkämpfe und Unfall in seinem Wesen Spuren hinterlassen hatten. War er noch der gleiche, offene, zuversichtliche Typ wie vor einem Jahr? Er ging zum Spiegel und betrachtete sein Gesicht. Die Schwellungen, die er von dem Schlag davon getragen hatte, waren abgeklungen und die blauen und grünen Verfärbungen waren am Verschwinden. Sein schmales Antlitz schien eingefallen, die Ecken an den Haaransätzen beiderseits der Schläfen schienen größer geworden zu sein und Falten auf der Stirn und um die Mundwinkel gaben Zeugnis von den Schicksalsschlägen. Seine Gedanken kreisten oft um die Frage, warum Anne in Graz studierte, sie hatte doch nur mehr ein oder zwei Semester und stand vor der Diplomprüfung? Stand hinter dem Ortswechsel ein anderer Mann? Immer wieder zwang er sich dazu, die Möglichkeit einer Wiedervereinigung realistisch zu sehen, um dann wieder in eine heftige Sehnsucht zu fallen. Er fühlte, dass sich in einigen Tagen für ihn alles erschließen würde. Entweder kehrte die Frau, der er sein Leben geweiht hatte, zu ihm zurück, oder er musste fortan mit der Gewissheit leben, dass er ihre Liebe verwirkt hatte. Er dachte an Schriftsteller, Musiker, Maler – deren Sehnsüchte und unglücklichen Lieben oft in künstlerischen Großtaten ihren Ausdruck fanden. Aber solche Talente wohnten nicht in ihm, es würden ihm nur Erinnerungen bleiben und die Hoffnung, Anne eines Tages vergessen zu können.

35.

Als Emil seinen Ford nach Süden Richtung Graz steuerte, war es trüb und die Wolken hingen tief. Er musste sein Auto schonen, denn der alte Motor zeigte Verschleißerscheinungen die sich in einem erhöhten Ölverbrauch und in blaugrauen Auspuffgasen manifestierten. In Graz regnete es heftig, Emil kurvte einige Zeit orientierungslos herum. Bei einer Buchhandlung blieb er stehen und erstand einen Stadtplan. Bei dieser Gelegenheit erkundigte er sich nach einem preiswerten Hotel in Universitätsnähe. Der Verkäufer nannte ihm eine Adresse. Es handelte sich um ein kleines, aber modernes Hotel am Murufer. Da die Preise moderat waren, buchte er ein Einzelzimmer. Es war zweckmäßig eingerichtet, ein kleines Fenster gab den Blick auf eine stark befahrene Straße und das von Büschen und Bäumen gesäumte Ufer der vorbeifließenden Mur frei. Wenn nicht der Verkehrslärm gestörte hätte, wäre es eine angenehme Bleibe gewesen. Nachdem er seine

Sachen im Zimmer verstaut hatte, setzte er sich wieder in seinen Ford. Es war früher Nachmittag und Hunger plagte ihn. In der Nähe einer Wursthütte blieb er stehen und genehmigte sich eine bescheidene Mahlzeit, Bratwurst mit Senf und ein Stück Brot. Er spülte die trockene Mahlzeit mit Mineralwasser hinunter und fuhr weiter. Es hatte zu regnen aufgehört und der schöne Vorplatz der Universität lag unter einer dampfenden Schwüle. Emil konnte kein Lokal erblicken, von dem er die Uni gut beobachten hätte können. Er parkte den Wagen in Universitätsnähe und lenkte seine Schritte zum Hauptgebäude. Zu seiner Erleichterung standen mehrere Bänke auf dem parkähnlichen Vorplatz der imposanten Universität. Obwohl die Karl-Franzens-Universität, benannt nach ihrem Gründer, kleiner als die Wiener Universität war, kam sie durch den relativ großen Vorplatz optisch gut zur Geltung. Beeindruckt durch die architektonische Schönheit und Ausgewogenheit dieses ehrwürdigen Bauwerkes, beneidete er alle jene die Gelegenheit hatten, akademisches Wissen und Würden hier zu erwerben.
Vielleicht hätte man mich auch studieren lassen, wenn ich in der Schule ehrgeiziger gewesen wäre, dachte Emil. Er fischte ein Papiertaschentuch aus seiner Hosentasche und wischte damit die regennasse Sitzfläche einer Parkbank trocken. Dann ließ er sich nieder und begann den Eingang des Hauptgebäudes ins Auge zu fassen. Es war ein Kommen und Gehen, jedes Mal, wenn er ein blondes Mädchen sah, begann sein Herz schneller zu schlagen.
Es war wohl keine halbe Stunde vergangen, als Emil Kopfschmerzen verspürte, die stetig zunahmen. Er führte dies auf die lange Autofahrt und das schwüle Wetter zurück. Darüber hinaus bildete er sich ein, dass die diffusen Sonnenstrahlen, welche die graue Wolkendecke durchbrachen, seinen Kopfschmerz

verstärkten. Nach weiteren Minuten hatte der Kopfschmerz ein unerträgliches Ausmaß angenommen. Er dachte an die Ratschläge des Arztes und befürchtete einen Rückfall; zu allem Unglück verspürte er auch ein flaues Gefühl im Magen. Er versuchte die Übelkeit zu unterdrücken, doch es gelang nicht. Schnell überblickte er den Platz. Seitlich standen einige Bäume. Langsam und vorsichtig schritt er auf einen Baum zu. Er vermied schnelle Bewegungen und Erschütterungen, um nicht inmitten der Passanten zu erbrechen. Hinter einem Baum übergab er sich. Der Brechreiz war zwar verflogen, aber es war ihm nach wie vor übel und in seinem Kopf hämmerte es zum Zerspringen. Er beschloss, es für diesen Tag sein zu lassen, um seinen Kopfschmerz kurieren zu können.

Nach ein paar wankenden Schritten blieb er plötzlich stehen. War das nicht Anne, die gerade die die Universität verließ? Ja, es war Anne, er erkannte sie sofort. Die Empfindungen, Anne nach so langer Zeit zu sehen, waren so stark, dass er glaubte, sein Herz würde stillstehen. Er sah ihr Gesicht mit den schönen, ausgeglichenen Zügen, die großen blauen Augen und das Blondhaar, das ihr bis auf die Schultern herabfiel. Schlagartig tauchten in den lebendigsten Farben die Erinnerungen an ihre letzte Zusammenkunft in Genf auf. Aber was war das?, auf einmal verließ ein junger Mann das Portal der Universität und holte Anne mit schnellen Schritten ein. Er musste ihr etwas zugerufen haben, denn sie blieb stehen und lächelte ihn an. Anne an der Seite eines Mannes zu sehen, löste bei ihm ein weiteres Chaos von Gefühlen aus. Der Mann, offensichtlich ebenfalls Student, war groß und hatte dichtes, leicht gewelltes braunes Haar das seine Stirn kräuselte. Er unterhielt sich mit Anne, die ihm lächelnd zuhörte. Emil spürte, wie seine Beine nachzugeben drohten, wie ein Ertrinkender, der verzweifelt einen Halt

sucht, klammerte er sich an die Rückenlehne einer Parkbank.
Ich darf jetzt nicht schlappmachen, nur jetzt nicht, dachte er und mobilisierte seine letzten Kräfte. Anne und ihr Begleiter hatten sich indessen schon etwas entfernt. Emil setzte sich torkelnd in Bewegung. Er musste einen bejammernswerten Anblick abgeben, denn die Leute, die ihm begegneten, warfen neugierige Blicke auf ihn. Er hätte die beiden sicher aus den Augen verloren, wenn sie nicht an einer Straßenkreuzung stehen geblieben wären. Sie unterhielten sich noch eine Zeitlang, dann verabschiedete sich der junge Mann. Vielleicht nur ein Freund, ein Studienkollege, versuchte er sich einzureden, um seine glühende Eifersucht zu besänftigen.
Anne bog nach links in eine von Bäumen gesäumte Straße ab. Emil folgte ihr. Durch das Gehen dürfte sich sein Kreislauf wieder einigermaßen stabilisiert haben. Anne hatte noch immer diesen schwungvollen Gang, der ihrem Erscheinen soviel Anmut verlieh. Sie drehte sich kein einziges Mal um, nachdem sie etwa fünf Minuten gegangen war, betrat sie einen Supermarkt.
Emil wartete auf der gegenüberliegenden Straßenseite in sicherer Entfernung auf Annes Rückkehr. Als sie den Supermarkt, bepackt mit einem prall gefüllten Einkaufsnetz verließ, konnte Emil einen kurzen Blick auf ihr Gesicht werfen. Er sah das Antlitz einer reifen, ernsten, jungen Frau und vermisste den jugendlichen Charme und den unbeschwerten Ausdruck ihrer Gesichtszüge, so wie er ihn noch in Erinnerung hatte. Vorsichtig folgte er wieder Anne in sicherem Abstand. Sie waren noch nicht weit gegangen, als Anne ein Gebäude betrat. Emils Blicke suchten nach einer Hausnummer, als sein Blick auf ein Schild fiel, dass neben der gläsernen Eingangstüre angebracht war. Er wartete einen Augenblick und näherte sich dann vorsichtig

einige Meter, um die Beschriftung auf dem Schild entziffern zu können. Er las „Kindergarten – Halbtags- und Ganztagsgruppen, Kinderkrippe", mehr konnte er aus der Entfernung nicht entziffern. Grübelnd ging er wieder auf die andere Straßenseite und sah, wie eine junge Frau, wahrscheinlich eine Tante des Kindergartens, eine Glastür öffnete. Ein Kinderwagen wurde durch die Tür geschoben und dahinter erschien Anne. Der sanfte Blick und die zärtlichen Worte, die sie an das Baby richtete ließen keinen Zweifel daran, dass das Baby Anne gehören musste. Emil erstarrte, um ihn herum begann sich alles zu drehen.

Das war also die Erklärung. Anne hatte einen anderen kennengelernt und ein Kind von ihm zur Welt gebracht, deswegen hatte sie nicht mehr auf seine Briefe reagiert.

Und wenn ich der Vater bin? Aber in diesem Falle hätte sie sicher mit mir Verbindung aufgenommen, überlegte er.

Wie in Trance schritt er hinter Anne einher. Die Erlebnisse der letzten Stunden vermischten sich zu einem Wirrwarr an Gefühlen und konfusen Gedanken. Er glaubte, mit jedem Schritt einen Abgrund vor sich zu haben. Anne hielt mehrere Male an, um ihr Baby im Kinderwagen zurechtzurücken. Jedes Mal überschüttete sie es mit Koseworten. Emil stoppte ebenfalls, aber es war ihm nun völlig egal, ob Anne ihn entdecken würde, eine grenzenlose Gleichgültigkeit breitete sich in ihm aus. Ein starker Wind frischte auf. Urplötzlich fielen dicke Tropfen vom Himmel, in der Ferne hörte man heftigen Donner. Anne begann zu laufen und blieb vor einem schönen Haus mit Vorgarten stehen. Sie sperrte die schmiedeeiserne Gartenpforte auf, schob den Kinderwagen über einen Kiesweg und läutete. Die Tür sprang auf, sie schob den Kinderwagen ins Hausinnere und entschwand Emils Blicken.

Einige Augenblicke verharrte Emil im Gewitterregen, unschlüssig, was er tun sollte. Dann trat er den Rückweg an. Er stapfte mitten durch Pfützen und schien nicht zu merken, dass er bereits bis auf die Haut durchnässt war. Als er endlich bei seinem Auto anlangte, tropfte Regenwasser aus den Hosenbeinen seines Kaki-Anzuges. Er startete und fuhr los. Die Scheiben im Auto beschlugen und schränkten seine Sicht ein, fast hätte er an einer Kreuzung einen Zusammenstoß verursacht.

36.

Emil lag auf dem Bett im Hotelzimmer, starrte auf die Zimmerdecke und überlegte. Immer wieder drehten sich seine Gedanken um das Baby. Könnte er der Vater sein? Doch das hätte ihm Anne, trotz des Zerwürfnisses, das sie beide getrennt hatte, mitgeteilt. Wahrscheinlich hatte sie sich in einen anderen Mann verliebt. Aber wo ist dieser Mann, der Vater ihres Kindes? Vielleicht hat sie sich von ihm getrennt, oder wurde sie von ihm verlassen? Wie auch immer – Emil sah es schlagartig sonnenklar – wenn sie zu ihm zurückkehrte, dann wäre ihm auch ihr Baby willkommen. Plötzlich drängte es ihn, sie zu sehen, diesen Abend noch. Schnell nahm er aus seinem Koffer ein blaugestreiftes Hemd und eine hellgraue Sporthose und kleidete sich an. Aus dem Spiegel blickte ihm sein abgezehrtes Gesicht entgegen, die tief in den Höhlen liegenden blauen Augen ließen ihre Strahlkraft vermissen. Nur die Unterlippe war wie immer kühn nach vorne geschoben. Der Anflug von Lächeln jedoch, der sonst um seinen Mund spielte, war verloren gegangen. Er fuhr zum Bahnhof in der Hoffnung, Blumen kaufen zu können. In der Tat war der Blumenladen noch offen und er erstand einen riesigen Strauß roter Rosen. Trotz der tief hängenden Wolken war es noch hell, als er an seinem Ziel eintraf. Als er merkte dass sein Puls zu rasen begann, lehnte er sich zurück und schloss die Augen. Der Bahnsteig in Genf tauchte in seinen Erinnerungen auf. Er sah den Zug, wie er sich in Bewegung setzte und Anne seinen Blicken entschwand. Sollte heute der Tag sein, wo er sie wiedersehen, vielleicht wiederfinden konnte? Er nahm den Blumenstrauß und stieg langsam aus. Bedächtig ging er zum Gartentor und studierte die Namensschilder, konnte jedoch den Namen von Anne nicht finden. Kurz entschlossen drückte er den oberen Klingelknopf.

„Ja, bitte?" Eine Frauenstimme tönte durch die Sprechanlage.

„Ist Fräulein Rosental zu Hause? Ich möchte einen Blumenstrauß abgeben." Emil merkte, wie bei einem Fenster im Erdgeschoß die Vorhänge zurückgeschoben wurden und ein Frauengesicht erschien, das ihn kritisch beäugte.

„Kommen Sie herein, ich mache auf", erklang wieder die Stimme.

Ein Surren ertönte und die Gartentür sprang auf, Emil trat ein und ging zur Eingangstüre. Er hörte einen Summerton, die Tür öffnete sich und eine blonde, gut gekleidete Dame ließ ihn eintreten. Sie war mittelgroß und mollig, ihr kurz geschnittenes Haar war hellblond gefärbt. Mit lebhaften Augen musterte sie Emil.

„Dort wohnt Anne", sagte sie dann freundlich und deutete auf eine Tür. Emil bedankte sich und ging auf die Türe zu. Seine Hand zitterte, als er sachte an die Türe klopfte. Die Tür ging auf und Anne stand vor ihm. Fassungslos blickte sie ihn an, ihr Atem schien zu stocken.

„Emil, du?"

Emil fiel auf die Knie und war unfähig ein Wort zu sagen, zitternd reichte er den Rosenstrauß zu Anne empor. Beide waren von der Dramatik der Situation überwältigt, Anne traten Tränen in die Augen. Emil stand auf und wollte Anne in die Arme nehmen, doch sie wich unmerklich zurück und hob den Blumenstrauß wie zum Schutz vor ihre Brust. Es verging einige Zeit, bis Emil ein paar Worte stammeln konnte.

„Anne, ich liebe dich, ich muss unbedingt mit dir reden."

„Was gibt es zu reden?", sagte Anne, ihre Stimme zitterte leicht.

„Ich liebe dich, Anne!"

„Wer es glaubt", sagte sie und konnte ihre Tränen nicht mehr zurückhalten.

„Anne, ich habe nie aufgehört dich zu lieben. Hast du meine Briefe nicht gelesen?"

Anne schwieg. Ab und zu hob ein Schluchzen ihre Brust. Eine Weile verging, Anne sprach noch immer kein Wort.

„Bitte, Anne, lass uns jetzt reden", sagte er stockend, aber nachdrücklich, „ich rühre mich nicht von der Stelle bevor du mit mir gesprochen hast."

Anne wischte sich mit dem Handrücken die Tränen aus den Augen.

„Warte draußen auf mich", sagte sie resignierend.

Emil verließ das Haus, es war schwül, feiner Schweiß stand auf seiner Stirn. Er fühlte sich schwach, die Nachwirkungen seiner schweren Verletzung machten sich wieder spürbar. Nach einigen Minuten öffnete sich die Eingangstüre und Anne trat heraus. Er hätte sie am liebsten in die Arme genommen, wagte es aber nicht. Anne schien sich vom Schock des Wiedersehens etwas erholt zu haben, ihr Gesicht wirkte frischer. Sie trug eine enganliegende, schwarze Hose, dreiviertellang lang, welche ihre Waden unbedeckt ließ. Die geflochtenen schwarzen Pumps mit den halbhohen Absätzen betonten ihre Figur ebenso wie die weiße Bluse mit V-Ausschnitt. Emil fand sie schöner als das Bild, dass er tausende Male in seinen Erinnerungen abgerufen hatte. Wortlos gingen sie zum Auto. Er merkte das leichte Erstaunen in ihrem Gesicht, anstelle der majestätischen DS den kleinen Ford vorzufinden.

„Ich habe meine DS verkaufen müssen, leider. Aber das ist eine lange Geschichte", sagte er fast entschuldigend.

So lange hatte er Anne nicht gesehen und jetzt stand sie ganz nahe neben ihm, so nahe, dass er glaubte, ihre Körperwärme zu spüren Er fühlte sich wie durch einen Magnet zu ihr hingezogen, behutsam schloss er sie in seine Arme und drückte sie an sich.

„Lass mich dich nur einen Augenblick halten", sagte er. Anne ließ ihn gewähren, ohne jedoch seine Gefühlsregung auch nur mit der kleinsten Geste zu erwidern. Als er Anne spürte, die er gegen sich gepresst hielt, stieg ein bittersüßes Glücksgefühl in ihm auf.

„Endlich bin ich dir nah, Anne, wenn du nur wüsstest, was das für mich bedeutet."

Als er spürte, wie ihn Anne leicht von sich wegdrückte, löste er die Umarmung und ließ sie im Auto Platz nehmen.

„Willst du etwas essen, Anne?"

„Nein, danke, ich habe nicht viel Zeit."

Emil blieb beim nächsten Café stehen. Es war ein kleines Lokal, das nach Zigarettenrauch roch. Es war menschenleer bis auf eine schwarzhaarige Frau mit üppigen Körperformen, die lässig an einer Zigarette sog und eine Sendung im Fernsehen verfolgte. Sie schien nicht gerade erbaut zu sein, dass man ihre Ruhe störte, langsam drückte sie ihre Zigarette aus und schlurfte herbei, um die Bestellung aufzunehmen. Sie bestellten Tee. Emil war ohnehin nicht in der Verfassung, ein anderes Getränk zu sich zu nehmen, nach den Magenbeschwerden, die ihn schon wieder plagten.

„Du schaust schlecht aus, Emil", sagte Anne.

„Ich habe viel Pech gehabt in der letzten Zeit, du hast wahrscheinlich von meinem Unfall gehört?"

Anne sagte nichts.

„Über deine Blumen habe ich mich wahnsinnig gefreut, sie waren für mich der Wendepunkt aus meinem Tief."

Anne sagte noch immer nichts.

„Es soll kein Vorwurf sein, Anne, aber warum hast du mir nie geschrieben und meine vielen Briefe unbeantwortet gelassen?"

„Nach allem, was man mir berichtet hat, waren deine Briefe nicht glaubhaft für mich", sagte sie bitter. „Ich hatte nicht den Eindruck, dass du wirklich darauf Wert legtest, von mir Briefe zu bekommen."

„Wieso?"

„Spiel doch nicht den Unschuldigen, du musst doch wissen, was du getan hast. Oder hast du es schon vergessen?" Ihre Stimme klang missmutig.

„Ich habe dich nie vergessen und nie aufgehört zu lieben. Wenn ich nur ein Wort von dir gehört hätte …", Emil machte eine Pause, „es war deine Freundin, die mich verleumdet hat, und du hast ihr mehr geglaubt als mir! Das war die Tragödie!"

„Für mich war es eine Tragödie, da hast du recht. Für dich muss es aber sehr angenehm gewesen sein."

„Wieso angenehm? Ich bin durch die Hölle gegangen, weil du mir nicht geglaubt hast. Ich konnte doch nichts dafür, Nicole hat sich mir an den Hals geworfen."

„Soll das eine Entschuldigung sein? Zu so etwas gehören immer zwei."

„Anne, so glaub mir doch, ich habe monatelang auf eine Nachricht von dir gewartet, ich war bei deiner Mutter, ich habe dir verzweifelte Briefe geschrieben, du hast nie darauf reagiert. Ich litt tausend Qualen wegen unserer Trennung. Oft habe ich mir gewünscht, dich endlich vergessen zu können. Aber ich habe trotzdem nie aufgehört dich zu lieben, ich konnte dich nicht vergessen."

Die Rührung schnürte Emil die Kehle zu. „Ich habe es nicht geschafft, und ich weiß, ich werde es nie schaffen, dich vergessen zu können", sagte er stockend.

„Deine Darstellungskraft ist bewundernswert, Emil", sagte Anne bitter. „Du versuchst wieder einmal, mich zu überreden. Das kannst du ganz hervorragend, genauso wie du mich damals überredet hast, mit dir ins Auto zu steigen, um mich dort zu verführen. Wie du mich eingesponnen hast und ich habe dir geglaubt und habe dir alles gegeben. Ein paar Wochen später hast du hinter meinem Rücken mit einer anderen angebandelt."

„Nicole hat mit mir angebandelt, Anne, ich schwöre es, so glaube mir endlich."

„Ich will ihren Namen nicht hören", Anne schrie es fast und schlug ihre Hände vor ihr Gesicht. Die Kellnerin blickte auf und warf einen verständnislosen Blick in ihre Richtung.

„Was willst du denn hören? Habe ich dir nicht genug Beweise meiner Liebe gegeben", sagte Emil verzweifelt.

„Emil es ist aus, begreifst du das denn nicht?" Anne sah ihm gerade in die Augen, ihr Gesicht glühte. „Wir können nicht so tun, als ob nichts gewesen wäre. Es ist soviel passiert, ich habe mich verändert, du hast dich verändert, es ist alles so lange her."

„Es ist lange her, aber nicht vorbei", erwiderte Emil erregt. „Für mich ist es noch nicht vorbei und für dich offensichtlich auch nicht, sonst hättest du mir keine Blumen geschickt, als ich im Krankenhaus war. Ich bitte dich um alles in der Welt, mir zu verzeihen, Anne, so wie ich dir verzeihe."

„Wie bitte? Was willst du mir denn verzeihen?"

„Anne, es hat keinen Sinn, es mir zu verheimlichen. Du hast ein Baby, ich weiß es. Auch wenn das Kind nicht von mir ist, es ist dein Baby und ich werde es lieben, als ob es mein Kind wäre, aber bitte, komm zu mir zurück, ich kann ohne dich nicht leben."

„Was hältst du eigentlich von mir", Anne brach wieder in Tränen aus und konnte sich lange nicht beruhigen.

Die Kellnerin manifestierte ihr Missfallen mit bösen Blicken in Richtung von Emil und hantierte hörbar mit Gläsern, um ihren Unmut auszudrücken, sagte aber nichts. Anne versuchte ihren Tränenfluss zu stoppen.
„Während du dich mit anderen Frauen herumgetrieben hast", sagte sie zornig und blickte Emil verbittert an, „habe ich dein Kind unter dem Herzen getragen. Du hast keine Ahnung, was du mir angetan hast und was ich alles mitgemacht habe, du hast nicht die mindeste Ahnung."
Emil wollte etwas sagen, aber er war buchstäblich sprachlos, er brauchte eine Weile, bis er sich fasste. Die Nachricht von der Geburt seines Kindes schlug bei ihm wie der Blitz ein, er geriet in einen euphorieähnlichen Zustand und nahm im Augenblick die schweren Vorwürfe von Anne nicht richtig wahr. Impulsiv zog er sie an sich und küsste sie unablässig auf den Mund, auf die Wangen, auf die Stirn.
„Anne, sag mir, dass es wahr ist, sag mir, dass wir ein Kind haben", stotterte er immer wieder.
Anne wartete einige Augenblicke, bis er sich einigermaßen beruhigt hatte. Dann sagte sie: „Du bist zwar der Vater, aber Maria gehört dir nicht. Sie wird ohne dich aufwachsen."
Emil hörte, was sie sagte, aber er war nicht in der Lage, Informationen aufzunehmen. Der Gedanke, Vater einer Tochter zu sein, hatte derart von ihm Besitz ergriffen, dass er für anderes im Moment nicht aufnahmefähig schien.
„Anne, bitte glaub mir, es wird alles gut werden, ich habe eine schöne Wohnung für uns gekauft und ich werde genug Geld verdienen, ich werde nur für euch beide da sein." Es klang so überzeugend, als ob kein Zweifel daran bestünde, dass es anders sein könnte.
„Es ist mein Kind, ich habe es zur Welt gebracht, ich bin durch die Hölle gegangen und nicht du", sagte Anne vorwurfsvoll und strafend zugleich. „Ich habe so viel ertragen müssen, ich bin von allen enttäuscht worden, als ich mich mit meinem dicken Bauch durch

das Leben schlagen musste. Es war über alle Maßen peinlich für mich, als man in Genf merkte, dass ich ein Kind bekomme. Meine Eltern sind fast krank geworden vor Gram, als sie es erfuhren."
Ihre Augen trübten sich, sie hob den Kopf und blickte Emil an. „Ich wollte dir schon verzeihen und mich bei dir melden. Als ich im September aus Genf zurückkehrte, wollte ich dich sehen. Wenn sich Maria in meinem Bauch bewegte, sehnte ich mich so sehr nach dir. Ich hätte deine Liebe und deine Stütze gebraucht, denn meine Eltern waren aus dem Häuschen und haben mich mit Vorwürfen überhäuft, aber was musste ich erfahren? Dass du eine Beziehung mit Nicole hast. Es war ein fürchterlicher Schock für mich. Mir wolltest du immer weismachen, dass Nicole sich dir an den Hals geworfen hat, dabei hast du sie geliebt."
Emil öffnete den Mund und starrte Anne entsetzt an. Er wollte etwas sagen, brachte aber kein Wort heraus.
„Es war das zweite Mal, dass du mir großes Leid angetan hast, Emil. Ich habe lange gebraucht, meinen Schmerz zu überwinden, aber dann habe ich dich aus meinem Leben gestrichen. Du hast mir zu viel angetan."
Emil glaubte, den Boden unter seinen Füßen zu verlieren. Es konnte doch nicht sein, dass sie einen Schlussstrich zog, wie schwer auch immer die Schuld war, die sie glaubte, ihm vorwerfen zu müssen. Sie hatten ein Kind, so einfach konnte sie ihn nicht aus ihrem Leben verbannen und von seinem Kind fernhalten. Er begann wie ein Kind unter Schock zu stottern.
„Anne, um Gottes willen, das kann doch nicht sein."
Eine starke Rührung ergriff ihn und Tränen schossen ihm in die Augen.
„Ich liebe dich doch und wir haben ein Kind", sagte er flehentlich. „Warum hast du mir Blumen geschickt,

wenn du mich nicht mehr liebst? Ich verstehe das alles nicht."

„Nachdem ich meiner Tante von unserer Liaison erzählt hatte, wusste sie sofort, dass es sich bei diesem Drama nur um dich handeln könnte", erklärte Anne und versuchte ihrer Stimme einen kühlen Ausdruck zu verleihen. „Sie hat den Bericht über deinen Unfall in der Zeitung gelesen. Sie war es schließlich auch, die mich dazu bewogen hat, dir Blumen zu schicken. Er wird sich freuen, hat sie gesagt, schließlich ist er ja der Vater deines Kindes.

„Jetzt, wo ich dich endlich gefunden und wir eine Tochter haben, soll alles aus sein, wegen dem Verhängnis, in das ich hineingestolpert bin? Unsere Liebe war doch so unerschütterlich stark, hast du das vergessen, Anne? Hast du vergessen, dass du mir ewige Liebe geschworen hast, hast du das vergessen, Anne?" Emil wurde eindringlich. Es begann ihm zu dämmern, dass er Anne für immer verlieren könnte.

„Ich werde den Emil von damals nie aufhören zu lieben, aber den gibt es nicht mehr", sagte Anne langsam, bekümmert. „Das Schicksal hat andere Wege für uns vorgesehen, das Vergangene kann nicht rückgängig gemacht werden, du hast dein Leben zu leichtfertig gelebt, du lässt dich von anderen Frauen einfangen und du setzt dich Gefahren aus. Du hättest sterben können, als dich dein Gegner niedergeschlagen hat. Glaubst du, dass du eine Frau glücklich machen kannst, wenn sie jede Woche um dich zittern muss?"

„Anne, Anne", sagte Emil beschwörend, „du machst mich für Geschehnisse verantwortlich, die ich nicht beeinflussen konnte. Ich bin von diesem Verbrecher von hinten brutal niedergeschlagen worden, und glaub mir bitte: Dieser Kampf war mein letzter. Ich wollte nur meine Schuld gegenüber dem Club abtragen, bei dem ich zwei Jahre trainieren durfte. Der Club war in einer Zwangslage und hat mich gebeten, für diesen einen Kampf einzuspringen, aber mein Entschluss stand schon vorher fest: aus mit dem Boxen!"

Emil glaubte, dass Anne nachdenklich geworden war, er wollte daher ihren Widerstand nicht weiter schüren und gab sein Drängen auf.

„Bist du wegen deinen Eltern von Wien fortgezogen?", fragte er, um das Thema zu wechseln.

„Sie sind mit der Situation ganz einfach nicht fertig geworden. Mein Vater hat sich geniert für mich und meine Mutter hat nicht aufgehört, mich mit Vorwürfen zu überschütten. Ich wollte ihnen das Gerede der Leute ersparen und bin freiwillig zu meiner Tante nach Graz gezogen. Sie hat mich aufgenommen, weil ich ihr leid getan habe. So hatte ich wenigstens im letzten Monat meiner Schwangerschaft Ruhe und Frieden. Ende Dezember ist Maria gesund zur Welt gekommen." Ihre Stimme wurde sanft, als sie von der Geburt ihrer Tochter sprach.

„Wenn du auf der Uni bist, bringst du Maria in die Kinderkrippe?"

Emil wollte vermeiden, Vergangenes anzusprechen, er wollte von der Gegenwart sprechen und so viel wie möglich über die Lebensumstände von Anne und dem Baby erfahren.

„Das ist eher die Ausnahme, ich bin nicht oft auf der Uni", sagte Anne und für einige Augenblicke bekam ihre Stimme diesen klaren Klang, den er so an ihr liebte. „Ich bereite meine Diplomarbeit vor, das mache ich aber zu Hause. Falls ich auf die Uni muss, passt meine Tante auf, nur wenn wir beide zur selben Zeit Termine haben, bringe ich Maria in die Kinderkrippe. Die Tanten sind sehr lieb dort, ich kann mich auf sie verlassen."

„Erzähl mir bitte etwas über Maria", bettelte Emil, er war noch immer ganz aus dem Häuschen Vater einer Tochter zu sein. Er wollte nicht zulassen, dass das Schicksal ihm diese wunderbare Frau entriss, und hoffte, dass ihr Baby sie wieder zueinanderführen würde.

„Sie ist ein prachtvolles Baby. Die dunklen Haare und die blauen Augen hat sie von dir. Gott sei Dank ist sie sehr gesund, sie war bisher noch nie ernsthaft krank."

„Kann ich sie einmal sehen?" Emil fühlte sich wie ein Verhungernder, der um ein Stück Brot bettelt.

„Mach dir doch das Leben nicht noch schwerer, Emil", sagte Anne zögernd, „solange du Maria nicht kennst, existiert sie nicht für dich, sie ist nicht wirklich da für dich. Ich glaube es ist besser, wenn du sie nicht siehst." Man sah ihr an, dass sie sich überwinden musste, Emil zurückzuweisen.

In Emil zog sich alles zusammen, es war auch seine Tochter, alles in ihm wehrte sich gegen Annes Verdikt. Sein Magen begann teuflisch zu brennen, der Schweiß brach ihm aus, krampfhaft hielt er sich an der Tischplatte fest, die Knöchel seiner nervigen Hand traten weiß hervor. Er sah seine Chancen, Anne umzustimmen, dahinschwinden, sie war ihm keinen Millimeter entgegengekommen. Wenn sie noch einen Funken Liebe hegte, würde sie anders handeln. Bei allem, was sie glaubte, ihm vorhalten zu müssen, war es nicht recht, dass sie ihn von seiner Tochter fernhalten wollte, dafür fehlte ihm jedes Verständnis. Er konnte ihre harte Haltung nicht verstehen, es grenzte an seelische Grausamkeit, was sie ihm antun wollte.

„Maria gehört dir nicht allein, auch wenn du sie unter Mühen geboren hast", sagte er und wunderte sich über die Festigkeit seiner Stimme, „entschuldige meine Unbescheidenheit, es dir zu sagen. Sie wurde auch durch meine unendliche Liebe zu dir gezeugt, sie ist der lebende Beweis unserer Liebe, für mich lebt diese Liebe, auch wenn sie für dich erloschen ist."

„Bitte, Emil, reiß keine alten Wunden auf", sagte Anne zurückweichend.

Doch Emil ließ sich nicht beirren.

„Du legst mir unendliche Qualen auf, aber das ist kein Vorwurf", setzte er mit klarer Stimme fort, „vielleicht habe ich es verdient, dennoch, meine Liebe zu dir war immer über alles erhaben. Ich habe bis heute gehofft, dass wir uns wiederfinden würden, aber wenn du nichts mehr für mich empfindest ..."

Als diese Worte über seine Lippen kamen, wurde er sich seines Dramas bewusst und war nicht in der Lage weiterzusprechen. Er wusste, dass er die Frau, die er liebte, verloren hatte, seine Hände suchten diejenigen von Anne, er versuchte ein Zittern zu unterdrücken, doch die Gefühle, die ihn bewegten, waren zu heftig. Anne lächelte mild und schob ihm langsam ihre Hände über den Tisch entgegen. Emil schloss die Augen, ihre kleinen Hände waren warm und sanft, so wie er sie in Erinnerung hatte. Noch einmal kostete er das Glücksgefühl aus, mit ihr verbunden zu sein.

„Anne, es tut mir so leid, es tut mir alles so leid, nie hätte ich gedacht, dass du mich wirklich verlassen könntest, niemals", wiederholte er. Augenblicke des Schweigens verstrichen.

„Dass ich einmal meine Tochter kennenlernen werde, wirst du nicht verhindern können", sagte er traurig, „aber keine Angst, ich werde mich nicht aufdrängen. Eines Tages wird sie nach mir fragen und wissen wollen, warum ich nicht für sie da war."

Emil kämpfte wieder mit Emotionen, es vergingen einige Augenblicke, bevor er weitersprechen konnte.

„Ich schicke euch jeden Monat Geld, damit ihr angenehm leben könnt."

„Das ist nicht notwendig, Emil", sagte Anne hastig, „ich sehe dir an, dass du dein Geld jetzt brauchst. Nach meiner Diplomprüfung werde ich sofort arbeiten gehen, ich kann sehr gut für Maria und mich sorgen, belaste dich nicht mit uns."

Diese Worte schnitten wie Messer durch sein Herz. Nach all dem Leid, das sie ihm schon zugefügt hatte, glaubte sie ihm nicht zumuten zu können, für seine Tochter einen Beitrag zu leisten. Emil fühlte sich tief gedemütigt.

„Lass mich wenigstens etwas für unsere Tochter tun, Anne", sagte er und seine Stimme klang unvermittelt um eine Nuance distanzierter. „Es ist wichtig für mich, ich brauche ebenfalls einen Sinn in meinem Leben, nicht nur du. Maria wird den Mittelpunkt in meinem Leben einnehmen, den du bis jetzt innehattest. Wenn du mein Geld nicht haben willst, werde ich ein Sparbuch für Maria anlegen und jeden Monat darauf einzahlen."

In ihm begann sich die Erkenntnis auszubreiten, dass er alles getan hatte, um Anne wiederzugewinnen. Er war an die Grenzen seiner Tragkraft und Belastbarkeit gegangen und hatte wirklich alles getan, er hatte leidenschaftlich geworben, er hatte gefleht, gebettelt, er hatte sich gedemütigt, tiefer konnte er nicht mehr fallen. Er fühlte sich wie jemand, der allmählich eine schwere Last abstellen konnte. Langsam lösten sich seine Hände von Anne.

„Komm, Anne, ich bring dich nach Hause zu Maria", sagte er leise.

Anne zog ihre Augenbrauen erstaunt hoch, es schien sie zu überraschen, dass Emil das Gespräch nicht mehr fortsetzte. Wollte sie sich noch weiter an seiner Pein weiden, wollte sie ihn bestrafen, ihn leiden sehen, ihn weiter demütigen? Oder begann sie die Tragweite ihrer ablehnenden Haltung zu erfassen, nun, da er resignierte und sie ihn verlieren würde? Emil legte einen Geldschein auf den Tisch und stand auf. Zögernd erhob sich auch Anne, blieb aber stehen, als ob eine Lähmung von ihr Besitz ergriffen hätte. Emil wandte sich zu ihr und ergriff wortlos ihre Hand. Langsam verließen sie das Lokal, der bevorstehende Abschied schien sie beide in einen Schockzustand zu versetzen, weder Emil noch Anne waren fähig ein Wort zu sprechen. Mit fahrigen Bewegungen startete Emil den Ford, er fuhr langsam, um die letzten Minuten an der Seite Annes auszukosten. Als er in Annes Wohnstraße einbog, begann sein Herz heftig zu schlagen, fast widerwillig

brachte er das Auto zum Stehen, drehte das Fenster herunter und ließ die kühle Abendluft ins Wageninnere strömen. Er wunderte sich, aber es trieb ihn nicht mehr, Anne umzustimmen, sie hatte ihm viele tiefe Wunden zugefügt, er hatte Angst vor weiteren Zurückweisungen und Demütigungen, die er nicht mehr ertragen würde können. Er fühlte, wie sich sein Herz ihr gegenüber zu verschließen begann.
„Willst du noch etwas sagen, Anne?"
Anne schien einen inneren Kampf auszufechten, mit ihren Gefühlen zu ringen. Ihr sonst so ausgewogenes Wesen war in Aufruhr, unablässig zog sie an einer Haarsträhne. Bereute sie ihre harte Haltung, ihn von ihrem Kind fernzuhalten? Fühlte sie, wie ihre Starrheit sie nun in eine Sackgasse führte, in eine, die sie in ihrem tiefsten Herzen vielleicht doch nicht wollte?
„Wir müssen jetzt Abschied nehmen Anne", Emil hörte seine eigene Stimme wie aus weiter Ferne, „unsere Liebe werde ich bis ans Ende meiner Tage nicht vergessen, sie ist ein Teil von mir, unauslöschlich in mir drinnen versiegelt. Dass aus unserer Liebe ein Kind entstanden ist, macht mich gleichzeitig glücklich und zutiefst traurig. Ich ziehe mich nun zurück und werde deine Wege nie mehr kreuzen. Jede neue Begegnung mit dir wäre eine furchtbare Qual für mich, deswegen müssen wir uns jetzt Lebewohl sagen. Aber meine Liebe begleitet dich und Maria vom heutigen Tag an und ich bete zu Gott, dass er euch immer beschützen wird. Lebe wohl und verzeih mir, was ich dir angetan habe." Die letzten Worte kamen ihm nur mehr stockend über die Lippen. Er nahm Anne in seine Arme und küsste sie ein letztes Mal. Anne hatte ihn ebenfalls umschlungen und weinte hemmungslos.

37.

Schon am nächsten Tag fuhr Emil zurück. Es war ihm, als ob sich sein Inneres von ihm entfernt, als ob er seine Persönlichkeit verloren hätte, eine andere Person wäre, die er beobachten und über die er reflektieren konnte.

Als er in seiner Wohnung angekommen war, öffnete er gewohnheitsmäßig den Briefkasten und entnahm einen Brief. Er war von Zartl. In dem Schreiben informierte er Emil, dass die Übernahme des Vertriebes der Minibagger aufgrund eines Rechtsstreites zwischen der gekündigten Vertretung und dem Hersteller blockiert sei. Er schrieb unter anderem:

Leider ist derzeit nicht absehbar, wann unserem Unternehmen die Vertretung übertragen wird. Daher können wir Ihnen weder über Ihre Anstellung noch über einen Arbeitsbeginn verbindliche Zusagen machen. Wir bedauern diese Situation außerordentlich, da wir uns auf den neuen Vertriebszweig eingestellt und mit Ihrer Mitarbeit fix gerechnet hatten. Wenn Sie sich in der Zwischenzeit anderwärtig orientieren haben wir vollstes Verständnis, wir werden Sie aber auf jeden Fall kontaktieren, sofern die Vertragssituation klar ist, vielleicht ergibt sich dennoch die Möglichkeit einer Zusammenarbeit ...

Der Brief schloss mit den üblichen Floskeln. Langsam legte Emil den Brief auf seinen Schreibtisch und blickte aus dem Fenster auf die bewaldeten Hügel des Wienerwaldes die sich in der Ferne vom Himmel abgrenzten. Er fühlte wie sein Inneres Frieden schloss, Frieden zwischen seinen Erwartungen und seinen Enttäuschungen. Das Leben hatte sich ihm in einem weiten Spektrum offenbart, höchstes Glück hatte er erlebt. Ihm war es jedoch nicht geschenkt worden, für alles hatte er einen Tribut entrichten müssen. Er blickte aus dem Fenster auf die Straße

und hatte den Eindruck, als ob sie sich unendlich weit unter ihm ausbreitete. Er fühlte sich plötzlich ganz leicht. Fliegen, ja fliegen wollte er. Einen Augenblick verharrte er, doch dann ging ein jäher Ruck durch seinen Körper. Erschrocken verdrängte er die unheilvollen Gedanken wie böse Geister. Er wandte sich vom Fenster ab, ging zu seinem Bett und ließ sich darauf fallen. Er mochte einige Minuten so gelegen sein, als das Telefon läutete. Emil fuhr auf, er hatte das Gefühl aus einer anderen Welt zurückzukehren. Er hob ab.
„Hallo", meldete er sich mit einer Grabesstimme. Am anderen Ende der Leitung konnte er das Weinen eines Babys hören. Eine Weile vernahm er nur das Weinen, niemand sprach. Er wusste jedoch, wer in der Leitung war.
„Anne?"
„Ja", kam es leise und verhalten durch die Leitung.
„Kannst du bitte zu uns kommen?"

Eine Stunde später startete Emil seinen Ford. Je mehr er sich seinem Ziel näherte, desto gewisser wurde er, dass in seinem Leben ein neues Kapitel aufgeschlagen würde.